中国古典小说 青少版 ●

施公案 上

佚名 著 陈秋帆 改写

人民文学出版社

图书在版编目(CIP)数据

施公案:全2册/(清)佚名著;陈秋帆改写.

北京:人民文学出版社,2011

(中国古典小说:青少版)

ISBN 978-7-02-008909-3

Ⅰ.①施… Ⅱ.①佚… ②陈… Ⅲ.①侠义小说-中

国-清代-缩写 Ⅳ.①I242.4

中国版本图书馆CIP数据核字(2011)第264269号

总 策 划:黄育海
责任编辑:胡文骏
选题策划:韩伟国 李佳婕
装帧设计:董红红 高静芳

出版发行 人民文学出版社
社 址 北京市朝内大街166号
邮政编码 100705
网 址 http://www.rw-cn.com
印 制 山东新华印刷厂德州厂
经 销 全国新华书店等
字 数 450千字
开 本 889×1194毫米 1/32
印 张 17 插页6
版 次 2011年12月北京第1版
印 次 2011年12月第1次印刷
书 号 978-7-02-008909-3
定 价 46.00元

如有印装质量问题,请与本社图书销售中心调换 电话:010-65233595

| 序 |

经典的触摸

◎梅子涵

著名儿童文学作家 上海师范大学教授

　　有很多经典文学一个人小的时候不适合读，读了也不是很懂；可是如果不读，到了长大，忙碌于生活和社会，忙碌于利益掂记和琐细心情的翻腾，想读也很难把书捧起。所以做个简读本，收拾掉一些太细致的叙述和不适合的内容，让他们不困难地读得兴致勃勃，这就特别需要。

　　二百多年前，英国的兰姆姐弟就成功地做过这件事。他们把莎士比亚的戏剧改写成给儿童阅读的故事，让莎士比亚从剧院的台上走到儿童面前，使年幼也可以亲近。后来又有人更简化、生动地把莎士比亚的戏做成鲜艳图画书，儿童更是欢喜得拥抱。

　　二十年前，我也主编过世界经典文学的改写本，55本。也是给儿童和少年阅读。按照世界的统一说法，少年也属于儿童。

我确信这是一件很值得做的事情，而且可以做好。最要紧的是要挑选好改写者，他们要有很好的文学修养和对儿童的认识，心里还留着天然的儿童趣味和语句，举重若轻而不是龇牙咧嘴，该闪过的会闪过，整个故事却又夯紧地能放在记忆中。

　　这也许正成为一座桥，他们走过了，在年龄增添后，很顺理地捏着这票根，径直踏进对岸的经典大树林，大花园，而不必再文盲般地东打听西问讯，在回味里读到年少时被简略的文字和场面，他们如果已经从成长中获得了智慧，那么他们不会责怪那些简略，反倒是感谢，因为如果不是那些简略和清晰让他们年幼能够阅读得通畅、快活，那么今天也未必会踏进这大树林、大花园，没有记忆，便会没有方向。

　　即便长大后，终因无穷理由使一个从前的孩子没有机会常来经典里阅读，那么年幼时的简略经典也可以是他的永恒故事，担负着生命的回味和养育，简略的经典毕竟还是触摸着经典的。

　　我很愿意为这一套的"经典触摸"热情推荐。

　　这套书的改写者里有很杰出的文学家，所以他们的简略也很杰出。不是用笔在简单划去，而是进行着艺术收拾和改写。

　　杰出的笔是可以让经典照样经典的。

写在前面

在我国的通俗文艺遗产中,《施公案》这部武侠小说,向来与《彭公案》、《济公传》、《包公案》等几部"公"字号通俗小说相提并论,是享受着同样盛名的一部通俗文艺巨作。

本书的时代背景跟《彭公案》一样,是异族统治下的清代。正因为这是一部诞生在异族宰割下以打斗为主要内容的作品,如果不以忠义精神作为主旨,那就不可能和读者公开见面了。所以本书跟《彭公案》一样,全是着眼于忠义精神的发扬,全部篇幅几乎都为那些可歌可泣的武侠故事所占去。

不但在内容方面,本书与《彭公案》互相一致,同时,这两部作品在时间的次序上也是衔接的,换句话说,《彭公案》在先,这部《施公案》的诞生在后。而且,这两部作品中的一部分主要人物,也一样保持着若干联系。

举例来说,本书中主要人物之一黄天霸,就是《彭公案》中的黄三太的儿子。另外,还有几个《彭公案》中的人物,也在本书中登场,而且也都是相当重要的角色。所以,这部《施公案》在某种程度上也可以称为《彭公案》的续集。因此,凡是欣赏过改写版《彭公案》的读者,再读本书时,就更饶有兴味了。同时,反过来也可以这样说:读了本书的读者,更应该去欣赏本书的前集《彭公案》。

本书既然在多方面和《彭公案》保持着那样密切的联系,书中主要人物的样相,当然也和《彭公案》中的人物一样,一个个都是雄赳赳、气昂昂,既能飞檐走壁,又会舞枪弄刀的好汉。不过,这群江湖好汉的所作所为,却跟那些大则占领山头,打家劫舍;小则软进硬出,偷鸡摸狗的草寇完全不同。路见不平,拔刀相助,是他们的家常便饭,可是,决不肯为了自己的衣食享受,去动人家的一草一木。作者在本书中,对于以"助人为快乐之本"的武侠精神的发扬,的确是费尽了苦心。这本武侠小说,今天值得我们改写与介绍,其原因就在此。

我们为了适应小朋友的需要,在改写了《彭公案》以后,现在,又把这部《施公案》,改写成上下两册,让大家又多一个欣赏我国通俗文艺名著的机会。

施公案上册

⊙ 施 公

　　名全，号仕伦，因为他的长相十分难看，所以他的仇人，给他起了一个"施不全"的外号。他初任江都县知县，后来，被任为钦差大臣，专办那些江洋大盗、恶霸豪绅，为民除害。他吃尽千辛万苦，冒尽各种危险，才算达成了这种为社会除害的非常任务。

⊙ 黄天霸

　　是《彭公案》中，绿林侠客打镖黄三太的儿子，八岁学会武艺，尤其善打飞镖，十五岁就闯江湖，起初在扬州一带做响马，后来，在行刺施公时，失风被捕，因佩服施公的清廉正直，就情愿改邪归正，替施公出力。从此，他出生入死，干掉了无数的坏蛋，施公主办的每一个重要案子，都有他参加，终因屡建大功，受到了朝廷的封赏，做了"提督"。

◉ 关 太

号小西，山西太原人。本来是一个小商人，因经商失败，就带着一把祖传的折铁倭刀，走上了偷鸡摸狗的黑路。一个晚上，他到一座和尚庙里去做买卖时，无意中救了一条人命，就搭上了通往施公那儿的一条线，走上正路，立下了不少功劳，施公奏报朝廷，他就步步高升，最后，做了总兵。

◉ 贺天虬

杭州人，是黄天霸在绿林时的结拜兄弟，外号飞山虎，和黄天霸、郝天保、濮天雕，号称为"南方四霸"。惯使一枝亚虬枪，浑身是胆，十分勇敢。在大茅山保护赈粮的一场恶战中阵亡。

◉ 贺人杰

是贺天虬的儿子，父亲死后，他就跟一个老和尚学习武艺，学会了短炼铜锤，作为杀敌的武器，厉害无比，飞檐走壁更是他的拿手绝技！十四岁只身离家，找到了黄天霸，就在战场上建功立业，成了一个绿林中人人都害怕的少年英雄。

⊙ 褚 彪

　　闻名江湖的老响马,浑身武艺,更有胆识,很得施公赏识。他用的武器,是一对双拐,英勇善战,是一个不服老的老英雄。

⊙ 朱光祖

　　老英雄褚彪的结拜小兄弟,精通十八般兵器,做了多年的绿林响马。一次,在黑夜里行刺施公时,中了黄天霸的飞镖被擒。关小西也是他的绿林老伙伴,他接受了关小西的劝告,投诚于施公,终于开创了一番轰轰烈烈的大事业。

⊙ 万君召

　　山东万家洼人,是一个文武双全的老绿林,练就一手点穴功夫,任何英雄好汉,只要身体一碰上他的手,被他轻轻一点,立刻全身无力,仰面朝天,动弹不得! 一生劫富济贫,手上从不留分文,在江湖上以重义气出名。

◉ 金大刀

不但武艺高强，而且蛮力也大，使一根炼铁棍，只要挨到这铁棍，谁也休想活命。年轻的时候，就在江都做窃盗的首领，后来，索性当了响马，在真武庙当山大王，和黄天霸早就有交情，终于弃邪归正，追随施公。

◉ 侯 七

外号"一撮毛"，身高六尺，一嘴红胡子，精通各种兵器，飞檐走壁，如履平地。常用两把压油锤，身边常带三支小小的铁弩弓箭，挽弓发箭，百发百中。专门坐了四人大轿，冒充官府大员，到富贵人家去投宿，到了三更半夜，就露出本来面目，奸淫抢掠，样样都来，杀人如麻，罪大恶极。

◉ 谢 虎

外号"一枝桃"，善用连珠药镖，百发百中，此外，刀枪剑棒，飞檐走壁，样样都精。因为脸上靠左耳边长有五个红痣，很像一枝桃花，诨名就唤做"一枝桃"。他有个怪脾气，在偷盗奸淫得手以后，总要在墙上画上一枝桃花，留下他做案的标记。

⊙ 季 全

　　是打镖黄三太的老搭档,因为他的眼光特别厉害,专门负责找寻打劫的对象,所以在绿林中,他就以"神眼"出名。

⊙ 李 昆

　　小名李五,号公然,专用一只弹弓,作为武器,每颗弹子,不发则已,一打出去,要打什么,就打什么,所以"神弹子"就成了他的浑名。李五很讲义气,做买卖也不搭伙计,是一个独来独往、劫富济贫的独脚响马。

⊙ 何路通

　　是打镖黄三太的得意门生,江南宜兴人,飞檐走壁,刀枪剑棒,件件都行。不过他性情很怪,不肯轻易相信别人,专门在水路上做独行盗,有一副潜水的真本领,能在水中潜伏三天三夜,所以在江湖上,他就以水路英雄出名。

⊙ 吴 成

　　法名静修，是一个高来高去的空门飞贼。他原本是一个绿林响马，犯了一桩滔天大罪，不能在绿林中立足，就做了和尚。不过，他身在空门，心还在绿林，而且作恶多端，专门跟坏蛋在一起。

⊙ 方世杰

　　他表面上正正经经，在家里当员外，很像一个正人君子，可是，在暗地里，每年托名去收租，总要悄悄地出去干一两笔买卖。善用毒药暗器，武艺也不寻常，所以从没有失风。

⊙ 李天寿

　　从年轻时候起，一直过着绿林生活，武艺出众，蛮力更大，虽然到了六十来岁的高寿，还是生龙活虎似的，活跃在江湖上。他一出手，就没有人抵挡得住，所以，大家都称他为"活阎王"，可见他杀的人多了。

◉ 张桂兰

外号赛云飞,是海州凤凰岭老绿林张七之女,家传一身好武艺,不但擅长飞檐走壁,还能在马背上飞舞,神通广大,厮杀起来,英勇更是惊人,绿林中人,都很敬佩她。

◉ 毛如虎

奉天人,从关外干响马,一直混到山东、直隶一带,逞凶作恶。他不但武艺出众,还练就一副气功。他一使出功夫,身上就刀枪不入。他干响马腻了,就在路上杀掉了一个走马上任的知县,自己冒充新派来的知县到任接事。

◉ 余成龙

摩天岭强盗窝的大王,武艺出众,尤其善用弩箭,也可以说,他是靠了弩箭起家的。飞檐走壁,在他更算不了一回事。

⊙ 殷赛花

"云中雁"是她的外号,是殷家堡堡主殷龙的女儿,人既长得漂亮,武艺更是出众,她惯用一副连珠弩箭,百发百中。她为了要找一个合适的丈夫,就去找贺人杰小英雄的麻烦,结果,有情人果真成了眷属。

⊙ 蔡天化

关东人,年纪轻,本领强,在江湖上大有名气,是绿林元老飞来禅师的爱徒,学会了一套飞檐走壁、身轻如燕的看家本领。此外,飞来禅师还传给了他一套刀枪刺到身上,损伤不了分毫的非常本领。

⊙ 窦二墩

是黄天霸的父亲黄三太的老对头。在山东三次打擂台,窦二墩三次惨败,他没有脸再在绿林中立足,就溜到了西北连环套里,做了山大王。

施公案上册

目录

一、 走险路关小西古庙救钦差

山东因为连年旱灾，田地都荒了，好几年一点收成也没有。老百姓没东西吃，每天饿死的有不少人。

这种饥荒的消息，终于传到了康熙老皇帝的耳朵里，他就决定派人到山东去放赈。

"可是，派谁去好呢？如果派个赃官去，只知道捞钱，老百姓还是得不到好处！"

康熙老皇帝这样一说，就有一个大臣保举仓场总督施仕伦。并且称赞这个人不但不爱钱，而且还是个硬汉，不怕有钱有势的人，更不容许手下的人做坏事。

老皇帝听了，想了一想，问道："是那个身体有残疾的施仕伦吗？"

"皇上，是的，就是他。"那大臣这样回答。

施仕伦在幼年的时候，害过一场小儿麻痹症，病好了，就成了个歪嘴巴、斜眼睛、鸡胸驼背的怪样子，因此，他的小名就叫施不全。

"他的身体这样坏……"老皇帝迟疑不决。

"皇上，施仕伦的身体虽然有残疾，可是他的心地却很正直。他办过好几个贪官污吏和恶霸土豪。叫他去放赈，老百姓一定可以得到实惠，大家才能真正受到皇上的恩德。"那个保举施仕伦去放赈的大臣，尽量在皇上面前说出施仕伦的长处来。

"好吧，那就叫施仕伦去吧！他既然是一个心地正直、不怕权势的硬汉，顺便要他替我在沿路调查一下，可有贪官污吏、恶霸土豪为害地方。有的话马上报告上来，我立刻严办，免得老百姓受他们的欺负。"

于是，康熙老皇帝就下令派施仕伦立刻调度粮食，带到山东去放赈，同时，沿途密查贪官污吏。

施公接到了这道双重任务的命令，为了密查暗访，就化装出发。

施公是代表皇帝放赈的钦差，照规定要坐八人大轿。可是，他现在叫他的老仆施安，穿上官服，坐进这八人大轿里，在王殿臣、郭起凤两人的卫护下，大模大样地起程。他自己却穿上一套老百姓的便服，扮作一个商人模样。关小西扮作他的伙计，两个

人在大轿起程的前一天，就悄悄地出发了。

施安坐了八人大轿，每到一个州县，接受州县官吏的跪拜迎送。那些接送的官员，哪里会想到，他们叩头迎送的却是施公的仆人施安！更不会知道，施公本人，早已不声不响地走过去了。要是这些官员们在地方上做下了坏事，也许被施公写上奏本，报到京里去了。

施公和关小西两个人，每天骑小驴子赶路。一天，因为贪赶路程，错过了站头，在离开献县还有十五里路的地方，驴夫就丢下他们两人走了。他们主仆两个，只好由关小西扛着行李，徒步走到献县的县城去。

施公到底是个文人，同时，乡下的路又难走，才走了两三里路，他那两条一瘸一拐的腿，实在有些支持不住了。关小西跟在后面，看施公那副困苦的样子，心里实在很难受。四面看了看，这附近不但没有小镇，连个村庄的影子也看不到。他很想让施公休息一下再走，可是在这没有人烟的地方，谁敢坐在路边休息呢？

两个人只好沉默着继续赶路。

走了一阵，小西抬头向前面看时，发现了一座古庙。这时，施公也看到这座庙了，便很高兴地叫了起来："小西！你看，那不是一座庙吗？"

"是的,大人,我早就看到了。"小西高兴地回答。

"我们到庙里去歇一歇脚再走。如果庙里有和尚,还可以讨杯水喝。"

"好吧!"小西很赞成。又走了一阵,到了山门,两个人就走进庙里去。

进去一看,这庙实在破烂得可怜,两边的僧房都已经坍塌,只剩下中间一座正殿。不用说,在这样的破庙里,是不会有和尚的了。

小西看看施公实在累坏了,就把行李解开,铺在地上,让施公休息。

施公休息了一阵,觉得身体舒适多了,只是口渴得厉害,便对小西说:"你去找点儿水来喝吧!"

关小西走出山门,到附近去找水。

施公独自躺在庙里,闭着眼睛养神。因为累极了,所以一合上眼就睡着了。

"喂! 你躺在这里干什么?"

施公在梦中被踢醒过来,张开眼睛一看,七八个壮汉,粗声粗气地这样问。

施公睡得迷迷糊糊,听不清楚这些人说的是什么。他揉揉眼睛,直瞪着这一群壮汉。

"你睡死了？老子问你话，怎么不回答呀?"一个壮汉抬起腿又在施公屁股上使劲地踢了一脚。

"跟他费什么话！说不定是个奸细呢!"另一个人说。

"管他是什么，宰了他算了！老子今天挨了那个保镖的一家伙，正好找这家伙出出气。"又是一个人的声音。

这人说完，就抓住施公的腿，用力一拉，施公就从垫着的褥子上，滚到地上来。

"求求各位！别这样拉我啊!"施公只好向他们哀求。他看看这些人的打扮都不像是好人。

原来这些人是到这里来分赃的一群强盗，这座三义庙就是他们的老巢。在白天，本地的老百姓也不敢从三义庙门前经过。

这群土匪里，在当地最出名的是亚油敦李四、弯腰儿赵八、杉高尖周五、独眼龙王七、笑话儿崔三。另外，还有十二三个同党，经常在这一带做案。

头几天，他们探听到，有一个镖师替商家保了一笔银子，要从这附近经过。但那镖师武艺十分高强，他们知道单靠他们自己这帮人马，决不是他的对手。于是，李四出了个主意，由他去请一名绿林好汉，来帮他们做这个买卖。果然那个好汉一来，就打垮了这个镖师。雪白的银子已经到了他们的手里，只等那好汉一到，大家就可以开始分赃了。

因为银子放在大家眼前，每个人的情绪都很好，庙里虽然发现了施公这个生客，大家只是拿他来开心。要在平时的话，施公的命早完了！

那些强盗，有的嬉皮笑脸，和施公开玩笑。有的故意瞪起眼睛，拿出刀来，在施公面前乱晃。施公只好向这些强盗哀求，拖延时间，等着关小西回来，他说道："各位大王！我是由京都来的生意人，走得太累了，到庙里来休息休息，然后好再赶路。想不到冒犯了各位大王，请多多原谅！"

独眼龙王七听了，就笑着说："哈哈，这只孤雁，长相虽然不怎么顺眼，可是，嘴巴倒很甜呢！"

"管他嘴巴甜不甜，把他绑在柱子上，开了膛，大家喝点血解解渴算了！"杉高尖望着笑话儿崔三，晃着手里的牛刀，半真半假地说。

"对了，大家先喝几口，等大哥一来，就拿出酒来，尝几口生心片，把那东西再一分，就可以各找各的快乐去了。"笑话儿崔三也同意地说。

施公听了，吓得直冒冷汗。

"我实在急着回家，早点把这孤雁干掉，等大哥一到，东西一分，我就可以回去了。"杉高尖还是主张把施公马上杀掉。

笑话儿崔三听到这里，就笑着说："回家？家里搁着个猪八戒,还值得这样着急吗?"

施公听了这个笑话,虽然笑不出来,可是心里比较安定了一点。

关小西跑了一段路,才算找到了一口井。他向人家借了一个水桶,打了一桶水,提起水桶就走。那乡下人不放心地说:"你把桶拿到哪儿去呀?"

"我一个伙计在三义庙等着水喝,我马上就把桶给你送回来。"关小西提着桶,急着要走。

"三义庙? 你们好大胆子,那儿是强盗窝呀! 说不定,你那伙计早没有命了!"

小西一听,来不及回答,就没命地跑回庙里来。

果然,他远远看见十几匹马拴在庙外的树上。树下坐着一大群人,树旁边放着十来只口袋。

关小西曾经走过黑路,所以,一看就明白这群人是干什么的。他不禁着急起来,本来想三步并作两步,冲进庙里去救施公。可是,他又一想,施公是不是已经遭了毒手,如果已经被害,冲进去,拼了性命,干掉几个匪徒,替施公报报仇,倒也值得;要是施公还活着,这样粗心大意地冲进去,不但不能救他的命,反而害了他。于是,他决定由庙旁绕进去,察看一下大殿上的情形,再作主张。

他从墙外绕过去，发现庙墙上有一个缺口。他就从这缺口偷看大殿上的动静，发现施公被绑在大厅的柱子上。

大人没有死！小西这才安了心，可是，怎样才能够救出大人呢？小西正为这个问题踌躇时，却被一个喽啰给发现了。"有奸细！有奸细！"那喽啰嚷着，跑进庙里去。

"算了，既然被他们发现了，死活总得走进去，索性和那些人去见个面。"小西就大步地走进庙里去。

"喂！你这家伙胆子真不小，竟敢到这儿来东张西望！"一个从庙里跑出来的强盗指着关小西说，"我们寨主叫你进去。"

"你不来叫，我也要进去的。"关小西挺起胸脯，往大厅那边走去。

小西走进大厅，满面笑容地把双手一拱："众位寨主爷，我是个过路人，向各位行礼。"

有几个土匪看见这个进来的人，没有向大家下跪，就跳出来大骂："你这东西，胆子真不小，见了大王爷，连跪也不跪！你不知道大王爷能摘人心、喝人血吗？"

还是李四比较有点头脑，他一看这个来人一副英雄气概，可能是江湖上的好汉，便向大家摇摇手说："别嚷，让我先问问他。"李四跟着就扭过头来说，"我问你，绑在这柱上的，是不是和你一起的？"

"是的。请大王爷可怜他,他家有老小,请放了他吧!"

施公勉强睁开眼睛,看了看小西,没有作声,心却在"扑扑"地直跳。眼前的情况很清楚,只要小西一句话得罪了土匪,两个人马上就要做刀下鬼!

"你敢来向我们要人,大概也会一点武艺,不妨要出几手来给我们看看。要是不懂什么,那也就不必献丑,让我们把你绑起来,送你们一起回老家!"李四说。

"众位寨主,说到武艺,我是会一点的,不过不敢在各位面前献丑。"小西谦虚地说。

"我看你会两手儿,不然的话,也不敢来要人。"李四点了点头说,"我问你,你会哪一样兵器?"

"二九一十八样兵器,样样都能耍几下!"

"好!你既然惯走江湖,应该懂得孤雁撞虎的规矩。"李四说着,就从腰里拔下一把短刀,"你敢不敢张开嘴巴,让我来试试?"

小西懂得这土匪要玩一套"刀子扎肉"的试胆把戏,就说道:"好吧,随寨主的便!"

小西说着,就反背双手,张开嘴巴等着。看见李四一飞出短刀,他就浑身一运气,喀嚓一声,把那把飞过来的刀,用牙给咬住了!

"好!真是英雄!"

"了不起,有本领!"

这群土生土长的土匪,这是第一次开了眼界,惊奇得连声叫好。却把绑在柱子上的施公,吓出了一身冷汗来!

"老弟,你真是一个英雄!"李四走过来,拍拍小西的肩膀,一面向他的伙伴说,"这位小老弟,是个朋友! 不过,我们还得看看他的武艺到底怎么样。"

小西听到这里,就定下心来。这时,忽然又有人大叫道:"他说十八般兵器,都能耍几手,问问他敢跟老子比枪吗?"

大家一看,是外号叫小银枪的刘老鼠。他自认练得一手好枪法,存心要用枪制服小西。

"可以!"小西点点头说,"不过,如有不到家的地方,还请多多指教!"

"敢比就来,少说废话!"刘老鼠抓一根枪在手里,耀武扬威地走出大厅去。

"不过,寨主们的兵器,我不敢动用,我也带着一件家伙在身边。"小西说着,就从腰里解下一条褡膊,抽出一口刀来,一个箭步,蹿出殿去,和刘老鼠面对面一站,两个人就交起手来。

小西在开始的时候,只是挥刀招架,尽让对方展开攻击。那刘老鼠真像生龙活虎一般,看得那群土匪不住地叫好。这一来,却把施公的心脏吓得都快跳了出来。

两个人酣战了一顿饭的时间,刘老鼠已经累得筋疲力尽,气喘吁吁。不过,为了面子,却还在那里勉强支撑着。

　　小西看得很清楚,已到了该收拾这土匪的时候了。他便把手里的刀,慢慢改变了门路,接连使出几阵攻势。只看见他手里那把刀,在刘老鼠面前上下翻飞,那闪闪的刀光,连成了一条银色的飘带,不断在刘老鼠身边盘旋飞舞。这不但使刘老鼠无法招架,连在旁边看热闹的喽啰们也紧张起来。

　　最后,小西使出了一个黄龙翻身的架势,故意让对方的枪尖,从自己的背脊上擦过。刘老鼠正在得意,他就抢上一步,喊声:"寨主看刀!"当头一刀劈了下去!

　　刘老鼠看见刀已经到了头上,就把手里的枪,往地下一放,摆出一副耍赖的样子,把脖子一伸,嚷了声:"你砍吧!"就站着不动了。

　　"我哪敢伤害寨主! 哈哈!"小西收了刀,笑了起来。

　　刘老鼠低着头,从地下捡起他那枝枪来,满脸通红,说不出话来。

　　"这位朋友的刀法,真了不起! 称得上是一条江湖好汉! 我们还是把他的朋友放了吧!"李四对于小西的刀法佩服到极点,就大声地告诉他的伙伴们。

　　"你说这话就没有头脑!"独眼龙王七慢吞吞地说,"放他走,他出去就把今天的这场把戏传扬出去,以后我们还有什么面子在江湖上混?"

"依你说,老七,这事该怎么办?"李四动摇了。

"依我说?请这位朋友入伙,这样,我们的事不但不会传扬出去,同时,将来遇到'硬风'的时候,也不必像今天这样,到外面去请人了。"

"对!对!请他入伙才是。"大家一致主张。

"不过,万一他不肯长久在我们这里,过几天就溜了,还有屁用!"赵八认为靠不住。

独眼龙听了,点点头说:"老八说得很对!如果他今天答应入伙,明天就溜了,我们到哪里去找他?"

于是,大家被这个问题难住了。这三义庙的大殿,就笼罩在一片沉寂中。

二、三义庙众匪徒乱箭射施公

　　三义庙里的一群匪徒，想不出拉小西长久入伙的好方法，大家都垂头丧气，半天说不出话来。

　　关小西和施公也弄不清他们要玩什么把戏，心里非常着急。

　　"来，我们到院子里去商量。"李四站起身来，往院子走去，大家都随后跟了出来。李四和大家在院子里商量了半天，办法总算想出来了，大家又一起回到大殿上。

　　"朋友，请教你贵姓！我要给你报个喜信！"李四笑嘻嘻地说。

　　"我姓关，名叫小西。请问我有什么喜信？是不是放我们走？"小西问。

　　"何必一定要走呢？关老兄，我们这里，现在总共有十七个弟兄，早就打算凑成为十八罗汉。看你老兄倒是个朋友，大家都欢迎老兄入伙,跟我们一起来做买卖。"

关小西听李四这样一说,心里想,如果不答应,就难得脱身,便说:"承各位瞧得起,我真高兴! 不过,我不能不把这个伙伴,送回北京去。我把他送到家,马上就回来。"

"朋友!"李四摇摇头说,"你不必胡思乱想,入伙是要滴血立誓的。你滴过血,立过誓,难道还能离开我们吗?"

"用不着滴血立誓,我关小西说话向来有信用,我说回来,一定回来。"

关小西的话引起那群土匪一个个横眉怒目,摩拳擦掌,立刻要解决他。

"四哥,还跟他啰嗦什么! 看他简直是活腻了!"说着,每个人都抓起家伙,蜂拥出去,把庙门口堵住。

另外几个跑到外面,从树上拿下箭袋来,拉开弓,摆出要射箭的样子。

小西一看,怒从心上起,大声叫道:"我不是怕死的人,要射就射吧!"

那些强盗听小西这样一嚷,站在小西面前的匪徒就往旁边闪,于是,后面像飞蝗般的利箭,就飕飕地射了过来。

小西站在施公前面,手里飞舞着一把单刀,把射过来的箭,打得满殿乱飞!

这时,施公却吓坏了,他就说:"小西,我也不想活下去了,你顾住自己,杀出去吧!"

"大人! 您不能活,难道我还能活下去吗? 今天只有一起死拼!"

"伙计们,停一下再射! 你们听到没有,这头野熊跟那只孤雁,先前说是伙计,现在却叫起'大人'来了! 这倒要问个明白!"

刘老鼠一听见小西叫了声"大人",就停止了射箭,跟着就问:"姓关的,你们两个到底是什么关系? 说个清楚,免得你们死得不明不白!"

小西早已下了决心,要死在这里,听土匪一问,索性说实话了:"我既然粗心泄露了秘密,就老实跟你们说吧! 那绑在柱子上的,是皇上派到山东放赈的钦差施大人! 只因奉命要查访老百姓的冤屈,所以才扮成商人,好密查暗访。"

"是不是做过江都知县的那个施不全?"刘老鼠的朋友在江都做强盗,一起十二个人,都被施公捉住给杀了,所以对施公的印象非常深刻。

"是呀! 你们既然知道我们大人的大名,就该马上放了他。如果把他害了,皇上一定派官兵来,把你们一个个砍成肉酱!"小西就趁势威吓。

"你不说这家伙是施不全,我们倒可以放了他。现在,也不要你这混蛋入伙了!"李四说着,就对他的伙伴大叫一声:"射箭!"

那些强盗一听,马上张弓搭箭,一阵"刷刷刷"的乱箭,直向着关小西和施公射了过来。

小西又飞舞着手里的单刀挡住了乱箭。他不但要保护自己,还要保护住绑在柱子上的施公。不过,那雨点般的箭,要靠一把单刀来挡住,实在不是件容易事。他心里一着急,终于左臂中了一箭,左臂就立时麻木了!

施公一看小西中了箭,急得几乎昏过去!眼看着利箭一支支的射过来,他自己的身体被绑得动弹不了,只好等死。

正在这个时候,一个喽啰跑进院子来,大声嚷道:"寨主到了!"

"好,大家住手!"李四一听见寨主到了,要把这两个俘虏,交给寨主去发落。小西这才算有了喘口气的机会。

那人进来先望了望小西,跟着又看了看绑在柱子上的施公。便笑嘻嘻地说:"兄弟们,别慌,让我看清楚了再说。"这寨主说着,瞪着大眼直望着施公。

这时,施公听那人说话的声音很熟,便睁开眼睛看了看,心头立刻浮起了绝处逢生的希望:"这一位,可就是贺寨主吗?"

"不错!哎呀,原来是恩公!"

寨主急忙跑到柱子边，亲手把施公解了下来，一面又指着关小西说："这位保护着恩公的好汉是谁？"

"他，他是关小西。"施公说着，把关小西拉近了一步，"小西，这位是贺天保，我在江都做知县的时候，他在我身边做过事。后来我调到京里去，他才离开我。"

"原来是自己人，难得，难得。"关小西高兴地说。

"来，大家快过来请罪！"

贺天保说着，向那伙盗匪一招手，凶悍的强盗们就乖乖地排成一列，站好在施公面前。

"不必了！不必了！"施公拼命摇手，不肯接受。

"他们冒犯了大人，如果不让大家赔礼请罪怎么行？"

贺天保这样一说，施公也只好接受了。

"天保，这群弟兄，是由你带领着吗？"

贺天保被施公这样一问，有点不好意思起来。因为，带领着人打家劫舍，自己不就是强盗头子了。

不过，贺天保是个英雄，他宁可出丑，却不愿意撒谎，他说："我是被他们大家请来帮忙的。平时，我是独来独往，专门劫掠贪官污吏。像今天这种抢劫过路客商，还是第一次。"

施公听了，明白尽管贺天保干的是犯法的勾当，却能在老长官面前说实话，还不失为英雄本色，便决心要把这个英勇有为的青年,重新拉到正路上去,他说:"天保,这绿林生活终究不是你应走的路!当初我到京里去的时候,因为没有给你们安排好工作,所以就让你和黄天霸两个离开了。

"不过,天保,现在的情形不同了,我是奉命到山东放赈,正是用人的时候。我想,你应该弃邪归正,跟我去替国家出力。将来有了功劳,国家一定会重用你的。这样,也可以让我报答你今天救我性命的恩德!"

贺天保听了施公的话,顿了一顿,然后说:"大人或许还不知道,从这里到济南,还要经过一座被强盗占领着的大芽山。那山上有两个大王,叫做于六、于七,都有一身好本领!另外还有一个叫方小嘴的军师,很有些智谋。不过,从他们山下经过,还不会有什么危险,我所担心的是将来在济南赈粮,恐怕他们会来抢粮。"

"既然有这样的危险,你就应该跟我去,好帮我们。小西,你说是不是?"施公也把关小西拉过来说。

"是呀,贺老兄既然是大人的旧部,就应该来帮忙,我很高兴和老兄在一起呢!"关小西想用旧关系来打动天保的心。

"我跟大人去,他们大家能不能也跟去呢?"

"照道理说,应该带你这群弟兄一起去,我也正需要他们。不过,万一被人家知道,钦差大人带着一群强盗,这话不大好听。"施公说。

贺天保听施公这么一说，低着头，半天没有说话。关小西也是江湖出身，看出了天保的心思，便劝施公说："大人不能带这群朋友走，我相信贺英雄一定明白这个道理。不过，怎样打发这群朋友，大人该想个办法。"

"那就把今天你们得来的银子，提出三五百两来，分给弟兄们去做个小买卖，不就解决了吗?"施公提出一个宽大的办法来。

"剩下的三千多两银子怎么办?"贺天保问。

"全部送到官府去。至于大家分了的一部分，我会叫州县给补足，好销了这个劫案，免得这群弟兄们将来遭到官府的追究。"

贺天保就把施公的话向大家宣布，问大家是否同意。那伙强盗原来都是被饥饿逼上梁山的，眼见他们的首领就要跟钦差大人去当官，大家也很想就此洗手，但是大家又不愿离开贺天保，所以一时拿不定主意。贺天保见大家迟疑不决，就又说："各位朋友，只要大家有决心，我们总有一天会在一起的。今天，钦差大人也有他的难处，我们只好暂时分手。请大家暂时先做些小买卖，等着以后的机会吧!"贺天保这样一说，大家就同意分那笔银子散伙。

贺天保刚要送走他那群伙伴，庙门口又来了好些人马，还有一顶八人大轿。关小西出去一看，原来是钦差的大轿到了。轿后跟随着河间府的文武官员,轿前是全副硬牌执事引路。郭起凤和王殿臣两个人,一前一后,保护着大轿。坐在大轿里的并不是施公,而是他的仆人施安。为了要遮掩各文武官员的耳目,关小西还得跑上去,跪在轿前迎接:"小的关小西,迎接大人!请坐轿进大殿休息!"

"好,众官员就在庙外伺候!"坐在轿中的施安,一看到关小西,就知道施公在这里。一听请进大殿休息,更懂得小西的用意,便下令叫众官员在庙外伺候,不要跟进去,免得拆穿秘密。

大轿抬进院子,在大殿门口靠好,施安脱下钦差的官服来,给施公穿上,然后,下令把轿子抬到庙外,一面召集文武官员进殿。

大家到了大殿上一看,正中坐着一个面孔非常难看的人,全身却穿着钦差大人的官服,原先坐轿子的那个钦差却站在旁边了。这时候,大家才弄明白,坐在轿子里的是一个钦差替身;至于钦差大人本人,却是一路步行来此的那个人。他们立刻明白,钦差为什么要这样做。

这些文武官员,平时作威作福,没有一个不是误国害民的贪官污吏,今天知道钦差大人在到处暗查密访,都不禁胆战心惊。

"我早已到了这里,一路上查出很多劫盗案件,你们知道不知道?"

大家听施公这样一说，吓得不知道该怎么回答。

"本来，我要报告皇上，不过，顾念你们这个官职得来的不容易，我没有报上去！"

大家听到这里，才算松了一口气。

"眼前，地上就是一堆赃物！这是一群强盗留下的赃物。不过，中间说不定会短少了些银子。等失主来领取时，如果真的缺少了，就问明数目，你们大家负责凑足，照原数偿还失主！"

各文武地方官听到这里，就像被判了罪的囚徒，碰上大赦一样，非常高兴，说："大人，不管缺多少，由我们赔偿发还给失主就是了！"

这群文武地方官，从地下捡起了那一堆银子，高高兴兴地拜别了施公，走出庙去。

众文武官员一走，贺天保也打发他那群躲在庙后的伙伴，赶紧离开。

施公看那群打家劫舍的人都走了，就把郭起凤和王殿臣两个叫了过来，和贺天保见面。并和大家说明贺英雄是他在江都做知县时候的老部下，今天却出乎意外地救了他的命。

"又多了一位朋友，一路我们可以放心多了。"王殿臣对贺天保表示欢迎。

"是呀，从这里到济南，听说沿路很不安静，贺老兄来得太好了!"郭起凤也很高兴。

"二位老兄提到路上不安静,这倒是事实。我就是不放心大人,才决定跟大家一起去山东的。"

当地的文武官员,早就知道施公是一个专门私访密查的铁面钦差,所以当施公接见他们的时候,就老实报告,本地的巨盗于六、于七二人闹得很厉害,要施公防备他们来抢劫赈济的粮食。

施公已经从贺天保嘴里听说于六、于七的大概情形,现在又听他们一提,就更加注意了。于是,他就请关小西等四个英雄,来一同商量对付于家二兄弟的对策。最后,贺天保提出一个人来,他相信施公不一定请得到这个人,可是,要对付大芽山上这两个巨盗,却非他不可。

"大人,要对付于氏这两个强盗,我倒想起一个好弟兄来,这人也是大人的老部下,不过,他立志不做官,我不敢去请他。"

"天保,你是说黄天霸吗?"施公问,"他现在在哪里?"

贺天保就说黄天霸在卧虎山。施公算了算离赈粮运到济南来的日子,整整还有十天,还来得及,就决定带着天保,一起去请黄天霸下山,帮他在山东发放赈粮。

三、黑夜店飞山虎刀砍母夜叉

施公和贺天保，都换上了老百姓的服装，悄悄地上山去请黄天霸。

两个人出了济南城，一路走去，只因为贪赶路程，到了天黑的时候，没有赶上有客店的地方，直到深夜，还在黑暗中摸索前进。

他们在黑暗中摸索走了有十里路的光景，正担心今夜要在荒野露宿，却看见前面隐隐露出了几丝灯光。他们就向着这时隐时现的灯光前进。

走近那灯光一看，原来并不是村庄，只是几间草房。想不到在这草房的石灰墙壁上，从屋里漏出来的灯光，看得出"张家老店"四个大字。

施公在这深夜的荒野里，发现了一家旅店，当然兴奋起来，便叫贺天保下马,走过去叫门。

"来了!"一个女人的声音。

跟着,"吱呀"一声,两扇板门打开了。天保听到了女人的声音,心里尽管不安,可是,看见施公累得快要倒下来,只好硬着头皮,同施公走了进去。

跨进门口,天保抬头一看,那开门的女人,一脸的大麻子,那副长相比图画中的母夜叉还要凶恶!

"老板娘,你店里有男人吗?"施公看不见有男人,心里也不安起来。

"我丈夫在店里,我们是夫妻店。"老板娘笑着回答。

"你老板贵姓?"天保问那老板娘。

"我姓刁,我丈夫叫张豹。"老板娘说到这里,老板张豹就从里面出来和客人见面。

天保一看张豹出来,就说明是来投宿的。张豹当然表示欢迎。坐下来后,小西就说肚子饿了,希望找一点东西充饥。张豹就由锅里捞出一只热腾腾的烧鸡来,另外还有一壶酒。

吃完酒菜,施公已支持不住了,就先爬上土炕去睡了。

贺天保又要了一壶酒,在那里慢吞吞地喝着。

张豹和刁氏不等天保喝完酒,就到后面睡觉去了。

天保喝完酒时,已近半夜了。

他爬到炕上，正要脱衣睡觉，却觉得很渴，又跳下了炕来，到灶上去找水喝。

那是一座二眼灶，上面放着两只大锅。他摸摸右面的锅，还有点儿热乎，便掀开锅盖，想舀点热水喝。

掀开锅盖一看，里面是鸡汤，咸汤不能解渴，他只好又去掀开另一只锅的锅盖。可是，当他的手摸到这只锅子时，却是冰冷的！照理说既是一灶二眼，一只锅烧热了，旁边那只锅，就不应该冰冷。

贺天保是黑道上混出来的人，在旅途上，对于任何一样可疑的东西，警觉性都很高。于是，他就把那只冰冷的锅从灶上端了起来，又伸手往灶里一摸，原来两个灶中间隔着一道砖墙。再往下面一看，是一个大窟窿！而且是一个没有底的大窟窿！他立刻明白这是一座黑店，强盗从这个灶眼里进来，干黑夜杀人劫货的勾当。于是，他决定在灶旁边等候着，只要从灶里上来一个，他就杀一个！

天保看明白了这个秘密以后，就把铁锅放回原处，爬上炕去假睡，等由灶肚里一冒出头来，就跳过去动手。

张豹夫妻安顿下这一帮客人以后，就到后面房间，悄悄地商量该怎样做这笔买卖。

"真是上天保佑，你看，行李马匹，都送上了门来！"刁氏笑嘻嘻地说。

"不过,那个肥的,长得很结实,也很精细,咱们得留点儿神,免得发不了财,反惹出祸来!"张豹的头脑不像刁氏那么简单。

张豹说完,探头向前面房间里看了看。看见那儿还有灯光,就去敲门。

贺天保起来开门说:"人家已经睡了,怎么还来敲门?"

"我是来拿水壶的,对不起。"

张豹拿了水壶,鬼头鬼脑地向屋子里扫了一眼,转身就走了。

贺天保看看施公的枕头,紧靠着灶的那一边,他就要施公把枕头移到另一边,同时请他晚上得留点儿神,然后,自己脱下外衣,头向着灶,手里拿着刀,躺在炕上休息,却不敢合上眼睛。

张豹回到里面,就低声对刁氏说:"那只肥羊,睡在靠窗口的地方,瘦的那只,就睡在那里。"

"那你就从地沟上去,先把那肥的干掉,留着那瘦的让老娘来!"

张豹对于今夜这笔买卖兴趣特别浓厚,看那两件讲究的行李,他相信里面的银子一定不少。可是,看看那头肥羊,样子很英武,心里不免有几分害怕,于是,他说:"平常总是你先出马,我看今夜还是照老规矩吧!"

"你这没出息的东西！好，就让老娘去下手吧，你给我好好预备下酒菜，等着给老娘庆功！"她说着，马上带了家伙钻进地沟里去。在地沟里，她拿起一个早就预备好的葫芦，一直爬了过去。

刁氏终于从地沟钻到灶肚里，摸着锅底，就轻轻地把锅托开，放在一边。然后蹲在灶肚里，侧着耳朵听房间里的动静。只听见呼呼的鼾睡声。

"都睡死了！"刁氏心里想，就把葫芦由灶口伸出去，晃了几下，房间里仍旧没有动静。她就放心大胆地从灶肚里爬出来，向贺天保睡觉的炕边摸过去。没想到贺天保忽然跳起来，一刀就结束了她的性命，使她连哼的机会都没有。可是，张豹并不知道她的脑袋已经落地，还在那里准备酒菜，等她回去享受呢。

原来贺天保从刁氏托开锅，用葫芦来试探动静，直到她从灶肚里爬出来，都看得清清楚楚。所以，当她走近炕边来，就一刀结果了她。

天保跟着到施公睡着的炕边一看，想不到施公已醒了，正蜷缩在炕上的角落里。

"大人不用害怕！还有个男的也不能留，让我从地沟里爬过去，把他干掉！"

贺天保说完，就轻轻地从灶口钻进地沟去。

他从地沟里摸到后房底下,发现从头顶上露出了一股灯光来。他没有钻出去,却趴在地道口,窥察上面的动静。看见张豹正在那里弯着腰切菜,嘴里还自言自语说:"这时候,差不多已杀光了!我赶紧弄菜吧,她回来,菜还没弄好,又要挨骂了!"

天保听了,怒气上冲,立即爬出地道,追过去就是一刀,把张豹砍倒。

"你们还有几个贼党?赶快说出来!"天保把刀尖指着张豹的胸口问。

"没有了,就是我们夫妻两个人。"张豹躺在地上回答。

"你们两个人一共杀了多少人?"天保又追问。

"没有几个,只杀了三四个!求爷爷饶命!"

天保听张豹说完,就一刀结果了他的性命。

杀了张豹,天保正要去叫施公开门,从屋顶上跳下一个人,举刀直砍过来。两个人就厮杀起来。两个人杀到院子正中时,屋上又跳下两个人,也加入战斗。

尽管天保单身招架着三个人,一把刀却是前遮后拦,上下翻飞,并不害怕。那三个人,两个用刀,一个使一根棍子,大家围住了贺天保,拼命厮杀。

杀了一阵,那三个人看看天保不容易对付,慢慢地心慌手乱起来。天保却越杀精神越抖擞,一面挥舞那口神出鬼没的刀,一面大叫："你们这些狐群狗党,别仗着人多势众就想取胜,我姓贺的要是怕了你们,还配称为四霸天么!"

贺天保的话刚说完,那三个人立刻停止了厮杀,大声问道:"您是飞山虎贺天保么?"

"是呀! 你们是谁?"天保也停下了刀。

"我们是卧虎山黄老叔手下的李俊、张英、陈杰。曾经跟大哥见过面。"

"你们到这里来干什么?"

"听说这家黑店,专门劫杀过路客商,有损绿林名誉,黄老叔叫我们来收拾他们。"

"这样说来,是自己人了,请到屋里去谈吧。"

天保把李俊等三个人带到屋内,见过施公,便把陪施公上卧虎山去找黄天霸,在这里宿夜,杀掉了黑店夫妇的经过情形,说了一遍。

李俊等三个人听了,非常高兴,就把到卧虎山去的道路,详细指点了一番。贺天保又到后面,找出张豹预备好的酒菜,拿出来给大家吃喝。到了天亮,李俊他们因为还有事情先走了,贺天保陪着施公上卧虎山找黄天霸去。

当天傍晚时候,他们赶到了卧虎山。

黄天霸一看见好兄弟陪着老长官到他山上来了,当然非常热忱地接待,谈了一阵,就摆出酒菜来给他们洗尘。

黄天霸倒了满满的一杯酒,先敬施公:"听说大人高升了仓场总督,还当了钦差大人,代表皇上到山东放赈,这是双喜临门,敬大人一杯!"

"谢谢你的好意,天霸。"施公端起杯子,一饮而尽,"你说双喜临门,我却遭遇到最大的困难。"

"大人,放赈有什么困难?"天霸感到很奇怪。

施公趁着这个机会,就把大芽山大王于家兄弟,独霸山东一带,到处抢掠,这次还可能来抢赈粮,所以特地来请他下山,帮忙发放赈粮的话,详详细细地说了一遍。

黄天霸本来很欢迎施公上山来看他,听到施公这样一说,心里就不自在起来。当初为了保护施公,逼死了四霸天中的贺天虬和濮天雕两个结义兄弟,江湖上就骂他为了升官,不惜害死自己的兄弟。他心里一直到现在,还是很痛苦。

为了要表明自己的逼死那两个兄弟,完全是为了正义,并不是想升官,所以,他当时就离开了施公,到卧虎山飞熊谷,重新干起劫富济贫的老行当,一直到今天。

想不到,施公又赶上山来找他,他便拒绝道:"大人,我已经过惯了喝大碗酒,吃大块肉,大秤分金银的日子了,下山做官的话,请大人不必说!"

这几句话,立刻把施公打入了绝望的深渊里。

贺天保和黄天霸尽管是结义弟兄,可是,他听了黄天霸这一些话,也只好低着头不作声。因为贺天虬、濮天雕两人的死,的确使天霸挨了不少骂。

可是,施公一想到大芽山那伙强盗对他发放赈粮的威胁,不得不继续说:"天霸,闲话不必去听!再说,我是请你去保护赈粮,替山东饥民做点儿事,这个忙你不能不帮!"

"我现在要向江湖朋友表明我的心迹,没有意思做官,所以,此举虽说是给山东饥民服务,实际上还是替官家做事!大人的好意,今天绝对不能接受!"

天霸的态度十分坚决,施公一想,说好话已不能达到目的,便使出耍赖的手段来说:"天霸,像你这样年轻有为的好汉,都情愿苦守荒山,不肯去创造事业,开辟前程,我也陪着你一起在这山上,过一辈子清闲日子算了!"

这几句话,真把天霸吓了一大跳!

"大人是皇上派出来的钦差,怎好跟我这样一个寻常的老百姓来比!大人,我不是赶你走,明天一清早,我送你下山。"

"明天?我明年也不下山了!除非你跟我一起去!"施公态度很坚定地说。

贺天保看看已经闹成僵局,不能不说话了:"兄弟,我倒不是帮大人说话。当初,你为了正义,逼死了贺、濮两个结拜弟兄,救了大人。今天,你就忘了正义,不肯去救山东的饥民,这不是矛盾吗?"

黄天霸听了,不自觉地点了点头说:"照你这样说,我是不能不跟你们下山去了!"

"当然喽,绝对要去!"贺天保斩钉截铁地回答。

黄天霸到底是个英雄,到了要讲理无法讲的时候,就接受了施公的邀请,带了王栋,跟施公和贺天保一起下山,去对付大芽山的于六、于七两个巨盗,给施公担任保护赈粮的重大任务。

四、 遇飞抓贺天保战死济南城

施公一路化装密查私访,到了济南。

过了几天的忙碌日子,他便召集当地官员,商量发放赈米的手续,粮船也陆续到达,因为有了黄天霸等这一群好汉在身边,对于这些赈粮,施公再也不担心了。

赈粮运到的消息,大芽山的喽啰很快就传到山上。

"我们山上的粮食只够几天吃的了,大包大包的赈粮已运到济南了,我们该去弄些回来呀!"

大芽山的大王于六听到粮船已到济南的消息,就跟他的兄弟于七,军师方小嘴商量,打算去抢粮。

"大王,你别说得这样轻松,施不全手下着实有几个能征惯战的家伙!"方小嘴到底是军师,做事情很谨慎。

于七听了,冒火地说:"照你说,难道我们放着现成的粮食不

吃，却在这里挨饿吗？"

"是呀，平时我们抢劫零星客商，今天放着这样大的买卖不做，岂不给江湖上的朋友笑死吗？"于六也抢着说。

"二位何必这样着急！"方小嘴急忙争辩，"我不是说不去动手，只是说，施不全带着黄天霸、贺天保等六七个江湖上有点小名气的人来，不能毛手毛脚地去对付。"

于六听到这里就问："依军师的意思，该怎样做才对？"

"施不全运了那么多的粮食来，一定防范得非常严密，所以白天绝不能去。同时，在还没有去之前，先要派人到附近的村庄，弄一批骡马驴牛车辆来。不然，抢到粮食叫大家去背，能弄回多少来？"

方小嘴的这个抢粮大计，立刻得到了于六、于七的同意，在短短的几天里，他们就抢回不少牲口车辆来。在方小嘴的周密安排下，于六、于七挑选出二百名年轻力壮、练过拳脚的喽啰，就在一个夜深人静的黑夜，悄悄出动，杀向济南去。

方小嘴的主要任务，是到仓库里去抢粮，他也挑了二百名喽啰，一百名专门押车运粮，一百名紧跟着粮车的前后左右，以便掩护。

方小嘴的抢粮的计划，果然够得上精细。可是，他哪里想得到，施公这一边也早已安排妥当。黄天霸担心实力不够，又派人

38 ·

到卧虎山,把陈杰、李俊、张英三个好汉叫了来。

另外,还调了三百名当地官兵,日夜轮流保护着粮仓。同时,黄天霸把各人的职务分派好,叫大家听炮声来行动,要是在自己的范围内,逃脱了敌人,就要受严厉的处分。

方小嘴率领着二百名喽啰,趁着黑夜,悄悄地摸索到了粮仓附近,只看见那一座座临时米仓的芦棚上,到处高挂着灯笼,照耀得像白天一样。一队队的巡逻兵士,不停地在米仓边巡逻,戒备森严。

方小嘴带着喽啰,走到了接近米仓边时,看看再也不能前进了,就摸出哨子来连吹了三声。

这哨子的声音才停下来,从他的队伍里,立刻响起了一阵喊杀声。那些喽啰都从黑暗里跳出来,扑向灯光照耀下的粮仓来。

"大王爷是太行山寨主,特地来借粮,你们不想死的话,赶紧逃命!"

方小嘴这样大声一叫,那些保护粮仓的士兵,就转身逃命,于是,那些喽啰立刻争先恐后地冲进粮仓去。

就在这个时候,官军队伍里,响起了一阵紧急的锣声。跟着,轰隆轰隆响了两声大炮。官军方面也开始行动了。

方小嘴却没把官兵放在眼里,只管指挥着喽啰们把一袋一袋的粮往车上装,车装得满满的就推着走了。

"这些官兵有屁用,老子今夜不把这粮仓搬空不算英雄!"

方小嘴正在得意,贺天保等八个好汉,在灯笼火把的照耀下,带领着二百士兵,分成四路,向方小嘴这边包围过来。

方小嘴一看官军声势强大,心里不免害怕起来。他正在暗暗着急,于家兄弟带领人马赶来了。

可是,他却对他们说:"六哥、七哥,你们不能都到这边来!赶紧分开两路去杀官兵!"

于六和于七马上分作两路,杀了出去。

于家兄弟才冲出去,就有一支官军猛扑过来,带头的是贺天保,大叫道:"你们这些毛贼,胆子真不小!大太爷飞山虎贺天保在这里,竟敢到太岁头上动土!"

方小嘴也大声地说:"姓贺的,你听清楚!谁不知我方小嘴和于家兄弟称霸山东,今夜是你的末日,让老子来杀你们这些狐群狗党!"

贺天保正要策马过去,张英却早已提起画戟,跃马上阵,照着方小嘴胸口,一戟直刺过去。

方小嘴眼明手快,一勒马缰,就躲了过去,立刻抢刀迎战。才战了五六个回合,张英一个粗心,露出破绽,方小嘴一刀砍过来,张英的脑袋,就被削去了一半,当时掉下马来。

众官兵拼命抢回了张英的尸体,一窝蜂地向后败退。贺天保急忙压住阵脚,从后面杀上来。方小嘴一看见贺天保扑过来,就横刀迎战。两个人杀了十来个回合,方小嘴看贺天保刀法熟练,英勇过人,自己决不是他的对手,就虚晃一刀,拉转马头逃走。

可是,眼见张英遭了毒手,贺天保哪里肯放松,策马紧追。方小嘴听到了背后的马蹄声越来越近,不禁心慌意乱。贺天保眼看着快要追上了,就一个劲儿加鞭,终于一跃当先,拦住了方小嘴的去路。

方小嘴一看被拦住了去路,只好挥刀应战。贺天保使出他所有的力气,对准方小嘴一刀砍过去。方小嘴躲闪不及,被贺天保的刀砍中左背,当场翻身落马,被官兵包围逮捕住了。

方小嘴一被抓,跟在他后面的驮着粮食的大队人马,也就纷纷四散,一时你冲我撞,粮米撒了满地。那些押运粮食的喽啰,丢下牲口车辆逃命去了。

贺天保把方小嘴押送回来,交给了黄天霸,就飞身上马,打着火把,又出去接应另一路人马。他纵马向一个喊杀连天的地方狂奔过去。跑到临近,才知道王栋、李俊的一路人马,正在和另一股匪徒厮杀。可是却不见李俊,只见王栋筋疲力尽地在那里死战。

"王老弟,赶紧下去,让我来战!"贺天保一声大喊,抢上去接替王栋和盗匪厮杀。

"贺大哥,这于六已经把李俊杀了,你要小心呀!"王栋气喘吁吁地说着退了下去。

"你放心吧!我已经把方小嘴逮住了,现在再捉于六替李俊报仇!"贺天保一听到李俊遭了毒手,就大声嚷着,策马冲向于六厮杀。

于六听到方小嘴被逮,正要找贺天保算账,就挥舞着他的混钢枪,向贺天保直刺过去。两个人刀来枪往,只见夜空中闪耀着一道道的寒光。

于六使出平生本领,看看还是不能取胜,就想到了他的暗器"飞抓"。

于六的"飞抓",在三十步以内百发百中。任何英雄好汉,一被抓住就难以脱身。

于六决定要用暗器伤人,就拧了拧手里的枪,拉转马头,假败下去。

贺天保替李俊报仇心切,一看于六逃走,哪里肯放,就也飞马穷追,虽然他也知道,于六的飞抓是绿林中有名的厉害武器。

于六早已把他的飞抓准备好,听听背后的马蹄声,已迫近在三十尺以内,他就转过身来,把飞抓对准贺天保面门,嗖的一声飞了出去。这飞抓一打过去,打得贺天保满面鲜血直流,于六趁

势一拽飞抓上的绳子,天保身子一晃,几乎被拉下马来。

幸而贺天保眼明手快,急忙用手里的刀割断了飞抓的绳子。绳子突然断了,反而使于六险些掉下马来。

贺天保虽然挣脱了飞抓,可是满面血肉模糊,痛得快要昏倒过去。于六一看飞抓的绳子已被割断,就跃马冲过来,打算用枪结果贺天保的性命。

这时,忽然从横里冲出一队拿着灯笼火把的官兵来,吓得于六只好回马逃走。

全身鲜血的贺天保被扶下马来。那队官兵领队的王栋,看到贺天保已受伤,连忙把他背回去急救。

贺天保在昏迷中,被背进施公坐镇的大棚里。黄天霸一看到这个全身是血的结拜兄弟,不禁号啕大哭,一面大声地叫着:"天保大哥! 天保大哥!"可是,昏迷中的天保,只翻了一下眼皮,又合拢起来。

"天保大哥! 我要替你报仇!"黄天霸说完,就抓起武器,回头向王栋说:"带我去!"跳上马背,跟着王栋一起去追于六。

于六伤了贺天保,躲过横里杀出来的官兵,就去找于七,好合力去抢点儿粮食回去。

他正在寻找于七,迎面又来了一队打着灯笼火把的官兵。

"他就是于六!"王栋迎面看见于六,就大声嚷起来。黄天霸一听,仇人见面,分外眼红,他把马缰一勒,取出飞镖,对准于六打过去。这一镖正打在于六的面门上,于六就摇摇晃晃地掉下马来。刚巧关小西、陈杰这支人马赶到,就跑上去把于六捆起来。

这时,突然从西北角上,响起了一阵锣声。王栋就带了关小西这支人马,向西北方迎上去。

原来匪首于七看见官军声势强大,知道不是敌手,所以想找到方小嘴跟于六好一起回去,他一看见王栋来拦住他的去路,便大骂道:"老子于七要回去,你是什么东西? 敢来拦住我的去路!"

王栋一听他正是匪首于七,想想自己不是敌手,便下令放箭,免得吃眼前亏。正在耀武扬威的匪首于七,果真中了几支冷箭,险些掉下马来。

于七正挣扎在马背上,王栋跃马过去要擒拿他,忽然半空中刮起一阵狂风,把灯笼火把都给吹灭了。于七趁着黑暗逃走了。

"这是天意! 可是,我也没有脸回去了!"

王栋看见贺天保的惨状,又跑掉土匪头子于七,心里非常惭愧,便向手下的人说明了自己的意思,悄悄地离开了队伍,跑进山里去,过他隐姓埋名的生活。

黄天霸押着于六回去,贺天保的伤势也更加沉重,只剩下一丝丝微弱的气息。

"天保大哥,于六捉住了!你的仇报了!"黄天霸在天保的耳朵边,接连嚷了几声,天保似乎听到了,微微地点了点头。

"我……我……不行了!"贺天保仍旧闭着眼睛。后来又勉强地断断续续说了两句,"我的遗……遗体、你给……给我…送回家……家去!人杰那孩子……要照顾……"贺天保说完了这几句话,翻了翻眼皮,手脚痉挛了几下,他那微弱的气息也就断了!

黄天霸一看贺天保已断了气儿,心里一急,也当场昏了过去。

这场纷扰,惊动了施公,他老人家也亲自过来,安慰着苏醒过来的黄天霸。

黄天霸正忙着安排贺天保的后事时,又接到了一个出乎意料的报告:王栋因为没有提住于七,已经不辞而别,遁入深山去了。

黄天霸半天没有说出话来,最后他想通了,伤心是没有用处的,眼前最要紧的是替死者报仇!于是,他一面叫人布置灵堂,设置贺天保、李俊、张英的灵位;一面去请求施公,绑出方小嘴、于六两个土匪头子,就地正法,然后挖出他们的心,来祭奠贺、李、张三人的灵魂。

第二天,黄天霸叫关小西率领官兵,杀到匪巢大芽山红土坡去。官兵一到,于七不敢抵抗,就只身翻山越岭逃走,剩下的喽啰也都纷纷投降了。关小西遣散了投降的喽啰后,一把火烧掉了山上的匪窝,当夜回来复命。

第二天,黄天霸亲自押运贺天保的灵柩,送回故乡去安葬。施公也收齐了灾民的花名册,开始散发赈粮。经过了半个月的忙碌,放完了赈粮,就带领着众英雄,回到京城,向康熙皇帝复命。

五、捉刺客黄天霸黑夜打飞镖

当施公率领着众英雄赶回北京,路经德州时,州官穆音歧就迎接他到州衙里休息。

钦差大人的来到,在本地可以说是一件惊人的大新闻,当天,这消息立刻就传遍了城里城外。

那些吃过本地贪官土豪苦头的老百姓,就写好状子,拥到州衙里来,向钦差施大人呈诉。

施公翻了翻五六十份状纸,其中二十多份,是告本地皇粮庄头黄隆基和他的管家乔三两个人的。黄隆基的罪状包括强奸、侵占、杀人、欺人等,真是一个无恶不作之徒。

施公看完状子,提起笔来,亲手写了一个请帖,然后叫听差把关小西请来,对他说:"你拿着我这份请帖,去请黄隆基来喝酒。他是本地的皇粮庄头,是一位替皇帝收租的人。"

施公吩咐过以后，就坐轿子到金亭驿去休息。

小西从州衙出来，一路打听皇粮庄头的地址。靠了他的脚步轻快，没有两个时辰，就到了皇粮庄外的一家小酒馆门前。

"先喝碗酒，壮壮胆子再进去。"关小西心里这样想，就跨进路边那家酒店去。

喝了一阵酒，他和店小二搭讪起来，向小二打听皇粮庄头的黄家住在哪里。

"就在前面。出门转一个弯儿，就看见一个树木森森的大庄子，那就是皇粮庄。"

小西按着小二的指点，出了酒店，拐了一个弯，果然一座大庄园出现在他眼前。

小西走到了一座桥边，看看过桥不多远，就是皇粮庄。

他正兴冲冲地向桥那边走去，却从路边另一家小酒店里，跑出两个凶眉恶眼的大汉来，拦住了他的去路问道："你这家伙到哪里去？不说清楚就打断你的骨头！"

关小西看两个人那副凶恶的样子，本想跟他们动手，可是再一想，自己是来办事的，不能发脾气耽误事情，就装起笑脸说："二位老哥，我是到庄上去的。"

"到霸王庄来？你这样不声不响地走进去，也不怕被狗咬掉脑袋？"说着，那两个大汉就凑近小西身边来。

“谢谢二位的提醒,我是奉钦差大人的命令,到庄上来下帖,请庄主去喝酒的。”

那两个人听说小西是钦差大人派来的,马上收敛了凶恶相,很客气地问:“请教贵姓?”

“我姓关。”

“关爷,请吧!”

小西就跟着他们走进庄去。在路上闲谈,才知道当中的一个家伙叫做胡可用,是皇粮庄上的家丁。

胡可用从关小西手里接过请帖,就送交皇粮庄的大管家乔三。乔三接过帖子,打开看了看,冷笑说:“施不全设下圈套了!幸而请帖先落到我手里!”

乔三进去,把请帖送给庄头黄隆基。

“这施钦差倒还懂事,知道在这德州地方有我这个姓黄的。既然这样,倒不能不去一趟了。”黄隆基点着头说,样子非常得意。

“庄主,你真以为这是施不全的好意吗?”乔三紧张地说,“这是一个骗局呀!一定是有人告了庄主。庄主如果真的去了,那可就上了老施的圈套了!”

“依你说,该怎么办?”

“这很容易,先叫那个送信的回去,赶紧把东院的几个好汉

请过来商量。最好,就在今天夜里,要他们派人到金亭驿去行刺。"

"对了,斩草除根,才是最好的办法。"黄隆基点点头。

乔三就走到外面来,叫关小西回去,要他告诉施大人,黄庄主因为害了心痛病,不能去喝酒,等病好了以后,再去赔礼。

这黄庄主不肯去,关小西也只好失望地回去。不过,当胡可用陪他出来的时候,他还是打听明白,那管家叫乔三,是庄主的一个得力帮手。

关小西走了以后,黄隆基立刻叫人到东院去,把褚彪、朱光祖等几个好汉都请了来。他告诉大家,施不全派人来请他去喝酒,他认为是设下圈套要骗他。为了要保证他的安全,他希望有人肯去冒险行刺。不管是谁,只要行刺成功,他一定重重地酬报。

"咱们只讲朋友的义气,报酬不要谈!既然庄主要这样做,那就让我到金亭驿去一趟,把那施不全的头颅带回来就是了!"朱光祖听完了黄隆基的话,立刻自告奋勇要到金亭驿去行刺。

"那就劳你驾了!"黄隆基喜出望外地说。

"小兄弟,你得要小心!听说施不全周围有几个好手,你去可别丢了我们绿林的面子呀!"褚彪提醒朱光祖说。

"这个我知道,我一定带了施不全的脑袋回来跟大家见面!"

朱光祖的话说得非常肯定。然后就去准备天黑到金亭驿去行刺。

关小西回去,当着黄天霸等几个好汉的面,把到皇粮庄送请帖的经过,向施公详细报告。黄天霸听完关小西的话,在旁边冷笑了一声。

"天霸,你笑什么?"施公奇怪地问。

"黄隆基那家伙一定猜到大人请他喝酒的用意了。他不但不来,今天晚上还会派人到金亭驿来行刺大人呢!"黄天霸说。

"你怎么会知道?"施公又追问。

天霸就把他在绿林中听来的话告诉施公。这是说黄隆基有个管家乔三,是个出了名的足智多谋的坏蛋,今天请不到黄隆基,一定是那狡猾的乔三出的鬼主意。乔三为了斩草除根,可能今夜会派人来行刺。

"既然这样,就得好好防备了。"施公说。

"不要紧,有我和小西在这里,足可保护大人的安全。"黄天霸说完,就出来找关小西商量晚上该怎么来捉拿黄隆基派来的刺客。

朱光祖在三更天时,换上夜行衣裤,到了德州城里的金亭驿,他先绕着围墙转了一个圈子,最后,在更房边的风火沿上,翻过墙去,趴在屋顶上,向四周察看。

这时已经更深人静,只在前面的屋内,漏出了几点灯光;后面的屋子里,到处漆黑一片。他就爬到前面的屋顶上,低头向下面看,看到西厢房里,又漏出较强的灯光来。

"也许是施不全的阳寿已尽,可能那就是他的房间。"他想到这里,非常得意。一个飞燕穿帘势,跳上屋顶去,蹲在西厢房外面的墙头上向屋子里偷看。

可是,看不出屋里有丝毫的动静来。他就从墙头上又跳到厢房的窗沿上,用舌头舔破了窗户纸,闭起一只眼睛,从纸洞往里面看。哦!那个面貌丑陋的施不全,正在灯下看书。

他想要劈开窗户进去,又怕响声太大,便翻过屋顶,跳下院子里,从前边穿到那间厢房去。

他以为在神不知鬼不觉间就可大功告成。哪想到黄天霸和关小西对于他的行动,早在黑暗里看得清清楚楚。

朱光祖在院子里落了地,一看从正厅到厢房是一道回廊,沿着回廊是一扇落地槅子长窗,要进入西厢房,一定得从厅门口绕过去才行。

他就拿着两把斧头,直向正厅廊下走去。哪知道,他刚走到廊沿边,正想跨上台阶,一个雪亮的小东西,直奔到他的大腿上来。

他哪里知道,黄天霸的飞镖早已准备好在等候着他。黄天霸要留活口,只向他的下身打来。朱光祖挨了一镖,又听见这样一声大喝:"歹徒往哪里走!"从黑暗里跳出一个人来,举刀就砍。

"小西,留下活口来!别害他的性命!"黄天霸怕关小西杀死了刺客,死无对证,找不到锁拿黄隆基的人证,便大声嚷了起来。

"刚才飞镖的,可是黄天霸?"朱光祖听到黄天霸的声音,急忙大声地问。

黄天霸一听这声音很像老朋友朱光祖,便也急忙问道:"你可是朱光祖老大哥?"

这时,黄天霸已经一个箭步,冲到朱光祖面前,两个人尽管在黑暗里,还是辨认得出来,立刻很兴奋地拉着手。在旁边的关小西听清楚两人是老朋友时,便插嘴道:"既然是黄大哥的老朋友,就请里面坐吧!"

大家进了屋子,朱光祖自己动手,拔下腿上的镖,交给了天霸。

天霸一看朱光祖的腿一个劲地流着血,急忙取出金枪药粉,给敷在伤口上止血。

关小西赶紧敬茶。天霸就问朱光祖为什么要在夜里赶来行刺。朱光祖就把黄隆基叫他来行刺的经过说了出来,最后又说:"我如果知道老兄跟随施大人,我是绝不来行刺的,哈哈!"

天霸打了朱光祖一镖,心里很难过,就吩咐差役拿出酒菜来给他压惊。当他们三个人正在喝酒聊天的时候,想不到施公看到了雪亮的灯光,也不声不响地走了过来。

黄天霸只好把朱光祖介绍给施公见面,说明是黄隆基派来的刺客,也是他的老朋友。

施公听了,不但不生气,反而叫厨子添了几样好菜,款待黄天霸的这个老朋友。施公的这种宽宏的态度感动了朱光祖。他就对黄天霸提出建议,第二天由黄天霸陪着施公到皇粮庄去拜会黄隆基,等黄隆基出来迎接时,黄天霸就下手捉拿他。庄里面的那些绿林人物由朱光祖对付。这样里应外合,黄隆基的巢穴一定可以扫荡干净。

黄天霸听了,立刻就接受了。朱光祖喝完酒,也就赶回皇粮庄去。见了黄隆基,只说今夜行刺失败,明晚再去。乔三尽管是一个鬼精灵,听了朱光祖的话,也深信不疑。

第二天,施公率领着当地的文武官员,到皇粮庄去拜客,轿子到了庄门外停下,叫差役送进名帖去。

黄隆基一看到施钦差来拜访,感到光荣,也怀着几分惶恐。昨天因为听了乔三的话,没有接受施钦差的邀请,竟使他率领文武官员亲自来访,感觉不大妥当。于是,在管家乔三的陪同下,黄隆基穿着簇新的衣服,走到施公轿子前,双膝跪下拜见钦差大人。

"快把庄主扶起来!"

施公这样一说,黄天霸和关小西两个人,就从左右抓住黄隆基的胳膊,用力往上一提,跟着又往后一扭,就把他按倒在地下!黄隆基一面挣扎,一面回过头来想说话。郭起凤和王殿臣也跑了上来,按住他的两条腿,并从腰里解出绳子来,把黄隆基捆了个结实。

黄隆基躺在地上挣扎叫骂,要施公小心,三天之内,不除下施公头上那顶纱帽,他就不算好汉!施公并不理他,最后还是把他带进城去。皇粮庄的几个绿林大盗,一听到庄主被施公捆走,正要杀出庄来,却被朱光祖拦住,经过几阵厮杀,就把褚彪等全部制服了。但是管家乔三却逃走了。

施公回到德州,马上到州衙升堂审问黄隆基。黄隆基自恃北京索亲王是他的好朋友,显得满不在乎,他相信,只要过个三五天,索亲王的信一到,不怕施不全不放他回家。所以施公审问他的时候,所有罪状他都不肯招认。

施公知道这个案子不能拖延日期,黄隆基既是皇粮庄头,一定和京里的王公大臣有关系,万一真有皇亲国戚写信来说情,那就真难办了。于是,他就下令用刑,用夹棍把他夹起来。黄隆基就在夹棍的逼迫下,对人们所控告的那些罪状都招认了。

当天晚上,施公决定先斩后奏,在第二天上午,就把黄隆基绑出去斩首示众！可是，他也想到，黄隆基不但在京里有大的人情，就是在当地，恶势力也已是根深蒂固，为了要防止意外，他不能不先做一番周详的安排。

他把黄天霸叫来商量。两个人商量的结果，第一要防备的，是在行刑的时候，土匪的武装暴动，抢夺人犯。第二是要紧闭城门，免得歹徒混进来捣乱。

这样决定以后，施公又把德州的知州穆音歧请来，交代他两件事情：第一是要他命令本城的武官，明天带领军士，一清早到城外四周去打猎，镇压土匪。第二是要他下令关闭城门，等黄隆基斩首后再开城。穆知州奉令后立刻回去安排执行这两个任务。

第二天正午，黄隆基就被五花大绑着押解到法场上，刀斧手托着一把雪亮的大刀，站在黄隆基身旁，只等坐在监斩台上的钦差施大人命令一下，就砍下他的脑袋。

正在这个时候，一个人骑着一头快马，跑到了监斩棚边，跳下马来，在施公案前跪下，大喊："刀下留人！"

"哪里来的命令？"施公问。

"是皇上的命令！御旨已经到了北门外，因为城门紧闭，命令送不进来，请问钦差大人这该怎么办？"那人跪在案前请示。

施公听了，迟疑了一下，就挥着手说："你站起来，我们一起

出城去接旨。"他又回头命令知州穆音歧说，"你代替我作监斩官！"

施公说完，提起笔来，写下了几行字，交给了站在案前的黄天霸说："你先看一遍，然后再交给小西看！"

天霸接过字条看完，跟着就去找关小西。小西来了，看过字条，点了点头，把字条又交还给施公。

施公把字条又交给了知州穆音歧，并这样说："我马上就走，请你代我监斩吧！"

穆知州看过字条，点点头，站起身来，送施公走出监斩棚，他自己就坐上了监斩官的位子。

施公在黄天霸和关小西的前后拥护下，跟着那头快马，一起飞也似的奔向北门去。

一出北门，果真在眼前出现了一队龙旗王仗。在中间的一匹马上，坐着一个太监模样的人，身上背着一个皇家公文袋。

关小西抬头一看，跟这人并排着的马上，坐着一个凶眉恶眼的家伙。原来他就是黄隆基的管家乔三。小西就跑到施公身边，拆穿了这个秘密。

照例，不论怎样大的官员，一看到背着皇家公文袋的差官，都须跪地迎接。施公被小西那样一提，对于这队人马，心里尽管起了怀疑，可是，他还是跳下马来，就地跪下，嘴里请罪说："我不知道差官驾到，没有远迎，还请原谅！"

那些打龙旗的人，一看到施钦差跪在地下，就一个个慌忙从马上跳下来。那个背着御旨的太监和乔三也都下马了。

哦，原来这些人都是假的！这样一来，施公就看出了破绽，因为要是真的传御旨的话，是绝对不会下马的。

可是，施公还是跪在那儿，不肯站起来。那太监就跑上几步，伸手搀扶施公说："这不是皇上的命令，是娘娘的懿旨，请施大人宽恕皇粮庄头一次！我好回京复命。请快站起来！"

这种举动，更是失了差官的身份。施公尽管已经断定这是一场假把戏，可是，为了要捉住乔三，他一点儿也不露声色，一面站起来，一面说："娘娘的命令，当然也要服从。"他立刻回头命令小西说，"赶紧放炮，好叫刀下留人！"并且对那个太监说，"皇粮庄头如有亲丁在这里，叫他赶快跟着我们的人，飞马跑进城去，喊着'刀下留人'。"

乔三听了，马上说他是皇粮庄头最亲近的人，于是，他就跟着黄天霸和关小西，一起飞马进城。施公陪着这队龙旗王仗，一起进城。

乔三在路上，怕刑场上已经动手，便一路上大叫"刀下留人"。天霸和小西听他不断地喊叫，暗暗好笑。城外刚才那炮声一响，城里刑场上的刀斧手，就一刀砍下了黄隆基的脑袋！

原来，施公离开刑场时，早就想到这可能是一场假把戏，因为北京来的命令，不管是怎样快的马，也不能在这个时候到达。所以他就在字条上写好，一听到城外的炮声，就令刀斧手施刑！

所以城外的炮声一响，黄隆基的脑袋就落了地！

乔三跑进刑场一看，才知道上了圈套了。于是，他跳下马就往人堆里钻去，消失了踪影，因此，他又多活了几天。

那队龙旗王仗，冒充传送皇家命令的人，都被一网打尽。在严刑的审问下，那个假扮背公文袋的差官，是一个被开革了的太监，住在德州乡间。那一群掮旗骑马的人，也全都是乔三花钱雇来的，怪不得他们一看到施公下跪，就吓得滚下马来。

经过几天几夜紧闭着城门的搜索，乔三终于被抓住，他是冒充皇家龙仗的主犯，当然逃不过做刀下鬼的命运。其余那群被他收买、冒充皇家仪队的乡下佬，连同那个被革职的太监，施公原谅他们受了乔三的欺骗，每个人打了二百板子释放了。

六、 寻失马关小西怒打独眼龙

乔三被施公杀了以后,他的兄弟乔四一心要替哥哥报仇,就去向黄隆基的小舅子罗似虎哭诉,一定要报仇雪恨。

罗似虎住在景州乡下,外号活阎王,也是一个大恶霸。他一听说他的姐夫黄隆基已经家破人亡,就暴跳如雷地说:"施不全!老子不搞掉你的脑袋,就不算是人!"

罗似虎还不知道,施公已经收到了不少状子,都是控告他滥杀平民、欺侮善良,而且正在找他呢!

黄天霸和关小西二人这几天都出门去了。黄天霸是趁着空闲,到山上去找王栋的。关小西是到本地绅士王善人家送帖拜客。

施公接到那么多的诉状,等不及黄天霸等回来,就叫老家人施安找了一套旧衣裳,买了一块白布,写上看相算命的招牌。他决定化装成一个算命先生,到罗似虎家去走一趟,密查一下这个人到底是不是一个恶霸。

"我要出去调查罗似虎的案子,千万别叫旁人知道。天一黑,我就回来。万一到时候回不来,那大概是出了事,黄天霸和小西回来,你告诉他们好了。"

施公换上那套旧衣服,带着那块用竹竿子穿起的算命招牌,从驿馆后门溜了出去。这时已经是秋末冬初,野外一片枯凋景象。施公出了城门,漫步向前走去。

从清早出门,走到下午,施公足足走了三十来里路,才到了景州地界。虽然中午他在一家小馆子里吃过一点酒饭,可是路走多了,肚子又感到饥饿,而且浑身寒冷,双腿酸痛,他实在需要休息一下。

他抬头看时,眼前出现一座大村子。村上有一座高大的院落,看那宽敞的门房和墙角上高耸着的几座更楼,使人相信这一定是一户官宦人家。在这样穷僻的荒村里,会有这样一幢大厦,他决定要看看这到底是什么人的住宅。

他踱到大门口,向里面望了望,就有人从门房里探出头来问道:"你鬼头鬼脑的在看什么?"

"我是算命的!"施公急忙辩解。

"谁信你的话,抓起来再说!"那门房一把就揪住了施公。

大概里面听到了门房在吵闹,走出了一个人来。施公看那人的衣履非常讲究,还以为是主人呢,哪晓得他是管家张才。施公正想和他打招呼,那门房却先说:"这家伙在这里东张西望,所以我把他捉了起来。"

"放手! 不要随便欺负出门的人!"那人叫门房放手,同时问施公,"你到这里来是要干吗?"

"我是算命的,路过这里,这位老兄太多心了,把我抓了起来。"

"我们很想请你算算命,不过老爷快回来了,不大方便。"

"既然这样,就改天再来吧!"施公离开了这个村子,走向大路去。

路边是一家带卖酒的小茶馆,施公走了进去。一面要来酒喝着,一面跟店小二闲聊:"请问东边那幢大房子,是什么人的住家?"

店小二就接近施公身边,小声地回答:"那村子叫做独虎营,庄主就是外号叫"活阎王"的罗似虎! 是一户有钱有势的人家,他的大哥在北京千岁宫里做总管,可惜竟做些坏事,名誉不大好!"

"都做些什么坏事?"

"客人,我们要多嘴,给罗府的人知道,会找我的麻烦!"

施公付了茶酒钱，正要走出酒馆。却跑进一个人来，到了他身边，从上到下看了一个仔细，然后说："你可是算命的？"

"是的。"施公回答。

"我们庄主要你去算算命，走吧！"

"要算命请到这里来，天快黑了，我就要回去了。"施公看情形不好，立刻拒绝了。

"要你去就得去，马上就跟我走！"那人一把揪住施公，不由分说，拉着就走。施公仔细一看，才看清楚这人就是刚才骂过他的那个门房。

"去就去，你放手好了。"施公看看推不掉，就叫那人放手，跟着他走进罗似虎的家门，转弯抹角，来到大厅，抬头一看，大厅正中央，坐着一个满脸横肉的人。

这一定就是罗似虎，今天要吃眼前亏啊！施公边想边着急，那人开口就问："施不全！你在捣什么鬼？到我家来东张西望，在想什么鬼主意？"原来施公早被乔四看穿，在罗似虎面前揭破了这个秘密。

"我是算命的，不姓施，姓任，叫任也方！"施公装出从容不迫的样子。

"施不全，你还想狡赖，你脸上的麻子就替你做了证人！我问你，我家姑老爷黄隆基跟你有什么仇恨？你害得他家破人亡！"

"庄主，你讲的话我都不懂，我实在是个算命的。"施公坚决否认，一口咬定自己是个算命的。

罗似虎就叫人把乔四叫出来说："乔老四，你再看清楚，别冤枉好人！"

"不会冤枉的！我在德州衙门的大堂上，两次看过他审案子，这一副鸡胸、麻面、歪嘴巴、左眼睛萝卜花的怪相，绝不会看错！"乔四说出施公的许多特征来。

罗似虎点了点头说："施不全，这回你赖不掉了，乖乖地承认，也许我还会给你些便宜呢！"

"庄主，天下相貌相同，身材相同的人太多了，我根本不是施不全啊！"

"哈哈，把你烧成灰，我也认得出来！你害了我主人一家，杀了我哥哥，我和你仇深似海！你既然自投罗网，我还能放你走吗？"乔四一骂，连罗似虎也冒起火来，就对站在旁边的胡可用说："去拿石灰来！先揉瞎这瘟官的眼睛！"

胡可用就是到酒店把施公带回来的那个门房。他为了施公，曾经挨过管家张才的骂，所以，他对施公早就怀着满腔敌意，一听说要他去拿石灰，就高高兴兴地跑了去。

就在这个时候，管家张才走了进来。他凑在罗似虎耳根说："吴家村的王举人来过，他情愿拿一百两银子，把杨龙、杨兴两人赎出去。"

"现在不谈这个，等办完施不全的事再说！"罗似虎说。

"施不全！我问过他，他说姓任，是一个算命先生。"张才不相信这人是钦差。

"他瞎了眼睛，害了我姐夫黄隆基的一家，所以我要用石灰来揉瞎他的眼睛！"罗似虎很坚决地说。

这时，胡可用拿来了一包石灰。施公望着那包石灰，不禁心惊肉跳。他并不怕死，可是，眼睛要被弄瞎了，不死不活，倒比死还难过。

张才望望那包石灰，看看站在那里发抖的施公，又对罗似虎说："庄主，我不相信这人是施不全，姓施的是钦差，坐的是八人大轿，出门的排场何等威风，怎会独自出来冒险？再说，施钦差要到景州，今天从景州来的人，说他还没有到。庄主，施不全既然还没有到景州，怎会跳过了景州，先到这里来呢？"

听了张才的话，罗似虎觉得也有道理，就叫手下人先把这个身份不明的人痛打一顿，捆起来锁在粮仓里。等明天派人去景州探听，如果明天施不全到了景州，就把他放了。要是施不全没到的话，那么这个人一定是施不全，就砍下他的脑袋，挖出他的心肝，来祭祀姐夫黄隆基。

于是，施公只挨了一顿打，就被送进粮仓里去了。

再说关小西到王家去送拜帖，出来一看，拴在王家庄院前的马不见了。他赶紧追出庄子，老远看见好多马，正由一个人赶着往北走去。他追过去一看，他的马果然夹在那马群里。原来那马群在村前经过时，他那坐骑挣脱了缰绳，挤进这马群里去了。

小西追上去，大声喊道："喂，前面那位赶马的朋友，停一停，我的马跑进你的马群里去了。"

可是，那赶马的头也不回地一直往前赶路。转眼就走进了一个村落里去。那赶马的等马群都走进村口时，就把村口的大门关上了。

小西赶到村口时，门已关上了，他便站在那里大声叫喊，一面"砰砰砰"地敲门。

可是，村子里没有人理。小西怒火上冲，一脚就把那扇门给踢开了。

想不到，这就是王栋的舅父丁彪家里。丁彪外号神行太保，是一个退休的镖客，现在在家里收了几个徒弟，传授他们武艺。小西把门一踢开，就有一个小伙子出来说："你是谁？为什么来踢我们的门？"

"对不起！"小西赔着笑脸说，"我的马混进了你们的马群里，我是来找马的。"

"你也不打听打听，就敢来踢我们的门！"那小伙子立刻变了脸色。跟着又跑出两个小伙子来。

"你打算吞掉我的马吗？不把马交出来，不要说踢你们的门，连你的狗窝也一样给拆掉！"关小西说完，抬腿又踢倒另一扇门。那三个小伙子没留神，都被给压在门底下。

三个小伙子吃了这个眼前亏，爬起来，指手画脚地大骂起来。这阵吵闹惊动了正在里面配药的丁太保，就问："外面吵什么？"

这时，跑进来一个叫做大哥儿的佣人来，说："不好了！老爷，一个醉鬼把咱们的门给踢倒了！"

丁太保一听，立刻冒火十丈，跑到大门口叫道："什么人敢到这儿来捣乱！"这时，他看见他的八个徒弟正围着一个小伙子，拳打脚踢，打成一团。

关小西正单枪匹马，应付八个人的围攻，看见里面又跑出了一个英武的老人家来，心里想，要是这人也上来动手，可就糟了。

可是，丁太保看见他的八个徒弟打一个人，已经很不好意思。又看见那个小伙子拳脚精通，应对自如，不由得暗暗称赞。

这时，他的二徒弟呼雷豹，被小西一脚给踢出了有四五步远，趴在地上直哼着。跟着，大徒弟独眼龙被小西一拳打中了那只好眼，立刻肿得像鸡蛋一样。

"这些业障！还不停手吗？"丁太保看看徒弟一个个被打败，心里又气又恨，终于骂起来，"八个人打一个还打不过，太丢

人了!"

那八个徒弟正在进退两难,听见师父一骂,正好趁机会收场。

"贵姓?"丁太保问小西。

"我姓关。"小西回答。

"朋友,你的拳脚确实不错,敢跟老夫交交手吗?"丁太保亲自向小西挑战。

"你那群小孙子都不是我的对手,难道我还怕你这头老牛!"小西骄傲地说。

"你敢在老夫面前撒野,你脱了衣服,咱们动手!"

小西就把羊皮袄脱下,把喜帖盒子放在旁边,两个人就拳来脚去地打了起来。两个人从天刚黑,一直打到月亮爬上树梢,还是难分胜负。

再说,黄天霸出来找王栋,目标就是要到王栋的舅父丁太保家里。可是,因为不认识路,直摸索到天黑,才找到了太保家里来。

他走到村口一看,正有一老一少在那里打斗,旁边围着一大堆看热闹的人。

他仔细一看,那个正在打斗的小伙子就是关小西。他很想喊一声,要小西停手,但是又怕小西回头来看时会受伤,所以没敢呼叫。这时,忽然有几个人到房里去,拿了武器出来要打小西。天霸一看不禁冒起火来,他双手一分,推倒了几个看热闹的人,就一声大叫:"我黄天霸来了!谁不怕死谁过来!"他这样叫喊的目的,是要使小西听了安心应战。小西听到了,果然勇气百倍。同时,丁太保一听到"黄天霸来了",立刻叫关小西跟他的徒弟一齐住手,走到黄天霸身边来,上下打量了一阵,然后开口这样问:"朋友,贵姓黄吗?"

"是的,我姓黄。"

"飞镖黄三太是你什么人?"丁太保问。

"是我父亲!请教老英雄贵姓?"

"我姓丁,失敬,失敬!久仰大名,尽管迟到今天才能见面,总还算我的运气好。我当年在苏州路上保镖,幸亏令尊三太爷仗义让我二镖,放我过去,至今感恩不尽!后来靠了李红旗的介绍,我们更成了好朋友!"丁太保把他和黄三太结交的经过说了出来。

天霸一听,才知道这位老英雄,就是王栋的舅父丁太保,便说道:"这样听来,有位王栋可就是您的外甥吗?"

"是的,王栋就是舍甥!你认识他吗?"丁太保一听黄天霸提起王栋,对他更加亲热。

"我不但认识他,他还是我和这位关小西的好朋友,今天我就是专程上府来找他。"

黄天霸就把王栋进入深山的经过，从头说了一遍。

丁太保弄明白自己和这两个小伙子的关系，急忙请他们到书房里坐。他听关小西说，才知道和他徒弟打架的原因，是来找寻失马，经他一查问，真的混了别人的马来。查明这是独眼龙干的好事，他就把独眼龙叫进书房来，当着客人训戒了一番。

王栋的下落，丁太保并不知道，因为王栋一直没有来看他的舅父。

黄天霸找不到王栋，又不放心施公一个人留在城里，第二天吃过早饭，就和小西辞别了丁太保，赶回城去。

七、 救钦差二英雄大闹独虎营

黄天霸和关小西两人在丁太保家里住了一夜,第二天一早就赶回德州去。

他们出来得太早,大雾还没有消散,黄天霸的马走向景州那方向去,所以,两人就在雾中失散了。

当黄天霸正在树林里找出路的时候,忽然从一棵树上,传来低微的呻吟声。他循着声音找去,终于在一棵树上发现一个人被捆在上面。他就走过去问:"你是谁?"可是那个人却不回答。黄天霸爬上树去,一看这被绑着的人,嘴里塞着棉花,怪不得不说话。这人身上只穿了一件单薄衣服,在这样冷的天气里,时间久了,很可能冻死在树上。

他给那人解开绑绳,掏出了嘴里的棉花来,同时从身上脱下一件小棉袄,给他穿上。

那人已经昏迷过去,只剩下一丝微弱的气息。天霸把他驮在马背上,走出树林,看见附近有一个破庙,就牵着马走过去。

天霸在破庙里找到一个老和尚,给他一点钱,叫他给熬了一大碗姜汤,给那冻僵了的人灌下去。那人一喝下这热姜汤,就慢慢苏醒过来。

天霸把救他的经过告诉他,那人就说:"救命恩人是从德州来的吗?"

"是的,你怎么会知道?"黄天霸惊疑地问。

"我的东西被土匪抢走,身上的棉袄被扒去,因为我骂了他们几句,他们就把我绑在树上,嘴里塞上棉花,要冻死我,总算我命不该死,遇到了你这位救命恩人!"说到这里,那人从床上爬起来,跪在地下向黄天霸和老和尚磕头。

"你怎么知道我是从德州来的?"天霸又追问他。

"我前两天也在德州,看杀黄隆基时,看见恩人也在场。同时,钦差施大人的面貌我也看得很清楚。可是昨天晚上,我在独虎营罗似虎的家里,也看见了施大人,因为我的姐姐,就在罗家当女仆。"

"施大人怎会在罗家?"黄天霸急忙追问。

"听说施大人假装算命先生,到罗家私访,被黄隆基的家丁乔四看出,就把大人抓住。罗似虎是黄隆基的小舅子,听乔四的报告,才知道黄隆基被砍头了。施大人尽管咬定自己是算命先生,但是乔四在德州见过他,所以认得出来。结果施大人被毒打了一顿,现在被捆在粮仓里。他老人家的性命,恐怕熬不过今夜呢!"

黄天霸听完了这个惊人消息,立刻问明白到独虎营的路程,急忙跑出庙去,跳上马,直奔独虎村去。

天霸快到独虎村的时候,在路边看见一家带卖酒的小茶馆,他就下马进去休息。因为天色还早,不是进独虎村的时候。他一跨进茶馆,想不到在旁边座位上坐着关小西。

小西一看到黄天霸,就想站起来招呼他。天霸急忙使了个眼色,小西明白了,也就只管自己喝酒,不理睬天霸了。

天霸坐下来,先泡了碗茶,跟着又叫酒菜,慢慢喝着酒,故意拖延时间。

看看时候差不多了,天霸付了茶酒钱,先走出了茶馆。过了一会儿,小西也会了账,走了出来。

天霸在一个没人的小树林边,等待着关小西。小西出去,不一会儿就找到了他。

"你怎么到这里来的?"黄天霸问。

"我们在大雾里失散以后,我很顺利地回到了金亭驿。可是回去一看,大人失踪了,听说一夜没有回去。我问了施安,才知道大人化装，出去密查罗似虎的案子。所以我就急忙赶了来。你呢?"小西说。

天霸就把分散以后的情形说了一遍。两个人就在树林子里一直等到天黑。

关小西只会在地上厮杀，却没有学过高来高去的功夫，所以飞檐走壁的那套玩意儿，他是不会的。天一黑，两人就一起跳进独虎营的围墙。小西绕到屋后，藏在后房的房顶上。天霸就穿房越脊，到处寻找施公，他蹲在后房顶上，向各处一看，只见院子里到处灯火辉煌，房内外来来往往的人也接连不断。

天霸把背上的单刀插好，又摸了摸口袋里的三支飞镖，正在着急不知道罗似虎究竟在哪一间房里，这个当儿，忽然从自己蹲着的屋子里，传出女人说话的声音:"妹妹，快点儿吧，大爷在书房里等急了!"

"又要蒸馒头，又要炒菜，我到底有几只手呀?"

"你别想舒服，等一会儿还得办喜酒呢! 今天晚上大爷要跟杨大的妹子，还有一个小寡妇成亲呢! 我现在要回书房去伺候大爷了。"

天霸听这女人说要回书房去伺候大爷，他就在房顶上紧紧地跟了过去。到了书房的屋顶上，黄天霸就躺在屋上雨水沟里，从天窗里，把书房里的情景看得清清楚楚。

一个黑脸皮、大耳朵、黄眼珠,满脸横肉的大汉,带着浓厚的酒意,正和身旁的两个女人说笑。黄天霸猜这家伙一定就是罗似虎。接着,又听见罗似虎说:"吃完了,收起碗筷,叫乔四来!"就在仆妇收拾饭桌的时候,一个下人打扮的人,走进来向罗似虎磕了个头。

"乔四,看清楚没有,那家伙到底是不是施不全?""大爷,小的看得千真万确,他一定是施不全!"天霸听到这里,不觉宽了心,因为他知道施公还在人间。

"既然你没有看错,只好一不做,二不休,杀了他给我姐夫报仇!"

"只要大爷下了决心,事情就容易办。等一会见,让小的去一刀结果了瘟官的性命,再把他切成八块,装在麻袋里,背到后园子里一埋,不就全解决了!"

黄天霸在屋顶上听着,真恨不得一镖打下去,先干掉乔四再说。不过,再一想,这样一来就救不了施公,只得暂时忍下气来。

"你要是办得干净利落,我就赏你一百两银子。不过,万一这不是施不全,明天他到了景州,不是白忙一场吗?"罗似虎又迟疑起来。

"那有什么关系,真武庙的六和尚,原是绿林出身,飞檐走壁,刀枪棍棒,样样精通,我跟大爷到庙里去见他,花点钱请他到景州去暗杀了施不全,不就行了!"

乔四一提到六和尚,罗似虎又高兴起来。因为他曾经听他的好朋友石八提过这个和尚,只要跟石八说一声,就不难请六和尚去干掉施不全。他想到这里,就答应乔四说:"好,就决定这样办。现在还早,等夜深了,你就去下手吧!"

罗似虎才说完,就有个女佣进来说:"后面的酒席摆好了,请大爷去跟新奶奶吃喜酒!"

罗似虎走出了书房。黄天霸也转移到别处,继续寻找施公的下落。

再说施公被捆绑着手脚,嘴里塞满了泥巴,高高吊在粮仓的屋梁上。时间久了,口水把泥巴浸湿,慢慢地吐了出来。

"哎哟,痛死我了!"他全身疼痛难忍,不由得叫了出来。这时,黄天霸已经到了粮仓的屋顶上,他往下面一看,在一条通到这边来的长廊里,出现了一个人影。

天霸趴在屋檐上,仔细往长廊里看时,那个人影手里拿着一把单刀,估量这影子的身材,很像乔四。

"这混蛋果然来了!"黄天霸在自言自语着,就从身边掏出镖来,往那黑影打了过去。

只见那黑影晃了几下,就倒了下去。

黄天霸轻轻地跳下地来,往那倒在地上的黑影跑过去。忽

然间,从黑影背后又赶来一个黑影,举刀就向那倒在地上的黑影砍去。

天霸跑过去一看,原来是关小西到了。

"你怎么也会来了!"天霸轻轻地说。

"我等得不耐烦了,就四处寻找,最后发现这个家伙手里提着刀,我就跟了过来。"关小西回答。

"幸亏你没有把这家伙砍死。"黄天霸看了看躺在地上挣扎的乔四,然后把手里的刀指着他的脸说:"施大人在哪里?"

天霸说着,一面把打在乔四耳朵旁的镖拔下来,收了回去。

"在前面那间粮仓里。"腿上挨了小西一刀的乔四,神志还很清醒,指了指前面那排房子说。

"带我们去!"

黄天霸拖着乔四就走。到了吊着施公的那间房子门口,乔四指着说:"就在这里。"

小西从乔四身上解下腰带来,把他捆在窗户上,然后又抓起一把泥土,把乔四的嘴巴塞上。黄天霸扭断门上的锁,两人摸进那漆黑的屋子里去。

想不到黄天霸和关小西的行动,已经被一个叫做李兴的仆人看见了,他急忙跑到罗似虎房间里去报告:"大爷,不好了!"

"什么事,大惊小怪的?"罗似虎不耐烦地问。

"我刚才从仓房那边走过来,看见两个人拖着乔四,往仓房里走去!"李兴结结巴巴地说。

罗似虎一听,吓得浑身发抖地说:"这……这怎么办?"

"我叫你少惹些是非,你不听话……"罗似虎的妻子是个很贤淑的女人,常常规劝她的丈夫。

"事情已弄成这样了,再说这些话还有什么用!"罗似虎生起气来。

"大爷,这到底要怎么办?"李兴又着急地问。

"叫管家召集长工,先把那两个人逮住,明天再去找石八爷来商量。"

"大爷,外面有大群的官兵来到了!"另外一个仆人又跑来报告。

原来,城里的守军也派兵来救施公了。

"大爷,官兵到了,我看还是赶快躲一下的好!"李兴说。

"躲到哪里去呢?"罗似虎听说来了官兵,吓得没有了主意。

"到北京千岁府大老爷那里住一段时间,不是很好吗?"李兴倒很有主意。

"好,你就去拉马来,跟我一起走!"罗似虎收拾了一些随身携带的东西,悄悄出了后门,骑上马逃往北京去了。

黄天霸和小西摸进了粮仓里,小西取出火种,燃上火,把屋里照亮，才看见施公被吊在梁上，急忙把施公解救下来。

罗家的管家张才，看看夜深了，怕施公会被他的主人派人给谋杀掉，所以就一直注意着这边的动静。这时，他忽然看见这屋里发出火光，不由大吃一惊，他想一定是有人进去杀害施公了，就慌忙跑了过来。

他刚跑到粮仓门口，听到了脚步声音的关小西，就跳出来一把揪住他，拖进屋里去。

黄天霸正要把张才捆起来，张才赶紧说明，罗似虎本来要用石灰揉瞎了施公的眼睛，是他想主意给拦住了，要不相信，可以当面问问施公。施公仔细看了看张才，点点头说："是的，他是好人，不要为难他。你们快去捉罗似虎、乔四、胡可用三个人。"

黄天霸回答说乔四已经抓住了。于是，他把施公交给张才保护，就和小西去逮罗似虎。找了半天找不到，还是张才从李兴家眷的嘴里，问明白罗似虎已经带着李兴，逃到北京去了。黄天霸就叫张才备马，直向北京大道追去。

再说，罗似虎带着李兴，在黑暗中拼命赶路。才走到半路，忽然从树林里冲出十多个骑着马的人，把他们主仆团团围住，吓得罗似虎的灵魂飞上半天，他想，后面一定有追兵，现在又遇上了土匪，这条命是完了。急忙中他回头一看，李兴却不见了！

"哎，上了这奴才的当了，现在他跑了。"罗似虎一看不见李兴，心里更着急。

"喂！你快留下买路钱！"这些手拿钢刀的家伙，大声呐喊。

罗似虎哆嗦着求情说："请各位赏个脸，我匆忙出来，没有带盘费，等上京见了千岁爷，回来一定补！"

"什么千岁万岁，就是皇帝老子来了，也要留下买路钱！"

"哪有工夫跟他说废话，干脆切下脑袋当酒壶算了！"一个土匪说着，举起刀来就砍。

罗似虎急忙往旁边一闪，嚷道："让我说出个朋友的名字来，大家交交朋友！"

"你说说看！"

"列位大爷，我叫罗似虎，外号活阎王。我有个朋友，也是绿林出身，现在出了家，就是真武庙的六师傅。"

"原来你就是活阎王罗似虎！老子正要找你报仇，今天来得正好！下马受死！"罗似虎一通名道姓，反而惹出祸来。

"让他那样痛快的死，太便宜了，还是把他绑回去，慢慢收拾吧！"

"还是崔三哥说得对。"一个叫做刘虎的这样一说，活阎王就被拽下马捆上，拥进树林子里去。

八、 追恶霸黄天霸夜战黑森林

再说黄天霸追罗似虎,追了半个时辰,隐隐听到前面有急骤的马蹄声。他一面追赶,一面怀疑,难道活阎王躲在树林子里不成?

他才赶到那树林边,却从树林里响起一阵吆喝声:"你这厮快给大王爷留下买路钱,免得脑袋分家!"

"嘿,竟敢到太岁头上来动土!"黄天霸听了,心中暗暗好笑。

"把你的银子都拿出来! 没有钱,就吃你刘老叔三枪!"一个叫做小银枪刘虎的在大声威吓。

黄天霸一听,禁不住笑了起来说:"姓刘的小子! 你要杀得过你的黄祖宗,就给你银子!"

于是,刘虎骂着说:"姓黄的小子,吃我一枪!"举起银枪,向黄天霸胸口就刺。

黄天霸从鞘内抽出钢刀，只听见"哐啷啷"一声，钢刀就架住了银枪。刘虎连忙抽枪放马直冲了过来。

"好小子，大王爷不给你点厉害，你也不会害怕！"说着，刘虎用枪往黄天霸直刺。

黄天霸往旁边一闪，刘虎的枪就落了空，把刘虎气得满面通红。

天霸为了急于赶路，就想给这姓刘的一点厉害。刘虎也要争个面子，马上使出了一个拨草寻蛇的门路。黄天霸早看清楚他的来势，说声："好小子，在黄老爷面前使什么诡计！"

天霸一看枪到了近边，就把胳膊一扬，身子一闪，让过枪尖，一伸左手，就把那枪揪住，一面举起右手里的刀，喝声："小子看刀！"刘虎急忙跳下马去，一跤跌倒。天霸的刀砍中在马背上，那马痛极了，蹦了几蹦，就倒在地上了。

刘虎急忙从地上爬起来，捂着脑袋跑了。天霸看得哈哈大笑。

这时，刘虎的几个伙伴，黑面熊胡六、白脸狼马九等，又催马上来，围住了天霸。天霸骂了一声："你们这些不中用的东西！"跟着一镖飞了出去。

白面熊马九被一镖打翻在地上，另外的几个就吓得一窝蜂逃掉，去向他们的大王金大力报告。

金大力是个很有正义感的山大王,早就知道罗似虎是个欺压善良的活阎王,他看见众喽啰带回了这个恶霸,就叫人把他捆在尿桶旁,让他先吃一夜苦头,等明天再收拾他。这时,黑脸熊胡六,却上气不接下气地跑了进来说:"大哥,外面有只孤雁,非常棘手! 大哥不出去,他就要找上门来了!"

金大力一听,立刻气往上冲,把桌子一拍说:"哪里来的小辈,这样大胆!"

说着就脱下长袍,从架上取过一根棍棒,率领众弟兄,往外面直奔出去。

这时,天霸正要转身赶路,眼见又冲过来一群人马,领头的是一条大汉,一到面前,那大汉一棍子直捣了过来。

天霸急忙抽出刀来,当的一声,几乎把棍子砍断!

"这家伙倒真厉害,差一点把我的棍棒砍断。"金大力挨了这一刀,才发觉这只孤雁很不平常。第二棍就向天霸的坐骑腿上扫了过去。

天霸一看不好,急忙双脚离镫,一跃跳下地来。他才站定,马腿上已着了一棍,马立刻栽倒在地。

"好囚徒!"天霸怒气冲天地骂了出来,"吃我一刀!"说着,一刀就向金大力砍去。

金大力一个转身,一棍子把刀挡开。于是,两个人刀来棍

去，展开了一场龙争虎斗。天霸一面厮杀，一面也暗暗佩服金大力的本领。遇到了这个好对手，他本想好好地打一场硬仗，显显自己的本领，在绿林里多留点英名。可是，现在不是可以随便耽搁的时候，他要去追赶活阎王，不能不趁早结束这场厮杀。

天霸主意一定，就悄悄掏出镖来。

他紧握着飞镖，正想往那大汉的脑袋打过去，可是心里又迟疑了：这样的好汉，打坏了他的脑袋，未免可惜，不如打他下三路，让他知道我的厉害就够了！

拿定了主意，天霸一面招架，一面找了个空隙，一撒手就把手里的镖飞了出去。只听见"咻"的一声，金大力"哎哟"一声，就一个跟头栽倒在地。

众头目一看大王栽倒了，又不敢上去抢救，还是亚油敦李四有点胆识，喊了一声："众弟兄跟我上去！"他带着众人奔过去，围住了天霸。众喽啰急忙过去把大王扶起，打算抬回庙里去。

可是，金大力双手一挡，叫众喽啰站开，他坐在地上叫道："赶紧给我放箭，把这厮拿住！"

嗖！嗖！嗖！三支雕翎箭连续向天霸飞去。

完全出乎金大力的意料，这三支箭都被天霸——接住！

"咦！这家伙真有一手！"金大力坐在地上，一看到这个场面，不禁自言自语起来。

大家正在惊奇黄天霸的绝技时,庙里面又传来一阵嘈杂的人声。天霸他倒不怕敌人多,但是老这样纠缠下去,难免耽误追赶活阎王的时间,于是,他紧握刀柄,大声叫道:"要找死的,赶紧过来,早点杀光了,老子好赶路!"

果然,一转眼,那股人马就到了眼前,那个带头的是绿林中人,一看见金大力坐在地上,知道他已经吃了亏,就抢刀直扑过去。天霸也提刀迎战,两人立刻展开厮杀。

才来往了五六个回合,黄天霸就想使镖。当他伸手去掏镖的时候,听见对面那人大叫道:"你可是黄天霸老兄吗?"

原来这个赶来助战的,是在济南抢粮一战中不告而别的王栋。他看熟了天霸打镖的手势,所以天霸一伸手去掏镖,他就看出来这人可能是老朋友黄天霸。

天霸一听这人说话的声音很熟,而且很像王栋,便也急忙问道:"你可是王栋吗?"

"哈哈,一点也不错!"

王栋这样一回答,天霸就停了手,跳过去和他相见。

"王老哥,你找得我好苦,想不到会在这里见面!"

王栋就拉着天霸,去和金大力见面。金大力对于黄天霸的英名早就知道,今天虽然挨了一镖,还是很高兴和他见面。众头目和众喽啰知道这只孤雁原来是江湖上有名的飞镖黄天霸,大家都叹气地说:"唉,怪不得吃了这场大败仗,没有死在他手里真是运气好!"

王栋不放天霸走,硬把他拉到庙里去,摆出酒菜来,要他一起喝酒。

大家一面喝一面聊天。天霸才知道,金大力当了这伙绿林的首领,跟王栋干着这个占山抢人的勾当,都是不久的事。

天霸一心要王栋回到施公身边去,王栋总觉得没有脸见施公。但是,天霸因为急着要去追罗似虎,没有工夫多谈,就说:"各位,今天实在没有空,不能尽兴,只好失陪了!"天霸干了一杯酒,站起来就要走。

"为什么这样急?"王栋问。

天霸就把追捕罗似虎的话,说了一遍。

"哈哈! 你说那个活阎王吗? 早已捆在尿桶旁边了!"金大力笑着告诉天霸。

天霸听了,到尿桶旁看了看,果然不错,也就安心喝酒,等天亮押着活阎王回去交差。

再说李兴眼看活阎王被土匪绑去,急忙逃回去,找活阎王的好朋友石八商量,可是,当他赶到石八家里一问,石八已经到真武庙找六和尚去了。他只好又赶到真武庙去。

李兴跑到真武庙找到石八。石八就问他:"这样半夜三更的,你来干什么?"

李兴就撒起谎来:"我家大爷接到了京里来的通知,说是老皇帝在定海传见,叫他赶紧去。大爷就带着我,连夜起身。想不到走不多远,就遇到了一伙强盗,向我们要买路钱。凑巧我们没有多带银子,大爷就提出了六师傅的法号来,想吓退他们,哪知道,他们不但不买面子,反说出一些难听的话来,最后,还是把大爷绑了去。所以,我特地来送个信,让八大爷知道。现在我就要回去,好跟家里的人商量办法。"

"何必还要回家商量办法,难道我八大爷还管不了这点小事吗?"石八果然上了李兴的圈套。

跟石八一起赌钱的这一群,都是江洋大盗,只要肯动手,还怕几个拦路打劫的小强盗。

石八又问:"在什么地方遇见了那伙强盗?"

"大概在二十里外的树林子里,里面有座破庙。"

"哈哈!我还以为是什么人,原来是他们这一群!"六和尚听到这里,笑了笑搭起茬儿来。

"六师傅,难道你认识他们?"石八很高兴。

"怎么不认识?那都是些酒囊饭袋!像亚油敦李四,小银枪刘虎,不是说大话,只要我吹吹胡子,瞪瞪眼睛,管叫他们一个个吓倒,跪下来叫爷爷!"

　　石八听了特别高兴，心想，罗似虎这张肉票靠六师傅去卖个面子就可以放了。想不到六和尚又改了口气说："不过，我现在出了家，不能不守佛门的清规，哪还能去管这些闲事！"

　　石八听了，火气又冒到胸口来："六师傅，话不是这么说！你尽管守清规，我可不能罢休。不然，我们还能在这地面上混下去吗？你不去，我也要拼到底！"

　　"八太爷，我不过随便说几句，你为什么这样多心？不说罗老叔是八太爷的磕头弟兄，就是我和他老人家，也有点交情，要去就都去吧！"六和尚看见石八动了肝火，只好改变口气。

　　石八怕六和尚不认真，又故意问李兴说："你刚才说，你家大爷一提到六师傅，那些强盗，立刻说了些很不中听的话，他们到底说了些什么？"

　　"我家大爷，在强盗面前，提了提八爷和六师傅，那些强盗就说，你一提这些狐群狗党，更不放你过去。那个酒肉和尚，我们早晚要把他捉来，切下他的脑袋当夜壶用！"

　　"好个混蛋，竟敢在背地里骂我，我非把他杀个绝子绝孙不可！"六和尚气得跳了起来。于是，这群地头蛇一齐出了真武庙，要去搭救活阎王。

　　黄天霸正跟金大力、王栋在一起喝酒，喝得正高兴的时候，小喽啰慌张地来报告，外面来了一大群拿着短刀铁尺的人，嚷着要搭救罗老叔,冲向树林子里来了。

"哪里来的狗男女,敢到大王跟前撒野!"金大力暴跳如雷。

"金大哥,何必发脾气,我们出去看看到底是些什么人。"黄天霸取过单刀,转身往外就走。

王栋和金大力跟着天霸往外奔。背后还跟着一大群头目和喽啰。

天霸推开破庙的大门一看,外面真有一群人,在那里指手画脚地闹个不休。

"嘿,你们这些人,在这里闹什么?还不赶快滚开!"天霸走过去嚷了起来。

"快把罗老叔送出来,算是你们的造化,别等六老爷动了肝火,杀得你们一干二净!"六和尚说。

天霸看看那说话的人是一个凶眉恶眼的和尚,就说:"你是一个出家人,该去安心修道,为什么要到太岁头上来动土?老实告诉你,罗四是犯了法,被钦差施大人捉住了,不干这里寨主们的事。"

六和尚不知道这破庙里,最近来了一个金大力,更想不到今夜又来了黄天霸和王栋两条好汉,就说:"你这家伙不必废话,我们不管什么大人,只问你们要人,快请出罗老叔来,再要说个'不'字,六老爷就要动手了!"

"好个不知好歹的秃贼！我问你，你是哪一个六老爷的夜壶？"

"好小辈，竟敢出口伤人！别走，吃我一刀！"六和尚说着，向天霸迎面就是一刀。

天霸眼明手快，急忙举起手里的刀来招架。这时，早已激怒了旁边的金大力，他看见和尚一动手，也举起铁棍，猛向石八扑去，照着马腿一铁棍扫过去。那马怎能禁得住这一棍，马上翻倒，石八也被摔在地上。

金大力一个箭步扑向石八身边，正举起手里的铁棍，朝着石八的脑袋打下去。这时，破脑袋张三蹿上来，举棍一挡，却被打成两段。

张三吓出了一身冷汗，回头就跑，金大力三脚两步追上去，对准后背一棍，张三就应声栽倒。于是，双方兵马一齐动手，在那黑沉沉的树林子边上，展开了一场混战。

金大力咬紧牙关，抢着他手里的铁棍，逢人便扫。短辫子马三哪里知道金大力的厉害，挥刀扑过来。金大力一棍子扫过去，只听见马三"哎哟"一声，就倒了下去。

净街锣邓四一看短辫子马三倒下了，拔腿就逃，想不到金大力已从后面追上，一棍就把他打倒。

这时，石八看见亚油敦李四在旁边，跳过去，想给他一拳。

哪知道李四的手更快，一锤先打到石八肩上，石八晃了两晃，金大力跟着又给他一铁棍，把石八打倒在地上，喽啰们立刻给捆了起来。

真武庙来的那些土匪，一看他们的头儿被活捉了去，大家着了慌，没命地乱钻乱撞。白吃猴郭二，撞到黄天霸面前来，被黄天霸一刀给削去了半只耳朵，痛得他捂着耳朵逃命去了。王栋急忙放出飞抓，把郭二抓住，也给绑了起来。

众恶棍一看情形不好，打个暗号，一个个抱头逃走。只剩下六和尚还在和黄天霸死斗。

王栋知道天霸心高气傲，站在旁边，不敢上去帮助。这时，六和尚以为黄天霸筋疲力尽，勉强应战，一步紧一步地逼过来。可是，他的刀总是砍不到天霸。

两个人又厮杀了二十来个回合，六和尚终于喘起气来，浑身是汗。天霸就大声地笑道："秃驴，我看你的武艺实在平常！你也不认识我黄天霸，竟敢到太岁头上来动土，今天你的末日到了！"

六和尚听到这里，心里就有点儿懊悔，早知道黄天霸在这里，说什么也不来丢丑！可是，现在急忙脱身，还来得及。六和尚想到这里，就拿出他的护身宝贝，啪的一声，往天霸脸上打去。天霸早就看得很清楚，有一件东西扑面直飞过来，他一伸手，就把那东西抓住。天霸瞧了瞧，原来是一个鸡蛋大小的药丸子。他笑起来说："你这和尚，吃饱了用泥块来打人，还给你吧！"

六和尚的最后武器，在三十步以内确有百发百中的神效。这次却被黄天霸给接住了，使他大失所望。冷不防又被天霸把那药丸打了回来，正打在他脑门上。六和尚痛得用手抱着脑袋，只见鲜血顺着鼻子一直往下流。天霸趁势扑了过去，六和尚双腿一踩，就上了庙墙，在墙头上跑了几步，躲到佛殿背后去了。

黄天霸提着单刀，嗖的一声，也上了大殿的屋顶。六和尚看见天霸赶来，转身从殿后逃走，飞上屋顶去。

六和尚躲在那里，想出了一个金蝉脱壳之计。他脱下外衣，用带子捆好，预备丢在地上，让天霸看见，以为他早跳下地脱逃，就会跟着跳下去，那时，他就可趁着这机会逃走。

六和尚捆好外衣，爬到屋檐边，正要往地上丢，想不到黄天霸已悄悄跟在他背后，一蹿就把他抱住了。哪知道六和尚胳臂上，藏有一把匕首，他把匕首往后一插，天霸的左臂感觉到一阵剧痛，"哎哟"一声就松了手。和尚趁着这个机会，转身逃走。

黄天霸忍痛追上去，同时掏出镖来，照准和尚的大腿打去。

只听六和尚哼了一声，一个跟头栽倒在屋顶上，顺着瓦垄一直滚到地上。

黄天霸跟着跳下去，为了留活口，就先把他捆上了。

王栋找了几根麻绳,把六和尚、石八和另外几个俘虏,都捆在一起,等天亮了,连同罗似虎,就由黄天霸押到施钦差公馆,听候发落。

九、 遇巨盗众英雄大战一撮毛

黄天霸抓住的罗似虎和他手下那一群恶棍,都押到钦差公馆。没几天的工夫,在施公的审问下,罗似虎就完全招认了自己的罪行。于是,罗似虎和那群恶棍,都得到了法律的制裁。

这案子结束后,施公离开德州回京。

一天,到了离河间府大约有三十里路的商家林。这虽是一条大路,却满目荒凉,行人绝迹,施公看了,就问黄天霸说:"这一带地方特别荒凉,路上人也稀少,天霸,你觉得怎么样?"

"大人,这商家林是当年独霸山东的窦二墩闹事的地方,到现在一直不太平。所以,行路的人都绕过这个地方。"

天霸才说完,只见对面来了一队人马,驮轿人夫,前呼后拥,气派十足,八面威风!可是,他们一看见对面来的是钦差的车马,立刻来个急转弯,奔向西北去了。

当天下午,施公的人马走到离河间府不多远的时候,从对面来了一队人马。施公一看,这队人马在前面开路的,竟是三头对子马,不得不整了整衣帽,准备下轿。因为,照康熙老皇帝的规定,只有王公贵族的轿子前面,才可以用对子马开路。尽管施公自己是代表皇帝的钦差大人,为了表示尊敬王室,不能不下轿,迎接对面来的王公。

对子马过去了,后面就是两匹顶马。在这顶马后面,跟着无数的车马。在队伍中间的一匹马上,坐着一个面貌俊秀、贵族打扮的青年。施公一看,这不是王公宗亲,便是皇上的近亲贝子贝勒。所以,施公在老远就下了轿子恭迎。

对面的行列看见施公这边下了轿子,就急忙派人来打听。知道是钦差施大人,那青年贵族也急忙下马。

“奇怪!他为什么下马,难道连这一点礼节也不懂?”贵族在路上遇到任何官吏,照理不应该下轿下马的。所以,就不能不使施公惊异了。

施公终于和那个贵族见了面。在见面时,那贵族又做出不少失态的举动。当然,施公也不能当面指责。见完礼,大家就各奔前程。

太阳快下山了,河间府城已经隐隐看得见了。施公的队伍正要走完最后一段路程时,迎面飞过一匹马来。

那匹马奔到施公轿前，马上的人就一跃下来，双膝跪地喊道："大人，请替我伸冤！"喊完，两行眼泪就直流下来。

"什么事？你是谁？"施公叫轿夫停下轿子很和气地问。

"我姓费名玉，直隶雄县人，现在在庐州做同知。因为母亲病故，带着家眷奔丧。从前面树林子边经过时，遇到了一群贵族的人马。想不到他们竟向我要买路钱，原来他们是一伙化装的强盗！我做了半辈子的清官，当然拿不出买路钱，那伙强盗就把我儿子的脖子砍断，抢去项圈。项圈并不值多少钱，我那孩子死得太惨了，请大人替我伸冤！"

"怪不得那个贵族见面时什么礼节也不懂，原来是一伙强盗！"施公听费玉说完，就想起了刚才他遇到的那一幕怪事。

"费同知，你还记得那些盗贼的面貌吗？"

"我只记得那头儿，是一个身躯高大的家伙，脸上有颗黑痣，在痣上面，似乎长着一撮黑毛。"

"好，让我给你查查看，你在河间府先住一下再说。"案子尽管棘手，施公还是接受了下来。

到了河间府，一走进钦差公馆，就有人在那里等候告状伸冤。

施公问过一遍，原来这些本地的乡绅富户，都遭到这伙冒牌王公贵族的抢劫，损失了不少生命和财产。

施公打发走那些告状的人，雄县知县和新中驿守府也来告状，都说过路的王公到衙门里去勒索，要施公报告皇帝，对这些冒牌贵族依法重办。这些控案正使施公感觉头昏脑涨，河间府知府杜彬又来进见。

"昨天从京里来了五位贝勒大人，我们当然很恭敬地招待他们。想不到这五位贝勒行为都很下流，和我要五百两银子，还要我供应他们妓女。请大人指示，该怎么对付？"

施公一听知府的报告，就知道这五个贝勒一定也是冒牌货。

施公就要杜知府带路，带着黄天霸去看看那五个贵族。结果，经过一番盘问，露出了马脚来。原来他们都是江洋大盗，专门冒充王公贵族、贝勒大人，到处杀人劫财、欺骗讹诈，他们的头儿，就是费同知所指的一撮毛侯七。

施公就派知府衙门的两名捕快姜成、杨志，限期五天，锁拿一撮毛到案。

姜成和杨志两人出去跑了五天，什么也没抓到。施公很生气，就把两人各打了三十大板，再限三天捉拿一撮毛到案。

杨志是吹糖人出身的，就去把糖担收拾好，在箱子里藏好铁尺挠钩，准备抓人。他挑了糖担子，和姜成两个人在城郊一连跑了两天，也没有找到一撮毛的踪影。

到了第三天，他们走进一个村庄，在一个黑漆的大门口，看到那儿孩子特别多,就把糖担停下来。

孩子们一个个跑过来买了糖就走了,只剩下一个头顶上留着一撮头发的孩子,样子非常顽皮,老是围着担子动手动脚,不肯走开。

"你叫什么名字?"杨志问那孩子。

"我叫六斤儿。"那孩子回答。

"六斤儿,我告诉你,再要动手动脚,我就拔掉你头顶上这一撮毛!"杨志无心地开了个玩笑。

这孩子一听,就向周围看了看说:"一撮毛是我爸爸的好朋友,他最恨人家叫他一撮毛。要叫他知道了,最轻也要挨他一顿打!"

杨志一听,急忙拿了几块糖给六斤儿,同时,向他打听那一撮毛到底是怎样的一个人。

小孩子有了糖吃,嘴巴里的话就特别多,他说:"一撮毛很凶,大家都怕他。他脸上长了一颗猴痣,痣上有一撮毛。他常常带着两个铜锤、一张弓、三支箭。总是有好几个人跟他在一起。"

杨志正要继续问下去,却从门里走出一个人来,扯住六斤儿,就是一巴掌。这孩子挨了这一下打,扭头就跑。

杨志见孩子跑了,挑起糖担子就要走,却被那打孩子的人一把拉住,骂了起来。姜成怕两个人都被抓去,拔腿跑掉了。

"我在这里卖糖，又没得罪你，为什么骂人?"杨志和那人讲理。

"骂你算好的，还要打你呢!"

跟着从门里又跳出了两个人来，三人就把杨志拽进大门里去。

姜成一口气赶回河间府，把经过情形向施公报告，并说一撮毛已有了着落，施公听了非常高兴。就叫姜成带路，让黄天霸带关小西、王殿臣、郭起凤三个英雄，跟着赶到那村子去。

在村外等到天黑，几个人就由姜成带路，走进村子。一进村口，老远就看到一座大房子，房子前面是一排围墙，中间开着四扇黑漆大门，在门楼上，挂着斗大的灯笼，门前照耀得像白天一样。

"就是这家!"姜成在黄天霸耳朵边说。天霸就把姜成一拉，顺着墙根往北走。关小西等三个人，也不声不响地跟在后面。

拐过一个弯，眼前是一道风火墙，天霸就叫大家在这里等着。他回来时，会先扔一块石子做信号。

天霸双脚一跺，翻上墙头，跟着又飞上了屋顶。他顺着瓦垄，爬到前坡，向前边一看，周围都是重重叠叠的房舍，这里原来是后院。他就爬到前檐，侦察屋里的动静。

"今天是好日子，太爷要我去劝劝前天弄来的那个女人，今晚要和她入洞房呢!"一个年轻女人的声音说。

"人家是秀才的妻子,怎么肯跟太爷入洞房!"另一个女人说。

这两个女人说着,就走向前面的屋子去。天霸也从屋顶上,跟了过去。

"娘子,你为什么想不开? 我们的祖七爷……"天霸一听,那女人果真来劝那秀才的妻子了。天霸不想再听下去,就转到另一座灯光特别亮的屋顶上去。

"那么,你说,为什么一见了我就要走?"一个恶狠狠的声音说。

"祖七爷,多问他干什么,吊起来打一顿再说!"这是另外一个人的声音。

天霸听了这一阵话,就明白屋里正在盘问杨志。不用说,这个祖七一定就是这个房子的主人。

杨志的确是在那里受罪,因为他没有吐露实情。当祖七喝令手下人动手时,杨志一挣扎,身上就有一张纸条掉在地上。

"奉旨钦差施,下令捉拿一撮毛,火速前往,令捕快姜成、杨志。"一个识字的土匪,捡起纸条,念了出来。

天霸在屋顶上听得清清楚楚,知道杨志的身份泄露了。

"这家伙真是奸细,杀掉算了!"有人这样嚷了起来。

"先打他一个半死再说。"又一个人的声音。

"你们没有听见吗？这不是府县里发出来的,是钦差的命令,怎么可以随便杀掉他？先把他锁在空房里,等明天到衙门里,打听打听再说。"祖七还是怕钦差。

天霸蹲在屋顶上,看见杨志被锁在空房里,等匪徒走了,他就下去把他救出来,然后带着杨志和小西等几个人又到了后院。

到了后院,看到各处都已经熄灯入睡。天霸知道这边都是些女眷,就转身奔上前院。

杨志和姜成走在后面,正要穿过二道门的时候,正碰到一个人出来解手。那人大声问:"谁?"

杨志和姜成还没有回答,在后面的关小西急忙接口说:"是我,好大的风啊!"

那人正要再问,天霸赶上两步,手起刀落,结果了那人的性命。

这时,一个叫盛大胯的匪徒,看见他的伙伴郑老三出去解手,半天不回来,又听见"扑通"一声响,有些不放心,就爬出被窝,披上衣服,睡眼朦胧地走出来。哪知道,他刚伸出头来,躲在门边的黄天霸扬刀砍。

"哎哟!"盛大胯叫了起来。

屋子里的匪众都被吵醒了,一个个拿起武器扑了出来。

第一个冲出门的，刚好冲到王殿臣的面前，殿臣一铁尺打过去，却被那人躲过，回手就是一刀，王殿臣急忙用铁尺架住，两人就厮杀起来。

那些人全体出来动手，关小西等也都拼命和他们厮杀。于是，院子里充满了乒乒乓乓的打斗声。

匪徒的头儿一撮毛一听到院子里打起来了，就从床上跳下来，提起铜锤，一个箭步蹿到院子里，吆喝道："哪里来的小辈，敢到太岁头上来动土！"

说完，刚巧天霸离他最近，他的铜锤就往天霸头上砸下。

天霸把身子一闪，避过铜锤，回手一刀砍了过去。于是，两个人锤来刀往，战在一起。小西等英雄和众匪徒厮杀，因为是在黑夜里敌我难分，所以使不出全副力气来。

一个叫山东王的打手，善使一根拐杖，算是众匪中的一个好手，他那拐杖乱挥，恰好打在他们自己人飞毛腿邓六的身上。等到邓六叫痛时，山东王才知道错打了自己人。

山东王打错了人，心里一急，手里一松，被关小西一刀砍倒在地。

匪徒闪电神，一看形势不利，向一个门里逃去。但他冲到门边，却被石头绊倒。殿臣赶过来，抢起铁尺就打，打得闪电神"哇呀呀"直叫。小西和起凤也拿住了几个匪徒，拉过来一个个踢倒在地,让他们这些老伙伴都倒在一起。

天霸还是纠缠住一撮毛,一点儿也不放松。厮杀到这个时候,一撮毛看看自己这边已一败涂地,就用力一挥手里的铜锤,把对方的刀磕开,一晃身子,蹿上了墙头。

天霸早已掏出镖来,向他的腿上飞过去,一撮毛就被打翻在墙脚下。天霸跟着跳下墙来,叫人拿绳子给捆上。

天霸仔细一检查,发现这屋子的主人祖七还没有抓住,就独自去寻找。小西看看院子里已没有贼影,就叫带着火镰的杨志打火引着火纸,到屋里点上灯,搜索余匪。果然搜出那一个专门冒充王公贵族的彦八哥,立刻用绳子把他捆上,拉了出去。

天霸在屋里搜索了一阵,却找到了祖七已吊死在梁上的尸体。原来他看看闯下了滔天大祸,难逃一死,就上吊自杀了。

一场黑夜里的厮杀,总算圆满地结束。天霸率领着众英雄,带着一群俘匪回去,从主犯一撮毛到他手下的狗腿子,一个也没有漏网。

不过,大家在胜利的归途上,还是不免有所伤感,因为,他们也损失了一个忠实的伙伴姜成。

十、 一枝桃玄天庙暗打连珠镖

　　在河间府把一撮毛的案子办完了后,施公就率领着原班人马,继续赶路。

　　到了任邱县,就由当地的知县接他们到公馆里去休息。

　　施公才坐下不久,就有人跑来告状。告状的都是本地人,有的因为女儿被人在夜里杀死,有的是妻子被人杀害,而在这些妇女被杀现场的墙上,都画上一枝桃花。所以当地的妇女,一听到"一枝桃"这个名字,就心惊肉跳,神魂不安。

　　可是,那些被害妇女的亲属到县里告状的时候,因为根本不知道一枝桃的姓名,更不晓得这怪物住在哪里,知县老爷怕麻烦,索性一概不受理。今天这位知县太爷看见这些人又来向钦差告状,脸上红一阵白一阵的,半天不敢抬头。

　　施公埋怨了知县几句,就把这个案子交给天霸,要他去把那一枝桃抓来法办,好替当地老百姓除害。

天霸便带了盘费和暗器飞镖,打扮成一个官府听差的模样,走出公馆,去查访巨盗一枝桃。

他到了北门大街上,看到街上很热闹。这时,他感到有点口渴,就走进一家茶馆去喝茶。

他坐在茶座上,一面喝茶,一面暗暗地打算着该怎样去找一枝桃。就在这个当儿,走进一个人来,到了天霸的面前,向他的脸上不住地看。

"你看什么?"天霸觉得奇怪,就这样问那人。

"先生可是姓黄吗?"那人反问。

"不错,我姓黄,请问您贵姓?"天霸说。

"有点事情要麻烦您,不过这儿不是讲话的地方。咱们先喝点儿酒,回头再找一个僻静的地方谈一谈。"

那人说完,就叫店小二烫了两壶酒,添了一些酒菜,两个人喝完了酒,走出酒馆,到城外一座叫做白云庵的古庙里,席地坐下来。

"黄少爷,今年几岁了?"那人问。

"今年二十八岁。"天霸嘴里回答,心里感觉奇怪,为什么这个人要问他的年岁。

"时间过得真快,唉!"那人叹息起来,"我和令尊大人分别的时候,你才七八岁。我想你或许还记得起我的姓名。我跟你父亲一起在绿林混了二十多年,提起'神眼季全',江湖上不知道的人很少!"

"原来是季大哥! 恕小弟眼拙,大哥不提,实在想不起来!"天霸想起这人是他父亲的老伙伴季全。

"这怎么能怪你。不过,自从令尊去世,我也就洗手不干了。今年我的老伴也过世了,所以,我就出来找老朋友玩玩,想不到,在这里和你见面,真是高兴!"

季全也问天霸,怎么会到这荒僻的小县来。天霸就把他跟施大人到山东,归途经过这里,要去捉一枝桃的话,从头说了一遍。

"这也太巧了! 关于一枝桃的底细,我还知道一点,同时,也到过他的老窝。"季全听说要捉一枝桃,就很兴奋地这样说。

"那就请大哥跟我一起去见施大人吧!"天霸意外地碰上了这个线索,就欢天喜地地带季全去和施公见面。

季全在施公面前,说明一枝桃精通刀枪拳棒,后来又学会了几样惊人的武艺,尤其是他那连珠药镖,百发百中,很难对付。

一枝桃的真姓名叫做谢虎。因为他左边脸上有五个红点,所以外号叫一枝桃。

一枝桃为了要卖弄本领,偷盗了人家的财物,临走的时候,必定在墙上画上一枝桃花。

"那么,他现在是藏在人家家里呢,还是在山上匪窝里?"施公听了就这样问。

"大人,一枝桃并不藏在人家家里,也不在匪窝里,而是住在郑州北门外的北极玄天宫庙里。那庙里的老和尚静会,也是土匪出身,贪图一枝桃给他点好处,就让他住在那里。那庙原有一层殿,最近一枝桃给新盖了两间禅房,那老和尚当然很高兴。"

"季全,你怎会知道得这样清楚?"

"因为我小时候就在绿林里混,跟这伙人打过交道。昨天夜里,我到玄天宫去,想找一枝桃借几两银子。哪知道,那家伙听我一提到银子,话就说得很难听。我勉强在庙里住了一夜,今天一清早,他还在睡觉,我就不声不响地走出庙来。逛了一阵子,在南门遇到了黄天霸。"

"天霸,"施公回过头来说,"不管这强盗怎样厉害,总得抓住他,才能动身!"

"大人,不必担心,等我们商量一下再说,只要知道了他的面貌和住处,没有拿不住的道理!"

黄天霸说完,就带了季全,离开施公的书房。

到了外面,天霸和众英雄商量了一阵,决定留关小西在公馆里保护施公,并且要季全也留在公馆里协助小西。天霸带了郭起凤和王殿臣，马上出发，到郑州去捉拿一枝桃。

好在任邱县离郑州不太远，当天就赶到了。

三个人进了城，找了家饭店，进去吃酒饭。他们正吃得高兴，天霸无意中抬起头来，看见从南边走过来一个全身武场打扮、四十岁左右的浓眉大眼的大汉。大汉走近时，天霸仔细一瞧，发现那人左脸的耳根边，长着五个大红点，看去倒真像一朵桃花！

天霸就向伙伴们使了一个眼色，郭起凤和王殿臣明白了天霸的意思，就要站起来，天霸做了个手势阻止，他们又连忙坐好，还是照常吃喝，不露声色。吃完饭，付过了钱，三个人就离开了饭馆，向北走去。

他们出了城门，大约走了半里路的光景，就在大路的西边，看到了一座庙宇。他们走过去，看见庙门上的一块横匾，上面写着"北极玄天宫"五个大字。

天霸想走进庙去，一看，山门却关得紧紧的。从外面望望，这庙是一层殿，旁边两间禅房，很像是新建的。

天霸心想，既然到了这里，不进去看看，不是白来一趟吗？就决定走进去看看。于是，就过去敲门。

门声一响，在里面的一枝桃就想到，这一定是刚才在饭馆里吃饭的那几个人来了。因为他早就留意到，天霸看到他当时曾瞪了瞪眼睛，又向同伴使了个眼色。

因此，一枝桃回到了庙里，就都准备好，一听到敲门声，就叫老和尚静会去开门。还告诉静会，等人进来以后，应该怎样应付。

静会一开门，看见外面站着三个人，很客气地问："三位施主找谁?"

"我们找一位姓谢的朋友，他在不在庙里?"天霸回答。

"现在不在庙里，不过，等一下就会回来。"静会把一枝桃教给他的话，照样说了出来，跟着又问："三位施主，要不要进来等一下?"

"好! 我们进去等一下。"天霸艺高胆大，就一脚跨进了山门。

王殿臣和郭起凤两个人也跟着走进去。

到了庙里，三人跟着老和尚走进一间房子。房子里面放满了烧饭的家具。天霸知道这是一间厨房，就在炕上一坐，殿臣和起凤也在椅子上坐下。

老和尚看大家都坐下来，就端了一条板凳，放在门口也坐下来。

"三位大爷从哪儿来? 找姓谢的有什么事?"和尚笑嘻嘻地问。

“我们从北京来，有件官司，要找他谈谈。”天霸并不隐瞒他的任务。

“噢，原来是为了打官司……”

老和尚才说到这里，只听“喀啦”一声，外面的隔扇门发出了响声。

“谢大爷来了！”和尚站了起来，说着就转身出去了。

跟着，刚才在饭馆门口看到的那个大汉走了进来，一屁股就在门口的板凳上坐下。

“三位来找的姓谢的就是我。”那人在天霸等身上扫了一眼说，“可是，我不认识你们。到底有什么事来找我？有话请讲，我有事情还要出去。”

天霸说：“我们来找你，是因为钦差大人从这里经过，有人向他鸣冤告状，都是人命盗案，而且牵涉到你身上。所以，我们特地来找你，要你一起去见钦差施大人！”天霸敢对一枝桃说实话，是因为根本就没把他放在眼里。

一枝桃听天霸说完，就哈哈大笑说：“你们三位到底有什么本领，竟敢来找我？”

“咱们不妨当场来比比武艺！”天霸说。一枝桃又抢着说：“你们有本领拿住我，我就去。不过，我怕你们是来送死的！”

天霸一听，就冲着一枝桃大声喝道：“大祸临头，还在那里做梦！你可认识，我就是飞镖黄天霸，四天霸中的第一霸！"又回头向起凤、殿臣两人说："你们不必动手，看我一个人来拿这毛贼！"

天霸说着，脱下长衣服，拔出单刀，奔向一枝桃。

一枝桃听说是黄天霸，知道这人的飞镖厉害，今天找上门来，一定是季全那家伙没有借到钱，泄了他的底子。一枝桃又气又恨，把外衣一脱，跳到院子里说："来！黄天霸，你敢跟我比试，算是好汉！"

天霸一个箭步也蹿到院子里，一刀挥过去，两个人就交起手来。

两个人刀对刀地斗了好久，不分胜败。

"两个人真是棋逢敌手，看不出到底谁能够取胜。"郭起凤在旁边悄悄地评道。王殿臣也说："我看天霸怕赢不了他！咱们不如拔刀助他一臂之力。"

"好！"郭起凤也同意了。

于是，两个人举起铁尺，蹿到院中，大吼道："你这土匪竟敢抵抗！我们奉了钦差的命令来拿你！还不快快跪下！"说着，抢开铁尺杀上去。一枝桃只靠着一把刀，抵抗两条铁尺和一把单刀，感到有点不支。这时，天霸找了个缝隙，一刀劈去。一枝桃眼明手快，立刻用刀架住，跟着虚砍了一刀，往旁边一跳说："你们人多，庙里太狭，咱们到庙外去见见高低！"

一枝桃说完，一转身就跳上墙头，翻身飞到庙外。

"倒真是个飞贼！"天霸夸了一声，跟着也蹿上墙头，跳向庙外。

不会飞檐走壁的王殿臣和郭起凤，只好走出山门，追了出去。

于是，四个人又在庙外厮杀起来。一枝桃怕黄天霸先用飞镖，就决定先下手为强，用连珠镖对付他们。

他便用刀磕开三个人的兵器，纵身跳出圈外，转身往东就逃，嘴里说："谢太爷杀不过你们三个，我要走了！"

天霸一心要生擒一枝桃，好回去交差，就紧紧地跟在后面，一路追过去。他哪里料到这是一枝桃的诡计。

一枝桃一看后面有人追过来，第一个果真是黄天霸，于是抖手就是一镖，照着天霸的面门打来。

天霸看到一枝桃扭动了一下胳臂，一支飞镖向面门射来，他忙把脑袋一歪，就躲了过去。

一枝桃一看飞镖没有打中，跟着第二支飞镖又对天霸的前心飞过来。天霸把身子一闪，又躲过了这一镖。

一枝桃的连珠镖是有名的，接连三镖，决不会镖镖落空的。他看见天霸又躲过第二镖，他的第三镖跟着就向天霸左腿打来。这一下，天霸来不及躲避，只听"嚓"的一声，那镖就穿皮刺骨地射在腿上了。

这是一种药镖，一碰上肉，立刻会引起剧痛。天霸马上痛得脸色发白，寸步难移，就无法再追下去。

落在后面的王殿臣和郭起凤，一起赶上来，看见天霸蹲在地上，扶着左腿喊痛，就想到是中了敌人的暗算。

"一定是毒镖！"他们看见天霸痛得在地上打滚，就想到绝不是普通的镖。

天霸只好忍着剧痛，扶着伙伴的肩膀，一扭一拐地走回任邱驿亭钦差公馆。

十一、 朱光祖归德城计擒一枝桃

　　黄天霸中了一枝桃的连珠毒镖，忍痛回到了钦差公馆，已经面无人色。

　　施公一看，那伤口足有碗口大小，乌黑一片！立刻要当地的知县去请名医来医治。他知道，如果毒一散开就不好救了。

　　大夫看过天霸的伤口，紧皱眉头，向施公摇头说："大人，我看这伤势很严重，我只能开个方子，保住毒气不散开，至于根本的治疗，还得靠外科圣手！"

　　施公一听，心里实在着急，可也只好听大夫的话，让天霸先服下这剂药再说。

　　施公为了天霸的镖伤正在发愁，值班的听差来报告说："大人，外面有两个人来找黄大爷，同时也要给大人请安，请示该怎样回报？"

施公一听，就叫关小西出去接待那两个客人。

小西到了大门口，看见两个人各拉着一匹马。仔细一辨认，一个是赛时迁朱光祖，另一个就不认识了。

朱光祖一看到关小西，很高兴地走过来，一面给小西介绍说："你不认识他吗？小西，这位是神弹子李五，名昆，号公然。"

说到这里，又指指小西，向李五说："这位是关贤弟，名太，号叫小西。"

大家客套了几句，就叫听差去搬进这两个客人的行李，同时让他们到厢房里坐下。

谈了一阵，光祖看不到天霸，就问："黄兄弟该知道我们来了吧，怎么还不出来？"

小西就把天霸中镖的经过，从头说了一遍，并说："等我们一起去见过大人，再去看天霸。"

小西说完，就带两个客人先去见施公，然后到天霸房里。

天霸一看到两个老朋友，说不尽的高兴，就要下床来迎接。朱光祖和李昆急忙把他拦住，天霸才在床上靠着棉被坐好。坐在床边的季全，也站起来接待客人。

原来季全和朱光祖、李昆，都是江湖上的老友，彼此久别重逢，在这里遇见，真是格外高兴。

"自从在黄隆基庄上分手以后，我还是东奔西走。昨天在路上偶然见到公然,提起了老朋友,我们就决定来看你。"朱光祖说出了今天来看天霸的动机。

"是呀,"李昆马上接口说,"想不到我们正好来探病,不知是跟什么人打仗受了暗器的计算!"

天霸就把捉拿一枝桃,在黑夜里受了毒镖的经过大略说了一遍。

"谢虎这人我倒不认识。"朱光祖想了想说。

"这人是红旗李爷的徒弟。我关照过天霸老弟,这家伙专用连珠药镖。说到武艺,这家伙也有一手。现在,他打伤了天霸,更加洋洋得意了。我断定他在这两三天里,一定要来行刺大人。"

"这倒不能不小心防备。"朱光祖听了,也感到有防备的必要。

大家正说到这里,施公因为不放心天霸的镖伤,就派人来请季全带朱光祖、李五一起到他书房里谈话。

施公和大家商量怎样对付一枝桃来行刺,和怎样医治天霸的镖伤。结果,照季全的意思,一面调兵到公馆来防守,一面由他和朱光祖去请天霸父亲的同门红旗李煜来医治镖伤。

本城防守营的千总王标,带了六七十个士兵,到公馆来,在公馆门口一字排开。士兵的弓都上了弦,手里都拿着雪亮的刀枪，样子十分威武！到了晚上，灯笼照耀得像白昼一样。施公看了，觉得官兵防守得这样严密，再也不必担心一枝桃来行刺了。

一枝桃谢虎自从那天晚上，放出连珠镖，打伤黄天霸以后，很想追过来结果天霸的性命。可是，他看到天霸还有两个伙伴，决不是他一个人所能对付得了的，就放弃了这念头，一口气跑到了郑州。

他休息了三天，想想黄天霸的镖伤，不能熬过三天三夜，这时一定已经毒发身死，找那瘟官施不全算账，正是最好的时候。他就在黄昏出发，赶到钦差公馆时，正是二更时分。

他老远向大门口看了看，钦差公馆的大门还开着，门口板凳上坐着两排人。

他并没把这些酒囊饭袋放在眼里，于是，顺着公馆墙根走去。

一枝桃沿着围墙绕过去，走了一段，往墙里看了看，没有发现什么动静，他就翻身上墙，跳到公馆隔壁的院子里去。

他在那个院子里正在找寻路线，对面闪出一个人影。他怕被人发现，就飞身上了屋顶。他蹲在屋顶上，往钦差公馆那边一看，看见里里外外到处灯光照耀得跟白天一样。不少手拿弓箭，腰挂刀剑的兵士在那里巡守。

"这赃官防得很严，不容易下手！"一枝桃心里想，但是，他又觉得就这样空手回去，出不了胸中这口气。可是，等来等去，总得不到下手的机会，只好下了屋顶，垂头丧气地回玄天庙去了。

再说季全和朱光祖两人，到了李家，虽然已是三更时候，还是到李煜家里去敲门。

过了一会儿，一个长工出来开门。这长工认识他们，就进去通报说："朱大爷来了，还有最近来借过钱的计大爷，他们说有要紧事情，要见您老人家。"

红旗李煜已经七十多岁了，可是，精神体力都很好，他立刻叫人把两个人请进来。

"你们这么晚来找我，有什么急事？"

季全就把一枝桃谢虎犯法拒捕，黄天霸中了毒镖的经过，详细说了一遍。最后，说要请李煜去治疗镖伤和捉拿谢虎。

"谢虎这小子尽管跟我不对，可是我们总是师徒，要我去给天霸医伤，捉拿谢虎，这总是不大方便的。"红旗李煜拒绝了季全的请求。后来，经季全、朱光祖两个人苦苦的哀求，才说："天霸的父亲黄三太跟我是同门。同时谢虎这小子，不但不学好，而且也太没有良心，这几年，一直不上我这儿来。我可以把药给你们带回去医治天霸的镖伤。"

季全听了，虽然天霸的伤有了救，可是，捉拿谢虎的事，还是没有结果。所以，他又哀求李煜帮忙。李煜上了年纪，心肠非常

软,终于说:"好,我帮你们捉拿谢虎,可是,我不能亲自去,只能把方法告诉你们,那就是先把他的毒镖骗到手,然后再去捉他,就容易了。"

季全和朱光祖得了这个结果,就辞别了李煜,回任邱施公的公馆。

施公见他们拿药回来,非常高兴,就吩咐赶快给天霸敷药。

这药真灵,敷了几次,天霸的镖伤就完全收口,身体也恢复了正常。

天霸的伤好了,大家着急的一件事,就是怎样用李煜所教的方法捉拿谢虎。

季全回到公馆,听说谢虎没有来,大家都在奇怪,想不出他没来的原因。季全说:"你们想错了,谢虎怎么会不来行刺?他一定是来了,看到这里戒备得很严,不敢下手,就回去了。"

"算他来过了。可是,计大哥,你看他以后会死了行刺大人的心吗?"天霸追问着。

"我想这家伙看看这里不能下手,一定会到下一站去等候。因为他相信,那时候我们就不会严密地防备了。"

"既然这样,那我们就先派人到下一站去布置,免得临时措手不及。"天霸说。

"对,我也是这样想。"

季全和天霸两人商量好,就请施公先派关小西、李五、朱光祖三个人,到下一站归德去布置。

于是,当天下午,李五收拾好弹子,朱光祖带着斧头和镖,关小西把折铁钢锋藏好在身上,三个人立即出发,赶往归德。

三个人连夜赶路,第二天中午就到了归德。进了城,关小西和李五两个走在前面,朱光祖在后面。大家就这样慢条斯理地逛着街,想找一家幽静的客店。

大家正在街上逛着,朱光祖突然听到背后有人大叫:"朱大哥,好久不见!"

他回头一看,正是谢虎!他站在一家店门口,很亲热地在向他打招呼。

朱光祖到施公这儿来才只有几天,一枝桃哪里能想到多少年来的绿林老将,这样快就放下屠刀,跟黄天霸走上一条路。

"谢老弟,咱们一别转眼已好几年了!"朱光祖不露声色,笑眯眯地回答。

李五回头看见这个巧事,就叫小西站在那里,自己急忙走开。

"我就住在这里。"一枝桃拉着光祖,走进一家客店去。

朱光祖跟着他走了几步说:"我还有个朋友在一起,让我叫他来见见老弟。"

小西一看见朱光祖招手,就走了过来。

"这位是跳板上的秦兄弟!"朱光祖介绍小西和谢虎见面。大家就一起走进客店去。

到了房间里,一枝桃就叫店小二倒了一吊子茶来,大家喝着茶,朱光祖说:"谢贤弟,不瞒你说,我这几年,一直没有做到像样的买卖。这几天,听说钦差在山东放粮回来,要从这里经过。我想钦差沿路一定收了不少贵重礼物,所以,特地带了这位秦兄弟来,打算做一次买卖,向他借点盘费。你在这里,是不是替公家办事?"

"办公事?"一枝桃听了笑了起来,"哈哈,咱们从学武艺的时候就在一起,你还不知道我的脾气吗?"

一枝桃就把他本来落脚在郑州和尚庙,因为黄天霸去找他的麻烦,就用毒镖打伤了天霸的前后情形,得意地说了一遍。

朱光祖听到这里,觉得机会到了,就趁势撒谎说:"这黄天霸和我也有过一段冤仇。那是在顺天府的时候,这短命鬼竟想到太岁头上来动土,找我的麻烦。结果,被我一镖飞出去,吓走了他。"

一枝桃听说,就要朱光祖拿出镖来给他看看,到底是哪一类的飞镖。朱光祖就从镖袋里掏出镖来,递了过去。

"好,好镖!"一枝桃接过镖一看,不住地叫好。把玩了一阵,才交还给朱光祖。

"老弟,你那毒药镖,是哪一种款式的,我倒还没有见过,很想见识见识!"朱光祖趁着这个机会说。

"可以。"一枝桃满口答应,立刻掏出镖来,交给朱光祖。朱光祖接过一看,那毒药镖一共九只,都是一样的。他一面拿在手里把玩,一面问:"请问毒药装在哪儿?"

"毒气全在这个眼孔中。"一枝桃伸手指了指镖上的眼孔。

朱光祖留神地看了看眼孔,嘴里不住地叫好!却把毒镖往怀里就塞,一面向关小西使了个眼色。小西当然会意,隔着桌子,马上伸手去抓一枝桃!

一枝桃看见朱光祖把他的毒镖给没收了,正想跟他要回来,却见小西伸手来抓他,才发现自己中了计。于是,他纵身跳下炕来,掀开门帘,往院子里一蹿,伸手拔出刀来。

关小西也拔出刀,追到院子里,两人就厮杀起来。

朱光祖跟着跳出房门,蹿到了对面屋顶上,居高临下,镇压住在院子里厮杀的一枝桃。

一枝桃一看见朱光祖站在屋顶上,就破口大骂:"光祖小辈!你真是人面兽心,骗走我的镖,背弃当年朋友的交情!"

神弹子李五,在朱光祖、关小西和一枝桃走进这家客店以后,就在外边侦察动静,好内外夹攻,制服一枝桃。现在,他看到朱光祖上了屋顶,知道捉拿一枝桃的行动已经开始了,就亮出武器,跑进客店。

他看见小西正跟一枝桃在院子里厮杀。小西一看见了李五,立刻精神百倍。他明知自己不是一枝桃的对手,还是用手里的折铁倭刀拼命应战。

可是,一枝桃根本不把小西放在眼里,他一面厮杀,一面痛骂蹲在屋顶上的朱光祖。就在这样轻敌的情形下,一枝桃的一只耳朵被小西削掉了,鲜血立刻从他脸颊上流下来。他又挣扎了一会儿,由于忍受不住疼痛,就一面招架,一面摆出了一个准备逃走的姿态。

站在旁边的神弹子李五,看见一枝桃想逃走,马上取出弹弓,把弹子扣上,拉满弓弦,对准一枝桃的面门,啪的一声打了出去。这一颗弹子,刚好打中了一枝桃的左眼!一枝桃眼前一黑,头一晕,扑通一声,终于倒下了!

朱光祖急忙跳下屋顶,向店主要了两条绳子,把这巨盗捆了起来。

朱光祖等三个人,到归德来的原意,是要作一番安排,好对付一枝桃的行刺。想不到,由于一枝桃的骄傲轻敌,在客店里就一举成擒。

一枝桃被押送到了钦差公馆,他自己也知道罪恶滔天,难逃一死。人家控告他的罪状,他干脆一件件招认了。好在施公有先斩后奏的大权,这采花巨盗一经审问明白,就被绑出去砍了,从此,替地方上除掉了一个大害。

十二、黄天霸金銮殿上显本领

　　施公在任邱捉住了当地巨盗一枝桃，审明罪状，正法以后，就回到北京，向康熙老皇帝报告在山东放粮和一路铲除恶霸土豪、土匪强盗的经过。老皇帝听后，非常高兴地说："听你说来，这些土匪恶霸，都是满身本领的坏蛋。那么，帮助你的都是谁?"

　　施公说："帮助我抓住这些坏蛋的有五个好汉。其中跟我最久、出力最多、冒险最大的是黄天霸和关小西。另外一个被匪杀害的是贺天保，我已经用公文呈报过了。"

　　"噢，原来有这些人帮助你，怪不得你立下了这样大的功劳。"康熙老皇帝对于施公的能够用人，心里非常佩服。

　　"这是靠皇上的洪福齐天!"

　　"那么，你把黄天霸和关小西等几个忠勇为国的好汉，带到殿上来，让我看看。"

施公把老皇帝的圣旨传了下去,黄天霸等五个人就把随身武器放在外面,上殿晋见。

黄天霸等到了金銮殿,在台阶下面站好。老皇帝命令先传见黄天霸。

黄天霸走上金阶,康熙老皇帝看见他果然长得十分英俊,心里很高兴,就说:"天霸,你是什么地方人? 父亲是干什么的?"

"小民祖籍福建,现在定居在绍兴。父亲黄三太,已经去世多年。他在世的时候,当过劫富济贫的绿林中人,也曾经在京城里,抢过皇家银子,后来,不但蒙皇上恩赦,还赏了他黄马褂!"

"原来你就是老英雄黄三太的孩子! 怪不得有这身好本领!"老皇帝听到他父亲是黄三太,更是高兴了。

"谢谢皇上的夸奖,不过,我父亲去世以后,我因为年纪轻,爱打抱不平,也曾干过帮助穷人的绿林生活。后来跟了施大人,才算有了替皇上尽忠的机会,过去的错误,还请皇上原谅。"

"年轻人不懂事,总容易犯错误,只要知道改过就很好了。我问你,你这样的英勇无敌,是使用什么武器?"

"小民常用的武器是一把刀,十二支飞镖,还有一样叫做'甩头一子'。"

"今天这些武器你都带来没有?"老皇帝对于这几样武器并不是都见过,便好奇地问。

"带来了，都放在外面。"

老皇帝就叫黄天霸出去把那几样武器拿到金銮殿上来。

老皇帝先看了看那把刀，跟着接过十二支飞镖，拿在手里把玩了一阵。他觉得这飞镖小巧玲珑，虽然是杀人武器，倒很好玩。

最后，又从黄天霸手里，接过那"甩头一子"来看。

"这东西倒是第一次看到，是怎样使用法?"康熙老皇帝把这件奇怪的武器，看了看还给黄天霸，然后这样问。

"要不要让小民表演一下?"黄天霸觉得要说明武器的用法，倒不如把它表演一下比较清楚。

"好。"

于是，黄天霸就把那"甩头一子"往上一举，只看他把虎腰一挺，跟着"哗啦啦"一声响，一条雪亮的铁链，就抖了开来。这条铁链，竟有六尺多长，上面有个锤头，足有鸡蛋那么大。

"这锤头一打在人的脑袋上，至少要陷进三寸深!"黄天霸收回铁链，指着那锤头说。

"了不起! 呵呵!"老皇帝笑着说，"黄天霸，你把刀也使一回给我看看!"

黄天霸说声:"遵旨!"就放下"甩头一子"，拿起刀来表演。

起初，大家还看得见他的刀在身子周围上下，来来往往，盘旋飞舞。过了一会儿，却只见他手里那把飞腾的刀，闪出了一片白光，真像一根卷绕在身体四周的白练，连黄天霸的影子，也看不清了。

天霸这趟神妙刀法，使在场的文武大臣，一个个看得眉飞色舞。坐在龙椅上的康熙老皇帝，不住地夸奖说："好刀！好刀！黄天霸真是个英雄！"

最后，还是老皇帝说："天霸，好了，现在要看看你的飞镖了。听说你的飞镖，百发百中，哪怕是一根细针，也能打中，今天我倒要看看！"

天霸一听，就停下了刀，从褡裢内取出了他的金镖来。他看到对面，小西已给他预备好三个镖靶子，挂在一根绒绳上。在那镖靶上，画着三颗小小的红心。

黄天霸左手托镖，架起一个怀中抱月的架势，右手对准镖靶，左手轻轻一松，镖就打了出去。只听"哗啦"一声响，那支镖正射中镖靶的红心！老皇帝一看，竖起大拇指，大声叫好，两旁的文武官员，也喝起彩来。正担着心的施公，在大家的喝彩声中，才安下心来。

"天霸，再打第二镖！"老皇帝又传下圣旨。

黄天霸不慌不忙，又打出了第二镖。"哗啦"一声，又打中靶的红心。引起一阵震动金銮殿的喝彩声。

接着,第三镖仍是打中在红心上。

可是,老皇帝越看越高兴,还要黄天霸表演一下"甩头一子",同时,要他先说明这种武器的性能。

黄天霸说:"这种兵器要轻就轻如鹅毛,要重就重如泰山。不过,轻重的劲儿尽管不同,打法却是一样,一根悬在空中的针也可以打中,到了晚上,就专打香火头。"

黄天霸又报告说:"皇上要想看得清楚,最好请派一位大臣,手里高举着一只茶杯,站在亭子下边。另外叫人抬一块石头来,挡住茶杯的这一边。小民就先打石头,再打茶杯,却不会伤到举杯人的手。这就是轻如鹅毛,重似泰山。"

皇上就叫太监梁九公去拿一只茶杯来,又叫人抬来一块大石头。但没有指派谁去举茶杯。

这时,胆小的大臣,早已担心得发着抖。老皇帝向殿上扫了一眼,把手指了指施公,那些胆小的大臣们才松了一口气。

施公一看皇上要他来举茶杯,不由得心里抱怨起来,他想,万一被黄天霸手里那古怪东西打在脑门上,不就完了吗? 但是,殿上那些被施公弹劾过的大臣,却都高兴起来,他们心里想:施不全,老天爷要有眼睛的话,黄天霸手里那家伙就会打中在你的脑门上,送你回老家,省得以后找老子们的麻烦!

施公尽管心里害怕,也只好接过茶杯,走下金銮殿,到大石头那边,举起茶杯站好。

黄天霸拿起那武器,将身子一纵,把施公吓了一大跳。

"黄壮士,千万小心,这不是闹着玩儿的!"那些好心的大臣,看黄天霸就要动手,齐声提出警告来。

黄天霸却低声说:"大人放心!"就把手里的铁链一抖,大家看见那"甩头一子"在眼前飞过,石头上就响起"砰啷"一声,施公把眼睛一闭,耳边传来"哗啦"一声,手里的茶杯已经被打得粉碎了。

"了不起!"文武百官都叫了起来。

"这是绝技!只有黄天霸有这样一手功夫!哈哈!哈哈!"坐在金銮殿上的康熙老皇帝拍手拍腿,高兴得叫了起来,"天霸,上来,听候封官!"

黄天霸听了,正想上殿,却有一个青年口呼万岁,抢着上殿。大家一看,原来是有名的大力士达木苏王爷,他在景山打过老虎。

"你有什么事?"老皇帝惊异地问。

"我要和黄天霸比比武艺。"达木苏王爷跪着回答。

老皇帝一听,立时变色说:"你真糊涂!你是王子,天霸是平民,怎好和他比武?天霸尽管有满身武艺,也不敢接近你的身体。"

达木苏王爷一听，气得脸孔发青，说："既然是比武，皇上叫黄天霸尽管动手。对于他这点本领，我实在不服气，非较量一下不可！"

"好，"老皇帝说完，又指着黄天霸说，"天霸，你就跟王爷较量一下吧，你也不必让着他。"

黄天霸起初不答应。他不是不敢，而是怕伤了王爷，害了自己的命。最后，看看那达木苏王爷坚决的态度，只好勉强接受。

达木苏王爷脱下长袍，摩拳擦掌，早已在金銮殿下，等候着黄天霸。

黄天霸走过去，说声："千岁爷，我冒犯了！"于是，就施展出浑身武艺，走上前去应战。

从小练就了一副灵活手脚的黄天霸，一直采取守势，只求不给王爷抓住，免得在老皇帝面前失了威风，却不敢进攻，以免冒犯王爷。

坐在龙椅上观战的康熙老皇帝，看见黄天霸灵活的动作，达木苏尽管使出浑身解数，也抓不住他的半根头发，就看出达木苏的本领决不会强过黄天霸。

达木苏王爷忙了半天，累得喘不过气，也无法打到黄天霸，不由得急得满面通红。

"王爷，有什么武艺尽管使出来吧！"黄天霸一面应付着达木苏的攻击,一面笑嘻嘻地说着。这几句话把达木苏气得连嚷带叫。但是,黄天霸却像混水里的泥鳅,看着很现成,动手一抓,总是落空。

达木苏一再失败,急得浑身是汗,这时候他才懊悔不应该无缘无故自找麻烦,万一真不能取胜,以后如何做人。

这时,他看黄天霸所占的位置,背后是一条没有退路的死巷,于是,计上心头,就使出全副力气,向黄天霸扑去。

天霸退进死巷,达木苏就把巷口堵住。

天霸回头看时,才发现自己已经陷入绝境。达木苏王爷看见有了胜利的把握,就使出全身力量,一个箭步,冲向前去,要一把抓住黄天霸。想不到黄天霸弯了弯腰,往上一纵,呼的一声,身子飞到半天空,跟着两手一伸,抓住了宫殿屋檐的椽子,两条腿往上一翻,身体就牢牢地贴紧在宫殿墙上,一动也不动,好像是在等候着王爷飞上去。

达木苏王爷看见,也把双脚一跺,跳到半空中,伸手去抓他。又听见呼的一声,却失去了黄天霸的踪影。

达木苏在地上,正在瞪着眼找寻,却听见黄天霸在他背后大声说道:"千岁爷受惊了!"

达木苏吓了一大跳,回转身一看,站在那里说话的果真是黄天霸。达木苏王爷又羞又怒,瞪着黄天霸却说不出话来。

"千岁爷,不必白费力气了!请皇上下一道圣旨,我就马上让你抓住算了!"黄天霸的话更激怒了达木苏,他向前一纵,蹿到黄天霸面前,举起打过老虎的拳头,对准黄天霸的脑门就打下去。黄天霸一摇头,躲过了这一拳。

老皇帝看到这里,对于黄天霸的武艺,已经佩服得无话可说,不由得哈哈大笑。满朝文武也禁不住一齐笑起来。黄天霸听到笑声,回头向金銮殿上一看,哪知道达木苏趁机会蹿到黄天霸身边,大喝一声:"天霸!看你还往哪里跑!"一把就揪住了黄天霸的衣服。他想双手举起黄天霸,到老皇帝面前去显显本领。没想到黄天霸用力一挣,王爷手里就只剩下了一块衣襟。黄天霸又跳到远处去了。

"达木苏!黄天霸!一齐上殿!"

老皇帝这样一喊,达木苏就不敢动手,只好忍气吞声,上殿见驾。黄天霸也跟了上去,跪在地上。

这时,老皇帝早已气得脸孔发青,瞪着眼看达木苏,并下令把他送到监狱里去。

施公看到了这个不幸的场面,马上跪下为王爷求情,同时,并请加封黄天霸官爵。

看了施公的面子,康熙老皇帝总算饶赦了达木苏王爷的罪。不过,还是罚了他半年薪水,算是撕破了黄天霸衣服的赔偿。

由于黄天霸的这一场出色的表现，就更加提高了施公的身价。康熙老皇帝除了叫他总管漕粮、巡河路，查访贪官污吏以外，还赐了他一块金牌，不论任何时候，任何场合，处决要犯可以先斩后奏。

当然，黄天霸在施公手下，是劳苦功高的第一人，而且他的本领已经在御前表现过。所以，在一起去见老皇帝的五个同伴中，他受封的官职也最大，官名是漕运副将。关小西比他低一级，是漕运参将。王殿臣等三个，都是漕运守备。

施公在京里办完了公私事务，就带着原班人马，离开了北京，到淮安去就任漕运总督的新职。一面还在沿途查访贪官污吏、恶霸土豪，执行老皇帝给他的除暴安良的使命。

十三、浬江寺施公巧会各路英雄

　　施公在京城里办完公私事务，又奉旨出京，执行他的新任务。

　　他是钦差大人，出门应该乘坐八人大轿。可是，他为了一路密查贪官污吏，还是叫王殿臣和郭起凤两个人轮流化装成钦差大人，坐上八人大轿，带了老家人施安，在头一天浩浩荡荡地离京赴任。

　　第二天，施公和黄天霸、季全等，都是买卖人打扮，骑着马悄悄地出发。刚出齐化门，施公突然想起了一件事，就要季全回去把施孝叫来。施公还嘱咐季全，一定要在中午带施孝赶到八里桥，大家一起吃中饭。

　　季全走后，大家继续赶路，中午到达了八里桥，依着预定计划，就找了饭店吃中饭。

大家正在喝茶，对面桌子上一个客人，突然大声叫嚷起来："太爷等了半天，也没有人来招呼，做买卖就这么瞧不起人？"

那人有四十多岁，浓眉大眼，打扮得既不像庄稼人，也不像做生意的，但很像干黑夜买卖的。

店小二听那客人一发脾气，急忙跑过去打躬作揖地赔不是。那人狠狠地骂了他一顿，才要了两样菜，两张家常饼。

黄天霸也叫了些酒菜。这饭店因为生意太好，叫了好半天，酒菜不见送来，大家只好聊天喝茶等着。

施公实在饿极了，就跟店小二商量："喂，小二，如果有现成的家常饼，先给我送一张来。"

"好。"

店小二应了一声，就走到柜内，拿过两个碟子，把刚拿出来的两张家常饼，放在碟子里。他把一碟先送到施公桌子上，再把另一个碟子放到刚才在吵闹的那个人的桌子上。

那人一看见碟子里只有一张家常饼，就往施公桌子上看了看，叫道："我不是要了两张吗？"

"您先吃着，马上就给您送来。"店小二很客气地回答。

可是，那人还是跟店小二吵闹不休。店小二不停地道歉，那人却越骂火气越大，最后，就动手打了店小二一记耳光。

饭店老板一看事情快要闹大了，只好出来打招呼。那人一看见老板拼命说好话，便改变了口气说：“我实在不是跟你那伙计过不去，倒是那个土包子的客人可恶，有了钱不会花，只会学人家穿学人家吃！”

那人说完，直瞪着施公。

关小西一听那人在骂施公，心里就冒火儿了，立刻挺腰站起来，望着那人喝道：“你嘴巴这样不干净，当心挨揍！”

“来来来！老子还会怕你，有本领到外面去！”

那人说着，站了起来。于是，两个人一齐跑出饭店，在街上拳来脚去地打了起来。

黄天霸急忙也跟出去，站在店门口一张凳子上，看着他们两个在厮斗。他看了一阵，不禁奇怪起来，心里想：这个人使的拳脚，全是我家的门路！是从哪里学来的呢？

不过，在这样乱糟糟的地方，让施公一个人留在店里，到底不放心，黄天霸就走回店里保护施公。

当两个人打得难解难分的时候，季全带了施孝赶到了。他一看街上挤满看热闹的人，也就挤进了人堆里，一看，原来是两个人在打架。其中一个是他的伙伴关小西，另外一个也是老朋友，是绿林中有名的水上好汉，鱼鹰子何路通。

“都是自己人，二位停手！”季全马上抢上一步，把这两个打架的给拉开了。

"走,小西,你们是在饭店吃饭吧？一起进去!"季全双手拉着两位好汉,一起走进饭店里。

"天霸,这是你父亲的徒弟何路通!"

季全先把何路通拉到黄天霸身边,小声地介绍。跟着又问明白关小西跟何路通打架的原因,不禁哈哈大笑说:"大水冲了龙王庙,一家人不认得一家人!"

大家听季全这样一说,就一齐笑了起来。因为这饭馆里人多耳众,季全也不便再说下去,等吃完饭继续赶路时,季全才把何路通介绍给施公,同时也跟何路通说明了施公这次出来的任务。

何路通一看师弟黄天霸、老朋友季全,都放弃了绿林生活,改邪归正,到了施大人身边来,他也就情愿跟随施公。

于是,在施公这个除暴安良的阵营里,又增添了一个鱼鹰子何路通。

当天傍晚,施公一行人,到了浬江寺。

因为这几天是浬江寺圣母庙的香节,黄天霸早料到这儿的客店要拥挤,他就叫关小西先赶到这儿来,找好客店后在路边等候。所以,大家到了离这儿不太远的大路边时,看见小西已在那里等候着。

"小西,找好客店没有?"季全一见面就问。

"找到了，就在圣母庙近边，一个叫'杏花村'的村子里。那客店听说是本村一个刘大财主开的，地方倒很清静。"小西说。

于是大家就跟着小西，到了杏花村刘家客店里。施公走进门一看，是并排的三间上房，家具也很像样。施公很满意，到了屋里，他就在椅子上坐下来休息。

休息了一会儿，就叫了酒菜，大家喝起酒来。

酒、饭过后，大家正在喝茶闲说时，从另外一个房间里，传出一阵吵嚷的声音："店小二，你这狗娘养的！ 太爷们来到，你还不来伺候！ 难道被狼爪子抓住不成？"

黄天霸一听这骂人的口气，知道是绿林人物。

跟着，又传来了一阵店小二的哀求声："请太爷息怒，我马上去叫那上房的客人让出来好了！"

"赶快去，叫他们赶快让出来，再不让，太爷一杀过去，看他们能不能保住性命！"

这阵吵闹声，惊动了客店主人刘望山，他急忙跑出来问店小二："是你得罪了客人吗？"

"不是的。因为今天来了五位香客，都骑着马，是一件好买卖，我就把上房给了他们。想不到去年来过的那一帮人，今天晚上又来了。一来就要那三间上房，我说已经有客人住了，他们就破口大骂起来。"店小二对老板说。

刘老板是本地的大财主,最怕那些恶霸。他想,要解决这个难题,只有去求上房的那五个香客迁让一下。他就跑到上房里来,跪在地上,向这五个人中年龄最大的施公苦苦哀求,要他们让出这房间来。

刘老板的话还没有说完,关小西就大声喝止:"别再啰嗦了,你快出去,他们要这房,叫他们来抢好了!我不怕他三头六臂,来见个输赢再说!"

"这样没有主意,你怎么办得了事?你可以去问问他们的姓名,假如他们要是久闯江湖,大名鼎鼎的好汉,还可以商量;要是些专门欺压老百姓的小辈,叫他们赶快滚开,免得拆散他们的骨头!"

刘老板吓得没有了主意,也不管这番话的轻重,就跑去对那群恶霸照样说了一遍。这样当然激怒了他们。

"你回去说,提起太爷们来,天下闻名!叫他们一步一步拜过来,就没有事;不然,杀进房间去,一刀一个……"

闹昏了头的刘老板,又跑到施公房门口一跪,像鹦鹉学话一般,照样说了一遍。

施公听了,并不生气,认为在这些江湖客面前,让他们几分,算不了什么,让出房间算了,免得惹是非。

小西听了施公的话,主意也改变了,他主张请季全过去,先看一看都是些什么人物,如果是些无名小辈,就动手去把他们捆起来,送到衙门里去法办。

季全认为这办法很妥当,就跟着刘老板,到那边房门口一站,向房里看了看,想不到发现了一个熟面孔的神弹子李昆,他就大声叫道:"李五爷,想不到咱们在任邱县一别,今晚会在这里见面!"

李昆是一个典型的江湖人物,他在任邱县帮助施公拿住一枝桃谢虎以后,就离开了施公,继续过着他的绿林生活。这次是和一群绿林朋友到涅江寺来看热闹的,不料,这一场吵闹,竟使他得到和老友重聚的机会。

季全把李五带进上房,大家看见是他,哄然大笑。他抬头一看,全房间里的人只有何路通是陌生人。

"我那几个朋友,脾气太暴躁,请大家原谅!"李五一跨进房间,就拱着手,满脸赔笑向大家打招呼。

这时,最高兴的是施公,不但一场吵闹烟消云散,而且还见到了一去没有消息的好汉。施公就叫季全去准备酒菜,欢迎这个久别重逢的老朋友。季全给李五和何路通介绍认识以后,就去找店小二预备酒菜。

大家正在欢呼痛饮时,外面又响起了猛烈的敲门声。

"那门敲得这样急,大概又来了绿林好汉,让我出去看看。"

李五和好几路的绿林好汉,早就约好今天来看庙会,所以他这样说。

进来的一个人,果真是李五的绿林朋友白马李七侯。

"你不会料到,钦差施大人和黄天霸等众弟兄,都在这里吧!"李七侯一跨进房门口,李五就迎上去这样说。

"有这样巧的事!天霸是我的侄儿,同时,我们绿林中人,最喜欢忠臣孝子,倒不能不进去见见了。"李七侯一听说施公在这里,便要进去见见面。李五就把李七侯带到里面介绍说:"这位白马李七侯是绿林朋友,也是来看热闹的,听我说施大人和各位好汉在这里,他就要进来和大家见见面。"

"这倒成了群英会了!"黄天霸一听,高兴地跳了起来。白马李七侯是他父亲的患难好友,也是他的长辈,他就走过去,说声:"请叔父入座!"把李七侯拉到他旁边坐下。

李五介绍李七侯跟施公和众英雄认识以后,就和大家一起开怀畅饮。施公和李七侯见面后,对他印象就非常好。酒喝到一半,施公把季全叫到身边,要他去问问李七侯,肯不肯放弃绿林生活,替国家做事。

李七侯早就打算放弃他的响马生活,今天遇到了这个大忠臣施大人,更决心改邪归正,所以,季全一提到施公的意思,他就马上点头答应了。

第二天,施公在众英雄的保护下,大清早继续赶路,一路平安地到达了天津。

施公是漕总,一路要看看水上运粮的情形,所以,在天津就上了船,从水路往目的地淮安前进。

经过了一个漫长的水上旅程,施公的船正要到达奉新驿的时候,河岸上传来鸣冤告状的女人喊冤枉的声音。

这喊冤的声音,终于被施公听见了。他就叫把船靠岸,要问问那女子到底有什么冤屈。

季全下船,把那鸣冤告状的女人带上了船,施公一看,是一个中年妇女,衣着很朴素,样子也很端正,就问她到底受了什么冤屈。

那女子跪在船头说:"我的丈夫曹必成,是静海县人,在曹翰林家里当听差,已经有二十几年了。前天,曹翰林叫我丈夫到县里给知县大人送信。想不到,那知县陈大人一看完信,就开堂审问我丈夫,问我丈夫为什么要勾引强盗,到主人家里去抢劫。

"我丈夫根本没有干这种事,当然不肯招认。陈知县就叫差役严刑拷打我丈夫!我丈夫被打得半死不活,后来因为受不住苦刑,就招认了!现在,我丈夫被关在牢里。我昨天给他送饭去,听说等公事一下来,就要被正法!青天大人,这太冤枉了!我丈夫是一个好人,请大人替我丈夫伸冤!"

她哭哭啼啼地诉说完了,就把一张预先写好的状纸,双手捧上,递给站在她身旁的季全。

"你暂时回去,听候我提审你丈夫。如果真是冤枉的话,一定会给你丈夫伸冤。"

施公说完,那女人磕了几个头,上岸去了。

船到了奉新驿,当地静海陈知县下船来迎接。施公跟他寒暄了几句,就问到曹必成的案子。陈知县就老实回答:"这是本县曹翰林叫那曹必成自己到县里来投案,要我问明了口供,把曹必成活活打死,等他领回尸首了事。"

"我明天亲自来审问。你把原告、被告和刑具,一起带来。"

于是,施公就在众英雄的保护下,到钦差公馆休息去了。

第二天,陈知县派人通知曹翰林,到钦差公馆候审,把曹必成也从监狱里提出来,连同刑具,一起押送到钦差公馆来。

临时法庭布置好,原被告到齐,施公就开庭审案。

"曹必成,你跟你主人有什么仇恨,竟敢勾串江洋大盗,来抢劫你主人家?"施公把醒木一拍说,"你要老实说出来,免得皮肉受苦!"

"大人,"跪在地上的曹必成说,"我从小在主人曹翰林家长大,主人待我很好。今年端午节,有人请主人去喝酒,临走说好当天不回来,我也就到朋友家去了。第二天早晨我回来后才知道主人的姨太太昨晚上吊死了！我知道了，就连忙去看主人。主人一看见我，就把一封预先写好了的信交给我，要我送到县府里去，我马上就送去。哪想到县太爷一看完信，马上变脸，叫人把我绑起来，问我为什么勾引强盗，到主人家抢劫。这话真不知从哪里来的！呜，呜呜……"曹必成说到这里，泣不成声。

"那你怎会招认了呢？"施公追问了一句。

"青天大人！我怎么会招认？是县太爷看我不肯招认，就下令用刑，榔头夹棍，拳打脚踢，打得我几次死去活来，我实在受不了这些苦刑，才招认了，呜呜！呜呜呜……"曹必成越说越伤心，当堂就号啕大哭起来。

施公下令把曹必成收押，一面回过头去，看了看站在他背后的陈知县。

"请问贵县，曹翰林来了没有？"施公很客气地问陈知县。

"我就是，大人！"曹翰林站到了公案前来。

"你就是曹翰林？"施公问。

"是的。"曹翰林是个有功名的读书人，见了官，不必下跪，他垂着双手，站在那里回答。

"你叫陈知县把曹必成问成强盗死罪，这个劫案，你家里被抢走了多少财物？"施公已经看清楚这是一桩官绅勾结诬良为盗的案子，所以，一开口就这样问。

曹翰林听了,早已面红耳赤,便不敢撒谎,回答说:"端午节那天,我出去应酬,出门时说好当天不回来。后来因为不放心,半夜里赶了回来。

"回到我姨太太的房里一看,没有灯火,我想她是睡了。才走到床前,床上跳起一个人来,一把抱住了我,喊一声:'姨奶奶!'我急忙叫喊抓贼,那人就逃了。后来却在屋内发现了一双鞋子,是家丁曹必成的。"曹翰林说到这里,满面羞愧。

"那时,你怎么不去找你的姨太太?"施公这样问。

"那人一跑掉,我就叫人去找她和她的侍女玉凤。等到找了回来,她说和女仆一起在后花园乘凉睡着了。我哪里会信!我想她一定是有了不正经的行为,不然,曹必成的那双鞋子,怎会在她房里?"

"后来你的姨太太又怎么会上吊死了?"施公又追问。

"唉,这女人总算刚烈!我一发现了那双鞋子,就想起了白天给了她的一枝金钗,我就问她要。可是,她却拿不出来!这就更加使我相信她不但偷了男人,而且还把金钗送了人!我就写了一封跟她断绝夫妾关系的信,和那双鞋子包在一起,叫侍女玉凤送给她。结果,她就上吊死了!"

"贵县,明白了吧?曹必成并没有勾引强盗,抢劫主人啊!"陈知县被施公这样一问,慌得当着众人的面,向施公跪了下来。

"起来，赶紧去把那侍女玉凤叫来，同时，也把那双鞋子带来。"

陈知县像得了恩赦似的，赶紧爬起来，派人去传玉凤带着鞋子，马上到案。

到下午继续开庭时，玉凤到了，鞋子也带来了。

施公接过那双鞋子，就叫差役把鞋子拿给跪在案前的曹必成看，同时问道："这双鞋子是不是你的?"

"大人，是我的。"曹必成看了看回答。

"你的鞋子怎么会在别人房里?"施公问。

"五月初四那天，我穿着这双鞋子上街去，回来时一阵大雨，鞋子弄脏了。第二天家里人给我洗干净，晒在外面，后来竟不见了。我那天出门去吃酒和到县里来送信，一直都是穿着今天脚上这双鞋子!"

施公一听，事情愈来愈明显，鞋子是晒在外面，可能被人偷着穿到曹姨太太房间里去的。现在，要查究的另一个关键，是那枝金钗的下落。

施公就传玉凤上堂，问道："玉凤，你在曹家做些什么工作?"

"我专门伺候周姨娘，日夜都不离开她。"玉凤很从容地回答。

"你知不知道端午节那天，你主人送了周姨娘一枝金钗? 周姨娘是怎么上吊死的?"施公问。

"我家老爷在端午节那天给过周姨娘一枝金钗。周姨娘手里，有的是金玉珠宝，所以，她对这金钗并不怎么希罕，接过来，就随便放在桌子上的茶壶里了。

　　"那一天，有个木匠在花园里修理栏杆。到了正午的时候，那木匠要茶喝。周姨娘就问老爷，要不要赏一点'香亭饮'药茶给木匠解解暑。老爷答应了，我就抓起那茶壶，泡了一壶'香亭饮'，送给木匠喝。

　　"到了夜里，老爷不在家，我就和周姨娘到花园里去乘凉，后来睡着了，忽然有人来叫醒我们，说是老爷回来了，我们才回到屋子里来。

　　"可是，走到房间里一看，老爷的脸色很难看，他跟周姨娘要回那枝金钗。周姨娘才想起金钗是放在茶壶里的，就打开茶壶来找，结果，没有了，又到花园里去找，也没有！

　　"老爷要不到金钗，就回到书房去了。不大一会儿，老爷派人叫我去，给我一包东西，要我转给周姨娘。周姨娘接过了那包东西，我就出来了。后来，周姨娘又叫我到花园去找寻那金钗，我只好再去找。

　　"我没有找到金钗，回到了屋子里一看，周姨娘已经上吊死了！"玉凤详细地供完了以后，施公说："你说得很详细，我已经明白了这案子的真相！好，你回去吧！"施公很高兴地叫玉凤回去。

因为已经不需要再问了。

　　施公又把曹必成当场开释，一面训诫了一顿曹翰林和陈知县，要他们不可随便诬陷好人，同时还说："这案子的主要疑犯，可能是那个木匠。大家回去，静候我破这案子的消息吧！"

十四、遇刺客季全黑夜惨中毒刀

审完了曹翰林诬良为盗的案子，第二天，施公派出几路人马，去查访那个木匠。

黄天霸的路线是去独流，关小西去静海，季全到双塘儿。

从奉新到双塘儿只有十五里的路程，季全是出名的飞腿，没用多长时间就赶到了双塘儿街上。

他找到了一个酒店，想从茶坊酒肆里，打听一点街头的消息。在这样人生地不熟的地方，这是唯一的办法。

他坐下来喝着酒，跟店小二聊了一阵，也没有摸到半点头绪。他正坐在那里纳闷，从外面走进来一个和尚。

他看了看这和尚的相貌，满脸大胡子，两道浓眉，样子十分凶恶，他料到这绝不是个好和尚。

这和尚叫了一壶酒，要了些菜，一个人就喝起酒来，后来问店小二说:"这里到杨村有多少路?"

"有二百多里,很远哪!"店小二看了看和尚,这样回答。

就在这个时候,又从外面走进来一个麻脸的和尚,他一看见这个和尚,就笑着招呼说:"我刚到你庙里去,一个年轻的木匠在那里修理东西,他告诉我,你到街上来了,我想你一定是酒瘾发作了,就找到了这里来。"

"幸亏我那外甥仔细,不然你就找不到了,哈哈!"先来的和尚也笑着回答,"可是,你再迟一步,我可就不在这儿了。"

季全暗暗记住,庙里那个木匠是这个和尚的外甥,他认为这在调查那木匠的身份时,也有点用处。

"你要上哪儿去?"麻脸和尚问。

"我要到杨村去找报成寺的当家静成和尚。你要上哪儿去?"

麻脸和尚把声音压低了些说:"我总忘不了我六哥血洒济南的仇恨!我尽管隐姓埋名当了和尚,也不过是等候着报仇的机会。现在,我的仇人施不全又奉旨南行,从水路到了奉新,我要去凿穿他的船底,教他洗个澡!"

"又何必这样费事!等我抽个空,今夜就去结果了他的性命,不就得了吗?"

这两个和尚看见另一张桌子上的季全听得很入神,就停止了说话。不过,他们看见季全貌不惊人,不像一个江湖人物,就改用江湖上的黑话来交谈。结果,反被季全听了个详详细细。

这时,天已不早,两个和尚结过账就走了。季全也急忙结了账跟了去。

季全一路远远地跟着他们。可是,走到了一处,街上正有人打架,围了一大群看热闹的人。那两个和尚就在这人群中失去了踪迹。

季全听了那和尚要去行刺施公的话,心里很着急。他就不再去找寻他们,赶紧回公馆去报告。

季全到了公馆门外,已经是深夜,恐怕那和尚比他还要先到,等不及进去通报,便一翻身上了屋顶,到处查看。

他在屋顶上,轻飘飘的像只猫一样,先到施公住的那间屋顶上,看看下面的灯光,见没有什么动静,才安了心。

他又翻到了另一幢屋子的顶上,向下面一看,射出了一片灯光,原来那是黄天霸的房间。他也不打暗号,就跳下房,轻轻落地。

尽管是这样轻轻的,还是瞒不过黄天霸,他悄悄地走出屋外来瞧了瞧,回手就去掏镖。

"老弟!是我呀。"季全一看黄天霸要下手,就赶紧叫出来。

"季全大哥,你怎么了?差一点就挨上我一镖!"黄天霸也大吃一惊。

季全就跟着黄天霸进了屋子，关小西也坐在那里，急忙问道："季大哥，你怎么不走大门，却从屋顶上翻进来？"

"好险哪！"季全就把和尚要来行刺的话，跟大家说了一遍。

"那么，今天晚上我们等着他们来就是了。"黄天霸要大家轮流睡觉，保护施公，好捉拿刺客。

闹了一夜，结果，却连刺客的影子也没有。

第二天，施公派黄天霸去处理另外一件要事。那个木匠的案子就由关小西、季全、何路通、郭起凤、王殿臣，分五路去密查。白马李七侯留在公馆里保护施公。

季全出去，一心要找到双塘南边的那个庙，好查一查那个木匠的来历。他认为要是木匠在静海曹翰林家做过工，就可以破案了。

他一面走一面想，遇到庙，就进去打听打听。他想那胡子和尚一有了着落，木匠也就容易找到。

可是仔细一想，这样到处打听，不是明明放人家逃走吗？再看看太阳渐渐低了下去，他就决心赶快回去，要是那和尚今晚来行刺，也来得及对付。

季全回到公馆时，小西等人马已经回来了，大家都是白白奔走了一天，没有结果。

大家累了一天,吃过晚饭,闲聊了一阵,就先后上床去休息,都忘了季全昨天说的和尚要来行刺的那件事。

季全是亲耳听来的,到底不能放心,大家睡觉以后,他还是不睡,预备再熬一个通宵,独自在那里守夜。

黄天霸的猜测一点也没有错,那个麻脸和尚正是于七,他现在化名薛酬,在薛家窝关帝庙里,做一个看庙的和尚。

和于七在酒馆里谈心的带发和尚,本来是一个高来高去的飞贼,叫做吴成,因为犯了重案,暂时进了空门,法名静修,住在唐官屯正乙玄坛庙里。

于七当天就跟吴成,一起到了玄坛庙里。吴成的意思是当夜就要动手行刺施公。于七认为不能这样鲁莽,总得好好商量一下,因此,害得季全白等了一夜,还被伙伴们说他说话靠不住。

吴成就叫他那个做木匠的外甥富明,出去买了些酒菜,在庙里边喝边商量。于七看过了吴成的武器,知道了他确有施放暗器的本领,就很放心。第二天下午,于七亲自送吴成出了庙门,到奉新去替他报仇行刺。

吴成到了奉新驿,在树林子里躲到深夜,才换上夜行衣靠,来到钦差公馆墙外。

他正蹲在那里,察看进出的路子,突然,嘘的一声响,一个黑影飘进了墙里去。

　　"是谁？难道是于七哥不放心，暗地里来助我一臂之力？"他这么一想，就一纵身跳上墙，翻上了屋顶。

　　他蹲在屋顶上，往四周看了看，整座屋子静寂一片，毫无动静。他的胆子更加壮了，就蹿房越脊，窃听屋内的动静。

　　到了东厢房屋顶上，捱到檐边，俯下身子往下看了看，屋内一片漆黑。侧着耳朵一听，微微地传出一阵阵的鼾声。

　　"这恐怕不是施不全，那死鬼到底睡在哪间屋子里？"他蹲下来考虑了一会，就到了大厅上去。

　　听听大厅上，一点声息也没有，他就转到了西厢房屋顶上，爬到房檐，先用两只脚钩住瓦楞，然后把身子从檐头倒挂下去，向屋子里窥察动静。

　　这回的辛苦总算没有白熬，隔着纸窗，屋内露出了一阵昏淡的灯光。他在指尖上沾了些唾沫，在纸窗上戳了一个洞，然后，眯缝着一只眼睛，向屋内张望。

　　屋子里面，摇曳着半明不灭的灯光，炕上有人躺着，脸朝着墙壁，似乎是睡着了。在暗淡的灯光下，看不清楚他是谁。

　　"管他是谁呢，杀一个，算一个！先从这死鬼开刀！"吴成终于下了决心，他想：杀到后来，总有个施不全在内，决不会漏掉了的！

　　他一下了决心，就伸手去抓住窗框，一个倒卷架势，翻身下去,脚一落地,身子就站立起来。跟着,轻轻地拨开纸窗,蹿进屋内,抽出背上的刀,一步跳到炕边,却想不到把桌子上那盏灯给碰翻了。

他一冲到炕边,就举起刀向炕上那人拦腰砍下去。想不到,他竟听到了"啪"的一声响!

吴成一刀砍空了,那人紧跟着从壁上抽下刀向吴成砍了过来。吴成靠着蛮劲大,一刀就把那把砍过来的刀给挡开了。

吴成挡开对方的刀,急忙跳到窗外去。那人也腾身追到窗外来。吴成知道行刺已经无望,就一跃上了屋顶,急忙要逃走。原来那人就是季全。季全一看匪徒上了屋顶,双脚一跺,也跟着跳上屋顶。他因为跟大家赌气,并不出声,只是默默地追过去。

吴成听听背后的脚步声很近,不敢再在屋顶上待下去,急忙飘下了地,沿着通往唐官屯的大路奔逃。季全也跳下屋顶,一路紧追。季全是出名的飞脚,吴成绝对跑不过他。

出了奉新驿,吴成听那背后的声音,越来越近。

"好!这里是荒野,正好结果这家伙的性命!"吴成就从口袋里摸出一件暗器来,扭过头,往季全的脑门飞去。

季全正在拼命追赶,没有防备,看那匪徒一回头,就有一道寒光奔向面门来,急忙把头一偏,肩头立刻感觉麻木起来!

"糟糕!中了那厮的暗器了!"

季全只怕到不了家，毒药就发作，回头就跑，也不再追赶那刺客了。

"哈哈，没有用的东西！佛爷有好生之德，不来杀你，慢慢跑吧！"吴成望着季全，不住地笑骂。

季全拼命奔到公馆，已觉得全身麻木，精神昏乱，哪里还能翻墙进去，便在大门上乱敲一阵。

里面的听差一听到急促的敲门声，非常奇怪，心想，半夜三更，有谁敢来敲钦差公馆的大门！仔细一听，原来是季老爷，连忙开门。

那听差一看到季全的脸色很不好，就急忙问道："季老爷，您怎么了？"

"我去追刺客，中了他的毒药镖！"季全有气无力地回答。

那听差一听，急忙去叫醒黄天霸。跟着，关小西等众英雄也惊醒了。大家一起跑出来，把季全扶进房间里。

黄天霸从季全肩上，拔出那暗器一看，原来是一把五寸长的竹叶飞刀！那飞刀拔出以后，伤口并没有流血，流的却是黄水！季全支持不住，终于昏了过去。施公听说，也急忙跑来问大家，有什么急救的方法。

"大人不必担忧！我师叔方世杰那边有好药，救得了季大哥的命。"李昆听施公一问，就这样回答。

"你师叔住在哪里？离这里有多远？"

"他住在静海县南方家堡，由这里去，大约有七十来里路。"

施公一听，皱了皱眉说："来回有一百四十多里，当天赶不回来吧？"

"大人放心，再厉害的毒药，也耐得住二十四个小时。我马上就去，季大哥的命，一定有救！"李昆很有把握地回答。

"那你马上就动身吧！"施公说完，就走出了房间。

李昆为了要救季全的命，只好当夜带好各样应用东西，马上出发。他在路上，想了想方世杰和他的关系，尽管在施公面前说得那么容易，可是能不能取到镖药，却没有把握。

原来许多年前，方世杰是一个飞檐走壁、高来高去的独脚强盗，也是绿林中的第一流角色。他一年中只做一两件案子，地点总在几百里外，他不要金银绸缎，只要珍贵珠宝。因为案子做得少，做案的地方又很远，他的本领又是超凡出众，所以从没有失过手。在地方上，人家总以为他是一个富有的绅士。

李昆曾经在济南一个卸任的大官家里住过一段时间。那个大官是他父亲的老朋友，家里收藏有无数的珍珠宝贝，因为怕绿林好汉去打他的主意，知道李昆是以善用神弹子出名的好汉，就坚持留李昆住在他家里，供给他吃用，待他非常好。

一天晚上，李昆出去看了一场戏回来，刚要从侧门进去，忽然一条黑影,呼的一声,飞进了墙去。

他知道这是夜行人来打这个大官的主意了,就走进侧门,到书房里拿了弹弓出来,往屋顶上一看,发见大厅屋顶上,站着一个人,全身黑色,背上插着一把单刀,看样子,正要跳下院子来。

李昆不慌不忙,把弹子扣上了弓,朝着屋顶那人的后脑海打过去!

那人听弓弦一响,回过头来一看,那颗弹子不偏不倚正钻进那人的左眼里!

当那人回过头来时,李昆在昏暗的夜色中,看出他的样子很像师叔方世杰。所以,当那人由房上跳下逃跑时,李昆并没有追赶。

李昆的估计不错,在屋顶上的正是方世杰。方世杰中弹以后,忍着痛逃回了他所住的客店里,把弹子取出来一看,竟在弹珠上发现了"神弹"两个小字!

"原来是李五这小子打了我这一弹!总有一天,我要剥掉他的皮!"方世杰气得咬牙切齿,从此就和李昆结下了冤仇。所以,李昆尽管在月光下拼命赶路,能不能取到医治镖伤的灵药,却并没有把握。可是,他还是在拼命赶路,希望能够及早取到药,好救季全的命。

十五、盗丹药李公然死战方家堡

李昆急急忙忙地赶路，到第二天中午，就到了离方家堡有二里路远的一个叫做刘村的小市镇。

他找了一家从前来过的酒店，在一个比较僻静的座位上坐了下来，要了一斤酒，一些现成的菜，就独自喝了起来。

这是一家夫妻店，两个上了年纪的老人家，忙着招呼客人。他还记得这酒店的主人姓杨。喝了一会儿，他就跟酒店主人聊了起来："老伯，生意好吗？"

"托福，还可以混口饭吃。近两年，你一直没有来，在外面很得意吧？"杨老板还认识他是两年前的老主顾。

"我看你老人家的身体比从前更健壮了。不过，你也太忙了，为什么不用个人呢？"

"近来生意清淡，不要说用人，连我自己的儿子，还到方员外家去做长工呢！好在晚上回来,还可以帮忙做点事。不过,这几天是例外,因为方员外出去收账,晚上我儿子要留在那儿帮着看家。"

这老人家的几句闲话,却使李昆得到了一个好消息。方员外收账去了,这方员外当然指的就是方世杰,因为他在当地是个绅士,人家都这样称呼他。

这真是季全命不该绝！李昆心里想,他就跟这老人家商量,给他找个住夜的地方:"我的亲戚家离这里还有二三十里路,今天我实在累极了,我想在你店里住一夜,明天一清早就走。"

"可以,我儿子的炕空在那儿没人睡,你不嫌脏就行。"

李昆听那老人家答应了,就取出一两多银子来,交给他说:"请你先收下这点钱,晚上给我做点饼和菜,账等明天再算!"

那店的老主人很少做过整两银子的买卖,他抖着干枯的手,很高兴地接过银子,一面说:"哪里用得了这许多银子呢!"

吃过晚饭,老夫妇把店里收拾干净后,就到后面去睡了。李昆也在炕上躺了一会儿,听听那老夫妇没有声音了,他就吹灭了灯,出房门,翻墙跳到外面去,一路奔向方家堡。

他到了方世杰家门口,向四周看了看,静悄悄的没有一点儿声音,就跳上墙去。

他站在围墙上,向里面一看,屋子里一片漆黑,没有一丝灯光。好在从前他到这儿来过，就施展出飞檐走壁的本领，直奔向内院。

到了西厢房屋顶上，他使出一个倒挂金钩姿势下了屋顶，因为他已经知道方世杰不在家，用不着窥探屋内的动静，就拨开窗户，侧着身子钻进屋内。

他走进那间放着丹药的屋子，就从百宝囊中取出了千里火筒，把它点亮，拉开壁橱的门，运气真好！一只五彩瓷瓶，端端正正地放在那里。

他把那五彩瓷瓶抓了过来，连那千里火筒，一起放进了百宝囊里。这时，他的心情比盗到任何珍珠宝贝都高兴。

他把药瓶收藏好，高高兴兴地转身要走，只见门帘掀动了一下，闪进一个人来！他抬头一看，几乎把魂都吓跑了！原来这人就是方世杰。

方世杰本来是不在家的，他做完了案，带着许多珍珠宝贝当夜回来了。夫妇两人正在闲谈，突然发现门帘子外面，有一道火光在他眼前一晃。方世杰心里非常诧异，他想，难道还有人敢来老虎头上拍苍蝇吗？要有也是无名小辈瞎了眼睛，上门来送死。他就蹿到门帘旁边，轻轻地拉开帘子，从缝隙里往屋里一看，就跳起身来大骂道："畜生，你好大胆子！我跟你无仇无恨，竟敢把我打成残废，今天还敢来偷，这不是你自己来送死吗！"

李昆一看师叔回来了，想想自己不是他的对手，急忙把身子一跃，从窗口跳了出去。到了院子里，来了一个燕子钻云势，翻上了屋顶，拼命地逃跑。方世杰也早上了屋顶，紧跟着他后面。李昆跳下了墙，方世杰也跟着跳下来，举刀砍过去。

李昆急忙拔出刀来招架，两个人就在方家门前厮杀起来。前后杀了五六十个回合，李昆只有招架之力，根本找不到还手的机会。李昆自己想想不是方世杰的对手，再要硬拼下去，一定要吃亏，而且那救季全中镖的灵药，也须赶紧送回去，于是，他就虚晃一刀，撒腿就跑。

方世杰毫不放松，一路紧追。

两人跑了有半里多路，才出了方家堡的北口。李昆一面跑，一面叫嚷起来："师叔，你再这样追赶我，我就要对你不起了！"这时，他已经把弹子扣好，刷啦啦三颗弹子接连地发了出去。这是他的神技，只要打出去，谁也无法躲避。

方世杰却不慌不忙，伸出右手，先接住第一颗弹子；跟着又伸出左手，按住第二颗弹子。最后，因为两只手里都有了弹子，就把嘴巴一张，用牙齿咬住了第三颗弹子！

李昆的弹子虽然有名，今天遇上了方世杰的接弹绝技也无能为力。

李昆一看，除了逃命，再没有第二条路可走了，他只好撒腿再跑。这时候,方世杰却把手里两颗弹子,一颗一颗地打了出来。最后,咬在嘴里的那一颗,就用嘴巴喷出来。这颗弹子跟用弹弓发出是一样的有力量。好在李昆是行家,尽管这三颗弹子都从背后飞来,他都能够躲过。

李昆正在庆幸自己躲了这三颗弹子,哪知方世杰又摸出了一支箭,往李昆背上发了过去。李昆没想到他会有这一手,中了这一箭,他"哎哟"一声,倒在地上。

"哈哈!畜生,你盗了我的丹药,倒用得着了!"方世杰说着,赶到李昆身边,举刀要砍。这时,忽然从树林里跳出三个人来,举刀直奔方世杰。方世杰只好丢下躺在地上的李昆,来对抗这三个人。

原来,自李昆走后,关小西很不放心,就要单独来接应。黄天霸和李七侯知道了,为了使李昆盗药成功,也认为实在有去接应的必要。因怕关小西一个人的力量不够,黄天霸和李七侯两人,报告了施公后,也一起赶来接应。

他们三个赶到了方家堡,到一家酒店楼上去喝酒。喝了一阵,看见斜对面一家门口,来了一个骑着马的独眼老人,年纪虽然已近花甲,可是骑在马上,精神非常好。

这老人在门口一下马,就有人出来迎接他进去。关小西灵机一动,说:"黄兄弟,看这个人的年龄和打扮,也许就是李五哥

的师叔。"

黄天霸点点头说："我也是这么想。"说完，他就问店小二，"小二哥，对门那户人家姓什么？是不是官宦人家？"

"他们姓方，不知道他们祖上是不是做过官，不过，现在很有钱，刚才在门口下马的那老人家，就是方家的主人方员外。"

"原来如此。我再要问你一声，这方家堡有没有客店？"黄天霸又问下去。

"没有，因为这里的主顾都是由乡间来的，没有人要住客店的。要住夜的话，可以到刘村去。"

黄天霸付过酒钱，到刘村去找客店，希望能够碰上李昆。

哪知道李昆并没有住客店，是借住在一家小酒店里。他们住了客店，还是没找到李昆。他们因为不放心李昆，又赶回方家堡。三个人快到方家堡北口时，就看到有两个人，一前一后，由方家堡跑出来。大家急忙躲在树林里察看，跑在前面的正是李昆，在后面追上来的，就是那个独眼的老人。

他们看得很清楚：李昆跑到了林子边时，连发了三弹，都被那老人给接住了。接着，又看见李昆也躲过由后面打来的三颗弹子，却想不到，在一转眼间，他就"哎哟"一声，倒在地上了。

方世杰提刀要砍李昆，他们三个人，就一声吆喝，跳出来围攻方世杰。

方世杰的确英勇善战,独自对付这三条好汉。大家拼死厮杀了不算短的时间,谁也不肯罢休。

不过,方世杰到底是上了年纪的人,渐渐地,他的手脚显得不像开始时那么灵活。黄天霸看看已是时候了,就伸手摸出金镖,向方世杰打了过去。

方世杰一看暗箭来了,马上想躲避。但是,关小西和李七侯的两把刀紧缠着他,他的身子稍呆了一下,那支飞镖就刺进他的左腕,左腕感到一阵剧痛,刀掉了下去。方世杰知道对方人多势众,再也不能恋战,就急忙跳进树林逃命去了。

小西还想追赶,黄天霸急忙阻止,因为他知道方世杰的暗箭厉害,同时,眼前救人比追敌还要紧。

他们一起到了李昆身边,只见他昏迷地躺着。大家连叫了几声,也没有答应。在他身上一检查,发现背上插着一支弩箭!

大家这时才知道,李昆是中了毒药弩箭。李七侯急忙在李昆身上找寻治镖伤的药,果然在他腰里摸出了一个百宝囊。

"在这里哪!"李七侯打开百宝囊一看,里面有一个瓷花瓶,高兴得叫了起来。天霸急忙赶来一看,果然是一个小药瓶。

"不过,不知道这药是吃的,还是敷的。"小西提出这个疑问来。

"我听李兄说过,这是外用药,只要在伤口敷上一点点,立刻可以起死回生！"李七侯说。

"好，让我拔出弩箭，你就把这药给敷上去。"黄天霸说着，就在李昆的背上，拔下那支钢的弩箭来，拿在手里看看，足有四五寸长！

小西解开李昆的衣服，翻过他的身子来一看，背中央被弩箭刺穿了一个小孔，从里面不断往外冒黑水。

李七侯打开瓶口上的塞子，倒出了一点药，敷到伤口上，然后把瓶塞子塞好，放在自己身上。

敷过药以后，大家商量了一阵子，决定先到刘村再说。就由李七侯背着李昆，走向刘村去。

到了刘村，李七侯把李昆背进他们住的客店里，让他在炕上躺了一会儿。这药真有出乎意外的效力，李昆的神色果然开始转好，大家心里真高兴。

李昆的神志慢慢地清醒，身体也能够转动了，伤口的皮肉也逐渐恢复了正常的颜色，原来流的黑血，起初变成紫色，最后流出的是鲜红的血。

毒血流完了，李昆就能够开口说话。他问明受伤被救的经过情形后，就向大家道谢。

第二天一清早，大家给李昆雇了一部牛车，一起回到公馆。

"各位老爷好早呀，季老爷死过去了！"大家一进门，施安迎了出来,哭丧着脸说。

大家一听,急忙跑到季全房里去,看见他果真昏迷不醒地躺在那里,只剩下一口微弱的气息。

李七侯急忙取出药瓶,黄天霸就把药敷在季全的伤口上。

施公听说各位英雄回来了,也跑过来急着问药取到没有。他一看见黄天霸正在给季全敷药,脸上就露出安心的微笑。

黄天霸敷好药后,把李昆盗药受伤的经过,向施公报告。施公听了,就替季全向李昆道谢,并且对李昆冒险救朋友的忠勇,加以赞扬。

这药真值得李昆冒着生命的危险去盗来,没有三天,季全已经死里逃生,恢复了健康。至于李昆,早就生龙活虎得壮健如常。

季全的伤好了以后,施公又提起曹翰林家的案子,叫大家想办法结案,免得在这儿再耽搁下去。

第二天,黄天霸和众英雄商量,想办法要找出那个木匠来。

季全还不能出去,结果就由王殿臣、关小西、李昆三个人出去密访那个木匠的下落。当天,三个英雄分头出发。

李昆是最后动身的,今天他穿的是文人服装,腰里藏了一把匕首。他出了公馆,一路往北走去。

他到了静海县的南门,刚要走进城门的时候,背后有个人大声地叫道："喂,富明,今天你要不要到玄坛庙去?"

李昆回头一看,这个喊叫的人肩上扛着一份木匠的工具。再往前面一看,有个三十岁左右的人,也是手艺人打扮。他一听到这叫喊声,就回过头来问道:"什么事这样大惊小怪?"

"好,就叫你一声富大哥吧,我的主人要请和尚做佛事,你要是去玄坛庙的话,就跟你舅舅说一声,请他下个月初二起去做三天大悲忏,千万别耽误了。"

这人一听要请他舅舅去念经,就拒绝说:"和尚忙得不得了,下个月的日子都订满了,你到别处去请吧! 就是你自己到庙里去请,也没有用!"他说完,就摇摇摆摆地走了。

这时候,李昆想起季全的话来,那个行刺的和尚不是有个做木匠的外甥在庙里吗? 不过,季全一直没有查出那个庙来,今天听到了"玄坛庙"这个庙名字,不禁高兴地跳了起来:"对了,那和尚住在'玄坛庙',他那外甥叫'富明',这一下可有头绪了,上玄坛庙去吧!"

但是他一想:何必去玄坛庙,先跟踪着富明,侦查一下他的行动,必要时把他抓起来,不是更方便吗?

李昆就放弃去玄坛庙的念头,一路追踪富明,侦查他的行动。

十六、斩木匠活阎王定计劫法场

　　李昆在静海县南门，无意中发现了木匠富明的踪迹，就一路紧紧地跟踪着。他看见富明进入一条小巷，走进了一家酒楼，立刻紧走几步，也走进酒楼去。

　　他走进去时，富明已在沿街栏杆的一个座位上坐下了，他也找个空座位坐下。

　　他要了一壶酒，两样菜，独自喝起来。尽管他装出吃得津津有味的神色，还是一直悄悄地注意着富明。当他正要叫店小二添酒的时候，突然听到几声咳嗽，抬头一看，原来是富明在咳嗽。他觉得这种咳嗽声不大自然，便向屋内外扫视了一下，看看有没有跟这个咳嗽有连带关系的可疑人物。

　　他看到对门一个矮墙门口，站着一个打扮得很妖娆的女人，正向富明挤眉弄眼，一下子又做做手势。富明也端着酒杯，不住地点头弄姿。

最后，富明深深地点了两下头，那女子就转身进去了。

李昆经过一番琢磨，觉得那女子的最后一次手势，似乎是叫富明从后门进去。过了一会儿，富明付过酒钱，就走出酒店。

李昆本来想立刻跟出去，可是又一想，富明一定是到对门去找那个女子，一时不会离开的，就沉住了气，仍坐在那儿喝酒，一面跟店小二闲聊："对面那个矮墙门里，是什么人的住家？"

"那是王裁缝家，刚才站在门口的那个女人，就是王裁缝的老婆。王裁缝经常在外面做衣服，很少回来。"店小二说。

店小二才说到这里，另外一张桌子上的客人嚷着要添酒，他就走开了。

李昆又喝了一会儿，付了钱，就走了。他到了街上，就去查看这户人家的后门。看看时候还早，就到街上住进客店，躺着休息。

到了黄昏的时候，他正要走出客店，往对面房间里一瞧，看见三个客人正在那里喝酒。这三个人的脸色很有趣，一个是白脸，一个是红脸，一个是黑脸。年纪都是二十岁出头，身上都是武生打扮。那个白脸的小伙子，好像在哪里见过，可是一时又想不起来。于是，他就走近那间房的门口去，小伙子看见了，就向他打招呼说："这位是李昆老大哥吗？"

听他说话的声音，李昆才想起他在江湖上混的时候，曾经见过面的江南金陵人甘宁，外号白狮子的就是这人，是一个最讲义气的好汉。

由于甘宁的介绍，他才知道那红脸的叫赛姜维邓龙，黑脸的是邓龙的兄弟小元霸邓虎。

"今晚没有事，和这两位结拜兄弟在这里喝酒，想不到碰上了老兄，真是太高兴了！我们一起来喝几杯！"

甘宁对于李昆的神弹子，素极敬服，今夜意外地在客店里相逢，真是说不尽的高兴，便添酒加菜，拉李昆入座。于是四个人就痛饮起来。

喝了一阵，四个人很谈得来，就在甘宁的提议下，四个人结拜为异姓兄弟。结拜的仪式举行过后，李昆就要求先退席。

"今夜一定要尽兴，除非有特别要紧的事务。"甘宁不放他走。

李昆只好照实说出他现在跟着钦差施大人当差，今晚还要去捉拿木匠。

"那当然得让你去，等你成功回来，咱们再来一次庆功宴！"甘宁表示同意了，李昆就进房换上夜行衣靠，从客店的院子里，飞上屋顶，摸索到那家酒楼对门背后的小巷子里去。

他到了目的地，就跳墙进了院子里去。向四周一望，每一间屋子里都有灯光。他蹑手蹑脚,走到一个房间的窗口下,侧耳一听,屋里传出的是一男一女的声音。他就在纸窗上戳了一个小洞,向屋里看去。那男的果然是富明,女的就是白天在门口看见过的那个王裁缝的老婆。

"那东西,我记得很清楚,那夜就放在你的枕头边,第二天早晨怎么会不见了?"这是富明的声音。

"也许是被扒手扒了去,谁要你的一枝金钗?"这是女人的声音。

"真急死我了,我得带着你走,没有这金钗,出去吃什么?"富明说。

"为什么要走? 你舅舅把你赶出庙来了吗?"那女人问。

"一个叫做施不全的钦差大人,到了奉新来,我的案子又被翻了出来。我舅舅为了要替朋友报仇,去行刺过施不全,却偏偏没有刺中,还被人追了出来。"

"你舅舅被那人追上了吗?"

"追是没追上,可是,我舅舅一看那人在双塘儿酒馆里见过面,就想起他在酒馆里和一个朋友讲的一些要紧的话,都被那人听了去。为了要斩草除根,他就放出毒药暗器,要把那人打死!"

"那人被打死了吧?"

"就是没有打死! 我舅舅对我说过,他们在饭馆里提到过我是他的外甥,住在他的庙里,是做木匠的。这样,你想,我还敢再在庙里住下去吗?可是,没有了那枝金钗,叫我怎样带着你远走高飞?"

就在这个时候,前门响起了一阵急促的敲门声。富明一听,就说:"糟了,一定是酒鬼捉咱们来了!"

"你跳后墙走吧!"那女人也着急起来。

"墙那么高,怎么跳得出去? 一不做,二不休,本来要逃走,索性干掉这个酒鬼算了!"富明走投无路,就下了狠心。

两个人鬼鬼祟祟地商量了一阵,那女人就去开门。王裁缝进来后,一面叫骂,一面到处寻找,富明就从他的背后追上去,用一把菜刀结果了王裁缝的性命!

女人到底胆子小,一看见血,就吓得哭叫起来。富明怕邻居听到,拼命地阻止,那女人还是哭叫个不停。富明就在她胸口上给了一拳。那女人没有防备,被打得摔了下去,脑袋刚巧撞在廊柱上,脑浆迸流,当场死去。

富明一看又闯了一个杀人大祸,急忙到衣橱抽屉里搜寻些值钱的东西,好带着逃命。想不到就在这东找西寻的时候,一枝黄澄澄的金钗出现在眼前了。

"哼! 原来是她偷去藏了起来!"说着,他把金钗塞在衣兜里,"这一来,我可以走路了! 施不全,看你到哪儿去找我!"

他一只脚才跨出房门,李昆早已埋伏在那里,说了声:"慢走!"当头一把,就把他抓到了客店里。金陵三杰一看到李昆完成了任务,马上叫店小二拿酒菜来,一直喝到天亮大家才分手。

第二天,李昆把富明押到钦差公馆,施公就开庭审问。经过富明的招认,是他偷走茶壶里的金钗,因为那天他没有穿鞋子,就穿了曹必成晒在外面的鞋子,在半夜里跑进了曹姨太太的房间里,躺在床上等着她。想不到半夜里主人曹翰林来了,他就连鞋子也来不及穿,推开闯进来的曹翰林,跑出房外,逃回庙里。

为了一双鞋子,遭了这场冤狱的曹必成,和曹翰林姨太太的沉冤,都在富明的供词下昭雪了。

同时,从富明的供词里,施公也明白了那个黑夜来公馆行刺的和尚,就是住在玄坛庙里,俗名吴成的静修和尚,他来行刺是为了要替漏网的山东巨盗于七报仇。于七现在住在薛家窝,化名薛酬。

施公判了富明的死刑,第二天就要绑出法场斩首示众。但是,这消息当天晚上就传到了玄坛庙里。

吴成一听到这个消息,气得拍着桌子叫道:"施不全这个赃官,我两次动手都没有成功,他倒要害起我的外甥来了!"

"什么事?气得这个样子!"吴成的师父活阎王李天寿,带着他另外的一个徒弟赛猿猴朱镳到庙里来,听见吴成的喊叫,就这样问。

"我的外甥富明,被施不全无缘无故抓去判了死刑,明天就要砍脑袋了,你看气不气人?"吴成瞪着眼睛说。李天寿一听,就打算到奉新去劫狱,把富明从监狱里抢出来。

可是,这时已经快天亮了,时间上来不及了。三个人商量的结果,决定等天亮出发,到静海城里去劫法场。

刚巧于七也在这个时候到玄坛庙来,于是,他也加入了。李天寿扮作一个老渔翁,手里拿着一支铁桨,有六十四斤重。铁桨里面藏着一把利刀,足有三尺五寸长。他能用左手舞桨,右手挥刀,杀得兴起时,千军万马也挡不住他这两样武器。

朱镳本来就骨瘦如柴,活像一个痨病鬼儿,用不着化装,只把双刀在身上藏好,不使人看到就行。

吴成本来是一个带发的和尚,头上套着金箍。现在把金箍取下,把头发打个发髻,穿上一套破旧衫裤,手里拿一根扁担,腰间插上双斧,谁看了都要说他是一个打柴的汉子。

于七脱下和尚服装,换上了一件道袍,背后插一把宝剑,手里拿一方白布招子,上面写着"神符治病,不取分文"几个大字,就成了一个走江湖的画符道士。

他们化好装以后,就赶到静海城去。

吴成到了法场一看,挤得人山人海,简直比看戏还热闹。吴

成挤到演武厅前,手里拿着藤条维持秩序的保甲,不住地挥着藤条赶闲人,却看不见他那几个同伴。

他又挤过了几道人墙,挤进一个人堆里去一看,原来是于七正在那里画鬼符,替人家治病!

吴成看了一会,于七就收了摊子,两人一起去找活阎王和小朱。吴成和于七正在找寻活阎活师徒时,却在一个人堆里,发现了两个老朋友在那里卖拳。吴成就挤进圈子里,向那两个卖拳的人打招呼。双方聊了几句,吴成要他们收拾起场子,到一家酒馆去。

过了一会儿,又来了一个游方道士,吴成就把于七介绍给那两个卖拳的。同时,也把那两个卖拳的介绍给于七,说:"这两位是卧牛山的寨主玉面虎马英和七煞神张宝!"

喝了几杯酒后,吴成就说明,他们四个是化装来劫法场的,要马英、张宝帮忙,以壮声势。

马英、张宝当然满口答应。一方面又约好,得手以后,都杀出南门,到四五里外一座大松林会齐。

"大家记住,阴阳官报了午时三刻,刽子手举起手里的刀,向监斩官行礼时,我们就一起动手。先杀刽子手,再去劫人犯,然后一起杀出南门去!"

吴成正在这酒楼上,安排去劫法场的次序,街上的人向东乱奔,一面大声嚷叫:"来了,来了!"

吴成也弄不清到底是什么来了。急忙蹿到楼窗口去看,前面是不少官兵将士,最后是一顶红伞,像怒潮般地拥进法场来。

"三位快走!"吴成回头一招手,就抢先下楼去,另外于七等三个,也跟着跑下楼梯,连酒菜钱也没有付,就赶向大校场去。

他们赶到法场一看,静海知县正跨出大轿,走上演武厅。

一营五百个官兵,一个个弓上弦,刀出鞘,雄赳赳地围了一个大圈子,保护着演武厅和行刑场。吴成等四个人就想乘势挤进官兵圈子去,结果,挨了官兵一顿骂,只好忍气吞声地站在那里。

他们就从官兵背后,向演武厅上张望,看见坐在中间的是知县陈景隆,黄天霸坐在他旁边,手里握着一把单刀,十分威风,那些刑房书吏,都站在这几个人背后。

演武厅下面,也站着两个好汉,那是王殿臣和郭起凤,吴成他们当然不认识。犯人富明就跪在他们两个人的中间。只要监斩官一声令下,这富明的脑袋,就马上落地!

吴成看着开刀的时刻就在眼前,却找不到活阎王师徒的影踪。他想,这样呆等着一定会耽误了大事,就向于七等三个伙伴使了个眼色,扯开嗓门一声狂叫,那三个人也跟着叫喊咆哮起来,同时伸出碗大的拳头,向站在前面的官兵打去。这样一来,法场上立刻混乱起来。

十七、抢犯人李天寿手托千斤闸

　　吴成一看头上的太阳,已快到午时三刻,他就一声狂叫。在他身边的于七、马英、张宝三个人也跟着乱跳乱叫,并举着拳头向官兵打去。

　　吴成的估计没有错,他刚开始骚动,阴阳官就到陈知县面前一跪,大声报告说:"报告监斩官,现在正是午时三刻!"

　　"把犯人推下去!"陈知县双眼直瞪着几个行刑的人。

　　几个差吏就把富明绑起来,拉着跑到校场中心,把他往地上一推,使他跪了下去。

　　一个刽子手,双手捧着一把鬼头刀,抢步跑上演武厅,把右腿往下一跪:"请问监斩官,可以动刑了吗?"

　　"砍!"陈知县大声回答。

　　这时,不知从哪个角落里,响起来一阵呐喊声。跟着,就是五六个暴徒，一窝蜂似的跳进了刑场里。

陈知县一看，吓得浑身发抖。他只希望那个刽子手，不要拖延半分时刻，赶紧开刀。

哪知道，那个刽子手一看情形不好，正要举起那鬼头刀往富明脖子上砍时，于七就从人堆里钻出来，使出一个滚地龙的架势，直滚进来，拔出背上的宝剑，顺手一挥，那刽子手的脑袋就滚落下来。

吴成早就跟在于七后面，他跑过去双手一分，把围在富明周围的官兵推倒，从腰里拔出砍柴斧头，连奔带跳，一转眼就到了他外甥富明的身边，说："外甥不要害怕，我来救你！"

吴成一面大声喊叫，一面举起斧头，先把几个行刑的人砍倒，跟着斩断捆绑着富明的绳索，把他往背上一背，拔腿就往外跑。

于七一看吴成已经救了富明，就挥舞宝剑，在前面开路。官兵碰上了，非死即伤。

坐在演武厅上的黄天霸，一看到几个人冲进了刑场，知道事情坏了，就大喝一声："好大胆的匪徒，敢来抢劫刑场！"

立刻提起钢刀，奔下演武厅来。

他一跳下来，迎面跑来一个须发全白的老渔翁。黄天霸不知道这就是活阎王李天寿，举起刀就往这个挡住去路的老人砍去。

李天寿不慌不忙，把手里的铁桨往上一举，天霸的刀就被挡开了。天霸觉得铁桨的来势不平常，就拿出全副本领跟这老渔夫厮杀起来。

郭起凤一看这老渔夫十分厉害，正想上去助阵，想不到又来了一个痨病鬼般的孩子，手舞双刀，向他直扑过来。

他一看这是个痨病鬼，一定容易对付，便大喝一声，舞动双锤冲了过去。

这个痨病鬼就是朱镳，他把双脚一蹬，在半空里打了一个旋转，不等双脚落地，两把刀就直劈下来。

郭起凤一看，吓了一大跳，虽然躲过了这半空里落下来的两把飞刀，可是已经手忙脚乱，形势十分危险。

王殿臣蹿过来一看，再要不动手，郭起凤的性命恐怕难保，他急忙拔出刀来，往那痨病鬼背上就砍。

朱镳年纪虽小，却跟着他师父活阎王打过不少的硬仗，像这样厮杀的场面，在他看来不过是家常便饭。王殿臣从后背一刀刚砍过去，他即刻打个转身，还手向王殿臣就是一刀！

王殿臣和郭起凤两人就和朱镳来往厮杀。朱镳尽管是一对二，但他还是毫不在乎，可是，王殿臣和郭起凤却都累得满身大汗。

194 ·

马英和张宝两个，一看见别的伙伴都在动手，马英急忙摆出三节铁镶连环棍，张宝也拔出两把板斧，不管军民，乱杀起来。看热闹的老百姓在他们的残杀下，牺牲了不少！老百姓一看不妙，就争先恐后地逃。于是，法场上的秩序就乱成一团，尤其那些受了惊吓的妇孺，哀号惨叫，哭声震天，这法场就顿时成了一个活地狱。

活阎王李天寿一直抵住了黄天霸，尽管天霸英勇善战，可是，今天遇上了这个劲敌，早已杀得上气不接下气，希望能有人来助他一臂之力。可是，法场上已经乱成一片，大家自顾不暇，谁也管不了别人。李天寿扭头一看，吴成已经背着他的外甥冲出了法场，他想，劫法场的目的已经达到，便打了一个呼哨，又虚晃一桨，摆脱了天霸，一路杀奔南门而去。

朱镶正把郭起凤和王殿臣杀得进退两难的时候，一听见师父的呼哨，也就猛叫了一声，跟着他的师父向南门撤退。

黄天霸等三个人，看见李天寿和那个痨病鬼都逃向南门，因为一心要追回那个死囚，也就追向南门去。

他们三个正在拼命追赶，无意中听到了几个逃命的老百姓在那里乱嚷："那个犯人，被一个道士背着逃出东门去了。"

他们就转身又追往东门去。

大家跑到了东门，一问守城军士，果真有个卖柴的汉子，使着斧头开路,还杀伤了三个守城军士,打开了城门,一个道士就背着犯人跑出了东门。

黄天霸就不再追赶,带了王殿臣、郭起凤回到校场,去找那些还没有走掉的匪徒。

他们回到校场一看,还有两个匪徒在那里残杀军民。这两个匪徒就是马英和张宝。

黄天霸一看见这两个匪徒,就和王殿臣、郭起凤一起杀了过去,立刻就把那两个匪徒,围在核心,展开了一场恶战。

本城的守军长官冯守备,下令等候匪徒突围出来时便开始射箭,他自己也带了军士加入厮杀了。

冯守备骑在马上,手里提着一把金背大砍刀,一走近张宝,就抢刀直砍过去。张宝举起手里那两把板斧,往刀上一架,就把那把金背大砍刀磕开,差一点儿就把刀给磕飞了。

冯守备吓得变了颜色,只有步步后退。

黄天霸一看冯守备危险,纵身跳过来,举刀直往张宝砍去。张宝急忙伸出那两把板斧来招架。冯守备趁着这个空隙,掉转马头溜跑了,才算抢回了这一条命。

王殿臣和郭起凤两个还是纠缠住马英,不肯放松。可是,马英的那条三节铁镶连环棍实在厉害,王、郭两个渐渐地显出支持不住了。

冯守备刚从那边败退下来,一看这边的战况更加危险,也只好抢着那把金背大砍刀,跃进了战圈,来给王殿臣、郭起凤助战。

黄天霸和他两个伙伴,正在那里苦战,心里都非常着急,只听见一声呐喊,李昆和李七侯,一个提着两把单刀,一个舞着镔铁钢刀,杀进了校场里来。

原来是施公很不放心,所以叫二李到静海来接应。他们一进了城,就听到这劫法场的消息,急忙赶到校场来。

李七侯喝了一声:“该死的强盗,看刀!”就和张宝接战。张宝一看对方来了生力军,心里一慌,刀法就开始乱起来了。黄天霸看见伙伴到了,立时精神抖擞,勇气百倍。

李昆上去厮杀了一阵,看看马英手里的三节棍真是厉害,要跟他明枪交战,还得多费手脚,不如用暗器制服他来得省事。

想罢,就把刀一晃,假败下阵来,混进了官军队伍里去。他先把单刀插进刀鞘,然后取下弹弓扣上弹子,把弓弦拉满,往马英的面门上,一弹打了过去。

马英眼明手快,一听到“嘘”的一声,急忙把脑袋一闪,那颗弹子就从他脖子上擦过去,擦破了一层皮,鲜血直流下来。

马英看清楚这弹子是从李昆手里打出来的,就舍了王殿臣、郭起凤,直奔向李昆来。

李昆一想,还是先下手为强,拔出单刀,猛扑了过去。王殿臣和郭起凤,也像一阵狂风似的直冲过来,仍然纠缠着他。因此,马英尽管厉害,可是增加了一个李昆,到底显得吃力多了。

马英和张宝看看形势逆转,为了避免吃眼前亏,就打算脱身的方法。

忽然间,正南面的官军秩序大乱,像是起了一股狂风暴雨,站在那里的官军,纷纷向两边倒下,从中间杀出一条路来。

天霸和王殿臣等一看,原来刚才劫走了犯人的那个匪徒,现在又杀进来了。

原来从南门、东门两路冲出去的匪徒,到南门外大树林里会齐以后,一看还少马英和张宝,就由李天寿领头率领着吴成、朱镳,各人手里舞动着武器,冲进校场来。张宝和马英正在打算着脱身的主意,却意外地来了救星,立刻又精神百倍地厮杀起来。

李天寿等的厉害,黄天霸和王殿臣等已经领教过,一看他们又杀回来,心里有点慌张。

这时,李七侯丢下张宝,举刀向活阎王砍去。活阎王李天寿,一看见李七侯扑过来,抢开铁桨招架,只打几下就吓得李七侯心惊肉跳,他没想到这老东西手里的蛮劲这么大,只好拿出一套花刀巧战的方法来对付他。

李天寿是个身经百战的老手,几个回合之后,他就看破了这个秘密,立刻抢开铁桨步步紧逼过来,杀得李七侯上气不接下气,只能拖延时间,等待着救星的来到。

黄天霸早就注意到李七侯处境的危险,可是,他自己也被吴成跟张宝给缠住,没办法救李七侯。

李昆本来在跟马英厮杀,朱镖一赶到,看见马英已杀得筋疲力尽,就马上跳过去接替。

李昆根本没把朱镖放在心上。哪知道这瘦猴子身轻如燕,手脚灵便,飞来跳去,老在半空中打转,才一交手李昆就被缠得头昏眼花。跟着,只看见瘦猴子手里那把刀,像雨点般不住地落下来,李昆杀得满身大汗,上气不接下气!

幸而李天寿要趁这个占了上风的时候脱身,因为他怕万一官军的援兵一到,吃了眼前亏。于是,他就抽出了藏在铁桨里的一把钢刀,左手舞动着铁桨,使劲拨开李七侯的单刀,右手就"唰"的一刀砍了过去。

李七侯根本没防备他有这把钢刀,几乎被削去了脑袋!还算他躲得快,只削去了半个头巾。可是已经使他大惊失色,急忙逃到圈外去。

"我们走吧!"活阎王一声大叫,跟着连吹了几声口哨,挥动着手中的钢刀铁桨,领头冲出校场去。

马英、张宝、吴成一听到活阎王的口哨,都跳出来紧跟在活阎王的背后,耀武扬威地杀出校场去。癞病鬼赛猿猴朱镖,跑在最后面,边战边走。

那些官兵一看到这五只猛虎走了,心里都放松下来。不过,大家还得做做面子,虚张声势,从四面八方包围过来,摆出了一个要截住他们的样子。

可是,这群匪徒早已杀红了眼睛,看见包围过来的官军,举刀就砍,所以官兵死伤了不少。

黄天霸等众英雄已经杀得筋疲力尽,同时也知道,他们不是这群匪徒的对手,可是总不能眼睁睁地看着他们逃走,大家就一路追上去。

李天寿等跑到了南门大街,离城门已不远。逃到了南门,躲在城楼上的陈知县,一看见匪徒要逃出城去,立刻下令,叫军士关闭城门。守城官奉到命令后,就叫军士把千斤闸放下。兵士们马上转动闸盘,把那千斤闸板慢慢地放了下来。活阎王到城门口时,那块千斤闸板已经放下一半了。

活阎王一想,这千斤闸一放下来,就无法出去了!他急忙连蹦带跳地跑到城门那儿,双手一伸,托住那块正在往下放的千斤闸板。

马英和张宝这时已经到了城门口,一看李天寿正托住着那块闸板,急忙钻了过去,逃出城去。转眼间,吴成和于七也赶到了,一齐逃出城去。

这时，城上的官兵，因为绞不动那块千斤闸板，就叫人下城来查看到底是什么东西挡住了闸板。下来的人一看有人在城门洞里双手托着闸板，就往城上大叫："有人托住了千斤闸板，赶紧增添人手往下绞啊！"城上官兵一听，马上增加了两倍的人手，去绞转那座转动闸板的盘车。

这一下，活阎王显得吃力了。可是，他还是使出他那特有的蛮力，抵抗着城楼上盘车的压力，只等朱镳一到他就可以放手了。

负责断后任务的朱镳，因为一路被黄天霸纠缠着，这时才好不容易赶了来。他一看到他师父双手发着抖，满头大汗，托住那千斤闸板，便大声叫道："师父别慌，我来了！"

活阎王一听到这个声音，更使出全身所有的力量，托着那块千斤闸板。这时候，黄天霸赶到了，就摸到金镖，向活阎王的喉咙打去。

活阎王托着闸板，身子丝毫也不能移动，他发现一道金光，直向他面前扑来，急忙把脖子一扭，这支镖就钻进他的肩胛骨去。李天寿挨了这一镖，大吼一声，双手一松，那块千斤闸板就"砰"的一声落下了，城内外的交通，就此断绝。李天寿只好把徒弟扔在城内，自己回玄坛庙去了。

十八、玄坛庙小元霸锤打赛猿猴

　　活阎王李天寿在城门洞里，托住千斤闸板，要救他的徒弟赛猿猴朱镖出城，却被黄天霸一镖打伤了肩胛骨，只好放下闸板，跑出城外，回玄坛庙去。

　　朱镖正想冲出城去，只差两三丈远的路，没有赶上，眼见师父把手一放，闸板落下了。他想，既然被关在城里，只好死里求生，和官兵死拼了。

　　他转身一看，黄天霸已经追到身边，立刻举起双刀，向前迎战。天霸一看，这家伙来势很凶，就倒退了几步，向二李招了招手，叫他们一齐上来。李昆和李七侯就冲了上来。

　　朱镖正和这三个人厮杀时，王殿臣和郭起凤也赶到了，一看这痨病鬼舞着双刀，十分凶狠，便也上前助阵。

　　朱镖一看自己被团团围住，要是再蛮干下去，到了筋疲力尽的时候,恐怕就难得脱身。他看到左边四五丈外,有一排四五间的楼房,他就边战边向楼房那边退去。

因为黄天霸一心想生擒他,所以,大家只是围攻,没有下毒手杀害他,因此,给朱镳留下了一个逃命的机会。

朱镳一面舞着双刀迎战,一面往楼房那边退避。看看离那楼房一丈多远时,他把双腿一蹲,从斜里就直蹿上楼房的屋顶。他在屋顶上一站住,就揭下瓦片向下面打,那些官兵立刻被瓦片打得头破血流,只得纷纷退避。

黄天霸虽然也能够高来高去,李昆和李七侯也是飞檐走壁的能手,可是,却跳不上这么高的楼房。于是,他们纷纷飞上平房的屋顶,然后再跳上楼房的屋顶。

可是,当他们跳上楼顶时,朱镳又跳上城墙头,舞着一对双刀,指向楼房顶上叫骂。天霸等再追上城墙上,朱镳已一跃跳下城去,到了平地。

他们三个就急忙取出身边的百炼索来,用铁钩钩住城墙,沿着索链,滑下城去。看看朱镳跑得不太远,就一起追了下去。

追到三岔路口,失去了那痨病鬼的踪影,天霸看看前面是一个大松林,可能敌人会藏在松林里,又一起奔向松林去。

李天寿出了静海城,本来打算回玄坛庙。可是,一到这大松林边,吴成等几个人都不肯放他走,他只好打消了走的主意,决定要在这松林里，给官兵吃些苦头，好让施不全知道这些江湖英雄不是好惹的。

朱镳被黄天霸、李昆、李七侯一路追了过来，吴成因为担心朱镳在城里的安全，不断地向县城那边望着。望了一阵，朱镳果然出现在他眼前了，不过，后面有几个人在追他。

"师父，朱镳逃出城来了！后面还有人追他呢！"吴成赶紧告诉活阎王。

"我相信他逃得出来的。不错，后面还有人在追赶。"活阎王向前面一望，看到了朱镳，便微笑着说。跟着，他把吴成等叫到身边，鬼鬼祟祟地说了几句，大家就钻进树林里去。

一转眼工夫，朱镳已经跑进了树林。黄天霸追到树林边，就看不见朱镳的影子了。不过，他曾经到过这里，树林子里的路还熟，于是就带着李昆跑了进去，一面叫李七侯在外面接应。

他们进了树林子，一路向前搜索。路虽然还算宽阔，却是七曲八折，很不容易辨别方向，也就只好顺着路线走去。

他搜索了一阵，看见前面一棵大树后面，露出一片衣襟。但是通往大树去的那一段路，弯弯曲曲，非常难走。因为已经发现了敌人的踪迹，他也就不顾一切的追上去。

可是，好不容易到了那棵大树边时，却又看不见人影。天霸心想，明明在这里的，又躲到哪里去了呢？他觉得很奇怪。迟疑了一会儿，向四面看了看，又看到了一个忽隐忽现的人影。

"除非你上了天，今天非抓住你不可！"天霸下了决心，就沿着树林子里曲折的小路，又向那出现了人影的方向追去。

当他走近那地点时，眼前出现了一个大坟，刚才看到的那个人影又已经转到坟背后去了。

天霸看到只隔着一个坟，急忙绕过坟追去。

一路跟在天霸后面的李昆，看见天霸绕到了坟背后，就叫起来："黄大哥在哪里？"

可是却没有听到天霸的回声。原来中间隔着一座大坟，周围的树木又密，天霸听不见他的叫声。

李昆心里正在疑惑，突然斜着飞过一支镖来！他来不及躲避，哎的一声，那支镖就打中他的右肩膀。李昆感到一阵剧痛，"哎呀"一声惨叫，倒在地上。

幸而守在林边的李七侯，因为老是听不到天霸和李昆的声音，便也跟着钻进树林子。他一听到前面"哎呀"一声，知道发生了意外，慌忙跑进来一看，李昆已经躺在地上了！

他向四周看了看，没有半个人影，就知道李昆中了敌人的暗器。他正想走过去把李昆扶起来，却看见近处一棵树上，好像躲着一个人。他刚准备上前去看个清楚，一支镖飞了过来。李七侯把身子一偏，那支镖竟打中了他咽喉旁边，在他的脖子上打了一个窟窿。李七侯忍受不住那种剧痛，终于扑通一声，倒在地上。

"哈哈！让我来收拾这两个短命鬼！"那树上的人大声笑着，跳了下来。他走到两个倒在地上的人身边，不慌不忙地从一支铁桨里抽出一把刀来，冷笑着说："现在该叫你认识认识活阎王李爷爷的手段！"

说着，一脚踩住李昆，雪亮的钢刀就要砍下去。想不到，忽然飞来一支飞刀，嘶的一声，插进活阎王的右臂，他手里的钢刀立刻掉在地上了。

这时，一个全身官军打扮的人已经扑到他的面前。活阎王一看见那人，就抢起铁桨，打在那人的背上。

原来关小西没有被派到任务，非常气愤，就拉了季全从公馆里跑到法场去。到了法场一看，地下躺着一大堆死伤的军民，再问问，连犯人也被抢走了。两人就赶到南门去。到了南门一问，土匪和官军都跑出城去，于是两人就一直追到树林边来。

他们到了大树林，沿着周围寻找自己的伙伴。刚到了这里，果然从树林子里面传出"哎哟"一声，再往树林子里仔细一看，一个老人举刀正要杀人。

小西看情形，要跑进树林子去救人，已经来不及，就把手里那把钢刀向那老人掷去。这飞刀，果然救了李七侯和李昆的性命。可是，现在他自己的背上却挨了一铁桨。小西当时口吐鲜血，几乎倒在地上。

好在这时季全也从树林子外面追进来，他看见这情形，马上举起手里的泼风刀，抵住活阎王。季全本不是活阎王的对手，幸而活阎王的那把铁桨足有三尺五寸长，在树林子里耍不开，同时，他的右手已经挨了一飞刀，只能靠左手厮杀。所以，季全就占了上风。

季全挥着那把泼风刀，正向着活阎王没头没脑地乱砍，小西缓了一下气，也忍痛加入厮杀。

于是，这两把单刀，杀得活阎王上气不接下气，嘴里乱喊乱叫，希望他的徒弟听到喊叫应声赶来。

季全和小西正在拼杀活阎王，李昆和李七侯躺在地上，看了一阵，精神也就振作起来。他们忍住伤痛爬起来拾起家伙，也帮助季全和小西斗活阎王。

活阎王本来已经杀得筋疲力尽，这时又加上了两把刀来，他看看实在危险，就大吼一声，使出全身力气，双脚一跺，蹿上树去，几个转身，逃出了树林。

大家看那强盗一走，就探询黄天霸的下落。结果，四个人都说没有看到，大家不禁着急起来，就一起找到那个大坟后面。哪知一绕过那座大坟，就看到天霸正被四个人围在核心，在那里拼命厮杀。

黄天霸前面要招架朱镳的双刀，后面要抵挡飞山虎的斧头，左边拦开了玉面虎的三节棍，右边又来了七煞神的板斧。天霸尽管满身武艺，可是要独力抵敌这几头猛虎，仍然不容易。时间长了，他已经到了筋疲力尽的最后关头，就动了自刎的念头，免得被强盗捉去，受他们的侮辱。但是，当他正想举起手里的刀来抹脖子的时候，忽然听见一阵急促的脚步声，跟着就跳出四个伙伴来。

"各位哥哥！快来助我一臂之力！"他高兴地大叫起来。

"不要怕，咱们自己的人来了！"季全等四人齐声响应。

赛猿猴和飞山虎等看到这四条好汉，晓得没有打胜的把握，而且也一直没看到活阎王，心里着了慌，就打了几声口哨，一哄而散。

强盗逃了以后，黄天霸这边的人不是受了伤，就是已经杀得筋疲力尽，谁也没有追赶的力气。所以，强盗一走，大家就坐下来休息。

"要不是你们四个人来的话，今天我就完了。不过，这场乱子闹得这样大，尽管保住了性命，实在也没有脸去见大人！唉！"天霸越想越烦恼。

季全听了，就安慰他说："强盗的势力，竟然大到这种程度，这个责任并不在我们，是本地官厅的责任。"季全正说到这里，王殿臣和郭起凤也从城里一路寻了来。

"城里现在怎么样？"黄天霸知道今天死伤的人很多，一看到他们就这样问。

"在校场里，军民一共被杀死了一百七十多人，受伤的也有五十多人。强盗都逃了，现在城里已经平静下来。秩序也恢复了，商店也都开门做买卖了。"王殿臣说。

休息了一阵，大家就都回到了奉新。

黄天霸见到施公，就向施公请罪。

"这不是你们不肯尽力，不能怪你们。现在着急的是匪徒的声势这样大，我们应该怎样去清剿，好把劫走的犯人抢回来。"施公并没有责怪黄天霸，只是急着要捉拿土匪，抓回犯人。

施公决定派人到静海找陈知县，要他连夜赶到天津去调兵。

但是这个调兵的消息，第二天就让吴成知道了。玄坛庙里，马上也召集大会，决定由李天寿安排庙内外的防务。同时，由马英、张宝计划，叫吴成到牛头山去向他们的大哥东方雄调借五百喽啰和三百飞鸦远弩手，到玄坛庙来抵抗官军。

三天以后的深夜里，清剿玄坛庙盗匪的大包围战，在官兵的三声号炮声中开始了。

黄天霸到了玄坛庙前，在月光下一看，里面一点声音也没有。他跳上围墙往里面一看,地上满是梅花桩和鹿角,简直没有下脚的空隙。他正想跳下地去,却被一对巡哨的啰喽兵发觉,喊了一声:"有奸细!"弩箭就像雨点般地射了过来。

黄天霸立刻叫炮手放了三声号炮,下令各线全面进攻。

炮放过后,他就冒着弩箭,挥动着钢刀,一路猛冲过去。跟在他后面的关小西、何路通,一个挥动倭刀,一个使钩连枪,逢人便杀。

黄天霸远远望见吴成、于七、富明三个人还坐在大殿上喝酒,就率领着何路通、关小西,跳过三重鹿角,冲向大殿去。

当他们快冲上大殿时,那三个匪徒都闪到屏风后面去了。

黄天霸等不顾危险,一直冲到后殿,七煞神张宝在露台上舞动两把板斧,望着天霸大骂:"黄天霸,快来领死!"

天霸骂了声"狗强盗",就杀上露台去,张宝摆开板斧,张牙舞爪地迎了过来。两个人杀了七八个回合,不分胜败。何路通和关小西两个左右夹攻,替黄天霸助战。

这时,殿内又冲出三个人来。李天寿领头大摇大摆地抡开铁桨前来厮杀。跟着,朱镳好像一阵旋风,从大殿里一直卷了过来,在半空中连打几个翻身,人还没落地,双刀先挥了出来。马英摆开那支连环三节棍,"沙、沙、沙"的一路扫过来,把何路通、关小西杀得上气不接下气,拼死招架。

李天寿舞动铁桨,盯住黄天霸厮杀。天霸知道这个老强盗的厉害,尽力抵挡。

李天寿看看战不下黄天霸,就改变了主意,要先把小西整垮。于是,就撇下黄天霸,去帮助马英跟关小西厮杀。

赛猿猴朱镖一落地就舞着双刀,向何路通劈去。何路通急忙举起钩枪拐迎战。只见那痨病鬼的身子一闪,就蹿到了他的背后,使出一个玉带围腰架势,刀就戳了过来。何路通急忙转过身,正想分开那钩枪拐时,想不到痨病鬼又来个叶底偷桃势,从下三路直杀了过来。接连几个攻势,杀得何路通手忙脚乱,满身大汗。

黄天霸一看老强盗放弃了他去夹攻小西,他也就转个身,挥动单刀去战李天寿。虽然天霸棋低一手,可是到底李天寿上了年纪,气力已较衰弱。战了二十多个回合之后,李天寿渐渐感觉双手酥软,刀法慢慢乱了起来。

关小西尽管使出了躲闪腾挪的本领勉强对付住张英,但是,一路占下风,形势也十分危险!

这时,围墙外面的官兵,接连发动了几个攻势,都被喽啰兵的弩箭射退,始终攻不进庙门来。喽啰兵一阵阵耀武扬威的呐喊,压倒了官兵的喊杀声。所以,在黄天霸等听来,官兵的声音还隔得很远。

天霸暗自估量，官兵再要杀不进来，恐怕支持不下去了。再看看何路通、关小西两个人也是满头大汗，筋疲力尽！

正在这生死关头，想不到又从大殿那边，跑过两只猛虎来，一个是吴成，一个是于七！

这一下，真把黄天霸等急坏了！那吴成一跳进圈子，迎面就一鞭挥了过来，于七也帮着赛猿猴去夹攻何路通。

正在这千钧一发，生死关头时，突然又从大殿屋顶上，飞下一个脸孔漆黑、骨瘦如柴，双手紧握着一对八角素金锤的小伙子来。

这下子真的完了！黄天霸一看又来了一个贼党，正在着急，只听那人双脚一落地，就大喝一声："这些狗强盗！看俺小爷的家伙！"

那人一嚷，就举起手里的双锤，直往赛猿猴朱镳的脑袋打下去。朱镳身子一侧，把刀向上一抬，只听见"哨嘟嘟"一声响，立刻就爆出粒粒的火星来。

正当黄天霸等三个人被杀得心慌意乱的时候，竟会有一个生人来帮忙，这真是一件天大的喜事。可是，天霸看那拔刀相助的好汉，实在不认识，心里不免奇怪。

黄天霸和小西等看见这个前来助阵的人这样英勇，真是喜出望外。大家立刻精神百倍，继续展开厮杀。

活阎王等一看官军来了个本领不平常的帮手,正在暗暗吃惊,想不到又从大殿屋顶上飞下两个人来。前面的一个是白面青须,手持一把钢刀,飘下地后,说声:"看老子的刀!"就照着活阎王砍来。

活阎王急忙用铁桨招架。

最后下来的是一个紫脸大汉,双手使着两把护手钩,直扑马英、张宝。看他舞动手里那两个家伙,就像一团白光在滚来滚去。杀得马英、张宝只能招架,不能还手。

黄天霸一面厮杀,一面暗暗惊异:从哪里来了这三位好汉呢?

这三个人,天霸当然不认识,他们是几天前和李昆在客店里萍水相逢,结拜了兄弟的金陵三杰!

第一个到场的是小元霸邓虎,他战住了朱镳。跟着下地找活阎王厮杀的是白面狮子甘亮。最后一个是赛姜维邓龙。他们和李昆分手以后,也到了静海来玩,在客店中得知这群强盗在玄坛庙顽抗官军的消息,怕结义弟兄李昆吃亏,就连夜杀到了庙里来,果真救了黄天霸等人的危难。

这三个好汉一加入厮杀,黄天霸他们的声势立刻就振作起来。那群强盗看看官军越战越多,就渐渐害怕了。

本来是生龙活虎般的朱镳,被邓虎接连十几锤捣过去,杀得他头昏眼花,原先的那股威风已是烟消云散,只见他汗流满面,两只手被素金锤震得阵阵发抖。

邓虎看朱镳已经到了筋疲力尽的时候,就使出一个流星赶月的架势,像狂风般扫去,朱镳急忙来了一个双燕穿帘势,用尽全身力量,双刀并举,把邓虎的锤架住。邓虎就把右手里的金锤抽空向朱镳的天灵盖打去,正好打中他的脑门,朱镳立刻脑浆四溅,当场倒地而亡。

这一下却把活阎王吓坏了,一看到徒弟战死,不禁手里一松,就被白面狮子一刀削去了一片头皮!

活阎王想想老命要紧,抱着头一跃飞上屋顶。甘亮也跟着飞上去,活阎王回手一镖,打中了甘亮的肩胛骨。

"老强盗,往哪里逃!"黄天霸大喝一声,跟何路通两个人穿房越脊,追了过去。

甘亮下了屋顶,抓一把泥土往伤口一按,又直奔吴成去。吴成一看到朱镳当场被杀,活阎王上屋逃走,就趁着甘亮受伤,黄天霸等去追活阎王的机会,准备和于七、马英、张宝一起逃走,却被甘亮拦住了去路,只好勉强应付。吴成才招架了几下,就拔腿往庙后逃走。到底他是熟门熟路,躲进了一个夹墙,保住了性命。

于七趁着甘亮纠缠吴成的机会,飞上屋顶,逃出庙外。可是,他才跑了几十步,就一跤跌进陷坑里,被李七侯活捉捆住。

马英和张宝根本不会飞檐走壁,被邓虎双双擒住。那个在法场上被劫走的富明,也被关小西从床底下拉了出来。于是,玄坛庙这场剿匪大战,就在众英雄的欢笑声中结束了。

十九、 救施公黄天霸夜探薛家窝

　　众英雄肃清了玄坛庙的土匪,高高兴兴回公馆去。大家一路都在想,这一下可以好好地休息休息,喝喝庆功酒了。想不到他们一到公馆门口,就见保护施公的王殿臣,哭丧着脸跑出来嚷道:"大人失踪了!"

　　"什么时候发生的事?"黄天霸大惊失色地问。

　　"昨天夜里的事情。门窗都没开就把大人丢了! 我跟施安从昨夜三更找起,直到天亮,都没有找到。"

　　"这是活阎王干的。"何路通想了想说。

　　"不是他。这里三更天已经在找寻大人,活阎王逃走时,已经是四更时分。"黄天霸算了算时刻,说这不是活阎王做的案。

　　"这样说来,八成是薛家兄弟干的。因为薛老五的老婆,就是一枝桃的妹妹谢素贞。同时,我在双塘儿酒店里,亲耳听于七说过,他改名薛酬,住在薛家窝。"季全把前后情况想了想,肯定地说。

大家都认为季全的看法最可靠,所以当场就决定,大家改扮作客商,一起到薛家窝去营救施公。

众英雄一个个跳上坐骑,立刻出发。

到了太阳快要下山的时候,大家不但因为天热渴得难受,肚子也很饿,就走进路边的一家酒店去,准备吃点东西再走。

大家正喝着酒,看见靠窗边座位上有一个小伙子,带着两个佣人,也在那里吃喝,还不住地往这边看。众英雄吃完以后,出来继续赶路,他也一路跟了上来。

可是,走了十多里,那小伙子就在一个三岔路上和大家分了路。黄天霸等是走上通往沧州去的一条大路,那小伙子走上了另一条小路。

李昆看那小伙子走上那条小路后,就指着那条小路,提起到方世杰家盗药的那件往事,他说:"你们不知道吧? 到方家堡去,就走那条小路。"

"走那小路,到得了沧州吗?"有人随便问。

"一样可以到,只是路要远了些。"李昆对于这地方的道路特别熟悉。

大家熬夜赶路,第二天清晨就赶到了离沧州不太远,离薛家窝七八里路的沙家集。

这是到薛家窝去探听消息的最适中的地点，所以他们就在那里的"顺隆店"住了下来。

在顺隆店吃过早饭，大家睡到下午才醒来，晚饭后就开始计划怎样到薛家窝去。

甘亮虽然没有去过，可是薛家窝的地理情形，他早从朋友嘴里听说过了。所以他知道薛家窝四面临水，要去那儿打探的人，不但要本领高强，而且还得知水性。

"李昆，我们两个是会玩水的，今夜我们两个走一趟吧。"何路通自告奋勇地邀李昆一同去。

李昆还来不及回答，甘亮就笑着说："你们二位本领的确不错，不过，那薛家五弟兄，个个精通武艺，不预先想个巧妙的方法就这样去的话，太冒险了！"何路通被浇了这盆冷水，就不再出声。

当天晚上，大家决定休息一夜，等明天再采取行动。可是，等大家一睡了，何路通和李昆两个人就悄悄地走了。

他们认为白天甘亮的那番话灭了他们的威风，所以就不声不响，带了武器赶往薛家窝，要探听出施公的下落。

他们一路施展出夜行术，没用多久，就到了水滩边。抬头望去，大水汪洋，在对岸一个黑郁郁的森林里，隐约看得见一座大庄子。他们断定,这就是四面围绕着水的薛家窝。

两个人下了水,游到对岸去。

他们正要爬上岸去时,看见从两边尽是芦苇的小港内摇出了两条小船来。他们就踏着水,伏在芦苇边仔细看去,发现每只船上有三个人,其中的两个人划桨,一个拿着钩镰枪站在船头。

这两条小船从他们身边划过去后,他们就从这条小港游了进去。

他们在水中摸索了半天,找不到一个上岸的港口。最后,只好穿过丛林密竹,在满地都是竹签的浅滩上登岸,奔向树林子里的一道围墙去。

想不到走到半路,脚下一沉,他们一齐跌进了陷坑里。

立刻,从旁边的树林里,响起了一阵"嘘哩嘘哩"吹竹管子的声音!只听见四下里一片"捉拿奸细"的呐喊声。紧跟着,就有几个喽啰抛下挠钩,横拖直拽的,把他们两个拖了上来,用绳索捆住,拉拉扯扯地带进庄子里去。

到了一座大厅上,他们两个人被扔在地上。一会儿,有人来把他们翻过身来,辨认了一下,就说:"哥哥,我认出来了。我回来的时候,在沙家集酒店里,碰上了十来个客商打扮的家伙,在那里吃喝。我就猜出他们是施不全手下的人。这两个家伙就是那一群人里面的两个。"一个叫做薛豹的小伙子嚷了起来。

"那就让我来审问，要是不说实话，就要他们的命。"于是，被称为哥哥的薛凤问，"你们这两个混蛋，叫什么名字？从哪里来？"

何路通和李七侯，都是心直口快的硬汉，就老实说出姓名和身份，最后还央求他们说："你们放了我们吧！我们找到了大人，一定保举你们去做官！"

"你们想回去，就得老实告诉我，你们一起来了十个人，还有那些人都在哪里？"

薛凤这样一问，老实的何路通真想说出来。李七侯急忙使了个眼色，何路通才闭住了嘴巴。

"你这家伙，自己不说，还扮什么鬼脸！"

"别动手，这两位都是我们的朋友。"薛凤看出这两个人都是硬汉，就改用软功夫，想问出黄天霸等的下落。

可是，尽管软硬兼施，他们却紧闭着嘴，什么也不说。

吴成早已逃到这里来，他也来问了几句，看看问不出什么来，就对薛凤说："不必问了，把他们关起来再说。好在黄天霸那混蛋就是烧成灰我也认得出来，我就带人到附近几个市镇上去寻找吧！"

这样，他们两个就被锁到一间空房子里去。

"我想，大人一定被这薛家窝的王八蛋们给盗来关在这里，你看,连吴成也在这里呢。"到了空屋子里,李七侯悄悄地这样说。

何路通点点头。李七侯没猜错,施公的确是被他们绑来关在这薛家窝的水牢里受罪。

下手绑施公的是薛老五薛豹。薛豹奉了他嫂子,也就是一枝桃的妹妹谢素贞的命令,到奉新去探听薛酋刺施公的事有没有成功;要是还没有成功,就要他帮助薛酋完成替她哥哥一枝桃报仇的事。

当他经过方家堡的时候,还到方世杰家里去转了一下。方世杰知道薛豹到奉新去的任务,就把一个迷魂香的匣子借给了薛豹,要薛豹拿熏香盒子去,先把施公手下的人熏倒,一起杀死。他是想借薛豹的手,来报李昆盗他丹药的仇恨。

薛豹带了两个喽啰,赶到奉新的那一夜,算他运气好,正是血战玄坛庙的那天,施公手下的众好汉都不在公馆里,他就把熟睡在床上的施公熏昏过去,背着翻上屋顶,出了公馆,叫那两个喽啰给扛回方家堡。

他到了方世杰家里,才知道前一天晚上,玄坛庙被官兵攻破,死的死,伤的伤,并且被抓去了不少人。薛豹急忙吃了点东西,带着两个人赶回静海去,想去搭救由玄坛庙逃出来的人。

结果,他在玄坛庙里只看到满地死尸,到处血腥,吓得转身就跑。当他经过沙家集,在饭馆子里吃饭的时候,就遇到了黄天霸那伙人。

因此,他认出李昆、何路通,就是和那十多个人一起来的。好在他已经把施公绑了来,早晚就要结果施公的性命,所以大家都主张把这两个家伙先关几天,等到把施公拖出来挖心肝的时候,再一齐下手。

当施公被绑来的那天,吴成主张当时就杀掉,薛凤不肯,他说:"吴大哥,一刀结果了他,不是太便宜这瘟官了吗?还是暂且忍耐几天,先放他进水牢去舒服几天,等捉住黄天霸他们再说。"

薛凤这几句话,把吴成给说服了。施公当场被吊起来痛打了一顿,在他昏迷不省中,被关进水牢去了。

吴成报仇心切,这天吃过酒饭,就带了薛家一群喽啰,渡河登岸,去探听黄天霸等的踪迹。

吴成才走后,方世杰就到薛家窝来了。

薛豹靠方世杰借给他的熏香,才顺利地绑到了施公。所以,方世杰一到,薛家弟兄就大摆筵席,宴请这功劳最大的方员外。大家谈得十分投机,喝喝谈谈,不觉到了二更天,还没有尽兴。

因为天热,薛凤就叫家人把酒席搬到厅前露台上去。他一面指挥着家人搬移桌凳,一面向荷花池内望了望,突然大声嚷了起来:"有奸细!"

原来他在荷花池的水面上，看到屋顶上映照下人影来！

薛凤嚷着就跳到院子去。他的几个兄弟和方世杰，也一起跳了出去。

黄天霸因为李七侯、何路通不声不响走后，一直没有回来，料定在薛家窝出了事，所以就由王殿臣划着船，率领了甘亮和邓龙赶了来。

他们上了岸，捉住一个更夫，问到一个"看见松树顺转，碰到柏树逆转"的进入庄子去的秘诀，就神不知、鬼不觉地安然进入了薛家的庄院。

薛凤一跃上了屋顶，就有一件东西迎面飞来，他知道这是暗器，急忙躲避。哪知他接连躲过两个，第三个却啪的一声，插进他的肩膀。薛凤"啊呀"一声，一个翻身，跌了下去。

大家急忙把他扶起来。他自己拔下镖来一看，镖上有三个小铃！

"来的是江南好手啊！"薛彪一看那镖，就惊叫起来。

这铃镖，江湖上都知道，是金陵白面狮子独有的一种响镖。于是大家急忙取过武器，跳上屋顶。

四个人到了大厅屋顶上，看见左首跨院屋顶上，站着一个人。那人一扬手，嗖的一声，一道金光，直奔向薛虎面门来。

薛虎急忙用朴刀掩住面孔，只听见咣的一声响，那金镖就

"咣啷啷"地滚到了瓦楞里去了。

天霸这一镖没有打中，一看对方人这样多，心想今夜不可能救出施公，转身正想跳下地去，甘亮过来了。

甘亮一镖打中了薛凤，看不见黄天霸，找到这里才算碰上了，急忙问："邓龙呢?"

"没有看见，我们找他去吧。"

天霸说着，就穿屋越脊，去找邓龙。

两个人正要转身，方世杰追了来。

方世杰早把弩箭拿在手里，对黄天霸的咽喉就是一箭。天霸急忙躲避，头发已经被削去了一条!

天霸知道这是毒弩，不是轻易对付得了的，转身就走。方世杰对于黄天霸的飞镖，也存着三分戒心，不敢追赶。

"你为什么放他逃走?"薛龙急着问。

"那家伙已中了弩箭，迟早不免一死，何必追他! 而且，我看那长须的家伙，就是江南的甘亮，那家伙四海闻名，我跟他无仇无恨，算了!"方世杰只好撒谎，掩饰自己的胆怯。

黄天霸和甘亮翻过了一座五岳朝天墙，向前面一望，正好看到邓龙在追杀敌人，翻下了屋顶。

他们两个急忙跑到屋檐口，一跃下地，跟了过去。这时候，邓龙正向一个假山洞里直钻进去。

他们当然不放心，也赶到了那假山洞口。哪知他们赶到时，那假山洞口已经关闭上！

他们就想到这座假山一定设有机关，邓龙被骗了进去，一定上了圈套。

诱骗邓龙的是薛豹，他在屋顶上杀不过邓龙，就跳下地来，钻进那假山洞里去。邓龙跟着追进洞去，他就把机关一按，突然"呼啦啦"一声响，那假山立刻倒塌了下来，邓龙知道中计了，只有拼命挣扎。

黄天霸和甘亮也想不出好的方法去救邓龙，只好暂时离开了薛家窝，再作打算。

他们在芦苇里找到了那只小船，和王殿臣垂头丧气地回到了沙家集客店里。同伴们一听邓龙被骗进假山去的消息，心情都更加沉闷。

还是甘亮老练，他要黄天霸到沧州去调兵调船，打进薛家窝去，才能把施公和邓龙一起救出来。

第二天，备好了文书，黄天霸就率领季全和李昆，一起到了沧州。

当地的州官一听到钦差施大人被土匪绑走的报告，大为吃惊，立刻派了崔参将、阎城守、刀千总三员武将，连同捕快、公差，分乘四条大船，到薛家窝去剿匪。

天霸他们带了捕快、公差,还有那三个武官,一起从州衙里出来。想不到正在沧州找寻黄天霸的吴成迎面来了。吴成一看到天霸跟好多人在一起,就跑进一个小巷子里躲了起来。

当天尽管吴成已经脱下僧服,改扮成买卖人的模样,出名"神眼"的季全,早就认了出来。

季全一看到吴成,就用手碰了一下李昆,一面向吴成背后指了一指说:"你看,那就是吴成呀!"

"你眼力真好! 果真是他。"李昆点点头说,"你就在后面,让我到他前面去,把他抓起来!"

李昆说着,就抢上几步,到了吴成前面去。季全也赶紧跟上前去,盯牢在吴成背后,走了几步,就把手搭在吴成的肩膀上说:"吴大哥到哪里去?"

吴成回头一看,认得是冤家季全,立刻想拔腿逃走。眼明手快的季全,就在他领窝一把抓住,用尽全身的力量往下一按,把吴成按倒在地。李昆马上拿来绳子把他捆住。

跟着吴成一起出来打听消息的薛家窝的壮丁,看见吴成被人家捆了起来,吓得一哄而散,逃出城去。后来想想回去不好交代,就又回到街上打听,才知道是被黄天霸等给带到沙家集去了。

吴成在沧州,已经和卧牛山取得了联络,他的师父活阎王李天寿现在正在卧牛山避难,他认为大王东方雄是一个义气深重的朋友,所以,就算黄天霸打来,仍然确信决不会就丢了这条命。

黄天霸叫人扛着吴成,大家一起回到了沙家集,就派人把吴成看守住,关在客店里,专等州官调派来的船只人马一到,好进攻薛家窝,营救施公和邓龙。

二十、 调官兵众英雄水牢救施公

薛凤从那些逃回来的壮丁嘴里，听到吴成已被施公手下的人抓去的消息，立即要去营救。

"不要忙!"方世杰摇摇手说，"这事包在我身上，今天夜里一定把吴兄弟救回来。"

方世杰说完，就要薛凤派一条快船和几个壮丁，赶回方家堡去取他的宝贝熏香盒子。并且说要在黄昏前赶回来，好在当天晚上，带薛家窝的人马到沙家集去迷倒黄天霸那一伙人，把吴成救回来。

薛家兄弟一听，也就安下心来。不过，他们认为黄天霸这一群人已经到了沙家集，离薛家窝那么近，随时会杀进来的。所以，薛凤就下令全体壮丁，日夜加紧防守，内院也派了一枝桃的妹妹谢素贞，带着八个精通武艺的丫环，日夜巡守。

　　谢素贞既然是一枝桃的妹妹,当然不会忘记她哥哥被施公杀死的仇恨,所以一听说施公手下的那批人,要杀到她家里来了,认为是一个报仇雪恨的机会,她就日夜不停地在内院巡守。

　　正是黄昏的时候,谢素贞带子八个丫环,不停地在到处巡视。突然,看到一块石子从墙外飞了进来。

　　她也是绿林出身,懂得这是夜行人的问路石,急忙从墙孔往外察看。果然发现从屋檐落下两个人影,飘向假山顶上去。

　　"真来了!"她立刻警觉到,这一定是施公手下那批人,杀进薛家窝来了。

　　从黑暗中往假山顶上看去,她看得出一个人的腰里似乎挂着镖袋,她想到这大概就是飞镖出名的黄天霸。

　　"有奸细来了! 快到大厅去报信。"谢素贞一面叫丫环去报告,一面追赶过去捉奸细。

　　黄天霸率领官兵和众英雄,杀进薛家窝来了。除了载着官兵的四条大船从水面进攻外,能够高来高去的这一群伙伴,都靠了飞檐走壁的功夫,进入薛家庄院。被谢素贞发现了的是黄天霸和甘亮。

　　甘亮才到假山背后,就碰上了五个巡丁,他们是薛凤接到了谢素贞的报告,派来捉拿奸细的。那些人从甘亮身边经过时,他就一刀一个,接连杀掉了两个。

后面的三个巡丁，一看到前面的同伴脑袋被砍掉了，吓得转身就逃。甘亮提着刀追过去，突然从横里，闪出了一个长得很漂亮的女人来。

"好大胆的奸贼!"那女人大喝一声，舞着一对双刀，迎头劈了过来。

甘亮把朴刀往上一迎，谢素贞到底是个女子，力气有限，怎敌得过甘亮的神力。她手里的刀被甘亮用力一搪，虽然没有松了手，却跌得仰面朝天。她叫声："不好!"正想爬起来逃命，甘亮已抢上前来，举刀砍了下去。到底她身体灵活，来了个就地十八滚，然后翻身跳起来，举起双刀，继续厮杀。

谢素贞和甘亮才杀了十来个回合，已经满身大汗，正好薛龙赶了来，她就乘机退下。薛龙的朴刀使出一个泰山压顶的架势，向甘亮劈过来。甘亮才把刀架开，薛龙又提起一支铁拐，向甘亮脚踝骨上直扫过来。甘亮一跃避过，一刀剁了过去，薛龙用尽了平生的力气，才算挡住了甘亮的这一刀。

薛彪正巧在这时赶到，看见薛龙杀不过敌人，就从背后偷偷过去，向甘亮背后一刀砍了过来。甘亮早觉察到有人在暗算他，把身子一侧，收转刀来，使出一个拖鞭势，就把背后刺来的那把刀拨开。跟着，薛凤也赶了来助战。甘亮一个人独战薛家三虎，毫不害怕，不过，他也只有招架的力量，要还手就来不及了。

谢素贞丢下甘亮,一心要找那个身上带着镖袋的黄天霸,就一跃飞上假山。这时,黄天霸已下了假山,转过弯,发现了一块平地,对面是一个月洞门,门上挂着一对黄澄澄的铜锁。他立刻想到,可能这就是施公被监禁的地方。他悄悄地跑过去一看,两个巡丁正坐在一条长板凳上喝酒。他立即跑过去结果了这两个巡丁的性命,打开锁,走进月洞门,发见这是一间三面临水的石屋,施公就被绑在这屋中央的一根石柱上,下半身浸在水里。要是冬天的话,施公恐怕早就冻死在这水牢里了。黄天霸这样想着,就跳下水去。好在水并不深,他连游带走的,到了施公身边,叫声:"大人,我救你来了!"就砍断绳索,抱着施公跳出水牢,又把施公背起,拔腿就跑。

他才跑了十来步,一个手提双刀的女子从对面冲过来,拦住了去路。

"这大概是谢素贞!"

黄天霸一看,就推想是她。他曾听季全一再提过这女人会用飞抓抓人,而且百发百中,因此,就格外小心地迎了上去。

"奸贼! 敢来送死!"谢素贞破口大骂,舞着手里的双刀,拼命杀过来。

这时,黄天霸全身已湿透,背上还背着一个施公,杀了一阵,就渐渐不支,刚巧季全等众英雄接替了甘亮,和薛家五虎厮杀,甘亮就抽身蹿到庭中,跃上假山,想去找寻水牢,搭救施公。

他才跳上假山,就看见黄天霸背着施公,正和谢素贞厮杀。他急忙奔过去,举刀对着谢素贞就砍。天霸一看见甘亮来了,就乘机爬上假山,跳上屋顶,穿房越脊而逃。

正在厮杀中的薛凤,看见黄天霸背着施公,从假山跃上了屋顶,他就撇下了正在跟他厮杀的王殿臣,跟着飞上了屋顶,紧紧追赶。一面向下面大叫:"庄丁们!围住屋子捉奸细!"

那些庄丁们一听到这喊声,就在屋子四周展开了一个大包围。

黄天霸已经筋疲力尽,他看看背后那人越追越近,屋子周围又有不少庄丁围住,心想,要是被这人追上了,哪还有力气应战。于是,就掏出金镖,瞄准薛凤的咽喉飞了过去。

薛凤早就注意到黄天霸的动作,急忙把头一闪,这镖就从他耳根擦了过去!

黄天霸一看这镖没有打中,心里更加慌张起来,只好再放第二镖。但是,因为慌张的原故,前后三镖,都落了空。

这时,薛凤已经追过来了,他只好挥刀抵抗。薛凤挥动七星宝剑,往天霸面门直刺过来,天霸正要招架,突然听到一声弓弦响,薛凤应声栽倒下去。

原来是神弹子李昆发的一弹,把薛凤打倒的。天霸便急赶上两步,砍死薛凤。

"黄兄弟,走吧,救回大人要紧!"李昆说着,就和黄天霸冲出薛家窝,一会儿就到了江边。

在江边打了几声口哨,在对岸等候的官军将领,就放了一只大船过来。黄天霸背着施公,跳上大船。

"你到薛家窝去协助他们吧!"天霸对李昆说。李昆立刻跳上岸,又杀回薛家窝去了。

黄天霸把施公安顿好在船舱里,和官军的两员将领,还有二十多个公差、捕快,分乘两只大船,保护着施公,一路驶回沙家集去。

他们的船在驶近沙家集的时候,忽然从对面驶过来一只小船。那船用了八支木桨,在水面上行驶如飞。当那条小船驶近的时候,黄天霸一看,发见坐在船头上的两个人,前面那一个是方世杰,后面那一个是被捆在客店里的吴成。

"一定是方世杰那家伙趁我们不在,到客店把吴成放出来!"于是,天霸那条船急忙驶近前去,一镖对准方世杰的面门打过去。

方世杰到底是行家,连忙把身子一闪,镖就在胸口擦过,却打中了站在他背后的吴成。吴成被打了一镖,鲜血直流,当场丧命!

那船是一条快船，一下子就驶了过去。黄天霸因为保护着施公，急于赶回沙家集，也就不去追赶。

神弹子李昆从江边赶回薛家窝一看，庄前仍有很多巡丁守着，他只好绕到庄子后面，上了屋顶。翻过几幢屋子，在瓦垄里看到薛凤的尸首。

他就割下薛凤的头，提着向着有灯光的地方奔去。到了亮处一看，下面一个大院子，围绕着无数的巡丁，都拿着灯笼火把，刀枪剑棒，帮着薛家四兄弟，围攻关小西、季全、王殿臣、郭起凤。

那薛豹的本领实在了不起，手里两根铁杖真是神出鬼没，小西被杀得刀法散乱，眼看就要支持不住。李昆看到这里，就把薛凤的那颗头，照准薛豹，劈脸打了过去！

薛家兄弟看到丢下来的是薛凤的脑袋，一个个咬牙切齿。谢素贞一看到丈夫的脑袋，回头看见墙头上站着一个人，她想，这一定是杀她丈夫的仇人，立刻拿出飞抓，往李昆身上砍去。

李昆躲得快，没有被打中。不过，他料定这女人会找他拼命，就急忙往屋后躲去。

甘亮正在和谢素贞厮杀，看李昆一走，怕她去追赶，就抢上几步缠住谢素贞。薛豹看见了，叫谢素贞站开，他就跟甘亮拼起来。

李昆一想，这样混战下去，要想消灭薛家兄弟是办不到的，倒不如叫大家先回去再说。他就站在屋脊边,向下面大声说:"大人早已救回去了,众弟兄走吧!"

关小西等英雄早已杀得筋疲力尽,听李昆这样一嚷,大家立刻跳出圈子,一个个飞上屋顶,准备撤退。但是薛家弟兄和谢素贞也一个个跳上屋顶,他们和众英雄就在屋顶上展开了一场追逐战。

谢素贞追上郭起凤,舞着双刀,战了几个回合,她想不把这家伙引诱出去,是不易奏功的,便虚晃一刀,假做败阵。郭起凤立刻就追上去。谢素贞看看时机已成熟,摸出一把飞抓,往郭起凤摔去。

郭起凤一看到一个渔网般的东西,直向身边飞来,急忙把身子一扭,想躲过这个怪物,但是已经太慢了,只听见"咔嚓"一声,那东西就把他的肩膀紧紧抓住!

谢素贞把手里揪住的绒绳用力一拉,郭起凤就翻倒滚落在院中,被几个庄丁捆了起来。

其余众好汉一面厮杀,一面撤退,大家经过一场苦战,才杀出薛家窝来。

大家刚冲出薛家窝的庄门,又被庄丁射来的乱箭拦住去路。甘亮就跑到众人前面,舞动手里的朴刀,扫开飞蝗般的乱箭,替大家开路。大家靠了这两把挡箭刀,才算安全脱险。

在甘亮的保护下，众弟兄杀到江边，虽然是有人中了箭，但伤势并不严重。季全打了几声口哨，就从对岸驶出两艘大船来。

薛家窝的巡船，一看到对岸放出两条大船，急忙派了十几艘快船冲出去拦击。于是，江面上又展开了一场大战。

众英雄一看到那两艘大船，当然很高兴。可是，一转眼工夫，又被敌船截住了，不由得又着急起来，因为如果岸上的敌人一追到，战起来实在没有把握。

大家正在着急时，忽然从这边的芦苇塘里，冲出四艘快船来。这四条船直驶向他们这边来，顷刻间就到达北岸，驶进港内。众兄弟到这个时候，才知道躲藏在芦苇里的是自己的船。大家喜出望外，船一靠岸大家就跳上去。那些水手都使出全副力气来划桨，飞也似的驶回了南岸。

原来当地的官兵早已预料到，如派大船去接应，可能会遭遇到匪巡逻船的截击，所以除派出那两条大船，另外又准备好四条快船，预先躲藏在对岸的芦苇塘里，等大船遭遇到拦击时，就出来接应。

结果，官兵的这个计划完全成功了，众英雄被接回了南岸，一起赶回沙家集。

回到客店里一检查人数，少了刁庆和郭起凤两人。郭起凤受伤被擒，当场有人看到了，至于刁庆为什么没有归队，没有人知道。

原来当刁庆在薛家窝屋顶上，到处寻找施公的时候，忽然听见一阵闹哄哄的声音，看见下面来了一群庄丁，拉着郭起凤走了过去。

刁庆看看那些庄丁拖着的人是郭起凤，就决心救他。于是，他轻轻地跳下地来，不声不响地跟在那群庄丁的背后。当他跑近那群庄丁时，就大喝一声，举起单刀，一口气杀死了五六个。

剩下的那些庄丁吓得抛下郭起凤，四散逃命。

刁庆给郭起凤割掉身上的绳子，两个人就一口气跑到江边，钻进芦苇塘里，躲了起来。

两个人在芦苇塘躲了一阵，看到一艘巡逻船划了过来。刁庆先跳出去，大喝一声，跳上船头，一刀就把那划船的巡丁给杀了。

郭起凤也跟着跳上船去，两个人一起划桨，把船划出港外，往对岸驶去。

到了对岸，上去一看，并不是沙家集。他们不认识水路，把船摇到沧州西门外来了。

好在他们身上都带着银子，就到附近小市镇的一个酒店去喝酒。和敌人厮杀了大半夜，肚子早就饿得咕咕直叫，吃起来更觉得津津有味。这时候，从外边走进一个人来。刁庆现在虽然是武将，但当年却是飞贼出身，绿林的情形非常熟悉，他一看见那人进来，便悄悄地问起凤："你看这人的来路怎么样？"

"来路不正！"郭起凤说。

那人叫了酒菜，才喝了几口，就问店小二："这儿到薛家窝，还有多远？"

"还远咧，二十来里路，而且很多是小路，到前面你再问问吧！"店小二说完，就走开了。

郭起凤听了，向刁庆使了个眼色，刁庆就过去打招呼。刁庆走过去，和那人通了姓名，闲谈了几句，知道那人叫做王三。那人说要到薛家窝去找个朋友。

刁庆自称张二，郭起凤是他的哥哥张大，今天也要到薛家窝替人家给薛员外送信去。

王三听到这里，非常高兴，因为他不熟悉到薛家窝的路径，有人跟他一起去，自然方便多了。他就叫店小二把酒菜拿过去，三个人一起喝起来。王三把张家二弟兄当做知己朋友，就放量地喝起来。结果，他被灌醉了，泄露了到薛家窝去的任务。

薛家窝未来的命运，就被刁庆和郭起凤在酒杯里决定了。

——上册完——

"中国古典小说·青少版"丛书由台湾东方出版社股份有限公司授权

上海九久读书人文化实业有限公司联合人民文学出版社共同策划

中国古典小说 青少版

施公案 下

佚名 著 陈秋帆 改写

人民文学出版社

中国古典小说

施公案下册

目录

一、 众好汉薛家窝奇谋剿土匪

刁庆和郭起凤两人从薛家窝出来,因为他们对水路不大熟悉,就把船划到了沧州西门外去。

这时,他们的肚子饿了,就到附近一个小市镇上找了一家酒店去喝酒。

他们才喝了几杯,又进来一个单身酒客。这人刚叫来酒菜,就向店小二打听到薛家窝去的路径。

他们觉得这个人的形迹可疑,就借个机会过去和他搭讪,才知道他叫王三。

王三倒很喜欢交朋友,一见面就说得很投机,于是,他们就把酒菜并在一起,一块儿喝起酒来。

刁庆和郭起凤两个看看王三的酒已经喝到有九成醉了,刁庆就下手钓鱼了:"我们俩也是在薛家窝做事的,巧极了,我们可以一起去。"

"我不认识路,有二位作伴,那真太好了!"王三说着,又干了一杯。

"请问王三哥,你是跟薛员外那儿的哪一位最要好?"刁庆亲热地问。

王三相信这两个朋友是薛家兄弟的好朋友,就说起老实话来:"我跟薛家几位员外都不认识,是别人叫我给他们送信去的。"

"你既然是送信来的,我就告诉你实话吧:薛家庄近来不大安静,前天来了个姓吴的朋友,住了两天,就独自一个人到沧州城里去玩,在酒店里跟卧牛山东方寨主手下的人,不知道说了些什么,大概是露了什么风声,被人家给抓去了。"刁庆随机应变,来刺探王三的口气。

"跟二位大哥老实说了吧,我也是东方寨主手下的头目! 有位李天寿寨主,现在住在我们山上,他要和薛家几位员外,一起去捉黄天霸,所以叫我来送信。"

王三这样说出了真心话,刁庆就更添油加醋地胡诌起来,使王三更加相信,于是,又泄露出了一大堆的机密消息。

喝完酒,刁庆就双手捂住肚子,假装肚子痛走不了路,叫郭起凤到河边去雇船,大家好一起坐船去。

郭起凤临走的时候。刁庆向他丢了个眼色,起凤点了点头,表示他已经懂得雇船的用意了。

很快地,郭起凤就把船雇好了,回到酒店来,带刁庆和王三去坐船。

王三根本不认识路,那船却驶往沙家集去了,他还以为这船是开往薛家窝呢。

船到了沙家集,三个人一起上岸。到了施公和黄天霸等一些人所住的顺隆客店门口,王三才起了疑心,他就停下来问:"这是客店,不是薛员外的庄子吧?"

"薛员外今天在这里玩,我们进去找他吧。"

刁庆撒了一个谎,就把王三给骗进客店里去。

这时,施公正和众英雄在房间里喝酒。大家看见刁庆和郭起凤来了,真是喜出望外。

"不但我们自己平安地回来了,还捉来了一个奸细!"

刁庆就把他和郭起凤两个怎样把一个卧牛山头目骗到这里来的经过说了一遍。施公听了,就叫黄天霸到那头目的身上,把李天寿的信搜了出来,同时,下令把他捆绑起来。

施公拆开那封信一看,是李天寿要薛家兄弟约定个日子,一起杀到沙家集去,把施不全和他手下的一些人,连同沙家集的老百姓一起都杀掉,把沙家集这个市镇夷为平地!日子定好,写封回信,交给王三带回来。

大家看完这封信,商量了一下,决定将计就计,编造了一封假回信。回信里说李天寿决定在后天一早,赶到沙家集去,要薛家兄弟和吴成带了人马,到沙家集会齐,千万不可耽误。并说送信的人是卧牛山的头目王三,有一身好武艺,到时候他可以帮助大家动手。

信写好了,问题是派什么人冒充王三,到薛家窝去送信。

施公一想,这任务邓虎最适合。因为邓虎的哥哥邓龙还被压在那边的假山石下面,他这一去,可以先把他哥哥救出来,同时也可以打听一下,何路通和李七侯两个人究竟被关在什么地方,于是,就要邓虎冒充卧牛山的王三去进行这几件事情,另外要他做一件重要的事情,是劝大家在动手的前一天晚上,早点睡觉,好让这边在当天夜里,发动夜袭。

邓虎大模大样地到了薛家窝。庄丁问了一下,知道这人是卧牛山东方寨主派来送信的头目王三,就带着他,一直到书房里去。

邓虎走进书房一看,薛家四兄弟和方世杰都在那里。

薛龙和大家打开信一看,都很高兴。立刻就摆出酒来,给王三接风。

在喝酒的时候,方世杰还问卧牛山的近况。邓虎随机应变,

回答得使方世杰很满意。

邓虎就趁此机会,询问黄天霸过去来攻击的情形,大家都全部告诉了他。顺便他又问明白监禁何路通和李七侯的地方,原来是被绑在留宾馆里。

"听说你们的留宾馆,和望山堂的假山,都有神秘的机关,是真的吗?"邓虎故意装出一副十分惊奇,而又不大相信的神情。

"那怎么会是假的!"薛龙很得意地回答。跟着,还把那些机关的详细情形,自动地说了出来。

"时候不早了。"邓虎想起了施公叮嘱过的话,便说,"明天五更,就要到沙家集去会齐。李寨主一再交代过我,要我请大家早些睡觉,好应付明天的厮杀。"

薛龙就叫大家早些去睡觉,他和他三个兄弟也到后院去睡觉了。方世杰陪着邓虎,一起睡在书房里的床铺上。

等到方世杰熟睡的时候,邓虎就悄悄地起来,蹑手蹑脚走出书房,找向望山堂的假山去,救出他的哥哥邓龙,紧跟着拿出两块人参饼,给邓龙吃了。

他刚从假山洞里走出来,迎面来了一个女人,问他道:"你是什么人? 到这儿来干吗?"

"我是东方寨主手下的头目王三!"邓虎顿了一顿又说,"你这贱货,姓什么?"

"王头领!"接着,她又用那没有丝毫愤怒的语气说,"我是员外的夫人谢素贞!"

邓虎看她一走过去,举起双锤,就往她的背上打去。谢素贞连忙把身子向前一扑,一面嚷道:"王三,你来做奸细呀!"摆出双刀来招架,一面高声大叫大家来捉奸细。

喽兵跑去一报告,方世杰第一个赶了来。

"老员外,这个人是黄天霸的人……"方世杰听谢素贞这样一嚷,就叫声:"夫人,闪开!"他自己就赶上前来厮杀。

邓虎正在跟方世杰厮杀时,薛家四兄弟也都赶到了。邓虎非常着急,忽听得一声喊叫,接着,跳出几个好汉来。

第一个人手握单刀,直奔过来,方世杰认得他是黄天霸。跟在后面的是季全等施公手下的好汉。

邓虎看见黄天霸和众弟兄,已经纠缠住了薛家四兄弟和方世杰,在那里展开一个龙争虎斗的场面,他就赶到假山边,拉了邓龙,一溜烟似的又赶到了留宾馆,把被圈在那儿的何路通和李七侯两个救了出来。

他们四个出了留宾馆,又返回来帮助黄天霸等众弟兄,跟方世杰和薛家兄弟与谢素贞厮杀起来。

黄天霸和众弟兄,早就把对方杀得只能招架,不能还手,在这个当儿,又跳出几条好汉来,薛家兄弟哪里还抵挡得住,只好一步步往外败退。这时候，又从外面传进来一阵吵嚷声："官兵攻破庄门了！"

薛家兄弟一听，不由得心慌意乱，薛龙就被黄天霸一刀给结果了性命！

方世杰一看大势已去，把刀架开邓虎的双锤，打算逃走。哪想到有二员官兵将领，一人持刀，一人举枪，拦在庭心，众官军正像决了堤的狂涛，接二连三地涌了进来。

方世杰此时已经找不到逃命的路，只好纵身跳上屋顶，摸出他的毒药神箭，往邓虎的咽喉打去。

邓虎对这种毒计早有防备，当方世杰一箭射过来时，他把头一偏，那支毒箭就由他身边飞了过去。

方世杰一看没有射中，正想拔出第二支毒箭时，邓龙早就挨近他背后，手起锤落，打中他的顶门，"扑通"一声，方世杰的尸身就从瓦垄上滚下地去。

这一下，真把薛家兄弟吓昏了，个个都想逃命。薛虎转身才跑了没几步，就被神弹子李昆赶了上，一剑削去了一只右臂，大叫了一声，倒在地下，被众人给踏死了。

薛豹一看薛虎被踏死在地下，吓得神志昏迷，被关小西一刀砍断了肋骨，季全跟着又补了一刀，当场把他劈死。

剩下的薛龙和薛彪这弟兄两个，眼看大势已去，急忙打逃命的主意。可是,黄天霸这边人多势众,不大一会儿,就被他们给结果了性命。

剩下的谢素贞眼看已经家破人亡,心里难受极了,便用手里的双刀挑开甘亮的朴刀,鼓足气力,纵身一跃,跳上了屋顶。

甘亮伸手掏镖,只听"的铃铃"一声响,镖紧跟着打了过去。谢素贞的脚尖刚踏上屋顶,听到后面暗器飞了过来,想躲避可是已来不及了!一镖正打中了她的肩膀,她就仰面翻身跌下地来。

甘亮一看谢素贞翻身跌下,急忙追过去,给捆了起来。

黄天霸看见薛家兄弟已经被杀得干干净净,剩下的一个谢素贞,也被活捉过来了,就下令官军立刻撤兵,他自己也率领众弟兄,押着谢素贞,上船回沙家集,向施公报捷。

施公看到众英雄打了一场大胜仗回来,就叫店小二准备酒席,犒赏众英雄。

第二天,那不愿做官的金陵三杰:甘亮、邓龙、邓虎,最先离开了沙家集。施公随后也率领众英雄回到静海,把肃清薛家窝匪巢的经过,和作战有功人员,呈报了皇帝后,才继续赶路。

当太阳快要下山的时候,他们从一座高山旁经过,忽然从山里传出一阵锣声,跟着,从树林子里跳出两百多个喽啰来。

前面骑在马上的一条好汉约三十左右年纪,手里抖着一个镔铁溜金铛,口口声声喊着:"快快拿出买路钱!"

"山贼,快快报出姓名来,你可知道钦差大人在这里!"黄天霸想拿钦差大人吓退这些山贼。

"小子你听好! 我是卧牛山大王东方雄!"那人满不在乎地回答。

"我是钦差施大人手下的大将黄天霸,今天你来得好,我正要拿你呢!"

东方雄举起溜金铛,像泰山压顶般,向天霸直捣了过来。

黄天霸举刀往上迎架,震得两臂酸麻,用尽全身力量,才算把那溜金铛架开。他正要还刀,关小西从背后蹿了上来,直奔东方雄,举刀砍去。

东方雄不慌不忙,一举手就把小西的刀架开了。关小西赶忙改变主意,又蹿到他背后去,举刀夹背砍去。何路通一马飞来,提起钩拐枪,劈面刺去。黄天霸缓过了一口气,也拦腰一刀砍了过去。

东方雄只身对抗这三员虎将,但还是完全不在乎,只见他腾蹿跳奔,施展出全身解数,刀来枪去,从容不迫地应付着这三条好汉的厮杀。

坐在分赃厅上打瞌睡的活阎王李天寿,一接到喽啰的报告,立刻率领二百喽兵,杀下山来。

季全一看跑下山来的是活阎王,他早就知道这个老贼的厉害,急忙和李七侯挥刀迎了上去。

活阎王一看是施不全手下的这伙人马,就瞪着血红的大眼睛,破口大骂。他看到树林边有一群人马,料定这就是施不全,就叫一个头目,带着一半人马,追到树林里去把施公劫上山去。

东方雄和活阎王两个敌住众英雄,一直战到天黑,不分胜败。东方雄就叫喽兵拿出灯笼火把,继续作战。

李昆和东方雄接连战了二十几个回合,还是杀不败这个山大王,他就虚晃一刀,把马一提,冲到一个山坡上,取出弹弓,照定东方雄,一弹打去,果然打中他的面门! 东方雄立时头昏眼花,没有了主意。黄天霸急忙举刀,直砍了过去,东方雄来不及躲避,被黄天霸狠命一拖,拉下马来,何路通顺手一钩枪,刺穿东方雄的手臂,那镔铁溜金锁就掉下地来,东方雄就被捆住了。

李天寿一看东方雄被人给活捉了去,撒腿就跑。黄天霸和季全等几个拼死命地追赶,可是,因为对山上的路径不熟,终被活阎王逃去了。

施公正在树林里,等前边打垮土匪,好继续赶路,想不到突然有一百多人马杀来。保护着施公的郭起凤和王殿臣,没用半个时辰,就把这批打算劫走施公的喽啰杀得落花流水,四散逃去。

黄天霸捆住了东方雄,就派季全去接施公一起上山,在匪窝里过夜。第二天,就在山上杀了东方雄,然后一把火烧掉了山寨,才起程继续赶路到淮安去。

当天傍晚,刚巧赶到一个地名叫做黄花镇的小镇上,找到了一家很像样的客店,住了下来。

施公和众好汉看好了三上三下一排六间的楼房,房间的布置相当舒适,后面是菜园子和一排平房,很是明朗。

可是,季全看出那名叫朱继祖的掌柜的神色,不像个安分的人,就悄悄告诉黄天霸。黄天霸回答说:"是呀,我也看出这个人靠不住!"

"哪里! 这朱家店是十几年的老店,我已住过好几次,放心好了。"李七侯听到了黄天霸的话,就这样保证。

昨天攻破了卧牛山,杀了一个巨盗东方雄,大家心情特别好。当黄天霸快喝完一杯酒时,忽然一阵肚子痛,他就放下酒杯,跑到厕所去了。

他到厕所里泻了一阵,正想站起身来,发现眼前闪出一条黑影,由厕所外面跑了过去。看那黑影,身上穿的是夜行衣靠,背后插着一把单刀,先跳上厕所屋顶,接着又爬到上房屋顶,在房檐上使出一个倒垂金莲的架势,向楼上屋子里张望。

黄天霸再仔细一看,原来这人就是昨夜在卧牛山漏了网的活阎王李天寿! 这老贼张望了一阵,大概已看清楚施公正在那

里喝酒，回手从背后拔下单刀，打算从楼上的窗口钻进去动手。

黄天霸料定大家还没有觉察到这个刺客，他就掏出金镖，一面向活阎王打去，一面大叫道："兄弟们，快捉拿刺客！"

那一镖，刚巧打中在活阎王的腰窝里，他就"扑通"一声，跌进窗子里了。黄天霸急忙跑出厕所，回到屋子里来，当他经过楼下房门口时，看见众人都已醉倒，知道已中了奸计！急忙奔上楼去。

跑到房里一看，活阎王已被捆起来了，有些人还醉倒在那里。他就叫李公然把众人灌醒，自己又跑下楼去。

他一到楼下房间里，先把灯吹熄，门帘放下，然后准备动手把众人灌醒。这当儿，突然一阵纷乱的脚步声渐渐接近过来。

黄天霸知道情形不好，就跑到门边去站住。

他刚站定，朱继祖带了十四五个打手，已来到房门口。他看看没有火光，就掀开门帘，把朴刀伸进房门去试探。

黄天霸是个急性子的人，一看见朴刀伸了进来，立刻伸手还刀，只听"砰唧！"一声，正好砍在那把朴刀上。

朱继祖一手扯开帘子，杀进房里来，和黄天霸厮杀。

李公然灌醒了楼上的人，听见楼下厮杀的声音，就赶紧下楼，帮助黄天霸。

这可把朱继祖吓坏了！他拔腿就往外跑，黄天霸死追不放。

最后,朱继祖钻进树林里去,黄天霸就不去追了。

黄天霸回到店里时,大家已经醒了过来。施公听了黄天霸的报告,就把女掌柜叫了出来,询问她丈夫从什么时候起开始干这个黑夜店。

这个女掌柜的回答说:"朱继祖本姓李,是李天寿的同胞兄弟,从小就入赘到她家来,向来安分守己,也没有开过什么黑夜店,这回是上了他哥哥李天寿的当,才干出这种犯法的事情来。"

施公听了,才知道这都是李天寿搞的鬼,便请出上方宝剑,把李天寿正法,同时,也不再去追究那个女掌柜了。大伙儿在这儿又休息了一夜,第二天一早,继续赶路。

二、取印信贺人杰立功摩天岭

　　施公到了淮安，接了淮安漕督的印信，就忙着处理日常公务。一天，黄天霸正在衙门里办公，贺天保的儿子贺人杰从山东家乡赶来看他。

　　在济南战死的贺天保，跟黄天霸是结拜兄弟，所以贺天保的儿子，就和他的儿子一样。黄天霸一看见他，就很亲热地安慰他说："你才十三四岁，还得好好学几年武艺，将来好跟我在一起做事。"

　　"叔父，我年纪虽然还小，但是，说到武艺，虽然不能算精，刀枪棍棒，却件件都还能玩。"

　　贺人杰说着，就脱下外面的衣服，拔下背后的单刀，一个箭步，跳到院子里去，耍起刀来。

　　黄天霸看贺人杰的单刀，刀法倒真是精熟，毫无破绽，心里实在欢喜,于是,便带着这孩子去见施公。

施公知道这孩子是贺天保的儿子,看看相貌很俊秀,样子也聪明伶俐,真是越看越喜欢,就叫黄天霸把这孩子带到公馆去,留他吃中饭。

这孩子竟在吃饭的时候,要求施公给他一点事情做。施公想了想,十三四岁的孩子,会做什么呢! 就笑着这样回答:"哈哈,事情是要给你做的,不过,还得等你武艺学成再说。"

"说到武艺,我从小就由母亲教了一二,所有的刀枪剑戟,以及飞檐走壁的功夫,样样都学了些。如果大人要试试看,我就使两套请大人指导!"

施公听这孩子这样一说,望了望院子里,指着旗杆上挂着的一面顺风旗说:"那面旗子,你取得下来吗?"

贺人杰听了,转头一望说:"好,我就去把它取下来!"

他说着就一个箭步,跳到院子里去,走到那旗杆边,像猴子爬树一样,一眨眼的工夫,就爬到了旗杆顶上! 又一眨眼,他就把顺风旗抓在手里了,在旗杆上倒转身体,用了个坠枝架势,把两只脚挂在旗杆斗上,手里拿着顺风旗,迎风舞动了几下,才把身子向后一缩,又向前一纵,像燕子穿帘似的,就由旗杆上直蹿到大厅里!

施公看完这孩子的表演,赞不绝口,便叫施安拿来十两银子，赏给他买套衣服穿。

吃完饭，黄天霸带着贺人杰回到自己的公馆去，叫贺人杰跟他妻子张桂兰见过面。这样子，贺人杰就在黄天霸公馆里住了下来。

几天以后的一个夜晚，施公正在灯下看书时，有人从窗口塞进一张纸片来。

施公捡起那张纸片一看，上面写着这样一行小字："过天星特借印信一用，日后可派人来取回。"

印信是官吏的第二生命，丢了印信，不但要丢官，还要丢掉性命，何况施公这颗钦差的印信，是康熙老皇帝发给他的。

"施安，你赶快把我的印信看好！"施公一面叫施安先去看守印信，一面派人出去请黄天霸和李昆等众好汉，也来保护那颗印信。

很快地，黄天霸等好汉都到了，还有一个在黄天霸家里作客的老英雄褚彪，也一起跟了来。

施公急忙取出那张神秘的纸片，交给大家看。褚彪慌忙问道："大人，可曾叫人去看过印信吗？"

"我当时就叫施安去看守印信，他一直没有回来，大概没有被人偷走。不过，现在得当心啊。"施公这样回答。

"糟了！大人中了那小偷投石问路的计了！"褚彪不住地

跺脚。

"什么叫投石问路？老英雄。"施公听不懂他说的话，瞪大了眼睛问。

"那小偷儿根本不知道您的印信放在什么地方。您这叫人去一看，那简直是给他带了路。这颗印，我相信丢定了！"褚彪不住地摇头。

大家正在着急时，外面喧嚷着闹了起来。黄天霸等众好汉急忙跑出去一看，是东耳房的纸窗着了火，施安也跟大家在一起，忙着救火。

褚彪一看见施安也在救火，心里一急，赶快跑过去拉住他说："大人不是叫你看守着那颗官印吗？"

"是呀，我去看过了，官印还是好好地放在那里，没有人去动过。"施安泰然地回答。

"这一下，你可中了小偷的计了！这火一定是那个盗印的小偷放的。他放这火的目的，就是叫你出来救火，他才有下手的机会。"

褚彪是个老江湖，施安听了，相信这老英雄的这几句话决不会错，就慌忙跑回去看那颗官印。一会儿，哭丧着脸地跑来说："哎呀！这怎么得了！真的应了褚老英雄的话了，那颗官印果真不见了！"

大家听了，就纷纷跃上屋顶，到处去搜寻盗印的小偷。大家忙了好一阵，连个小偷的影子也没有看到。

大家闹到快天亮了，也没有找到那个小偷，只好暂时散去，慢慢再作打算。

第二天早晨，施安去上厕所，从花园里经过的时候，看到太湖石上横放着一支箭。

他就把这支奇怪的箭拿去给施公看。施公相信这支箭跟昨晚来盗印的那小偷一定有关系。吃过早饭，就把众好汉请来商议。

很快地，众英雄都齐集在施公的书房里。大家仔细查看那支箭，发现上面刻着"余成龙"三个小字。

大家推想这可能是一个人名。可是，这"余成龙"到底是何等人呢，谁也没有印象。

一会儿，老英雄褚彪到了，他接过那支箭一看，就说："我知道这个人，不过，对他也不太了解。在淮海交界地方，有一座大山，山名叫做摩天岭，山上有一伙强盗，余成龙就是这伙强盗的首领。"

"老英雄要是认识他，事情就好办了。"施公正担着天大的心思，听褚彪一说，就把找回官印的希望放在褚彪身上了。

"要说认识，还谈不上。"褚彪望着施公，微微摇着头说，"不过，我知道这人很有本领，会飞檐走壁，还会使用弩箭暗器。这人平时不做打劫过路客商的勾当，专门抢劫官宦人家。"

"我看，还是先派个人去，到山上去试探试探，先问问那颗印是不是在那里。如果余成龙承认了，就跟他商量一下，请他好好把印交出来，一方面劝他改邪归正，到大人这边来做事，看他的意思怎样，再作打算也还不迟。"

褚彪出了这个主意，施公听了，不但非常满意，而且跟着就问："这主意的确很好，不过，派谁去打听呢？"

"这倒不是我要多事，就让我去走一趟吧。"

褚彪自愿上山去打听官印的下落，施公当然很高兴地答应了。可是，黄天霸和众好汉心里都不大高兴，因为余成龙是找上门来的，不叫大家去，却叫一个不相干的老人家去，叫余成龙看了岂不好笑，说施公手下没人敢去见他。

可是，施公已经同意的事情，谁也不好意思多嘴，大家只有眼看着褚彪辞别了施公上山去。

黄天霸回到家里，满面孔的不高兴。他的妻子张桂兰觉得很奇怪，问他到底为了什么事情烦恼，他就把余成龙盗印，褚彪抢着上山去的经过，详详细细地说了一遍。

住在天霸家里的贺人杰，在隔壁房间里听到黄天霸的这番话，就跑出来向天霸要求，让他到摩天岭把那官印盗回来！

黄天霸夫妇一听，当然不会答应。可是，这孩子已经下了决心，等黄天霸夫妇一睡着，就换上一身夜行衣靠，把便服用包袱包好，斜背在肩上，还把单刀和他惯用的金钱镖也带好，然后施展出飞檐走壁的看家本领，从后院的围墙跳了出去。

到了第二天傍晚，这孩子就赶到了摩天岭，他在附近找了个客店，安下身来。

吃过晚饭，他就在闲谈中，向店小二打听摩天岭的情形。

"嘿！摩天岭，那是强盗窝啊！"店小二被贺人杰一问，就把舌头一伸，这样回答。

"强盗窝？那里的强盗都是些什么人?"贺人杰故意装出一副傻相来。

"别这样强盗强盗的乱嚷！"店小二摇着手，努着嘴说，"山上有三个大王，都是本领高强、武艺出众的好汉！"

"那三个好汉，你可知道他们的名字吗?"人杰喋喋不休地问下去。

"你要知道他们的名字吗？大王余成龙，二大王陆文豹，三大王任勇。听说，他们最近还把施钦差的官印盗来了呢！在这一二百里地界内，谁不知道摩天岭这三位大王的厉害！"

第二天早晨，贺人杰吃过早饭，走出客店，就不声不响地上摩天岭去。走了半天，才到了山上，在他眼前出现了一个高高的栅门,他往那栅门走去。

三大王任勇正在栅门口巡哨,看见从山下来了一个穿着一套短衣裤,背上插着一把单刀的孩子,便大声喝道:"喂,你这孩子,要不要命,竟敢到这儿来做密探!"

贺人杰抬头一看,见是一个全副武装的家伙,在恶狠狠地问他。

"我是山东贺天保的儿子贺人杰,你是谁? 莫非是这里的寨主不成?"

任勇一听这孩子是贺天保的儿子,对于这个少年老成的孩子,心里立刻起了点敬意,便把态度放温和了些回答:"我是第三寨主任勇,你来干嘛?"

"我有要紧的事来见各位寨主,快开寨门,让我进去。"贺人杰说着,就走到寨门前来。

任勇真的开了寨门,让贺人杰进去。

任勇把贺人杰带到聚义厅上,跟大王余成龙见了面。

褚彪奉了施公的命令,上山来讨官印,被余成龙拒绝了,才下山去不久,却又来了这么一个小孩子,余成龙就怀疑这个孩子可能也是为了那颗官印来的。

余成龙心里怀着这个鬼胎,所以对待人杰很不客气。可是,人杰却假装不懂,还是婉转地说明,他是为了黄天霸害死了他父亲贺天保,他要替父亲报仇,特地上山来投诚,要求余成龙收留他,更念江湖上的义气,助他一臂之力,好把贼官施不全和黄天霸一同捉上山来,偿了他为父亲报仇的心愿。

余成龙听了贺人杰的话,当时很想收留下他。可是,突然心里一动,觉得这孩子是在撒谎,就大声怒吼起来:"大胆的畜生!看你这么小的年纪,狗胆倒不小!竟敢受了施不全的指使,上山来骗人!给我绑出去砍了!"

余成龙尽管横眉怒目的,说要砍他的脑袋,贺人杰听了,脸上却没有丝毫害怕的表情:"大王要这样,不但没有给我替父亲报仇的希望,而且我还要冤枉死在这里,倒不如让我自杀,免得人家笑我瞎了眼睛!"

贺人杰说着,就拔下背后插着的单刀,往喉咙抹去!

任勇本来站在人杰的身边,急忙把刀夺了下来。余成龙一看这孩子竟想自杀,立刻改变主意,答应他的要求,把他留在山上,慢慢再想办法帮助他替父亲报仇。

贺人杰就在摩天岭安居下来。他常常假装出去打猎和散步,把山上的形势看得清清楚楚。同时尽量拍余成龙的马屁,取得他的信任。在余成龙的亲自引导下,也看清楚了藏着那颗官印的凌虚楼上的机关。

四五天后的一个上午,他横躺在山坡上养神的时候,山脚下

掠过了两个人影。他连忙坐起来仔细一看,原来是褚彪和李昆。他就跟他们打了个暗号,跳下山坡,一起到了一座树林里去。

褚彪、李昆和他一见面,就捉住他的小手说:"人杰,你真叫我们担心死了,因为我们早就预料到你是单身上了摩天岭的。施大人日夜惦念着你,所以特地叫我们到山上来走一趟。"

人杰听了,嗫紧小嘴巴,顽皮地笑了笑说:"叫大家这样担心,实在对不起。不过,我的冒险已经有了收获!"

说到这里,他往林子外面小心地看了看,才把他看清摩天岭山寨的形势,进出的大路,藏着施公官印的凌虚楼的位置,通往凌虚楼去的前后两条通路,都详详细细地说了出来,要褚彪和李昆两个牢记在心里,回去告诉大家,作为进攻摩天岭的指南。

三人不能在这里耽搁太久,于是,他们约定明晚初更时分,众英雄分成山前山后,打上摩天岭,由贺人杰在里面接应。

褚彪和李昆两个当天赶回去报告施公,施公就叫黄天霸率领众英雄,当晚就攻上摩天岭去。

当天晚上,黄天霸等七条好汉,在初更的时候,就到达摩天岭下。一会儿,忽然狂风大作,大家就趁着风声的掩护,带好武器,分成两路,奔向摩天岭去。

李昆独自从凌虚楼背后的岭下,悄悄摸上山去。到了山岭背后,他在星光下一看,是一条只能容得下一个人的狭窄小路,两旁都是高高的石壁。

　　他到了山的半腰里,有一座木栅挡住了去路。他正想爬过墙去,就听到更棚里,三个打更的喽兵说话的声音。他大踏步跨进更房,一刀劈去,砍倒了一个喽兵。另外一个正要叫喊,他又赶过去,一刀又结果了那个的性命。

　　剩下的一个喽兵,早已吓得躲在屋子的角落里打哆嗦,李昆问他是什么人守护着凌虚楼,那喽兵说是两个头目,另外三大王任勇也会不断地来巡查。

　　李昆问完以后,就把那喽兵的嘴里塞上棉絮,捆了起来!他坐在更棚里,等着凌虚楼火起,再去接应。

　　黄天霸等几条好汉,到了摩天岭,黄天霸第一个跳上木栅。除了关小西和金大力两个不能高来高去以外,其他都先先后后地跳上木栅。只听见一声喊,大家就把手里的火种,往下面抛去。

　　里面火焰一起,众好汉一个个跳下木栅,直往里面冲去。金大力和关小西两个撩起手里的大刀一阵乱砍,才几刀就砍断几根木栅,大伙儿就挤过木栅杀了进去。

　　那火种一抛出去,就东一堆、西一堆地爆出火焰来,在呼呼的狂风下,风助火势,火焰就一路乱窜,转眼间就把前半个山寨,烧成一片通红!

摩天岭的喽啰，就这样迷迷糊糊地逃散了，两个头目还算有点胆识，在这样慌乱中，仍知道跑到聚义厅去，向三个大王报告。

去报告的头目跑到聚义厅前，余成龙早就率领着二大王陆文豹、三大王任勇提着家伙，一起冲了出来。

那两个头目，正想上去报告，黄天霸已从横里杀了过来，直扑余成龙。在这一片火光中，两个人立刻展开厮杀。

陆文豹看见余成龙杀不过黄天霸，提起刀就往天霸猛砍。关小西立刻迎上去，缠住了陆文豹，和他拼命地厮杀。

金大力拿着镔铁棍，接连几棍，扫倒了不少喽啰。那些小喽啰一个个跌得皮开肉绽，头破血流，连跌带滚地逃命去了。

李七侯的任务是到处放火。顷刻间，山寨里到处都烧起一堆堆的火来，山前山后，烧成一片通红！

何路通早已奔进大寨了，他看见周围都已经起火，独有这大寨还没有着火，就在聚义厅上放了一把火。没过多久，整座大寨，就沉没在火海中！

黄天霸和余成龙的厮杀，还没有分胜败。天霸的妻子张桂兰，一看这余成龙，的确有一身了不起的本领，一直战到现在，刀法还是没有半点混乱。她怕天霸吃亏，取出袖箭，"嘶"的一声，直向余成龙面门打去。

余成龙不愧是一个出名的山大王，他虽是一心一意在跟黄天霸死战，但张桂兰的袖箭刚飞出来，他就警觉到，急忙把身子一侧，虚砍一刀，回身就走。

黄天霸怎肯轻易放过这个山大王，一看他回身要逃走，就赶紧直追了上去。

黄天霸正在没命地追赶，忽然间，看见余成龙把手一抬，"呼"的一声，一支弩箭，往天霸打了过来。

眼明手快的黄天霸，用刀一拨，那支弩箭就啪的一声落了地。黄天霸正想掏出镖来回敬过去，余成龙早就转过身一个箭步，直扑向黄天霸，当头一刀砍了下来。

黄天霸举刀往上一迎，就把那砍了过来的刀架住，趁势一个卧龙翻身，直向着余成龙胸前滚去。余成龙来不及招架，就说一声："不好！"双脚一跺，跳到圈外去了。

天霸赶上去，一刀照定余成龙左肩剁下去，余成龙一个转身，把身子一偏，一刀直往天霸大腿砍去。天霸急忙往后一退，伸手掏出镖来，一举手，镖就飞了出去。

余成龙对于江湖有名的黄天霸的金镖，早就时刻防备，所以天霸才一抬手，他急忙把头一缩，那支金镖就从他头顶上飞了过去。他却出人不意，一刀就向黄天霸的裆下砍来。

天霸就在躲让这一刀的时候，也一镖向余成龙的腿上打去。这一下，余成龙却没有防备到，吱的一声，那金镖就刺进他的小腿里。

中了金镖的余成龙还是忍着痛,带镖逃走。黄天霸就一路紧追不放。

陆文豹和关小西两个,也战了七十几个回合,还是不分胜败。关小西心里因为老是战不下这个姓陆的土匪头,不禁着急起来,就抽个冷子大喝了一声,一刀往陆文豹剁去。陆文豹被这喊声一怔,动作迟疑了一步,他的右臂就中了一刀。

陆文豹受了重伤,急忙转身逃命,小西紧跟着抢上几步,一刀就把陆文豹砍倒在地下。

张桂兰怕黄天霸吃了余成龙的亏,也和天霸一起追赶过去。到底是在黑夜里,同时,天霸跑得太快了,所以她不但没有追上,反而跑错了路,一直跑向凌虚楼去。

总算贺人杰运气好。他正在那里跟一个矮胖子拼命。那矮胖子力大如牛,把他杀得上气不接下气,要脱身又脱不了。张桂兰看见了,急忙大声喊道:"孩子别害怕,你婶娘来了!"

说着,一个箭步来到那矮胖子的面前,抢刀就砍。原来这矮胖子就是任勇,他一看见天霸等人马拥上山来,就急忙去保护那座收藏盗来的官印的凌虚楼。

任勇来到楼边,正是贺人杰已经杀死了几个喽啰,想爬上楼去盗取官印的时候。他看到这满口要替父亲报仇的小孩子,原

来是一个奸细，就在愤怒之下，使出了全身力量，跟贺人杰厮杀起来。

贺人杰尽管已经杀得筋疲力尽，可是一听到婶娘的一声叫喊，气势顿时又壮了起来，说了声："婶娘，看住这混账王八羔子，别让他逃走！"就丢开任勇，奔向凌虚楼去。到了那边，他就三脚两步地爬上楼去。

任勇跟贺人杰厮杀，本来是精神百倍，确有擒住这个小骗子的把握与自信，所以就愈杀愈火，越战越勇。

当任勇正得意洋洋地等待着贺人杰筋疲力尽，好把他擒来的时候，没想到竟来了一个这样年轻的女人，不禁胡思乱想，分了一点心，同时，又怕失去了捉这个小奸细的机会，心里不禁一惊，于是，手就乱了起来。

张桂兰看到这情形，一个箭步，一刀直往任勇砍去。

任勇看到贺人杰上凌虚楼去，心里就七上八下地跳了起来，再看看这女人的一路刀法，实在神速，一上来就只有招架，现在一着急，更不是这女人的对手了，他便虚晃一刀，转身就要逃走。

张桂兰哪里肯放过他，取出袖箭，直向任勇打去。箭才脱手，就看见任勇倒在地下。她抢上几步，接连又砍了几刀，把任勇的双臂砍伤，跟着，又照着心窝一刀，结果了任勇的性命。

她杀死了任勇后，就去寻找她丈夫黄天霸，转了几个弯，就跟她丈夫碰了面,只看见在她丈夫背后,还跟着关小西和他的妻子郝素玉、李七侯、何路通等一群伙伴。

"你看到人杰那孩子没有?"黄天霸一看到他的妻子,就急着这样问,因为大家谁也没看到这个在山上做内应的孩子。

"他上凌虚楼去了。余成龙那家伙,你们可曾看到?"张桂兰回答了一声,顺便又这样问了一句。

"杀掉了!那家伙挨了我一镖,就逃掉了,想从地道里逃走,但在地道口上给我追上,一刀送他回西天了!"

黄天霸才说完,就见对面一座高楼上,吐出了血红的火焰来。原来贺人杰已经把官印取到了手,又从最高一层楼上放起火来,这座危楼被烧得火光烛天,把四周照耀得像白天一样。

从山后摸索过来的李昆,也正在这时候赶到了楼边。他一看那楼着了火,知道已经有人到楼上去下手了,便绕到楼前去,看到贺人杰正从楼上跳下来,施公那颗被盗走的官印,正捧在他的手里。

黄天霸割下余成龙等三个人的首级,遣散剩下未死的喽啰,带着官印和大家一起欢天喜地地回去了。

三、 失饷银关小西受伤殷家堡

经过众英雄的拼命努力,失去的官印终于找了回来。施公从贺人杰手里接过那颗印时,不禁兴奋得拍着这小英雄的肩膀说:"小小年纪,这样英勇,实在了不起! 这回没有你冒险去假投降,这颗印真不知要闹到几时才能拿回来! 好,让我报告皇上,给你一个千总的官职!"

大家听了,都向贺人杰贺喜,他自己也高兴得连嘴都合不拢了。

施公才取回官印,就接到京中来的一道公文,要他把本年应收的粮米,半数折收现金,解送到京里去。

他就行文各府州县,把应缴的现金呈缴来,装进木箱,然后派季全和关小西两个押运到京里去。

季全和关小西觉得这个差使倒很轻松,就等于旅行一样。

两个人押着这笔粮银，躺在船上聊聊天，睡睡懒觉，高兴的时候就叫人上岸去，打些酒到船里来，喝点消遣消遣，倒真像神仙般的逍遥自在。

想不到，他们的船到了山东德州的殷家堡，就碰上了麻烦。

说起来，得怪当地的知县办事太粗心，因为他在调查水灾时把这里漏掉了，施公就没有在这殷家堡放赈，因此，便引起了这殷家堡老百姓的不平。

漕运饷银的船一到了殷家堡，当地两千多饥民，就去找堡长殷龙商量，要把这笔饷银抢劫下来，好出一口闷气。

殷龙是当地的一个大富户，他和他的四个儿子，都练有一身了不起的武艺。尤其是他的女儿殷赛花，外号云中雁，不但生得漂亮，精通武艺，还有个绝技，能打连珠弩箭，百步以外，万无一失。

这天，殷龙正在家里和儿子们聊天，家丁进来说，全堡五团十六保的代表，都到庄上来，要见庄主。

殷龙就叫家丁请那些代表进来。他一看见这些代表，就问他们有什么事来找他。那些代表就说，全堡居民因为觉得施钦差放赈不公平，所以要趁着现在他把饷银解京，路过这里的机会，把饷银拦劫下来，以报复施公赈灾的不公平。

殷龙和他四个儿子一听，急忙阻止道："你们要抢饷银，还想要不要脑袋？而且施钦差带着有黄天霸等不少好汉，这玩笑怎么能开？"

"为了要出这一口怨气，我们也顾不得脑袋了！如果你们不肯参加，只好让我们自己来动手！"

那些代表听了殷龙父子的话，心里真是怨上加怨，说过几句气愤话，就板着面孔走了。

殷龙父子想了想，只要不去领头，这些人顶多也不过说说气话，是不敢动手的，所以那些代表一走，他们也就没把这件事放在心上。

季全和关小西押了那十几辆饷银车，到了靠近殷家堡的西山岭下，正在高高兴兴地赶路，忽从山凹里响起一阵震天动地的喊声，紧跟着跑出一群人来。

季全和关小西两个吓了一大跳，仔细一看那群人，足足有五六百个，手里都拿着武器，不知这些人是干什么的。

"我们奉了堡长殷龙的命令，来借饷银的，请你们把饷银留下来！"

听到了这几句话，季全和关小西才明白那些人的来意。他们还来不及答话，那些人就从四面包围过来。

他们一看形势竟是意想不到的危急，连忙飞马冲上去，把那些正往这边冲过来的人给拦住。

那些老百姓，哪会把这两个解饷官放在眼里，就七手八脚地动起手来，抢到车辆，推着车一溜烟似的逃走了。

季全和关小西两个，这一下可真着急起来，就朝着包围在周围的人们乱砍乱杀，一心要杀出重围，好去追回那十几辆被推走了的饷银。

可是，那些老百姓一个个都很英勇善战。季全和关小西两个，和他们厮杀了一阵，实在抵敌不过那么多的人，便决定杀出条路逃走，好赶回淮安去率领大兵，再来找这些顽民算账。

关小西想冲出包围圈，才跑了几步，他的坐骑的前蹄一踏空，就连人带马，一起跌倒了下去！

那些老百姓看到这押饷的军官从马上跌了下来，大家就围过去，乱刀砍下。小西也拼命地挣扎着爬起来，举起倭刀一阵猛砍，按连砍死了两个，可是他自己也在这时候，腿部和胳臂都受了伤。

季全也杀得满身大汗，他尽管使出全副力量，乱冲乱杀，老百姓到底人多，杀了半天，还是被围在核心里，四周被围得像铁桶一般，他接连冲了十来次，结果都是失败。

季全看见小西跌下马去，更加着急，想要过去救小西，却被围得转不过身子，顶多只能够顾全自己，要去救关小西，那就根本不可能。

　　季全和小西两个正在无计可施,着急万分的时候,忽然又响起了一阵喊嚷声:"大家听着! 饷银车都给推走了,我们大家也走吧!"这股喊声一过,那群凶神附体般的庄民就一哄而散,季全和关小西,哪里还有力量去追赶,只能眼睁睁地看着他们逃去。

　　季全把小西扶上了自己骑着的那匹马,送到小角镇客店里住下,然后请医生来替他医治刀伤。一切都安排好了以后,自己就跳上马赶回淮安去。

　　施公一接到季全的报告,认为这殷家堡的堡长胆子太大了,竟敢拦劫饷银,就叫黄天霸率领亲兵五营,一共两千五百人,派关小西做副统领,去踏平殷家堡,把那该死的堡长殷龙抓来法办。事实上,殷龙一得到庄民抢了饷银的消息,也正在大骂那些闯祸的庄民,并说要把他们一个个捆送到施公衙门里去法办。

　　那些庄民一听就吓得当场逃散了。殷龙立刻跟他大儿子殷猛商量这件事。

　　"我看,"殷猛考虑了一阵说,"还是写封信给施公,说明这事完全跟父亲没有关系。同时还得表示情愿负责把那些饷银送还。他要是答应了,我就代表父亲到施公那边去谢罪。"

　　"要是施大人不答应,那该怎么办呢?"殷龙皱紧着眉头问。

　　"不答应? 真的不和平解决,那就只有跟他们拼一拼了!"殷猛握紧拳头,态度坚决地回答。

殷龙就写好一封信,派人送去,向施公求和。结果,送信的人哭丧着脸回来说:"我还没有见到施大人,一个年纪轻轻的武将,就叫人把我轰了出来!"

"好,就让他派兵来吧。爹,好在我们已有准备,村子四面的土围上,我已经架设好檑木炮石,我们要阻止他们攻进庄子里来,那是很有把握的。"殷猛听到那送信回来的人的报告,就这样安慰他的父亲。

李昆是进攻殷家堡的先锋,他把殷龙派来送信的人轰走以后,第二天早晨,就率领五百官兵,向殷家堡进军。

他到了庄前一看,这殷家堡的形势,相当险要。

"这场仗,看样子不容易打呢!"神弹子李昆向来只会枪对枪、刀对刀地厮杀,带领兵士正式作战,这还是第一次。看了看殷家堡的形势,他真没有把握。

可是,他既然当了先锋,这仗总不能不打。于是,就跃马横刀,冲向殷家堡去。张桂兰和郝素玉两个,都是女将打扮,骑在马上,威风凛凛地跟上去。

到了护庄河边,李昆一马当先,口口声声要殷龙出来受死。那五百士兵,摆开阵势,在那里摇旗呐喊。

殷勇早已准备好,听庄丁一报告,一下子就全副武装,站上土围,很有礼貌地答道:"将军要我父亲出来,有什么吩咐?"

李昆看见这小伙子样子十分英俊,身上全副武装,手里拿着一枝方天画戟,态度极其镇静,不禁暗暗佩服,可是嘴里却不干不净地骂起来:"你是什么东西?敢出来胡说八道,快去叫殷龙那老贼出来回话!"

"我们的庄民做错了事,我父亲已经写信向你们求和,你们偏偏不采纳,一定要动武!告诉你,我殷勇不是怕你,要杀就来杀一阵吧!"殷勇的态度也强硬起来。

李昆一听,大发脾气,朝着土围上大骂:"好小子!快下来受死!别缩在那里说大话!"

殷勇哪里会害怕,他跳下土围,上马出迎,好几百个手里拿着武器的庄丁,也跟着从浮桥上涌了出来。

李昆一枪刺了过去。殷勇擎起那支画戟,才轻轻一拍,就把那枪给拨开了,可是,这一下已震得李昆的手掌发麻。

"这小家伙倒不简单!"李昆受了教训,不免暗暗吃惊,一面却跟着又是一枪,从殷勇背后刺了过去。

"我已让你两次了,现在可就不客气了!"

殷勇才说完,李昆把枪杆往回一收,紧跟着一枪又往殷勇的胸口刺去。殷勇这才认真厮杀起来,舞着手里的画戟,忽前忽后,时左时右,从四面八方,向李昆身边杀过来。

李昆只有拼命招架,哪里还有还手的机会。他非常着急,很希望站在后面的两员女将上来助战,免得一出马就失利。好在殷勇早已看出,这个很会骂人的先锋,根本不是他的敌手。他因为不愿意杀伤这个初次交手的敌人,就虚晃一戟,说声:"将军,回去休息吧,咱们改天再见!"

就把马缰一勒,飞也似的跑进了土围去。

第二天,李昆还是硬着头皮,到土围前去讨战。他在那里骂了好一阵,果然吊桥落下,从土围里冲出了一头白马来。

李昆一看,骑在马背上的是一个陌生的年轻汉子。他还来不及问姓名,那人却先开口了:"今天咱家来会你,要来大战一百个回合!"

原来这人是殷猛,他才说完,就使出他的花枪,展开了猛烈的攻击,前后左右,耍了六十四路花枪,把李昆杀得气都透不过来。

"我去了,改天再来!"

殷猛卖弄过他的身手,就高高兴兴地率领着壮丁,跃过浮桥,跳进土围去。

李昆又丢了一次面子,只好收兵回去。

第二天上午,黄天霸率领大军,到达了殷家堡前线。关小西的伤已经养好,也跟着一起到前线来。

大家休息了一夜,第二天早晨吃过早饭,就率领大军,杀向殷家堡。

第一个上阵的,是口口声声要报仇雪耻的关小西,因为他在这里,吃过殷家堡民众的一顿苦头。

对面吊桥上,冲出了一个双枪手来,坐在马上,那样子真够英武。李昆认得这人是殷猛,便替关小西捏了一把汗!

一场恶战,前后杀了三十个回合,关小西赢不下那两支枪,只好收兵回去。

黄天霸看过今天这场厮杀,知道这殷家堡不是单靠厮杀就攻得下来的。他为了想早些结束这场战斗,就和很会用脑筋的季全商量。

"是的,派个人混进殷家堡去,在晚上放起火来,我们就可以趁着这着火的机会杀进去。"

季全这个里应外合的火攻计划,金大力听了,不但十分赞成,而且还愿意担任这个放火的任务,决意要在天黑的时候,混进殷家堡去。

金大力的身材高大,叫人找来的一套老百姓的便服,特别窄小,穿在身上,显得很滑稽,临出门去的时候,季全看了只顾好笑。

可是天才黑,金大力身上那套衣服,就被撕得七零八落的回来说:"他妈的,全是这套不合适的狗皮,先露了马脚,等开口一讲话,我这口音更不对!那些王八蛋,把土围防守得那样严。老季,你这个妙计,收了吧。"

金大力在土围边,马上就被庄丁发觉他是奸细,挨了一顿拳脚,只好自认倒霉,逃了回来。

火攻的计划行不通,季全就改变主意用水攻。何路通是水旱两路的好汉,就被分派去执行这个任务。要他偷渡过护庄河,混进堡内去,到处放起火来。这边一看到堡内起了火,就派兵去接应。

何路通很有把握地出发了。

到达护庄河边,正是二更的时候,他悄悄地向着土围上望望,看见那儿闪动着憧憧的黑影。好在对岸的河边没有人影,他就换上水靠,跳下水去。

可是,他才移动两步,就碰到了水里的梅花桩。他拔掉了几根,又移动了两三步,却碰上河底里的钉牌!

他正在打主意,该怎么来收拾这沉在河底的钉牌时,发现前面划过来两只小船。他急忙往河里一钻,躲进水里去。

他躲藏在水里,等候那两只小船划过来时,好去凿穿船底。哪知道船上的庄丁,早已发现水里藏着有人,便大声嚷了起来:"水里有奸细,我们回去,叫他们来捉吧!"

那两条船就转回头,很快地划走了。不大一会儿,就有五六只巡逻船，飞也似的直驶了过来。每只船上都站着好几个壮汉，手里都拿着挠钩，一驶近过来，大家都把挠钩丢下水里去钩人！何路通一看，吓得回头就跑。

幸而他跑得快，才算没有被钩上去。他喘着气跑回营里，把失败的经过报告黄天霸。

黄天霸就决定第二天由两路进兵，去攻打殷家堡。

这第二次进攻，在护庄河正面攻击的一路，被殷家两兄弟拼命抵抗住，从早晨杀到天黑，还是不分胜败。

从西山嘴进攻的一路，李昆和关小西两个纠缠住了殷猛和殷刚，金大力提了一根镔铁棍，独自去冲木栅。

金大力的力气虽然很大，仍挡不住木栅上打下来的檑木炮石，攻了半天，半步也不能前进。在此情形下，他只好蛮干下去。

张桂兰和郝素玉两员女将，看看关小西和李昆两个，一直跟殷家兄弟打个平手，她们就催开坐骑，直杀过去。

一直坐在木栅里面，看着两个哥哥在跟敌人厮杀的殷赛花，一看见官兵队伍里杀出了二员女将来，她也跳上桃花马，手里提着一把绣鸾刀，飞奔出来。

大家照例通了姓名，殷赛花就和张、郝二员女将厮杀。她虽然单枪匹马，力敌这两个女将，可是却一点儿也不害怕。

三个人战了一阵，郝素玉一个大意，几乎被殷赛花拦腰一刀,砍下马来。她急忙把坐骑一拍,跳到圈外去,才算避过这横里来的一刀。

郝素玉跳出战圈以后,就剩下张桂兰和殷赛花两个在继续刀来枪去地拼命,她们战了三四十个回合,还是不分胜败。

这时,听到正面那支人马鸣金收兵的声音,张桂兰才放下了殷赛花。关小西和李昆两个,也丢下了殷家兄弟,收兵回去。

经过今天这场恶战,大家都知道不另外想办法,单凭这样的蛮干,要攻下殷家堡,不知要等到哪年哪月!黄天霸和季全又商量了一阵,决定换一套新花样,采取声东击西的攻击计划。

第二天,大队主力还是放在护庄河正面,黄天霸等几员主将,却去攻击西山嘴的木栅。

镇守着正面的殷猛、殷勇,和李昆、关小西两个厮杀了一阵,看看后面并没有主将,就发现了这个秘密,马上派人去报告他们的父亲殷龙。

坐镇在庄里的殷龙接到这个报告,急忙派殷强、殷勇和殷赛花,去西山嘴接应殷刚,他自己也赶到护庄河去接应。

殷赛花兄妹三个赶到西山嘴一看,果然主将和好几个女将领全体出动,向西山嘴展开猛攻。殷刚率领着庄丁,不敢出去应战,只是死守着木栅,形势已经十分危急。

殷刚一看救兵到了,马上跳上马,兄妹四人骑着四匹马,一齐冲出了栅门。

"黄天霸,你玩这个声东击西的花样,难道还能骗过我们!"殷勇一出栅门,就放马直冲向黄天霸去。

四兄妹就和官军将领展开了一场惊天动地的血战,可是,双方势均力敌,始终杀个平手,谁也不肯示弱,就在西山嘴前,演出了一场拉锯战。

贺人杰奉命带领着兵,压住阵脚,今天虽然没有他上阵杀敌的机会,可是,这个拉锯战的场面,终于激怒了这个小英雄。

于是,他就丢下了士兵,冲到张桂兰背后。

"婶娘,你们下去歇歇,让侄儿来收拾她!"

张桂兰和郝素玉两个,的确已经跟殷赛花杀得筋疲力尽,听人杰那样一嚷,就都虚晃一刀,跳到圈外去。贺人杰就跳进战圈,接着跟殷赛花厮杀。

这时,殷龙因为担心这边的战况,也赶到西山嘴来。他站在木栅边,不安地看着下面的厮杀。

突然,他看见敌方的二员女将,丢下女儿赛花,跳到圈外去。他正在高兴女儿可以休息一下了,想不到跟着又跳进一员小将来。

他仔细一看这个小英雄,长得眉清目秀,那副样子,不但很英武,而且很大方。他正看得出神时,贺人杰那两把铜锤,已照

着殷赛花的头打了下去。赛花提起手里的绣鸾刀，往上一迎，不由大吃一惊，原来这孩子的两把铜锤，着实沉重！

人杰突然收回铜锤，再把左手的锤又往殷赛花面门打去，赛花急忙架开，人杰右手的锤接着又打过来。只见那两把铜锤，忽前忽后，忽左忽右，像雨点般地落了下来。赛花左遮右挡，前躲后避，只有招架，没有还手的机会。不但她杀得满身大汗，连在那里看着的她的父亲，也急出一身大汗来。

殷龙一看到她女儿虚晃一刀，勒转马头，跑进了寨栅，才算安心下来。

可是，贺人杰出众的武艺，和那副英俊的外表，已经牢牢地印入他的心坎。

殷龙对于这场抗拒官兵的战争，虽然已经勉强支撑了这几天，可是，仍担忧着敌众我寡，战到最后，难免要吃亏。

当天晚上，殷龙因为喝了一点酒，另外一件心事，又爬上他的心头：女儿赛花早已到了找寻终身伴侣的时候，因为赛花早有主张，凡是武艺不及她的人，不管家庭的财富和地位怎样优越，她都不嫁。所以，她的婚姻大事，一直拖延到现在。

现在，他想把这场战事和女儿的婚事放在一起去解决。于是，他想起了一个江湖朋友朱光祖，这人曾经在施钦差那边做过事，最好请这个人出来调解，趁着战事还打个平手的时候，求和不难成功,女儿的婚事,也就容易解决了。

他把大儿子殷猛叫到面前,透露了这两点意思。殷猛考虑了一下,也认为战事并没有一定要打到底的必要,妹子嫁给像那样武艺出众的人,的确是一个理想的归宿。所以,他认为这值得一试,并且答应由他亲自去请朱光祖。

朱光祖就住在山东和江苏交界处的朱家庄,殷猛曾经到过那里。才去了三天,就把朱光祖请了来。

朱光祖到了殷家堡,叫殷猛自己回去,他就直接到大营去看黄天霸。

黄天霸听朱光祖说明来意,虽然对于这两件事情原则上都很同意,可是还得请示施公才能够决定。朱光祖就在黄天霸派人去向施公请示以后,到殷家堡来。

两天以后,黄天霸派人送回信给朱光祖。朱光祖打开信一看,立刻向殷龙祝贺。信里说明施公已接受殷龙的求和,同时,也准许贺人杰的婚事,不过附带了一个条件,必须把抢夺饷银的首犯,捆送到淮安去法办。

殷龙对于这个附带条件,当然只好接受。于是,一场意气用事造成的战事,就这样结束了。最占便宜的是贺人杰,讨到一个送上门来的好老婆。由朱光祖、黄天霸做媒,施公做主,给贺人杰订下了这一门亲事。

四、 天齐庙蔡天化败走众差官

殷龙交还了众庄丁劫夺来的那些饷银,季全和关小西两个就押着这笔饷银,到京里去交差。

这一次,一路很顺利。他们在京里交了差,拿了回文,立即赶回淮安来。

这天,他们到了山东和江苏交界地方,听说在这两省的边境一带出了一个巨盗,奸杀抢劫,无恶不作。这巨盗来无踪,去无影,谁也不知道他的姓名,官厅尽管想缉捕,却一直无从下手。

季全和关小西两个这天赶到了徐州草桥驿,正是太阳快下山的时候,他们就在这小镇上找了家客店,歇了下来。

到了半夜里,关小西一觉醒来,想去解手,刚睁开眼睛,就看见一个黑影从窗前闪过。接着,又像风吹落叶,发出"沙"的一声,就半点声息也没有了。

关小西自己也是夜行人出身,一听到声音,就知道有绿林中人在房外走动。他叫醒季全,各自提起倭刀,马上追了出去。

他们两个在屋子周围到处搜索。这时天空里满是黑云,眼前一片漆黑,找了一阵,也找不出什么来,就又回到房间里。

他们把灯一点上,在桌子上发现一份柬帖,慌忙拿起来一看,上面写的是:"采花魁首蔡天化"几个字。

"对了,山东、江苏两省,那些奸淫的案子,就是这个家伙干的。"季全看过那份柬帖,悄悄这样跟小西说。

"他为什么要露出姓名来?"小西不明白这个强盗为什么要这样做。

"这蔡天化一定是一个了不起的家伙,根本没把你我放在眼里。我想他是为了要显显那一身本领,才故意暴露姓名,找上门来的。"

他们因为急于要回去,同时也不知道蔡天化住在哪里,就不去理他,只管赶回淮安向施公交差。

回到了淮安,在报告他们已经完成了押解饷银的任务以后,季全顺便把在草桥驿客店里碰到的那件怪事,向施公报告。

"这也许是跟蔡天化有仇的人,故意来陷害他。你们不必太认真。"施公听了季全的话,这样推测。

大家听了施公的话,谁也没有作声。老英雄褚彪沉思了一阵以后开口了："大人,这蔡天化,可能就是那个犯了许多奸淫案子的正犯。不过,他有这样的胆量,本领绝不平常。而且,说不定这人已经跟到淮安来了,只是我们不认识他而已。"

大家又继续议论了一阵,决定马上展开明查暗访、购买眼线等捉拿蔡天化的工作。

褚彪的确不愧是绿林前辈,蔡天化的心思让他给摸得很准确。

蔡天化是关东人,这时才二十五岁,是飞来禅师的开门徒弟,不但精通武艺,而且还善运神功,他把功夫一施展出来,全身刀枪不入。他专用一种"鸡鸣断魂香"做迷药,人一闻到这香味,马上就会迷倒。

那天,他在草桥驿玩,偶然听人家说起季全和关小西两个是施钦差手下的人,他就开了个玩笑,在半夜里送了一个柬帖去。

第二天早晨,季全他们从草桥驿动身时,他就老远跟在后面。最后,真给褚老英雄猜中,他也一起到了淮安。

过了一些日子,他打听到一个消息,说是施钦差正在明查暗访地找他。

蔡天化听到了这个消息,不但没有被吓跑,反而决心要在人前显显武艺,故意显露行踪,好让施钦差手下的人去抓他。

一天,他正在一家叫做"一醉楼"的酒楼上喝酒,喝了一阵,从楼下上来一个差官打扮的人。

"王老爷,请坐。"店小二特别客气地招呼。

"这家伙要是施不全就好了。"蔡天化手里端着酒杯,两双眼睛却盯牢在这"王老爷"的身上。

过了一会儿,他把店小二叫过去添酒添菜,顺便这样问店小二:"那姓王的,是干什么的?"

"那王老爷吗?"店小二向那姓王的瞟了一眼,"你不认识吗?他叫做王殿臣,是总漕施大人手下的千总!"

"喔,原来是一位千总。"蔡天化笑了笑。

他就草草喝完酒,叫店小二算账。

"客官,酒菜一共八钱三分银子,另外再加小账。"店小二走到桌子旁,低着头算账。

"今天出门忘了带银子,先给我写在账上,下午到城外的天齐庙去拿。"蔡天化站起身来说。

店小二的脸色顿时发青,他想,今天碰到了白吃的流氓了。可是,他还是装出一副很恭敬的样子说:"请你原谅,我们这里都是现钱交易,而且,我又不知道你老贵姓大名……"

蔡天化听了,就把双眼一瞪,大声喝道:"好个有眼无珠的家伙! 连蔡天化的大名也不知道吗! 快给我把账记下,下午到天齐庙来拿,谁会少了你一文钱!"

说着，就伸手在桌子上一捶，把桌子捶掉了一个犄角，像刀切的一样齐。

这一下子，可真把店小二吓得缩作一团，在那里发抖。

蔡天化一看，酒馆里并没有人出来拦阻，就大摇大摆地走出酒馆去了。

坐在旁边的王殿臣，早已听见了。要是换上个别人，他一定会跳出来和他交手的，因为这蔡天化的声名太大，他相信一个人绝对抓不住他，要是被打垮了，在这淮安城里，怎么混下去，于是便不声不响，只当作没有听见。

不过，他早就把蔡天化的住址记下了，等蔡天化出了酒馆，他就装出一副不慌不忙的神色，会过酒钱，奔回衙门去。

进门刚巧碰到季全，王殿臣就拉着他一起到黄天霸的房里去，把在酒楼里无意中碰上了蔡天化的经过和听见蔡天化说住在天齐庙的事，详细说了一遍。

这是一件紧急大事，天霸马上去报告施公，当时就决定要全体出动，赶到天齐庙去捉拿蔡天化。

"不，不必这样急，那家伙明知王千总在座，才说出他的地址来，目的是要引诱我们去捉拿他。我们现在不去，那家伙沉不住气，晚上一定会找上门来的。等到那时候捉他，要比我们找他去方便得多。"老英雄褚彪急忙阻止，叫大家不要急。

可是，黄天霸实在气愤，哪里还等得到晚上，但因为施公尊重褚彪的意见，天霸也只好打消立刻到天齐庙去的主意。

黄天霸就着手安排各人的任务，等候蔡天化杀上门时好动手。他自己和关小西两个保护着施公的卧室。季全和李昆两个在卧室外埋伏。何路通、李七侯，在书房外埋伏。贺人杰、褚彪这一老一小，到夹巷里去埋伏。王殿臣、郭起凤、金大力三个，就在二堂里埋伏。叫张桂兰、郝素玉二员女将，在各处巡视，随时接应。

天黑了，屋子里的灯还是和平时一样，所以，表面上看起来是一副毫无戒备的样子。被分派好了任务的全体将领，都各就岗位，静待着蔡天化的出现。

可是，一直等到二更时候，仍毫无动静，大家就开始不耐烦起来，也有人埋怨褚彪的想法错误。不过，尽管感到烦闷，大家还是一动不动地埋伏在那里。

到了三更时分，屋顶上连只小猫也没有，黄天霸就向关小西发起牢骚来。

关小西正要回答，忽然窗外晃过了一个黑影！黄天霸打了个暗号，立刻推开窗子，跳出户外，飞上屋顶去。

黄天霸站在屋顶上，向四下一看，只见施公卧室的屋顶上，直竖着一条黑影，他就大声喝道："蔡天化你这小子！可认得我黄天霸老爷!"

"黄天霸小子,看你有什么本领,老子特来会你!"蔡天化也大声回答。

天霸一听,马上飞过房檐,对准蔡天化,一刀砍去。

蔡天化身上只要运出他那一副神功,到处都像石头那样坚硬。他连挨了黄天霸好几刀,毫不在乎。两个人一来一往,战了十来个回合,不分胜败。

黄天霸的妻子张桂兰,看天霸老是战不下蔡天化,不禁担起心来,就跳过去助战,她一刀向蔡天化的肋下砍去。

"来得好!"蔡天化眼明手快,说着就把张桂兰的刀往下面一磕,跟着把手里的刀翻了个身,把张桂兰的那把刀给掀开了,趁势往张桂兰胸口刺过去。

张桂兰急忙往后一缩,跳到蔡天化左边,才算躲过了这危险的一刀。蔡天化正要转身继续攻向张桂兰,黄天霸就一刀往他的背上砍去。

蔡天化身手敏捷,尽管黄天霸夫妇两个战他一个,他还是摇头晃脑,蹿来跳去,毫不在乎。

黄天霸要用飞镖打他,想不到蔡天化突然说声:"不好!"一纵身飞下屋檐去! 原来,他发现对面屋檐上,一个小英雄正要对他用暗器。这个小英雄,就是贺人杰。

蔡天化才跳下地来,黄天霸的飞镖就向着他的大腿上飞了去,张桂兰的袖箭也从屋顶上射向他的后脑门。这些暗器到了他身上,就像碰上了铜墙铁壁一样,丝毫也伤害不了他。

大家一看这些暗器对蔡天化都没什么影响,便一齐跳下地来,找他去厮杀。

从施公卧房跳了出来的关小西,看到蔡天化已经到了门前,就舞动折铁倭刀,往蔡天化砍去,郝素玉也提着绣鸾刀上来助战。这时,黄天霸、贺人杰、张桂兰都纷纷跳下屋顶,一起围攻蔡天化。

蔡天化尽管被五个人围住,前后足足斗了一个时辰,大家还是白费气力,怎么也不能抓住这个强盗。

这时,关小西火了,决定要和这个强盗决一死战,就举起他那把折铁倭刀,狠命地向蔡天化的脑门砍去。

蔡天化一看这一刀相当厉害,急忙把手里的刀往上一迎,只听见"当啷啷"一声响,他那把刀就折成两段!

蔡天化的刀被砍断了,他只好用拳头去死拼。他的双拳,先向贺人杰面门上打来,贺人杰躲得快,避开了这一对铁拳。但他又顺手把这两拳往黄天霸背上打去。

黄天霸就被这两下冷拳头打得倒退了两步。蔡天化乘着这个机会,说声:"有本事的明天到天齐庙来找我!"就双腿一弯,飞

上房檐去了。大家急忙跟上去。可是,在屋顶上找了半天,始终看不见他的踪影!

第二天,大家就在施公房里商量,要不要到天齐庙去捉拿蔡天化。

施公答应大家去一趟。不过,他要褚彪陪大家一起去。

吃过中饭,众英雄就在褚彪带领下,一起到达天齐庙。

蔡天化早有准备,一看见大家走进庙来,就从里面迎了出来。

每个人都轮流和他战过了,看看蔡天化还是生龙活虎般的,大家又气又急,就一起拥上去,你一刀,我一锤,还有许多暗器,也先后一起出了笼。

这个大包围攻势,大家总以为可以抓住蔡天化。哪知道,蔡天化还是那副生龙活虎般的老样子。贺人杰的金钱镖向他腿上飞来时,他就笑着嚷道:"你们这些玩意儿,竟敢拿出来在我面前献丑,脸皮真厚。老子肚子饿了,不跟你们玩了!"

说完,他就双脚一蹬,飞上屋顶去了。

黄天霸第一个跟上了屋顶,另外的几个人,也一个个跟上去。可是,找了半天,还是找不到蔡天化的去向。

敌人走了,大家只好垂头丧气地回去。大家才走进衙门,看见施公手里拿着一张纸条,愁眉苦脸地正从里面走了出来。

"褚彪英雄,你看看这个!"施公把手里那张纸条递给褚彪。

褚彪看完这张字条,立刻沉下脸来。天霸抢过去看时,大家都围拢了来。只见上面这样写着:"蔡天化特地来送信:黄天霸等那群饭桶,都叫我给打垮了!"

看完这字条,大家都臊得抬不起头来。

"不必着急,我相信我们总有一天会抓住他的。"施公看看每个人都羞惭满面,便这样安慰大家。

再说蔡天化,他却得意极了!过了一会儿,料定黄天霸那伙人已经回去了,他就赶回庙里,拿了些银子,上街吃喝去了。

五、 求勇士老英雄邀请万君召

蔡天化在天齐庙和黄天霸等恶战了一场,中途就溜开了,可是等大家一走,他又偷偷地回到了庙里来,拿了些银子,到街上去吃喝。

当然,他已经露过脸,这一次不便再上馆子,就到一家熟悉的妓院里去。因为,在妓院里既有酒喝,同时又可以作乐。

妓院里一个打杂的胡狗儿,当黄天霸那伙人在天齐庙和蔡天化大打出手的时候,他正站在那里看热闹。

所以,当蔡天化在妓院里猜拳喝酒,这胡狗儿进去上菜,他一看喝酒的这个客人,就认出是那个在天齐庙拒捕打架的强盗!

他当时吓得脸孔发青,立刻出去告诉掌柜的。

掌柜的一听,问道:"你说那客人是强盗,你知道他的姓名吗?"

"我听大家说,这个强盗姓蔡!"胡狗儿想了想,这样回答。

"那就对了,这个客人叫做蔡天化。这样吧,胡狗儿,你就到总漕大人衙门去走一趟,叫他们派人来,把这强盗抓去,免得拖累了我们。"

胡狗儿听那掌柜的这样一说,立刻跑到总漕衙门去报告。

黄天霸一接到这个报告,马上安排人手,准备到妓院里去捉拿蔡天化。他把全部人马分成三批:一批人爬上屋顶,一批人在楼下把守,另一批由他自己率领,冲进蔡天化喝酒的房间里去。

胡狗儿带领黄天霸、李七侯、李昆三个人,到了蔡天化的房间外面,向里面指了一指。黄天霸点了点头,一个箭步,三个人就像风卷落叶一样,轻飘飘地飞上了屋顶。

三个人在屋顶上一站稳脚步,黄天霸就回到屋檐上,使出一个猿猴坠枝的架势,把身子倒挂下来,隔着窗门,向里面看去,只见房里还点着灯。

黄天霸也不管蔡天化有没有睡着,用刀尖把楼窗门轻轻地拨开。

窗门一开,黄天霸就使出一个燕子穿帘的架势,飘进房间里去。李七侯和李昆两个,也一先一后,跟着追进里面去。

可是,进了房间一看,什么人也没有,只是从一只挂着蚊帐的床上,传出一阵阵的鼾声来。

中国古典小说

李昆就从身边摸出一炷熏香，在灯火上点着了，然后把灯火吹熄，一面把那熏香塞进帐子里去。

李昆才把熏香从帐子里拉出来，就听见蔡天化打了两个喷嚏。

"行了，那家伙已经被熏得昏过去了，可以动手了。"李昆很放心地开口说话了。

黄天霸一听，就拔出刀来，跳到床前去，把蚊帐掀开。

李昆把火种一亮，大家往床上看时，睡在床上的，果真是蔡天化！在蔡天化身边，还躺着一个女人。两个人都睡得像死去了一样。

黄天霸把那女人往床里一推，那女人就和死人一样，滚到床里边去了。

李七侯抢着把棉被拉开，就露出蔡天化那一丝不挂的身体。黄天霸提起手里的刀，在蔡天化腿上连砍了四五下！

可是，黄天霸尽管用足了力气猛砍下去，但蔡天化的那两条腿，只是扭动了几下，没有一滴血流出来，皮肤上也没有留下半丝刀痕！这真把黄天霸他们三个人给吓呆了。

"这家伙练就了一副刀枪不入的功夫，再用刀去砍他也没有用，还是先把他绑起来再说。"李七侯说着，就从身边取出了一条绳子。

64

李昆也走到床边去,三个人一齐动手,把蔡天化结结实实地捆了起来。

李昆到走廊上,向屋顶上喊了一声,季全和贺人杰两个,就从窗外跳进房间里来。李昆取出火种,把桌子上的灯点着了。在楼下的褚彪和关小西两个一看到楼上房间有了灯光,也一起跑上楼来,走到房间里,看到蔡天化已经被捆住,都非常高兴。

这时,早已惊动了整座妓院里的男男女女,大家都吓得从床上爬起来,慌做一团,黄天霸叫妓院掌柜的上楼来,并叫大家不要乱动,回自己房里去休息,大家这才算安心下来。

等到天亮,黄天霸就叫差役把蔡天化背到施公衙门里去。

施公一接到抓住蔡天化的报告,急忙起床,升堂审问。

这时,迷魂香已经过了时效,蔡天化从睡梦中醒了过来。他睁开眼睛一看,自己赤身裸体地被捆绑在公堂上,就明白了这是怎么一回事。

他揉了揉眼睛,再仔细看时,原来在天齐庙打过一仗的黄天霸等一群人,都围在他身边,他就大声笑了起来:"哈哈,原来是你们这一群没有出息的小子,趁我在那里睡觉的时候,把我绑来。我问你们,要不要脸?你老子这样被你们捉了来,也算是你们的功劳吗!"

"狗强盗!你到处杀人胡闹,做梦也没有想到会有今天吧?"

黄天霸指着被丢在地下的蔡天化,恨恨地骂了起来。

"会有今天这句话,亏得你好意思说出来! 你爷爷要不是喜欢玩儿,同时也太大意了,怎能中了你们的诡计! 要不是这样,看你黄天霸有什么本领来动我一根汗毛! 哈哈!"蔡天化的两颗眼珠子直瞪着黄天霸,听他那豪放的笑声,就可以知道他还是毫不在乎。

"你就是蔡天化吗?"施公指着躺在地上的蔡天化,好声好气地问。

"施不全! 你既然已经知道我的大名,何必多问。"蔡天化还是很倔强。

"你到底杀害了多少人? 蔡天化,你老实说出来!"施公并没有带着一点怒气,还是好声好气地问。

"你问我到底做了多少案子,我自己也记不得那么多! 你把这一带地方,所发生的采花杀人的案子,都记在我蔡天化一个人的账上,不就好了吗?"蔡天化倒很坦白。

施公就叫人把蔡天化的口供写了下来,跟着,又叫蔡天化盖了手印,施公就批上了"斩首示众"四个字,一面下令,马上拖出去,就地正法。

黄天霸等众英雄一听,都高兴得眉开眼笑,便一齐动手,把蔡天化从地上扶了起来,要他站好,好把他双手反绑起来。季全

手里拿着一根绳子，就想在蔡天化胳臂上，再绑上一根绳子，蔡天化忽然又张开嘴巴，大笑起来："哈哈，你们这群小子，不要来追，白费力气，咱爷爷走了！"

他的话才说完，绑在他身上的绳子，就一段段地断了下来，只见他双腿往下一蹲，就跃上屋顶去了！

黄天霸和众英雄，立刻准备跟着他跃上屋顶去。

蔡天化早有准备，看到大家快要追上屋顶，就抓起几块瓦片，一块块打了下来。大家还没有上屋，就被瓦片打伤了两个！

黄天霸还是奋不顾身跃上屋顶去，可是，找了半天，哪里还有蔡天化的影子。

最后大家都相继上了屋顶，分头到处寻找。可是，找了好半天，谁也没有看到蔡天化的影子，只好垂头丧气地下来，一起去见施公。

施公听了这个惊人的报告，也不责备大家，只是叫大家去搜索，早日把这个到处作案的淫贼逮捕归案，免得再在外面害人。

蔡天化从施公衙门里逃出来后，还是回到天齐庙去。不过，到底不敢再在庙里待下去，于是收拾了一下随身的东西和银子，连夜离开了淮安，另找他的新天地去了。

蔡天化的远走高飞，害苦了黄天霸这一群人。由于施公不断地催促，他们只好天天分批出去搜索，淮安附近的几个城镇，没有一天他们不去搜索打听。十天很快地过去了,仍然毫无结果。

到底是褚彪老英雄见识广,经验多,他相信蔡天化早已不在这淮安一带了,老是这样寻找下去,再找上半年一年,也没有用处。于是,他就想出了一个捉拿蔡天化的方法,跑去和施公商量:"大人,这蔡天化恐怕早就离开淮安了,要抓住他,还得想点比较特别的办法,才有希望。"

"褚彪英雄,你的话我是相信的。不过,想什么特别办法呢?你如果有办法的话,不妨说出来,我们来商量商量看。"施公满面愁容地回答。

褚彪听了,把右手按在脑门上,想了一想说:"我看,只有让我到邻县去,借着大人的名义,摆一个擂台,要天下的英雄来比武,只要是真有本领的英雄,能够打赢了我,就由大人给他官做……"

"褚老,摆擂台要用我的名义,蔡天化决不肯来,这个办法,我看行不通!"施公不等褚彪说完,就抢着这样回答。

施公和褚彪两个商量了好半天,总是想不出一个更巧妙的方法来。大家正在为难时,刚好施安送进来一件公文。

施公立刻打开公文一看,原来是淮安府转上来的一件东安县知县的公文。那公文上说,武举人曹德标,因为要替女儿曹月娥挑选一个精通武艺的女婿,所以要摆一个擂台,邀请天下英雄去打擂台,谁能够打败他女儿,就可以跟他女儿结婚。

"哈哈,褚老英雄,提起曹操,曹操就到了! 我们正在为难,就有人来请示要在东安县摆设擂台了!"施公脸上的愁云立刻消散,笑嘻嘻地把那件公文拿给褚彪看。

褚彪眯缝着老花眼,看完那件公文,高兴得跳了起来:"大人! 这真是太巧了! 太好了! 大人就准了曹德标的请求吧,我相信蔡天化不管跑得多远,他一听到这个消息,一定会赶来的。我们就趁这个机会,把蔡天化抓住。"

"当然,这个摆擂台的请求,我不会不准的,不过,到底能不能捉住蔡天化,还得靠褚老英雄咧!"施公答应了,不过还拖了一个尾巴,把重任放在褚彪的肩膀上!

褚彪也不管这任务能不能完成,就高高兴兴地把这个消息告诉了黄天霸和众英雄。季全听了,不但没有拍手叫好,反而不住地摇头。

"季全老弟,你这是什么意思? 老是这样摇头。"褚彪正在高兴,想不到被季全浇了一盆冷水,不禁诧异着问道。

"老英雄,我们破不了蔡天化那一身刀枪不入的功夫,把他骗了来,又有什么用!"季全理直气壮地回答。

"对呀,褚老伯,计大哥一提到蔡天化那套功夫,倒真是一个大难题呢！那天夜里,我狠命地砍了他五六刀,那王八蛋的身上,连半点血也没有流出来!"黄天霸被季全的话一提醒,想起了蔡天化练就的那套惊人的功夫。

"不错,计老弟真细心,我一时倒疏忽了。"褚彪不住地点着头,"不过,这个难题,只要能请到万君召,就不怕解决不了了。"

"为什么?"黄天霸听了,就很紧张地抢着问。

"天霸,你还不知道,这个万君召,是飞来禅师的朋友,蔡天化就是飞来禅师的徒弟,要破蔡天化那一套神功,只要万君召肯来,我相信多少总有些希望。"褚彪听季全一提,就想起了万君召这个人来。

"我跟他有点交情,他早就退出绿林生活,在家里享清福了,能不能请他出来,可没有把握。"褚彪知道这件事不容易办到,所以也不敢肯定地回答。

"不管困难或容易,老伯总得走一趟。这蔡天化要再这样胡闹下去,我们在江湖上的声名,岂不被他给扫光了吗?"黄天霸就怕褚彪不肯去,所以扛出大帽子来。

"好,不管成不成,我去走一趟就是了。"褚彪听黄天霸那么一说,也只好点头答应下来。

第二天,褚彪带了一些礼物,动身到万家庄去。所幸路还不算太远,赶了两天路,就到了万家庄。

万君召正在家里睡午觉,庄丁进去,说有一位叫做褚彪的老人家来拜望庄主。他听了觉得非常奇怪:"我跟他老人家很少往来,今天突然来看我,一定有什么事情来找我商量,听说他老人家近来常常跟施总漕和黄天霸一些人来往,我倒要小心些。"

万君召在还没和褚彪见面前,就打定了主意。

"你老人家肯屈驾来寒舍,我已经很高兴,为什么还带了这么多东西来?"万君召一看到褚彪带来的那些礼物,感到非常吃惊。

"万老弟!有两年多不见了,特地跑来看看小老弟,难道好意思空着手来。"褚彪回答得非常轻松。

当时天还没有黑,万君召就叫人摆上酒菜,和褚彪两个喝了起来。他们边谈边喝,一直喝到深夜。

第二天上午,褚彪正和万君召坐在客厅里闲谈,一个庄丁进来说,有个姓朱的客人要见庄主。

"大概是朱光祖来了。上个月我们在徐州见过面,他说不久要到我这里来玩几天。"万君召听庄丁一说,就这样说明。

"是光祖吗?好极了,我跟他也好久不见了,马上请他进来吧。"褚彪一听说是朱光祖来了,这对他来说可真是一个喜讯,因为他和朱光祖很有交情,可以借着朱光祖的力量,来完成他的任务。

"咦！想不到褚老英雄也在这里！"朱光祖走进客厅来，一看见褚彪也在那儿，高兴得嚷了起来。

大家坐下以后，就海阔天空地谈了起来。谈了一阵，朱光祖一面从身边摸出一张帖子来，一面这样说："今天，我顺便带了一张请帖来，君召兄闲在家里没事，倒不妨去看看热闹，当然，我也要奉陪的。"

"有什么热闹好看？"万君召从朱光祖手里接过了请帖，打开来看。褚彪也从椅子上站起身来，挨到万君召的身边去。只见那请帖上面，这样写着：

　　淮安府安东县义勇村曹德标，奉钦差施大人批准，摆设擂台一座，定于三月一日开擂。天下英雄愿来比试的话，只要打到台主一拳，可得赏银五十两；踢到台主一脚，赏银一百两；能把台主打倒，就招为女婿。不过，参加的人万一当场被打死，不负偿命之责。台主曹德标启。

褚彪看了，心里真是说不尽的高兴，因为从这张请帖上，很自然地就可以把话题牵到蔡天化身上去。可是，他还是故意不说话。

"摆擂台？施钦差大人怎会批准的，我实在想不通！"万君召看完了请帖，感到非常奇怪。

"你想不通，这还不简单，褚老常常在施大人衙门里走动，只要问他老人家,不就可以想通了吗!我在殷家堡跟大人分别以后,一直没有见面,那边的情形,就不像褚老清楚。"朱光祖说时,目不转睛地望着褚彪。

褚彪听了,只是微微地笑了笑,并不作声。

"朱老兄不是说你老人家很熟悉施钦差那边的情形吗?倒要请教请教,怎么在这年荒世乱的年头,施大人竟会让人家摆起擂台来?"万君召心里实在反对摆擂台这种举动,说话不免带着点火气。

褚彪看得清清楚楚,觉得这时是说话的机会了,便把蔡天化在江淮一带,犯了奸淫杀人的滔天罪恶,他自己和黄天霸等一伙人,曾经抓住过这个采花淫贼,却被他逃走了的经过说了一遍,然后,又把施公准许曹德标摆擂台的原因,打算利用曹德标摆擂台的机会,引诱蔡天化去打擂台,好趁这机会捉住这个恶贼,也说了一遍。

"原来是这么回事。听褚老说来,这一次,只要蔡天化来,你们就有把握捉住他了?"

万君召虽然明白了施公批准摆擂台的原因,可是,对于施公想趁这机会捉住蔡天化,却还有疑问。

"是呀,蔡天化从飞来禅师那里学到了一套刀枪不入的神功,谁有本领擒得住他,除非君召!"朱光祖听万君召那样一说,就把万君召拉出来,因为他知道,只有万君召对付得了蔡天化。

褚彪一看机会到了,就把他的来意老老实实地说了出来。他告诉万君召,实在是因为没有人捉得住蔡天化,才奉了施公的命令,来请他出去帮这一次忙,替江淮地方的老百姓除害,更免得被蔡天化一个人,扫尽了大家在江湖上的威名。

万君召听了褚彪的话,起初还是不肯答应。朱光祖听了褚彪的那番话,知道施公和黄天霸等人为了蔡天化都非常焦急。他也认为没有万君召的帮助,这件案子实在没有方法了结,也就拼命地劝万君召出去帮施公这一次忙。最后,万君召看在江淮地方父老的面上,总算答应了。

六、 打擂台拳教师心慌下毒手

　　褚彪奉命到万家庄,邀请万君召,帮助施公捉拿蔡天化。总算运气好,朱光祖也到了万家庄来,两个人劝了好半天,万君召才答应了褚彪的邀请。三个人到了淮安,褚彪就带着万君召和朱光祖去见施公。

　　到了总漕衙门,黄天霸和季全等众英雄,一看见朱光祖陪着万君召来了,都非常高兴。大家不断地向褚彪道谢,说他已经立下捉拿蔡天化的第一功!

　　"别弄错了对象,第一功是朱光祖的,并不是我褚彪的。要不是他赶巧也到了万家庄,恐怕请不到这位万老弟!"褚彪说着,拍了拍万君召的肩膀。

　　"褚老英雄太谦虚了!"万君召笑着说,"大家太看得起我了,万一捉不住蔡天化,还请大家别见怪!"

"哪里,老兄一到,还怕蔡天化不掉脑袋!"黄天霸的心事已经去了一大半,说话也轻松起来。

褚彪介绍万君召跟众英雄见过面,就和黄天霸陪着万君召去见施公。

施公正在书房里看公文,看见褚彪和黄天霸带着一个中年英雄走进书房来,猜想这人可能就是蔡天化的克星万君召。

施公听褚彪一介绍,果然所料不错,这人正是万君召,就说了一番客套话,然后请万君召和褚彪一起坐下。喝过茶,万君召就开口了:"大人看得起我,一定要我来,我当然不能不来。不过,还请大人多多指教。"

"太客气了,万英雄。我倒要请教,我们要捉住蔡天化,该用什么方法才不会再让他逃走。"施公一开口,就问怎样才能捉得住蔡天化。

"说起来,蔡天化那家伙练就了一身刀枪不入的神功,实在不容易捉住他。不过,他身上还是有两处挡不住刀枪的地方,这是我从他的老师飞来禅师那边亲耳听到的秘密!"万君召听施公一说要请教,就说出了蔡天化身上的弱点来。

"这就好极了!请万英雄多多帮忙。这次他如果来打擂台,我相信一定可以抓住他。"施公就把捉住蔡天化的希望,放在万君召的身上。

三月初一摆擂台的日子，一晃就到了。

黄天霸和万君召、褚彪、季全等十三条好汉，在三十那天，一起到达安东县，找好客店，当天就赶到曹德标家里去。

大家一进村子，就在一片广场上，看到了那座耸立在半空里的擂台。走过去一看，台上挂满了灯彩，上头横着一块横匾，上面是"英雄本色"四个大字。两旁台柱上，挂着一副对联，上联写着："拳打南山虎豹"，下联是："脚踢北海蛟龙"。

在擂台的当中，横着八扇屏风，两旁有两扇可以进出的小门，挂着大红的门帘。台上放着一排交椅，布置得非常漂亮。

大家看完以后，就找到曹德标家里，说明了他们打算乘机捉拿蔡天化，但是，决不会妨碍曹家挑选女婿。曹德标听了表示，如果蔡天化真的来了，他一定也会出力，帮大家捉住那个杀人像割草的强盗。

大家回到客店里，吃过酒饭，很早就睡了。第二天早晨，众人起得很早，吃过早饭，到擂台场一看，满场已经挤满了人，非常热闹，但是台主还没有上台来。他们就在茶棚里坐了下来。

过了一会儿，台主曹德标骑着马走进场子里来。

他到了台前就翻身下马，立定脚步，把军袍一提，一个箭步从地面跳上台去，在正中的一把交椅上坐下。

跟着，两个拳教师也一起跃上台去，在曹德标的两边坐下。

　　黄天霸等十三个好汉正望着台上,在七嘴八舌地议论着曹德标的样子,说他的确够气派,但不知道本领到底怎样。忽然场子里爆出一阵喊叫声来:"小姐来了!"

　　他们仔细一看,骑在马上的曹小姐已经到了台前。她跳下马,伸手掸一掸身上的灰尘,就把身子一纵,柳腰一摆,轻飘飘地跃上擂台去,在她父亲身边的交椅上坐了下来。

　　她喝了几口茶,就跟着她父亲转到后台去。父女两人脱下了外衣,又走到台前来。他们一起向台下拱了拱手,曹德标就开口说:"今天是我们的擂台开打的日子。我相信,所有四海英雄,各方豪杰,都已经到齐了,就请不要客气,尽管上台来比试。能够打我一拳的,奉送银子五十两;踢到我一脚的,送银子一百两;能够把我们父女两个丢到台下去的,除了奉送银子五百两以外,还招他为我家的女婿! 不过,万一被打伤或者打死,我们可不偿命!"

　　曹德标这话刚说完,就听见东南角上跳出一个人来,大声嚷道:"你敢说这样的大话,太瞧不起天下的英雄豪杰了,我倒要来试你一试!"

　　那人说着,跑到台前,翻身跃上台去。

　　"请问尊姓大名?"曹德标望着那跃上台来的人问道。

　　"我叫黄毓英。"那人双手叉着腰回答。

“那就请动手吧！”曹德标拱了拱手说。

那黄毓英一听，马上分开架势，一拳头就向曹德标的前胸打去。

曹德标一看，这家伙的拳法太平常，就懒得回手，只把身子一偏，黄毓英的拳头就落空了！可是，黄毓英跟着又是一拳头，向着他的面前打了过来。

曹德标喝声：“来得好！”伸出左手，在黄毓英的腰里一托，趁势一推，就把黄毓英丢下台去！

台下立刻响起了一阵喝彩声。

在南角上，又响起一个粗大的喊声：“我来会你！”

那人嚷着，就跑到台前，双腿一蹬，跃上台去。

“请教尊姓大名？”曹德标照例问那人的姓名。

“我是山西人，外号飞山豹，正名叫吴松！”那人说着，站定了脚步。

“那就请动手吧！”曹德标拱了拱手说。

吴松把右拳向前放平，弯过左臂，摆出了一个鹞子反探爪的姿势，一反手，就向曹德标面门打去。

曹德标把身子一偏，脑袋往左边一扭，让过了那拳头，趁势用了个鹞子翻身的架势，右手举起，使出一个白虎探爪，想一把抓住吴松的左臂。吴松趁势让开，一转身跳到曹德标背后去。

　　吴松到了曹德标背后，飞起一拳，往曹德标背上打去。曹德标早有防备，把身子往左边一让，吴松的拳头，当然又落了空。

　　吴松的拳头尽管落了空，可是他又举起右手，一拳头向着曹德标的左肋打去。哪知道，曹德标早就转过身，使出一个枯树盘根的门路，就地飞起一腿踢了过去。

　　吴松倒也精明，急忙往旁边一跳，躲过了很可能会送他命的这一腿。

　　曹德标看见他躲了过去，立刻缩回右腿，使出一个旋风扫叶的架势，伸开左腿，扫了过去。

　　吴松一看不好，急忙把身子往上一纵，像燕子穿帘般，直向曹德标面前扑去，趁势竖起两个指头，使出双龙探珠的门路，直往曹德标的双眼点去。

　　曹德标早已看破吴松的鬼主意，想要挖他的眼珠子，就缩回右腿，使出一个金鸡独立的姿势，等吴松一迫近到身边，就伸出左腿向他的右肋骨踢去。

　　吴松一看情形不好，马上使出一套鲤鱼大翻身的功夫，转过身子，打算让过那一腿。不过，曹德标知道这一腿过去，一定会叫吴松丧了性命，他还是把腿收了回去。

　　曹德标虽然把腿收回来，却又改变一个泰山压顶的姿势，趁着吴松施展出鲤鱼大翻身的功夫时，一伸手就把吴松的右臂抓住,往上一提,吴松的双脚就离了台板。曹德标又顺手把他往台下一抛,吴松就一个跟头跌下台去了。

又是一阵震天动地的喝彩声。

"台上的人听好,我史占魁要上台来收拾你!"喝彩声才过去,一个小伙子就这样大声吼着,跃上台去。

这时,曹德标已经退到后台去休息,一个叫做石勇的拳教师抢上几步,和小伙子互通了姓名,就你一拳,我一脚地打了起来。一下子一个使出一套泰山压顶的功夫,一下子一个摆出一个枯树盘根的门路,两个人足足斗了三十多个回合,不分胜败。

黄天霸和他的伙伴正看得出神,忽然那拳教师石勇,一跤跌倒了,他仰面朝天地躺着,一动也不动,就像死去了一样。

史占魁一看,一时心花怒放,飞起右腿,往石勇的裤裆里猛力踢了下去,他相信,这一腿,一定可以使昏倒了的石勇,结果了性命。

他哪里知道,石勇并没有昏倒,他是故意使出这套醉八仙的架势,引诱对方来上当。史占魁的腿刚踢过去,石勇就飞起右腿,往他的肋下踢来。他赶紧偏过身子躲避,石勇的腿却已到了他的屁股上,他就一跤跌倒在擂台上。

他正想站起来,石勇的右脚早把他的脚踝骨踩住,一面弯下腰去把他的束腰带一把抓住,像老鹰抓小鸡似的,提了起来,在台上绕了三个圈子，又大笑三声，才轻轻地说："请你下去！"扑通一声，史占魁就从擂台上被丢下去了！

台下又是一片喝彩声。

这时已是中午，看看再也没有人上台来，曹德标就到台前，向大家宣布："现在，我们要回去吃中饭了，等明天早晨再见。"

第二天，刚一开擂，就有一个二十岁左右的小伙子，跃上台来。

黄天霸仔细一看，原来是殷家堡殷龙的第二个儿子殷勇。贺人杰看到是二舅爷殷勇上了台去，就特别兴奋，聚精会神地望着台上，他希望自己的亲戚不会在这里出丑！

殷勇在台上，和曹德标通过名姓，就动起手来。

曹德标一开始，就使出了一个童子捧银瓶的架势，等着殷勇去上钩。殷勇就使出黑虎偷心的门路，一拳直往曹德标的胸口打去。曹德标把身子一侧，伸出左手，钩开了殷勇的拳头，左手一拳，直往殷勇的肩窝打去，殷勇闪过身子，还了一拳。两个人这样一来一往，战了三十多个回合，大家也看不出，最后是谁胜谁败。

殷勇的拳法，在曹德标看来，实在不错，不过气力到底还不够。曹德标已经有了打胜殷勇的把握，就故意卖个破绽，暗示自己情愿让一拳。

可是,殷勇已经打得头昏脑涨,哪里还会留神到对方的拳路,只管用出全副气力,一心要赶快取胜,免得丢了面子,所以一看到对方有了这个进攻的机会,马上使出一个蝴蝶穿花势,一拳往曹德标打去。

曹德标看了,不禁笑出声来,只把身子一偏,殷勇的拳头就落了空。曹德标趁势来了一个鹞子翻身,伸出两个指头,在殷勇肩上轻轻一点,殷勇就立刻觉得半个身子都麻木起来! 他一想这样太危险,马上跳下台去。

曹德标刚站到台口,还来不及开口讲话,就从台下跳上了一个年纪还不到二十岁的少年来。

"我叫做殷刚,刚才下台去的,是我的二哥。我是奉了父亲的命令来打擂台的,所以,我二哥尽管败了下去,可是,我不能不来请教几手。"殷刚说话的态度非常客气。

"小英雄的武艺,一定高明,我们就来耍几手看看!"曹德标听这孩子说话很有分寸,心里也很高兴。

当然,殷刚的动作尽管灵活,也不是曹德标的对手,才打了十来个回合,就被曹德标丢下台去。

殷刚被丢到台下,却又有一个十六七岁的少年,在人丛里大声嚷了起来:"曹德标! 你别以为自己了不起,尽管我两个哥哥都败在你手里,我殷强还是不服气,要上台来会会你!"

说罢，殷强就跳上台去，他不分青红皂白，也不讲究打擂台的规矩，一跳上台去，就一拳头向曹德标打去。

曹德标正要还手，拳教师徐宁跳出来把殷强接住，两个人就交起手来。

徐宁看看这孩子的拳，根本是乱来一阵，没有什么门路，来往战了有二十个回合，殷强一看对方的手脚逐渐松懈下来，他想好机会已经到眼前了，就故意卖个破绽，当徐宁一腿踢过来时，他就把双手一拖，身子往后一缩，徐宁就落了空。他正要转回身去，徐宁的两个拳头，早已到了他的面门上。

殷强还算眼明手快，立刻把头一低，让过了当面打过来的那两个拳头。可是，因为用力过猛，险些儿把面孔撞到擂台的板子上！

"你小爷爷现在不高兴打下去了，要玩去了！"殷强看看实在打不过这个拳教师，就趁着这个机会，跳下台去。

时间又到正午了，今天的擂台就这样收了场。

黄天霸和众英雄一起回到城里，走进一家酒楼去吃中饭。

大家正喝得高兴，殷家三弟兄也一起走了进来。他们看见了黄天霸和众英雄，就过来打招呼。可是，他们看到万君召，却不认识。褚彪就给他们介绍，于是大家就坐下来一起谈天喝酒。

大家一面喝，一面谈论今天打擂台的情形。殷强年纪轻，今天吃了徐宁的亏，心里觉得不舒服，便抓紧了黄天霸的手，这样问："黄叔叔，你有这样的本领，为什么不上擂台去揍那徐宁小子一顿，也给我们弟兄出出气？"

　　黄天霸听了，只是抿着嘴笑，却没有说话，这使殷强不耐烦起来，便跑到褚彪身边，抱住了褚老英雄的肩膀，像小孩儿跟妈妈撒娇似的，这样问："黄叔叔不上擂台，你们也没有一个登台的，看那曹德标和他的两个拳教师在那里张牙舞爪，你们好意思吗？"

　　褚彪听了，也忍不住好笑起来，觉得这孩子实在太天真了，再要不跟他说明黄天霸这群人的来意，老让他这样嚷下去，实在不太好，便悄悄地这样告诉他说："孩子，你别嚷，让我老实告诉你吧，我们既不是来看打擂台，更不是来参加打擂台，而是……"

　　褚彪就把准备在这里捉拿蔡天化的秘密，从头说给殷强听。这孩子听了，才算安静下来，不再吵闹了。

　　"好，褚老伯，到那时候，我们三弟兄也会帮大家出一点力的。"殷强就自告奋勇，愿意和他的两个哥哥，一起帮大家捉拿蔡天化。

　　第二天，大家吃完早饭，黄天霸带了众英雄，还有殷家三兄弟，又一起到了曹家庄来。

擂台场上，早已挤满了观众，曹德标坐好在擂台上，等待着打擂台的人跳上台来。

一会儿，一个年轻的小伙子，从人丛里挤到台前，双腿一蹬，就跳上台去。

"我叫徐文豹，路过贵地，碰巧遇上这个机会，特地来领教。还请老丈情让三分。"徐文豹很有礼貌地说。

曹德标听他说完，就拱拱手说："那就请了！"

徐文豹不慌不忙，把左手按着胸口，右手搭好在左臂上，踏上了几步，使出一个叶底偷桃势，把右手从后面绕过来，一拳就往曹德标面门打去。

曹德标早就看出了对方的拳路，马上把身子一侧，伸出右手，还了一拳。当然，徐文豹不会没有准备，不但躲了过去，同时还趁势使出了一个金刚掠地的架势，一腿扫了过去。两个人真算得棋逢敌手，台下的观众看得相当过瘾，不断地在那里喝彩。

两个人打了三十来个回合，还是不分胜败。曹德标就提议，大家休息一下，喝杯茶再打下去。

大家正在喝茶时，拳教师徐宁走出来，这样问徐文豹："徐壮士，咱们两个是同宗，我也姓徐，我们两个人来打一场好不好？"

"那当然可以，不要说换上一个人来，即使换上十个人，我也满不在乎！"徐文豹拍拍胸脯答应了。

于是，两个人就站到台前来。

这两个姓徐的，不但是同姓，武艺也不相上下。两个人你来我往，生龙活虎般地斗了八十多个回合，还是不分胜败。

不过，徐宁是自告奋勇接替曹德标的，要是不能取胜，在主人面前，总会觉得不好意思。因此，便下了狠心，决定要下毒手。

他使了个蜜蜂进洞的手法，把两个拳头，向着徐文豹左右两边的太阳穴，同时打去。徐文豹使出一个脱袍让位的解数，把双手并在一起，向上面一掀，就把徐宁的两个拳头一起掀开了。

徐宁一看自己的绝技失败了，就趁势一反手，往徐文豹的脑门劈去。徐文豹早把双手，挡住了胸膛，跟着把右手一翻，使出一个天王托塔的架势，往徐宁的胸前一点。幸亏徐宁躲得快，只肩膀上挨了一下！

可是，看在旁边的曹德标，却吓出一身冷汗来，因为这一下要是被点中了，徐宁就休想活命。于是他就跳到这两个姓徐的中间一站，让这场打斗，暂时和解。

时间又到了中午，这天的擂台又宣告闭幕。

七、 中要害万君召生擒采花盗

曹家庄的擂台上,经过了两天来的龙争虎斗,风声越传越远,从四面八方赶来看热闹的人,当然也越来越多。到了第三天,上千的观众把擂台下面那片宽广的场地,挤得水泄不通。

黄天霸和众英雄,这天仍旧很早就赶到曹家庄的擂台这儿来。

他们还是坐在茶棚里,等候着擂台上打斗的开场。

当贺人杰小便回来,从人堆里穿回来的时候,突然发现一个面貌很像蔡天化的人。

他怕认错了人,又悄悄地回头偷看了几眼,终于看清楚这人确实是蔡天化!他就急忙赶来茶棚,向黄天霸报告这喜信。

黄天霸听了,立刻站起身来,要贺人杰跟他一起去寻找。坐在他身边的万君召，很诧异地问："天霸，看你这副急匆匆的样子，大概有什么要紧的事情吧？"

"人杰看到那个王八蛋了，我要去抓他。"天霸回答。

"我知道你所说的那个王八蛋是谁。可是，这样去找他，有什么用处？横竖这个小鬼，迟早总会登台的，还是安下心等着的好。"万君召一听就知道蔡天化已到场，但却阻止黄天霸去寻找。

"你这样去惊动他，不是放他走吗？不要去！"褚彪听懂了万君召的意思，也来阻止黄天霸的轻举妄动。

这时台上早已开打了，在那里交手的，是今天又飞上台去的徐文豹和曹德标的另外一个拳教师石勇。

石勇和徐文豹两个，在台上拳来脚去，斗了八十多个回合，真是势均力敌，难分胜败。

徐文豹正想拿出最后的手段来击败石勇。突然一阵娇滴滴的声音，从台下传了过来："姓徐的！你不要在这里卖弄本领，让姑奶奶来收拾你！"

跟着，呼的一声，曹月娥全身武装地跳上台来。

徐文豹只好停下来向着曹月娥拱手招呼，他说："小姐肯和我比武，我姓徐的真是太光荣了！"

曹月娥到底是一个还没有出嫁的小姐，她哪有勇气和一个不认识的男子说话，等徐文豹说完，就不声不响地摆出姿势，和徐文豹厮斗起来。这一对男女的厮杀,引起了台下观众更大的兴趣。这一男一女,一个身子像铁柱,一个腰窝像柳枝,一刚一柔,拳来脚去,打得比先前更加紧张,更加精彩。

两个人足足斗了有一百个回合,还是不分胜败,这倒把台下的人看呆了!

就在这全场最紧张的时候,忽然从西北角上,爆出了一阵粗壮的吼声来:"姓徐的听好!这个老婆该留给我蔡天化来娶她,你快给我滚下去!"

曹德标一听,不禁吃了一惊,想不到蔡天化那家伙果真来捣乱了!再一想,好在黄天霸等众英雄,早在这里等着他。于是他的心又安了下来。

蔡天化自从淮安逃出来,就一直到达河南开封,他在那边正玩得痛快,无意中听到安东县曹德标在曹家庄摆擂台招女婿的消息,就从开封动身,赶来参加。只因为路途隔得太远,到今天早晨才赶到。

他一进场来,就在擂台上寻找曹德标的女儿,他要看一看这个招夫君的曹月娥,到底长得怎么样,武艺又高明到什么样的程度,然后再决定要不要上台去比赛。

现在,他一看曹月娥不但长得非常大方漂亮,武艺也很不平常,就下了决心,大吼一声,从人堆里跑了出来,跳上台去。

曹月娥一听上台来的人说话有些下流,知道这不是一个正派的英雄好汉,就丢下徐文豹,走到后台去了。

蔡天化一上台来,他也不管徐文豹是不是擂台的主人,就和徐文豹交起手来。因为他相信,只要打死了徐文豹,老婆就是他的了。

徐文豹一点也不畏惧,就和蔡天化斗了起来。蔡天化使出了全副精力,恨不得一拳头就打死这个情敌!

实际上,他哪知道,就是打死徐文豹,老婆也不会到手! 曹月娥一到后台,她父亲就告诉她,蔡天化是一个被通缉的杀人凶犯,黄天霸带了一群好汉,正要抓他哩!

曹月娥听了她父亲这么一说,就取过一件兵器,要她父亲和两位教师,一起出去帮助徐文豹,好趁势把这个通缉犯抓住!

她正要出去时,只见黄天霸等一群好汉,一个跟着一个地跳上擂台来。

这一下,却把徐文豹给闹糊涂了,他不知道这到底是怎么一回事。

只听到跳上台来的那群人,在那里大声呼喝:"咱们要小心呀! 可别再让这个狗强盗逃走了!"

再看那些上台来的人,一个个手里都拿着武器,你一剑,我一刀,他一枪,乒乒乓乓找向蔡天化厮杀。蔡天化一看到黄天霸,知道今天又碰上了七世冤家,马上就使出他那一套不怕刀枪的神功,赤手空拳,和黄天霸展开恶战。

他一看黄天霸的刀,一个劲儿往他砍了过去,就伸出右胳膊挡住,但是连胳膊上的皮也没有伤了一块!黄天霸正想再砍下一刀,褚彪的刀早就落在他肩上,只看见他耸了耸肩,一点儿也不在乎。何路通也使出双拐,往蔡天化砍去。蔡天化伸出手来一架,双拐就被弹了回来。蔡天化的这一套刀枪不入的神功,把台下的人都看得呆住了。

杀了一阵,蔡天化不但不想逃走,反而大声叫骂起来:"你们这群混账王八蛋,有什么好兵器,尽管拿出来使,你老子倒觉得好玩,决不会害怕的。要怕了你们,我蔡天化就不算好汉!"

黄天霸等一听,一个个气得满肚子火,于是又拿出武器来,你一刀,我一枪,尽往蔡天化身上砍过去。蔡天化就伸着双手,抵挡四面八方来的武器,可是他的身上手上,始终没有流一滴血,也没有受到半点伤!

这不由得使黄天霸着急起来,老是这样斗下去,这一大群人还是斗不过蔡天化,岂不要丢尽了大家的面子吗!他就悄悄地去掏他的金钱镖。

眼光机灵的蔡天化,怎会随便吃到半点亏。他一看到黄天霸的动作,就知道黄天霸那有名的金钱镖,快要出笼了!

蔡天化急忙用双手把眼睛捂住，因为，他的眼睛是用不到神功的。

黄天霸的金钱镖打出去，正打在蔡天化的手背上，只听见"啪"的一声，真像打在铜墙铁壁一样，立刻弹了回去。

神弹子李昆还是不服气，他虽然看见黄天霸的镖碰了钉子，还是拿出自己的弹子，瞄准蔡天化的嗓门儿上飞了过去。

蔡天化一伸手，就把那弹子给接住了！他把那弹子放在手里玩弄了几下，往李昆的胸口抛了过来。刚巧李七侯一刀砍过去，那弹子就打中了他的手腕。李七侯觉得一阵剧痛，"扑通"一声，手里的刀就落在地上了。蔡天化趁这机会，一脚又把李七侯踢倒，然后伸手去抢夺李七侯的那把刀。

幸而关小西赶来，一倭刀砍过去，才算把蔡天化赶走。可是李七侯的那把刀，已被蔡天化抢去了。

贺人杰舞着双锤，扑到了蔡天化身边来。蔡天化一看连孩子也出场了，就笑着这样骂了起来："黄天霸，你真缺德，干什么把小孩也骗来，老子不是发点慈悲的话，这小家伙马上就做了小鬼咧！"

这时，褚彪也扑到蔡天化身边来，他舞动着手里的朴刀，直往蔡天化砍去。同时，黄天霸的金钱镖，不断地向蔡天化面前飞去。蔡天化已经看得很清楚，今天这个场面，开开玩笑是可以的,真要硬干下去,可能会吃亏的。他便决定要找个空隙,逃下台去。

曹德标和他的女儿曹月娥,还有两个拳教师,看看黄天霸那一群人,实在制服不了蔡天化,便一声呐喊,带着武器,也从后台跑了出来,一起拥上去,跟蔡天化厮杀。

"你这该死的囚徒,往哪里逃。"

摆台的主人曹德标,舞动手里的竹节钢鞭,拼命往蔡天化打了过去。蔡天化只把手里的单刀一举,那竹节钢鞭就被拨开了。

曹月娥一看父亲吃了亏,从她父亲背后,举起双刀,向蔡天化头顶上砍了下去。蔡天化一看双刀下来,就骂了声:"贱婢!来得好!"举起刀来,就把曹月娥的双刀挡开,顺手又是一刀,向着曹月娥的身上刺去。

幸而曹月娥躲得快,才算逃过了这致命的一刀。黄天霸看到曹月娥很危险,立刻一镖飞了出去。可是,那镖到了蔡天化的胳膊上,就像蚊子碰上石头一样,咣当一声,掉在摆台上了!

可是,围到蔡天化身边来的人,不管蔡天化怎样顽强抵抗,还是再接再厉地厮杀。蔡天化固然用足神功来应付,可是这来自四面八方的攻击,要靠他一个人这样独力应付,到底也不是一件容易的事。至少,他是会疲劳的。

蔡天化尽管已经感到有些疲劳,手脚还是一样灵活。他舞着从李七侯那里抢来的那把刀,先在何路通的大腿上砍了一刀,跟着,拳教师石勇的肩膀上,也挨了一刀。蔡天化这样神出鬼没的独力厮杀,把台下的观众都看得呆住了。

蔡天化一路占着上风,这时候,万君召已爬到擂台顶上了,他低着头,在那里聚精会神地看着。他要等蔡天化杀到筋疲力尽的时候,好对准他身上的弱点下手。

黄天霸等一群人,不但没有打到蔡天化一根汗毛,却反被蔡天化打伤了两个人,不免慌张起来,于是,大家一起拥到了蔡天化的身边,不顾死活地刀枪齐下,集中力量攻击,把蔡天化紧紧地包围了起来。

蔡天化尽管运出了全身的神功,不怕刀枪,可是单身匹马来应这十多个人的攻击,至少也会慢慢地感到筋疲力尽。所以,和大家斗了一阵,他也胆怯起来:"这么多人,靠了我这两只手,要把他们杀退,那是万万做不到的,老是被他们这样纠缠着,到我筋疲力尽的时候,不免要吃上大亏,还不如趁早脱身为妙。"

蔡天化手里尽管还在厮杀,心里却打定了趁早走的主意。于是,他就使出全副力量,和大家又混战了一阵,趁着大家杀得眼花缭乱的时候,把手里的刀在朱光祖面前一晃,把双腿一蹲,就跳下擂台去。

站在前面的黄天霸,早已看出蔡天化准备逃走,便掏出两支金钱镖,往蔡天化的双眼打去。

蔡天化躲过那两支金钱镖,一步跨到台口,正想跳下台去,想不到从擂台顶上下来一个人。

哪怕是从天上掉下来的神人,蔡天化也根本不放在眼里,所以,他一看这人从台顶上倒挂着下来,就举起手里的刀,往那个倒挂着的人的脖子砍去。原来那人就是万君召。

蔡天化的刀却落了空,万君召早就使出一个燕子穿帘的架势,从台顶上飘了下来。这当儿,蔡天化觉得一个黑影在眼前晃过,啪的一声,万君召已站在他的面前。

蔡天化觉得这家伙在他面前鬼鬼祟祟地卖弄本领,比那个专跟他捣蛋的黄天霸还要可恶,便决定要干掉这个讨厌的家伙才走,一刀就往万君召砍去。

万君召就是等着蔡天化先动手,看见他把右臂一挥,一刀砍了过来,就使出叶底偷桃的功夫,跃上几步,伸手往蔡天化的腋窝里用力一点!

"哎哟!"蔡天化被万君召在腋窝里这样一点,立刻缩下身去,有气无力地这样哼了一声。

万君召马上转了个身,跳到蔡天化右边,轻轻地把蔡天化的右臂一拉,又伸出两个手指头,在他的右腋窝点了一下。本来像铜皮铁骨的蔡天化,这时却像被腐蚀了似的,缩紧身子,一动也不动了！

原来，蔡天化的全身都可以运出神功，抵抗刀枪，只有腋窝不能抵抗，他的腋窝一受伤，全身的神功，就立刻散去，而且全身瘫痪，再也休想动弹了！

于是，神通广大的蔡天化，就被绑上，送到淮安施大人的衙门去听候法律的制裁！在江淮山东一带横行了好几年，杀害了不少良家妇女的蔡天化，就这样结束了他的一生。

蔡天化被捉住了，可是，曹德标摆擂台替女儿曹月娥招亲的大事还没有解决。黄天霸觉得，不把这件好事完成，实在也不好交代，所以他叫人把蔡天化押走以后，自己还是留在这里。

第二天，那个在蔡天化上台后，半路下台去的徐文豹，又到擂台场里来。

徐文豹因为还没有和曹家父女决过雌雄，所以，这天他一看见曹德标上台来，就跟着跃上擂台，向曹德标父女挑战。

昨天，曹德标一看到徐文豹的武艺和人品，心里就动了要选他做女婿的念头，不过他没有和女儿比过武，而且，为了要捉拿蔡天化，擂台也被打乱了，他只好把这件儿女婚姻大事，暂时搁了下来。

现在，一看这徐文豹又上了台来，他嘴里尽管没有说什么，心里却很高兴。他跟徐文豹打过招呼，就转身到后台去，叫曹月

娥出来和徐文豹比武。

曹月娥从后台出来,一看就是昨天已经见过面的徐文豹,也不再和他通名姓,就动起手来。

这曹月娥的武艺,的确相当高明,尽管徐文豹拿出全身的本领,还是打了一个平手。

黄天霸坐在茶棚里,一面注视着台上这一男一女的厮杀,同时,也留意着曹德标的表情。他看得很清楚,这老人家对于徐文豹的印象很好,同时,他自己看这徐文豹,不但武艺出众,人也很正派,所以,当台上的那一男一女在曹德标的命令下休息下来时,他就跳上台去。

这时,曹月娥已经到后台去休息了,黄天霸便抓住这一个机会,把他有意替徐文豹和曹月娥撮合的意思,在曹德标耳根边,小声地说了出来。

“你这意思很好,我也有这个打算。”曹德标听天霸一说,就满脸笑容地答应了。

“既然这样,就不必让他们再比下去了,因为二虎相争,到头来总有一方要受损失的,就请你老人家把这件喜事向大家宣布,让这擂台结束好了。”黄天霸一心想回淮安去,就要曹德标赶早把擂台结束。

“很好,今天就结束吧。不过,还得请你问个明白,这位姓徐的好汉,到底有没有结过婚。"

"哎哟,我也太粗心大意了,把这个根本的问题给忘记了。"黄天霸也有点不好意思起来。

黄天霸说完,就去问徐文豹。这个年轻小伙子,比起武来那样的活泼,可是一听黄天霸提到他的婚事,却连耳根都红了!他迟疑了好一阵,才算勉强张开了嘴:"我不但没有结婚,而且连婚也没有订呢。"

黄天霸听了,就转身走到曹德标面前说:"恭喜你老人家,我这媒人的酒算是喝定了!"

这时,曹月娥休息够了,刚从后台出来,打算继续比武,她一听到黄天霸的这两句话,当时就懂得这话的意思,立刻满脸通红,低下头去。

"曹小姐,请你回去休息吧!"黄天霸说完,就回身站到台边,代表曹德标向观众宣布了这个喜讯。于是,就结束了这接连打了好几天的擂台。

八、铁头僧桃源县劫狱抢人犯

一个采花大盗蔡天化,足足叫施公和黄天霸等众英雄忙了一个多月。现在,总算把这个强盗抓住正法了,大家才算松了一口气。

可是,施公刚过了十来天安静的日子,又有一个麻烦的案子找上门来。

这天,施公带着全部人马,到河神庙去烧香,当他们回来的时候,轿子才走到半路,就有一个小伙子,双手捧着一张状纸,嘴里不住地嚷着:"冤枉!"拦住轿子的去路,跪在地上向施公告状。

"你到底有什么冤屈,要拦住轿子告状?"黄天霸从轿后跑上来,问那告状的小伙子。

"我叫陈仁寿,我的岳父梁世和一家大小,被一个叫做温球的土豪勾通了桃源县的知县,无缘无故地给关进牢里去。我的未婚妻,又被温球给抢了去,请大人替我伸冤!"那个手里捧着状纸的青年,哭哭啼啼地诉说着他所要伸雪的冤屈。

"好,天霸,你带他跟我们一起回去,让我好细细审问。"施公在轿子里,已经听到了陈仁寿所说的话,就要黄天霸把他带回衙门去。

于是,陈仁寿就站了起来,跟着大家一起到施总漕大人的衙门里去。

"陈仁寿,那个温球是武进士,你的岳父梁世和是一个武举人,他们两个都是有功名的人,到底是为了什么结下了冤仇?"施公看过状子后问道。

"大人,这个温球,家里养着不少打手,专门抢掠良家妇女,霸占别人的财产。半年前,温球抢了梁家庄的一个女子去,我岳父为了帮本族的忙,就去请温球放回那女子。温球心里尽管不高兴,还是把那女子放了出来,可是,从此他就和我岳父结下了冤仇!"陈仁寿说明了梁、温两家结下冤仇的原因。

"温球不是说梁世和勾结盗匪、坐地分赃吗?"施公把状子里可疑的地方,一件件提出来要陈仁寿回答。

"这是温球在含血喷人!半个月前,一个外乡人投亲不遇,听人家说我的岳父是一个重义轻财,乐于助人的人,就到我岳父家去借钱。结果，那人不但借到了路费，而且我岳父还留他住了两天。温球就到桃源县去报告，说我岳父梁世和是一个强盗首领，桃源知县听了温球的报告，就把我岳父全家大小抓了去。我的未婚妻梁玉贞，在事先就被温球给抢去了，所以没被抓去，其他一些人都被关进牢里，一直到现在！"

施公听了陈仁寿的这番话，料定这是一件土豪勾结知县，故意陷害好人的冤枉官司。于是，安慰了陈仁寿几句，叫他先回去，听候传讯，一面派季全和何路通，到温家寨去救出那个被抢去的梁玉贞；一面再要桃源知县，把梁世和全家大小四口，押送到他的衙门来审问。

季全和何路通当天就起程，第二天下午，他们赶到了桃源县，先去找知县胡维世传达施公的命令。

胡维世本来就是一个糊涂虫，因为他在朝廷里有靠山，花了上万两的银子，才买到这个知县。他正在姨太太公馆里喝酒聊天，差役跑去一报告，才知道施大人手下的差官找上衙门里来，要他马上赶到衙门里去。

胡维世走进衙门里，和季全、何路通彼此通过名姓后，把公文打开一看，立刻吓呆了！公文里面要他带这两位差官，到温球家里去救出梁玉贞！

胡维世一想，温球是他的好朋友，这个差事可真是棘手。

不过，他立刻想出一个主意：先派人到温球家里去送信，让老温好有个准备，然后再带这两个差官去，温球当然就不会怪他了。

所以，当季全和何路通两个跟着胡维世知县到了温家庄，跨进温家大门里一看，院子里整整齐齐，站着二十来个身体结实，手里拿着家伙的打手！

不过，温球早就把梁玉贞藏到后花园密室里去了，他自己也躲藏起来，所以那些打手这时并不动手，让季全他们尽管去找。

季全和何路通因为怕温球那恶霸逃走，就分两路去搜寻。何路通搜寻的方向，正是温球躲藏的一个密室。密室门前是一个陷坑，何路通一踏上那陷坑，就"扑通"一声掉了下去。

季全当然不会知道何路通已经掉在陷坑里了，他摸索到了一个书房里，打开了一个空着的书橱，找到一扇秘密的暗门，从这暗门里进去，把梁玉贞救了出来。

当他带着梁玉贞走出书房时，就有一群虎狼般凶狠的打手拦住了去路："你这人也真糊涂！你的伙伴早已掉在陷坑里，被我们给捆住了，你还想带走我们的人！"

季全一听何路通已经被恶霸抓住，就急忙把双脚一跺，跳上墙去，伸手也把梁玉贞拉上墙头，然后又一起跳到墙外去。

那些打手哪里有什么飞檐走壁的真功夫，等他们慢吞吞地爬过墙去时,季全早已带着梁玉贞跑得没有踪影了!

季全跑到半路,看见一顶绿呢大轿,他追到轿前面一看,坐在轿子里的,就是那个桃源知县胡维世,急忙问道:"胡知县,怎么你一声不响地溜了,是不是要到温家庄去? 到底是怎么一回事?"

"我是赶到城里去调兵的,怕你们二位抓不住温球。"胡维世吞吞吐吐地回答。

"好,那么捉拿温球这件事情,就归你负责了!"

季全说着,带着梁玉贞赶到了桃源县。在监狱里提出梁世和全家老小,一齐带回淮安听候施公审问。

到了下午,胡维世也赶到淮安来。季全一见到他的面,就问道:"胡知县,你把温球带来了吧?"

胡维世低着头,半天回答不出话来。施公听说知县已到,就叫人把梁世和一家大小带上堂来,听候审问。同时,也叫胡知县上堂听审。

"胡知县,你说梁世和坐地分赃,勾结江洋大盗,有什么证据?"施公一开口,就先问胡维世。

"我是根据温球的报告。"胡知县低着头回答。

"那你把温球带上来作证!"施公直瞪着胡维世,要他交出温球来。

"温……温球逃走了,我把他家里的人带来了!"胡维世急得满头大汗。

"温球要是没有谎报,他决不会逃走!你随便接受人家的诬告,陷害好人,可见你这个知县也不是好东西!"施公指着胡知县大骂。

"要是没有陈仁寿的喊冤告状,梁家大小,就都要冤死在你手里!像你这样的官,对得起国家吗!现在,我叫梁世和一家大小,统统回去,同时,把温球全家老小,交你带回桃源县,送到监狱里一起给关起来,等你捉到温球,再放他们回去。好,我也不多说了,你去给我把温球抓来,抓不到就摘去你的纱帽!"

胡知县的官是丢定了。他带了人马到温家寨一看,温球早已逃走了。原来温球看到情形不好,就逃到聚侠峰,投奔他的师父铁头和尚当土匪去了。

这个铁头和尚,是一个大力士,他用的是一根黄铜禅杖,重量足有七八十斤!他也有飞檐走壁的功夫,手下有五六百个喽啰,在聚侠峰做山大王。

温球一见到他的师父,就加油添醋地说施钦差故意为难他,而且,还把他的全家大小一起捉去关在监牢里受罪,哀求铁头和尚替他报仇。

铁头和尚听温球那样一说,气得浓眉倒竖,用力把桌子一拍："施不全瞎了眼睛，竟敢来欺侮我的徒弟！你尽管安心住在这里，为师一定去救出你全家大小，替你报仇。"

温球不但有了安身的地方，铁头和尚还要替他报仇，他当然非常高兴，就在聚侠峰住了下来。

胡知县捉不到温球，只好向施公报告，说温球已经逃走了，实在抓不到。施公先把他大骂一顿，跟着又问他可曾看到何路通。当然他到了温家寨，找不到温球，早已吓得魂都出了窍，只是不停地发抖，哪里还有话回答。

季全听在旁边，知道何路通还没有救出来，他想温球逃走时，可能会拿何路通出气，秘密杀害了何路通的性命也说不定，就不声不响地拿了家伙，跳上一匹马，独自赶往温家寨去了。

季全赶到温家寨，已是深更半夜。他跳下马，飞上墙头，翻上屋顶，穿房越脊，到各处搜索了一阵，不但看不见半点火光，也听不到人声。他还不知道温球逃走了以后，那些庄丁打手也都跟着走了，屋里只剩下几个女佣人，替温球看家。

季全听不到人声，找了好半天，终于在一间米仓的梁上发现何路通嘴里被塞满棉絮，捆绑着吊在那里！

季全急忙救出何路通，两人一起回到了淮安。

施公为了要缉捕温球，在当天的深夜，派人就把温球的家眷从桃源县监狱里提出，来追问温球的行踪。经过了几阵威吓，温球的妻子就把温球逃到聚侠峰，去找他的师父铁头和尚的秘密，泄露了出来。

施公追查出温球的下落后，就叫人把温球的家眷，又送回桃源县监狱里去，并立刻叫人去请黄天霸、褚彪和季全三个人到他书房里来，商量怎么到聚侠峰捉拿温球。

褚彪打算去找铁头和尚拉点交情，要他交出温球来。可是那铁头和尚已在这同一天的晚上，召集了他手下的万世雄、周鹿、熊海等三个头目，在商量怎么样到桃源县去劫狱，把温球的家眷从监狱里救上山去。

"我敢保证，桃源县里，今晚一定没有准备，要劫狱，应该马上就去！"万世雄是铁头和尚手下的第一号头目，脾气最急，惯用一支钩镰枪，不杀人不能过日子。他一听铁头和尚说打算到桃源县去劫狱，就第一个先说话。

"对呀！桃源离淮安有几十里路，现在就去，即使施不全派人马来接应，也来不及赶到。"二号头目周鹿也主张马上就去。

"就是施不全派黄天霸等一群人来，也没有什么了不起！说去就去，行动迟了，一泄露了机密，那还成得了事吗？"三号头目熊海，也主张马上就到桃源县去劫狱。

"大家既然都这样主张，咱们说做就做，各位立刻点齐人马，马上下山去！我随后跟着就来。"铁头和尚听大家那样一说，就决定在当天夜里赶到桃源县城去劫狱。

温球听了非常高兴,他相信这一去,一定会把他家里的人都救出来,当天夜里就可以和他的家眷团圆了。

不过为了安全起见,铁头和尚叫温球剃去头发,化装成一个和尚,跟着大家一起到桃源县去。

头目万世雄也化装成一个镖客,周鹿和熊海两个头目,却打扮成了卖膏药和卖艺的样子。

铁头和尚亲自挑选了五十名身强力壮的喽兵,叫各人把武器暗藏在身上,连夜出发。

到了第二天下午,他们已先后混进了桃源县城,大家伪装游客在城里闲逛。

万世雄踱到一座广场边,只见那里挤着一堆人,他就挤进人堆里去看,原来是熊海在那里耍拳卖艺呢。两个人打了一个暗号,万世雄就走开了。

万世雄在街上逛了好一阵,总是见不到温球,他不禁不高兴起来,心想,温球是今天这场劫狱的主要人物,怎么还没有赶到呢?他正在气愤时,一个和尚从对面走了过来。

万世雄抬头一看,原来这个和尚,正是剃去头发的温球。两个人打了个暗号,就到一个僻静的地方去会面了。

"今夜三更时分,师父一定会赶到城里来的,咱们到了二更时分，就在东门三官殿会齐。你在前门等着，我们从监狱后墙翻进去，你一听到大堂上的鼓打三更，就劈开监狱大门，大声喊叫着往里面冲进去。"万世雄低声地这样告诉温球。

"你们怎样来接应我呢？"温球到底是胆子小，就这样问。

"你尽管放心冲进去，我们听到你的喊声，马上就从屋顶上跳下来，陪你到女监去救你的夫人，然后再一起去救你的儿子。"万世雄拍了拍温球的肩膀说。

还没有到二更时分，大家都到三官殿会齐。温球一个人先出发，偷偷摸摸地进入县府大门，他摸索到监狱门前，找了个黑暗的地方躲了起来。

他到底是一个乡下土豪，只会在地方上作威，从没有见过厮杀的场面，所以躲在墙脚边，只听见自己的心头扑通扑通跳个不停，简直像打鼓一样。好容易挨到三更时分，一听到大堂上的大鼓"咚咚咚"地响了三下，就从黑暗里逃出来，勉强迈开他那不住在打颤的脚步，来到监狱门前，闭着眼睛，举起刀往那监狱的大门上劈去。那扇监狱大门就被他给劈开了。

他一跑进监狱去，万世雄果然从屋顶上跳了下来，带着他一起到女监去。

"我是温球！我的家眷在哪里？"温球进了女监，就这样大声地叫喊，找寻他的妻子。

两个值夜的狱卒,听到这阵喊声,马上一前一后,包围了过来。万世雄跳了过去,一刀一个,结束了这两个狱卒的性命。

　　"我在这里,快来救命!"温球的妻子一听到是自己丈夫的喊声,就从里面哭着大声答应。

　　温球和万世雄两个,依着那声音的方向寻了过去。他们终于找到了,一刀劈开监门,把温球妻子的脚镣砍断,从女监里给带了出来。

　　他们才走了几步,就从屋檐上飞下一个人来:"温大哥,把嫂子交给我,你们好去救你家少爷!"

　　温球到男监里叫喊了一阵,终于找到了身上戴着镣铐的儿子温天德。温球刚把他的镣铐斩断,熊海就从外面跑了进来,一把抱住温天德,双脚一跺,飞上屋顶去了。

　　温球的家眷都被救出监狱去,他就很安心地站在监房门前,大声地嚷道:"各位难友,监门已经打开了,愿意走的就跟着我们一起杀出去吧!"

　　那些囚犯,一听到这个意外的好消息,有武艺的犯人就一个个挣断了锁链,跟着万世雄、温球,和那五十名刚赶到的喽兵,一起杀了出去。

　　桃源县的守备郑德标接到狱卒的报告后,立刻带了全营兵士,打着灯笼火把,杀向监狱来。

可是，这时候周鹿和熊海两个人，带了温球的妻子和儿子，使出壁虎游墙的功夫，已逃出城去了。官兵赶到监狱门前，刚巧万世雄和温球两个人正带着一大群逃狱的囚犯，从监狱里浩浩荡荡地冲了出来。

万世雄根本就没把官兵放在眼里，守备郑德标想拦住他的去路，就一刀砍去。但是，尽管郑德标精通武艺，到底缺少临阵作战的经验，哪里敌得住万世雄。两个人才战了八九个回合，郑德标就节节败退。

好在万世雄当时只一心想逃出城去，并没有拼命，只是且战且走。郑德标虽然杀不过万世雄，可是因为责任关系，也不便退兵，只好硬着头皮一路穷追。

万世雄出了城门，回头一看，他手下那个败将还紧跟在后面，就火了起来，掉转马头，出人不意地冲向守备面前，一刀砍过去，幸而郑守备身手敏捷，急忙滚下马鞍，总算躲过了这要命的一刀。可是，那马却来不及躲避，它的肋骨上已挨了一刀。

万世雄也没有追赶过去，带着喽兵，只管赶回聚侠峰去。郑守备回去又换了一匹马，追到城外来时，这批劫狱的暴徒，早已不知去向，连影子也没有了。

郑守备追赶不上劫狱的土匪，回去连夜写好公文，派人送去报告施公。

施公接到了这个惊人的报告,马上下了一道命令,把那个祸首胡维世知县撤职查办,同时,叫郑守备戴罪立功,到聚侠峰去围剿劫狱的土匪,一面又派黄天霸等众英雄带头,把那些被劫走的囚犯逮捕回来法办。

　　于是,黄天霸就率领众英雄,去攻打聚侠峰。

九、 聚侠峰众英雄活捉铁头僧

　　铁头和尚沿路不停地喝酒,终于喝醉了,所以他迟了一步,赶到半路,就碰上周鹿和熊海两个头目,带着温球的妻子和儿子,还有一群跟着逃出来的囚犯,一起跑了回来。

　　铁头和尚一看,真是说不尽的高兴。他立刻调转马头,率领着这一群凶神恶煞,折回聚侠峰去。

　　回到聚侠峰后,铁头和尚就向那群跟着逃出来的囚犯们说,只要学过武艺,确有本领的,可以自己来报名,派他做头目。

　　这一群囚犯中,真正有本领的并不太多,结果只有六个人报名。这些报名的囚犯,一个叫做陆老幺,一个叫曹如虎,另外四个是沈三魁、韩豹、卫达、吕飞熊,他们每人都有一套本领,在铁头和尚看来,都是很出色的。

　　铁头和尚就把这六个人收为徒弟,然后又叫这六个徒弟,和万世雄等三个头目,结拜为兄弟。

铁头和尚知道施公一定会派兵到山上来找他麻烦,就叫吕飞熊、韩豹去守住东山青龙岗;曹如虎和卫达,去把守西山白虎岭;陆老幺和沈三魁,去守谷口。又叫万世雄、周鹿和熊海三个,镇守中军寨栅,他自己则坐镇山头。

他这样安排好以后,就只管日夜喝酒作乐,等候着迎击施公派来的人! 他认为这个聚侠峰已成了铜墙铁壁的堡垒,不管有多少官兵来,都有把握击退。

黄天霸奉了施公的命令后,已派了一个叫做何三的人到山上去做间谍,把聚侠峰的地势探听清楚。他知道聚侠峰的左右两边有两座雄关,东边是青龙岗,西边是白虎岭,如果要从这两个关口进攻,必定要付出很大的代价。

靠了何三的正确报告,天霸决定表面上尽管还是向青龙岗与白虎岭进攻,但暗中却要出一支奇兵,从青龙岗与白虎岭中间的一条小路,直攻上铁头和尚镇守着的山头去。

黄天霸率领了两千五百人马,从淮安出发,到了聚侠峰山下,扎下营寨休息了一夜,第二天大家吃过早饭,就派李昆和金大力两个人,带兵出去侦察敌人的动向。

不一会儿,李昆和金大力就到了聚峡峰山下。李昆把马一拍,一口气跑到了谷口,摇着手里的银枪,大声嚷道:"你们这些狗强盗听好！我奉了施大人的命令，来取你们的狗头！你们肯把铁头和尚献出来的话，就免你们一死！"

李昆接连喊了好几声，没有一个人出来接应，他正望着山上发愣，只听见一声梆子响，从山上滚下一大堆檑木炮石来！

李昆一看不好，拨回马头就走，立刻从背后传来一阵骂声："好大胆的狗官！不要走！让吕爷来收拾你的狗命！"

李昆回过头来一看，一支方天画戟正从背后刺过来。他急忙往旁边一闪，躲过了这危险的一戟，一面举起手里的枪刺了过去。

只因为李昆这一枪用力太猛，马的前蹄扑了个空，跪下地去，李昆没有防备，就被摔在地下。

吕飞熊一看见李昆从马背上掉下来，就回过身子，把马一勒，举起手里的方天画戟，往李昆喉咙刺去。幸而金大力及时赶到，才算救了李昆这一条命。

金大力一赶到，吕飞熊就想逃开，可是，金大力早已往他的坐骑的后腿一棍扫了过去。

果然，金大力这一棍扫中了那马的后腿，吕飞熊就连人带马，一起倒在地下。金大力正要再打下一棍，送这土匪回西天去，这时却从谷口内飞出一骑，把吕飞熊抢救回去。

金大力也不去追赶，就护送李昆回营。

铁头和尚正在聚义厅上指挥作战看见吕飞熊兴高采烈地跑上来，报告他的战功，就很高兴地拍着吕飞熊的肩膀说："强将手下没有弱兵，你真行！"

吕飞熊就在铁头和尚的身边，坐了下来。铁头和尚吩咐小喽啰摆酒，同时，也把万世雄等几个头目一起请来，参加这场庆功宴。

"今天，官兵一来，我们就能够挫他们的锐气，这是我们一定可以打败他们的预兆！好，来干一杯，预祝我们的成功！"铁头和尚举起酒杯，一口气喝干，大家也跟着都干了杯。

第二天一清早，官兵又来攻击了。

铁头和尚还是派吕飞熊出去应战。吕飞熊立刻上马，跑下山去一看，仍旧是昨天那个败军之将，厚着脸皮又来讨战。

"你害不害羞？还好意思来丢丑？"吕飞熊一看见李昆，就这样笑骂他。

李昆只装作听不见，一枪就往吕飞熊刺去。这样，两个人就一枪一戟的交起手来。

吕飞熊已经打败过李昆一次，所以，这次他根本就没把李昆放在眼里，恨不得下个毒手，结果了李昆的性命。

杀了三十来个回合，李昆又支持不住了，他急忙把马一拍，横冲直撞地逃走。

可是，吕飞熊怎肯放过这个立功的机会，一路穷追不放。李昆跑了一阵，听听贼将的马蹄声已经到了背后，只好回过身去，再和吕飞熊厮杀。

才交手了几个回合，李昆虚晃一刀，拍马又落荒逃走。吕飞熊又追了十几里路，才算死心塌地地收兵回去。

可是，吕飞熊往回才走了几步，他的伙伴韩豹，也在追赶一个官军的将头，一路直冲过来。关小西看到李昆一路败退下来，就从横里杀了出来，和韩豹战了一阵，看看李昆差不多快要逃回阵地时，他也回马就逃。韩豹就拼命追了过来。

吕飞熊看见关小西败下来，立刻把他拦住，展开了一场厮杀。一下子韩豹也纵马赶到，举起手里的点钢叉往关小西刺去。

关小西战了一阵，回身就走。吕飞熊今天一路连打几回胜仗，总想擒住一个官军将领，才能够称他的心意，所以，看见关小西一逃，他又拍马追了上去。

可是，正追到一个转角的地方，他的坐骑突然摇了摇头，提起前蹄，直立了起来，这样一来，就把那个得意洋洋的吕飞熊摔下地来。好在关小西没有追过来，他才算捡到了一条命。可是，他哪里会知道，关小西的那个神弹子，是特意瞄准在马蹄上的，否则，他早已丧命了！

今天这接连几场胜仗，更使铁头和尚笑得合不上嘴，大家一

回到聚义厅上,他就叫喽啰摆酒,慰劳那两个头目。当然,他不会知道,吕飞熊和韩豹两个人更不会知道,官兵接连打下这几场败仗,完全是故意要使这群匪军因高兴而骄傲,然后就容易给他们一场大亏吃,这就是利用骄兵必败的原理。

吕飞熊连战连胜,果然就骄傲起来。次日早晨,他吃过早饭,抢着要到官军阵前去讨战。

"李大哥,让我去砍死这土匪算了!"关小西再也忍耐不住了,抢先飞身上马,冲出去和吕飞熊交手。

可是,杀了三十来个回合,两个人还是打个平手。突然,头目曹如虎一马飞出阵来,大声喝道:"好大胆的狗官,看我曹大爷来取你的狗命!"

跟着,一刀就向关小西劈过来。关小西正要还手,李昆手握着银枪,飞马直扑曹如虎,关小西就放下曹如虎,继续和吕飞熊厮杀。

关小西看看吕飞熊已经上气不接下气,他就虚晃一刀,回马就逃。吕飞熊尽管累得不住喘气,还是追了上去。

关小西一听到背后有马蹄声,知道吕飞熊在追赶他,就把身子一转,从马腹下面翻起一刀,把吕飞熊砍成了两段!

曹如虎一看到吕飞熊身上鲜血直冒,从马上摔下去,知道他已经被杀,就怒气冲天地提起大刀,直向关小西砍来。在山上的韩豹，一看到吕飞熊被官兵杀了，曹如虎正在跟关小西拼命，他就跳上马冲向山下来，加入战斗。

贺人杰率领一支人马，刚从后方赶到，一看见两个土匪头目，在那里跟关小西和李昆厮杀得很热烈，他就掏出金钱双镖，接连两镖，直往曹如虎的眼睛打去，只听见曹如虎一声惨叫，就翻倒在马下。

贺人杰急忙赶上，一锤直往曹如虎的脑袋捣去，曹如虎立时脑浆四溅，一条命就此完结了！

铁头和尚坐在山顶观战，看见他手下的头目，在官军阵里横冲直撞，连战连胜。想不到战了不久，连伤了两个得力的头目，吓得他马上鸣金收兵。

今天的聚义厅上，不像前两天那样的热闹了，垂头丧气的铁头和尚这才明白，前昨两天，官军的败仗是假败，今天的胜利，倒是真胜，他知道上了当，便拍着桌子大骂起来："黄天霸，我收拾不了你这小子，就算不了英雄好汉！明天看我亲自出马！"

"师父，何必这样焦急，我倒有一个打垮官军的妙计——"

"什么妙计？快说！"铁头和尚听徒弟陆老幺说有妙计，就抢着问道。

"今夜二更时候，让我到官军营里去走一趟，能够刺死主将黄天霸，那是最好，要是刺不到他，我就回来，再率领众弟兄去劫营。"

"很好,不过二更太迟了,最好天一黑就去。我调好了人马准备着,你如果刺不到黄天霸的话,我们就去劫营。"

陆老幺是熟悉这一带的路径的,天一黑,他就神不知鬼不觉地混进了官军的营里去。他在营里转了好几个圈子,没有下手的机会,刺杀黄天霸这件事,到底没有成功。

可是,他的收获还是不小。因为,他亲耳听到了官兵的谈话,说这两天大家都累透了,主将黄总兵已经下令,今晚大家该早些睡觉,养足了精神,明天好杀上山去。

铁头和尚听到了陆老幺的报告后,就亲自率领喽兵,到官军营里去劫营。他要趁着官军正在安心睡觉的好机会,把官兵斩尽杀绝,好替那两个战死的头目报仇。

各头目一接到命令,就点齐人马,候命出发。铁头和尚看看时间差不多了,就下令要大家出去。

万世雄和周鹿的这批人马到达官兵大营正门时,已经快近半夜。他们两个往官兵营里一看,到处一片漆黑,没有半点灯光。他们就相信陆老幺的情报完全正确,就一声呐喊,杀进营去。

左右两翼的匪兵,一听到担任正面进攻的伙伴已经杀进官兵大营去,他们也就分别冲进营里去。

万世雄才赶到官兵营里的箭道上，忽然一阵梆子声响了起来！紧跟着两边就亮起灯笼火把，把整个兵营照耀得像白天一样！他抬头看时，黄天霸和褚彪两员虎将，正从左右杀了过来。

万世雄和周鹿哪里是这两员虎将的对手，他们两个杀得满头大汗，才算勉强支撑了下来。正当这危急万分的时候，恰好韩豹和熊海两个从左边杀了过来，沈三魁和卫达也从右边杀了来，他们两个才算渡过了这危险的一关。

黄天霸一看匪兵愈来愈多，不禁暗暗着急。但是，他还是聚精会神地厮杀，他也觉得这一群土匪头目，决不是他和褚老英雄两个人应付得了的。于是，他就下令放炮，向后面讨救兵。

"轰隆"一声炮响，就有张桂兰和郝素玉二员女将，各带了两百人马，从营门里掩杀进来。

张桂兰马上掏出袖箭，嘶的一声，直向万世雄脸上打去。

这冷里放出去的一箭，正打中了万世雄的脸上。万世雄当时手一松，两支飞抓从手里掉到地下。黄天霸一刀挥过去，结果了万世雄的性命。

周鹿看得很清楚，万世雄是死在黄天霸刀下的，他就不顾死活冲到黄天霸的面前，奋力厮杀，要替他的伙伴报仇。

想不到，他没有替万世雄报到仇，手腕上就挨了黄天霸一刀。一阵阵的剧痛，使他不得不拍马逃走。

金大力听到了炮声，就到处寻找黄天霸。最后才找到这边来。他一看到周鹿受了伤，正在拼命逃走，就迎上去，对准马头一棍子打了下去。

那马挨了金大力一棍，痛得直立起来。周鹿当场就被摔在地下。金大力急忙抢上几步，举起棍子准备打下去，刚好陆老幺赶过来，挥出牛耳刀，才挡住了那根棍子。周鹿爬起来就逃走了。

金大力把收回的棍子又向陆老幺打过去。陆老幺早有准备，不但躲过了这要命的一棍，反而一刀砍伤了金大力的右腿，金大力只好忍痛逃走。陆老幺到底胆小，没敢追过去。

陆老幺正在逃走，恰好碰上被褚彪杀得大败的熊海和沈三魁，三个人就会合在一起。

褚彪上了年纪，要独力打垮这三个土匪头目，到底不容易。战了一阵，还是叫这三个头目一起逃走了。

黄天霸一看到这三个土匪头已杀开血路，准备逃走，马上就叫人放起连珠炮，他自己也立刻追了过去。

关小西听到了炮声，就跑来助战。他一冲过来，恰巧和沈三魁等三个人碰上了，他就一刀向沈三魁砍去。

沈三魁正在逃命，突然碰上关小西，心里不免着慌。关小西一刀砍去，他正要招架，第二刀又跟着砍了过来，他出手稍慢了一点,就被关小西砍落马下。

陆老幺和熊海两个,回头看见沈三魁已被砍死在马下,吓得拼死命逃走。才跑没多远,又碰上了季全,只好慌张地迎战。

三个人杀了一阵,季全就把熊海一刀砍死!陆老幺一看见熊海做了刀下鬼,就落荒逃走。这时,卫达刚好从横里跳出来,想替熊海报仇,看见陆老幺一逃,哪里还敢厮杀,也就虚晃了一刀,转身逃走。

季全哪里肯放过他们,就紧紧地追了过去。可是,转过两个弯,这两个土匪的踪影就消失了。他怕中了土匪的埋伏,只好懊丧地回来。

卫达才从季全手里逃得了一条命,偏偏又撞着了黄天霸,他哪里是黄天霸的对手,才战上三个回合,就在黄天霸的刀下丧了性命!

铁头和尚坐镇聚侠峰,等候着前方的消息。突然,从官军阵地里传来了一阵炮声,他听到就感觉奇怪起来,那些官兵不是都睡了吗,怎会开起炮来。

他还是耐着性子等候着消息,可是,等到四更时分,那些应该回来的头目,却不见有一个回来。接着,小喽啰跑来报信,说青龙、白虎两座山头,快被官军攻下了,要他赶快派兵去援助。

那些出去劫营的头目,一个也没有回来,连那个引起这场大祸的温球也一直没有回来,现在,要他派救兵到青龙岗和白虎岭去,他哪里还有人好派,急得只在那里蹀脚,一面大骂陆老幺,不应该出这个劫营主意,害得他一败涂地,连老窝也守不住了。

铁头和尚正在着急,陆老幺却满头大汗地跑了进来。

"他们呢? 难道只剩下你一个了?"铁头和尚一见陆老幺的面,就破口大骂。

"这不能怪我,师父。只怪黄天霸那家伙,太会装死,所以,我们才吃到了这场苦头!"陆老幺跪在地下讨饶。

铁头和尚看看眼前的形势,已经到了生死存亡的最后关头,决不是争辩是非的时候,他就叫陆老幺到青龙岗去厮杀,自己跑回山上的轩辕庙,准备在那里和黄天霸拼一拼死活。

他在庙里刚喝了半壶酒,陆老幺就哭丧着脸,跑到庙里来说:"师父,不好了! 青龙岗和白虎岭都已经被官军攻陷,现在他们又赶向庙里来了。师父,性命要紧,我们一起走吧!"

铁头和尚一听,把那个粗黑的拳头往桌子上一捶说:"笑话!谁怕黄天霸来! 早晚总是一死,老子今夜就把这条命拼了!"

铁头和尚的话才说完,黄天霸率领着众英雄就冲进庙里来。

"看佛爷这个家伙!"铁头和尚抓起一根禅杖,冲到门口,向

着已经到了门前的众英雄扫去。

黄天霸看见铁头和尚把那根禅杖舞得像出水的蛟龙一样，认为他的一手武艺实在了不起。

黄天霸不禁着急起来，心想，要是制服不了这只野兽，他的半世英名就要被扫个干净！他就喊声："看刀！"跟铁头和尚厮杀起来。

才战了几个回合，黄天霸故意把身子一缩，嘴里还哼了一声。铁头和尚以为黄天霸挨到了禅杖，心里正在得意，想不到黄天霸把手一扬，一支飞镖就打了过去，不偏不倚，刚好打中在铁头和尚的额角上！

铁头和尚中了这一镖，马上"扑通"一声，倒在地下。黄天霸立刻跑上几步，用力按住他，拿出绳子给捆了起来。

铁头和尚做了官军的俘虏，聚侠峰被官军放火烧了。聚侠峰这个匪巢，就在这一场恶战后被肃清了。

可是，大家都很奇怪，怎么到这个时候，那个大坏蛋温球还是没有踪影。黄天霸就率领着众人，到烧剩下来的余烬里去搜寻。

大家寻到一个马棚里时，从里面传出一阵呻吟的声音来。进去一看，原来正是温球夫妻两个人，正在里面上吊寻死。季全跑过去一摸，还没有断气。这个大坏蛋和他的妻子，就被从梁上救下来，一起被捆了起来，押回淮安去接受审判。当然，结果只有用他的脑袋，才抵偿得了他所欠下的那一笔孽债！

十、寻御马黄天霸初进连环套

施公和黄天霸等众英雄,刚刚办完聚侠峰的案子,大家正想好好地休息一下,想不到皇帝又下了一道圣旨,说是皇家一匹御马被盗,要施公在限期内,找回这匹御马来,同时,还要把这个盗马的强盗,送京法办。

这又是一桩无头案,中国的地方这么大,山上的绿林好汉又那么多,到哪里去寻找这匹御马呢!

不管有没有线索,既然奉了皇帝的圣旨,总不能说不去寻找。施公就要黄天霸等肩负起这个责任,叫大家拿出全副力量,去追寻那匹御马和盗御马的强盗。

第二天,施公就派了好几路人马出去,明查暗访。黄天霸独自担任一路,专门在城内外的茶楼酒馆里探听御马的下落。

黄天霸跟大家一样,连跑了三四天,半点影子也没有查出来。

一天,他到了海州,在街上逛了好一阵,正想找个地方休息一下的时候,就在他面前出现了一家场面很大的酒馆,好在喝酒也是探听消息的一个好方法,于是他就走进那家酒馆的大门。

他点了两个菜,要了一壶酒,独自在那里喝闷酒,一个测字先生走到他桌子旁边来,向他兜揽生意。

"对了,测个字解解闷也好。"黄天霸就在测字先生的匣子里,随便抓出一个字来。那测字先生看了一下那个字,就这样告诉他:"你要寻找失去了的东西,应该向西北方去寻找。而且你要找的那种东西,可能被藏在一个连环曲折而三面环水的地方。"

测字先生说完,拿起钱就走了。黄天霸看看在海州也查不出什么头绪来,吃过酒饭,在城里转了一下,就赶回了淮安。

晚饭后,褚彪来找他聊天。想不到褚彪刚坐下,朱光祖也走了进来。

"二位来得正好,我正要找你们谈谈。今天我在海州的酒馆里,随便测了个字,意思是问问那御马的下落。那个测字先生,就油腔滑调地说了一阵,我听了更加气闷,就赶回淮安来。"

黄天霸说完,叹了口气,还不住地摇头。褚彪就问那测字先生是怎样说的。黄天霸就把测字先生所说的一番话，从头到尾照说了一遍。

"我听你这么一说，倒想起了一件事来，跟这测字先生所说的话，有点相近。"朱光祖抢着这样说。

"两年前，我曾经听一个江湖朋友说起过，窦二墩在山东被黄天霸的父亲打败以后，就跑到张家口去，在一个叫连环套的地方住了下来。那个测字先生所说的连环曲折的地方，难道就暗指着这个连环套？"朱光祖慢吞吞地回答。

"听光祖这样一说，我认为窦二墩去盗御马，确实很有可能：第一，张家口离京城很近；第二，他和你父亲仇深如海，现在你父亲虽然离开人世了，他还是忘不了这个仇恨，就想在你身上来报复，所以他盗走了御马，好害你一场！"褚彪说着，不住地点头。

"既然是这样，请老英雄卖个面子，去找窦二墩，代黄天霸向他赔个不是，把御马要了回来，不是很简单吗？"朱光祖知道褚彪和窦二墩有过一段江湖上的交情，便出了这个主意。

"不，你想错了，窦二墩这个家伙，既然存心要报仇，决不是靠我们那一点交情左右得了的。"褚彪不住地摇头说，"不过，既然盗走御马的可能就是窦二墩，我们三个不妨一起去走一趟，先看看御马到底在不在那边。"

"要是御马确实在那里，窦二墩不肯交还，我们去了又有什么用?"黄天霸一听要他到张家口去看他父亲的仇人窦二墩,心里怎会愿意,便这样说。

"天霸,我的意思是先礼后兵,我们先问窦二墩,御马是不是他盗去的,如果他承认了,就跟他讲交情向他讨回来。要是他一定不答应,难道我们三个人,还杀不过一个窦二墩!就靠我们的家伙,也能把御马夺回来的。"

褚彪这样一说,黄天霸不便再坚持自己的意见,接受了褚老英雄的主张。第二天一清早,三个人肚子吃饱了,就一起出发,到张家口外连环套找窦二墩要御马。

这天,正是快要到达天津的时候,黄天霸等三个人找好一家客店住了下来。想不到就在这天夜里,褚彪忽然害起病来,接连三天,他不但日夜不停地泻肚子,同时又发起乍寒乍热病。

足足在客店里睡了七天,褚彪的病才算痊愈,可是已经瘦得不成样子。黄天霸就叫朱光祖陪着褚彪,先回淮安去调养,他准备独自到连环套去找窦二墩,看看御马到底在不在那边。

褚彪和朱光祖两个哪里肯让黄天霸单枪匹马到连环套去冒险,说什么也不肯走,后来,决定让褚彪再休养几天,还是要三个人一起去找窦二墩。

他们正在争论时,关小西、季全、何路通、李昆等四个人忽然找了来。

"最近有人对施大人说,连环套远在张家口外,形势十分危险。大人听了,当然不放心,就叫我们赶来,陪各位一起去。"季全很简略地说明来意。

一下子增加了四个人,事情就好办了。大家当场商量了一阵,就决定让李昆留下来,在旅馆里陪伴着褚彪养病,剩下的五个人一起到连环套去。

五个人赶了十多天的路,已经离连环套不远。这天,天又快要黑下来了,他们就在一家客店里住了下来。

吃过晚饭,季全就把店小二叫到房间里来,打听连环套的情形,他说:"听说离这儿不远,有座连环套,地方很大,我们想去玩玩,你知道那里的情形吗?"

"嘿!"店小二一听,两颗乌黑的眼珠子,直勾勾地看着季全说,"那是个强盗窝呀,怎么去得!"

"那里面有多少强盗,他们的头儿是谁?"季全就趁势追问下去。

"我可不知道谁是他们的头儿。不过,谁都知道那些强盗一个个都是练就了十八般武艺,还能飞檐走壁呢!"店小二说话的声音越来越小,好像害怕被那些强盗听到似的。跟着,季全又从这店小二嘴里,探听明白那连环套三面环水,只有一面接连着陆地。

"只要有条路接连着陆地,还怕什么,我们明天就进去玩玩。"关小西等那店小二的话一说完,就嚷着明天要到连环套去。

"玩玩?哼!你要进去,包你走不出来。那里面足有四十里路大小,而且进出都要看腰牌,你没有腰牌,一跨进去,就被他们抓住。所以,大爷,我劝你千万不要到连环套去玩。"店小二一番好意,拼命劝阻。说完了,他就走出房间去。

店小二一出去,他们就关起门来,大家仔细商量,这连环套那样危险,到底要不要进去。黄天霸的意思是不管怎样危险,既然来了,总得进去看看,好查一查那御马到底在不在里面。

黄天霸和大家商量了好半天,还是坚持他的主张,明天非去连环套不可。季全想了又想,终于想出了一个主意来,说道:"我看,随便冲进连环套去太冒险,实在也犯不上。最好跟这客店的老板商量一下,要他给雇二十辆大车,车上要装满石块,上面用布严密地盖好,把我们带来的那些人,改扮做车夫,赶着车子,我们四个扮做保镖的人,押着车子,从连环套门前经过。连环套的土匪,看到这车队的车子装得那么沉重,一定会以为是值钱的东西,包管过来动手。"

"你是说,一等他们来劫车,我们就攻进连环套去是吗?"何路通不等季全说完,就抢着这样猜测。

"不,我的意思是,等他们来劫车时,一定要设法擒住他们一

个头目,问清楚盗御马的到底是不是窦二墩。要不是他的话,我们就用不着去找他的麻烦,赶紧回去,再到别处去寻找。"

季全就把他的引诱土匪来劫车的计划说了出来。

黄天霸认为这个计划非常好,就把客店老板找来,对他说明了自己的身份后,叫老板去雇车,装好石子,在三天内交来,并要他严守秘密,如果泄漏了机密,就送官法办。

第四天,众人就依照江湖上的规矩,在车上插好镖旗,黄天霸等四个人扮成了镖客,押着那二十辆大车,浩浩荡荡地从客店出发。

大约走了二十来里路,他们就走进了一座深山,路边一片丛林,阴森不见日光,四下里也看不到一户人家。大家正在向四周围仔细察看时,突然一声梆子响,从树林里冲出一队喽兵来。

在那一群喽兵后面,是四个骑马的大汉,一个个都是满脸的横肉,那副凶恶的样子,叫人看了就有些害怕。

"你们听好,赶快献上买路钱来,如果说声没有,就把你们抓去抽筋剥皮,剁成肉酱!"一个猪肝色的脸皮,下巴上长着一撮黄胡子,手里提着一把朴刀的家伙,这样吓唬他们。

黄天霸一听,就冲了上去,说:"你是什么人?咱老爷的宝刀,向来不斩无名小辈。"

"好小子!"那强盗把面孔一板说,"你要知道你爷爷的大名,咱就告诉你:咱家就是连环套大王郝天龙!后面三位,是咱爷爷的三个兄弟:郝天虎、郝天彪、郝天豹!你这小子叫什么?姓什么?也该让你爷爷知道。"

"我是大镖师王雄!你要买路钱,就向我这伙计来要!"黄天霸把刀一拍,又冲上去几步。

郝天龙一听,大喝一声,舞动手里的朴刀,拍马猛冲了过来,黄天霸也挺胸迎战,两人就展开了一场厮杀。

可是,郝天龙的嘴巴尽管硬,手里的功夫,哪里是黄天霸的对手,才战了两三个回合,就叫黄天霸给拉下马,活捉过去。

郝天虎弟兄三个,一看见大哥被擒,就一起拥了上来,从三面围住黄天霸,杀成一团。黄天霸先敌住了郝天虎,季全和朱光祖、何路通三个也急忙拍马上阵,冲到郝天彪和郝天豹面前,拼命厮杀。

当然,这郝家三弟兄哪里是黄天霸这些人的对手,才战了七八个回合,郝家三弟兄就都败下阵去。

可是,一回到客店,黄天霸就亲手解去绑在郝天龙身上的绳子,很客气地请他到房间里,和大家见面。

"请问好汉,是你一个人独守着连环套,还是另外有寨主?"黄天霸一面请郝天龙喝茶,一面问道。

"我们弟兄四个人,都在连环套当头目,在我们上面,还有一位寨主。"郝天龙老老实实地说出，他只不过是一个连环套的头目。

"那寨主是谁?"黄天霸故意问道。

"我们的寨主，叫做窦二墩，他是山东人，到这里已有好几年了，在江湖上很有名气。我们的小寨主窦飞虎，也是一个精通武艺的江湖好汉。"郝天龙很能替窦家父子撑场面。

"我一点也不知道，原来就是窦老英雄做寨主! 我应该去拜访拜访，不知道外人要上山去，是不是方便?"黄天霸很客气地问。

郝天龙已经做了俘虏，当然只好说老实话。他就说出连环套有四道关口，由他们四兄弟，各人镇守着一道关口。不管是谁，要想通过这四道关口，一定要有腰牌，没有腰牌的就当作奸细办，随他处死! 所以他最后就这样劝黄天霸："你尽管很敬仰这位寨主，因为你没有腰牌，我劝你还是不去拜访的好。"

朱光祖早已看到郝天龙身上挂着一块腰牌，他听郝天龙那样说，就向天霸打了个手势。

"郝英雄，你身上不是挂着一块腰牌吗，好不好借给我用一下?"黄天霸被朱光祖的手势给提醒了，就向郝天龙借腰牌。

郝天龙的生死，现在就掌握在黄天霸的手里，他要保全自己的性命，不能不借出这块腰牌，所以他听天霸那样一说，就心甘情愿地把腰牌从身上取下来交给黄天霸。

"谢谢你。"黄天霸一手接过腰牌,一面道谢,"不过,要是你们大王不肯见我,还不是空跑一趟吗? 我想请老兄先走一步,回去跟你们大王打个招呼。而且到了连环套,还得麻烦你,带我去见一见你家的窦寨主。"

郝天龙一听说要放他回去,那真是一个出乎意料的好消息,立刻点头答应,站起身来就走。黄天霸和他的三个伙伴,还送他到了大门口。郝天龙捡回了一条命,就欢天喜地地回去了。

黄天霸有了腰牌,当然很顺利地进了连环套。而且,郝天龙也没有失信,真的带着黄天霸去见窦二墩。

两个人一起到了聚义厅门外,郝天龙一个人先进去报告窦二墩,说是有一个姓王的江湖小辈,因为久慕连环套窦大王的大名,特地来拜访。

"这位就是我们的寨主!"一走到窦二墩面前,郝天龙这样介绍。

黄天霸就向窦二墩行了个礼,跟着就在窦二墩身边的椅子上坐下。

大家随便谈了一阵,黄天霸就把话题引到马上面去了:"我今天一方面是来拜望寨主,一方面是来献一匹好马。"

"谢谢你的好意。不过,我倒想听听,你的那匹好马到底好在哪里?"窦二墩一开口就接受了,不过,他先要黄天霸说出那匹马的好处来。

黄天霸根本没有什么好马,就胡乱捏造了一个盗马的故事,把无中生有的那匹马说成了一头世上少有的名马。可是,窦二墩听完了,不住地摇头说:"你也太会吹嘘了!那样的马,我姓窦的连瞧都不瞧它一眼,让我给你欣赏一下我的那匹名马,那才是真正的宝马呢!"

"窦寨主,您把您那匹马形容得那样好,我可不相信。"黄天霸故意这样说。

"你根本没有看过那匹马,也难怪你不肯相信。好,我就叫他们牵出来给你见识见识。"窦二墩说着,就叫人去牵出了那匹马来。

黄天霸一看到那匹马,果然是一匹好马,就问窦二墩是从什么地方买来的。窦二墩非常得意地回答:"说起此马,来头可真不小,这是当今皇上的叔叔梁九公的坐骑,向来养在皇家马厩里,这次被我给盗了出来。"

"皇叔丢了这匹马,一定到处寻找。如果有人报告说这马在连环套,你不怕皇上派兵来抓吗?"黄天霸想用吓唬的方法,把这匹宝马要回去。

"谁派兵来我都不怕,因为我有一个好地方,藏着这匹宝马。

他们不知道马在我这里,怎好找我的麻烦!"窦二墩根本不怕,又说,"而且,即使这马被他们知道在我这里,我也不怕。"

"为什么?"黄天霸听了,有点奇怪起来。

"要是这马真的被找到了,我就说是黄三太的儿子黄天霸叫我去盗的!"

"你为什么要陷害黄天霸?"

"因为我和黄天霸的父亲结下了血海深仇! 黄三太早已死去,我要在他儿子身上报仇雪恨!"窦二墩咬紧着牙根,说出这最后四个字来。看他说这话的那副神情,好像恨不得立刻就打死黄天霸。

"你可曾见过黄天霸?"天霸笑嘻嘻地问。

"还没有见过,不过,我相信他只是一个无名小辈! 不会有什么了不起的本领。"可见窦二墩根本就没把黄天霸放在眼里。

黄天霸听到这里,再也忍耐不下去了,便站起身来,指着自己的鼻子说:"姓窦的,你听着! 你可认得漕标副将黄天霸吗?"

"你别来吓唬我,难道我窦二墩是好惹的?"窦二墩听黄天霸那样一吼,知道这小辈就是黄天霸,立刻暴跳如雷,大声怒吼。

"我不管你到底是不是好惹的,只要把宝马还我,我就不来管你的闲事;要是不交出马来,那你就得小心你的脑袋!"黄天霸直指着窦二墩叫骂。

"黄天霸，别这样着急，你爷爷可怜你，给你一条活路，你真有本领，限你三天内，来跟我比武，要是赢得我的双钩，再能把御马盗出去，我窦二墩从此就不干这门买卖了。"

"好，咱们就这样决定。"

黄天霸说完，就大踏步跨出聚义厅，头也不回地走了。好在郝天龙的那块腰牌还带在他身上，就很顺利地通过三道关口，回到了客店里。

十一、 连环套朱光祖夜盗虎头钩

黄天霸回到客店里时，大家等得正焦急，一看见他平安地回来了，都非常高兴。季全一见到黄天霸的面，就紧张地问："怎么样？窦二墩可还客气？"

黄天霸摇摇头回答道："明天我要去跟窦二墩比武！"

大家都知道窦二墩那双钩很厉害，听黄天霸这样一说，脸都沉了下来。尤其是朱光祖，急忙跳起来拦阻："去跟窦二墩比武！你已经答应下来了吗？窦二墩那对虎头钩，是天下闻名的。那钩用药水浸过，只要被他的钩碰着皮肤，一定会皮开肉绽，骨断筋酥，七天以内，先是全身发抖，最后丧命！这么大的危险怎么能冒？"

朱光祖说完，关小西也抢着说话了："窦二墩的那一对虎头钩，的确是厉害，可是，天霸已经跟他约定了，当然不能不去。"

"是呀，要是不去，不但要被窦二墩笑话，而且怎好在江湖上混下去！不过，我的意思是天霸去了，千万不要跟他死拼到底，要是一次对付不了他，回来再作打算。"季全说出一个折衷办法来。

"那就让我陪天霸一起去。"关小西也出了一个主意。

"开玩笑！"黄天霸笑着说，"讲好是一对一比武，去了两个，还不如一个也不去倒好些！"

第二天清早，黄天霸就走出客店，赶往连环套，找窦二墩去比武。

窦二墩一听到喽啰的报告，立刻带了双钩跃身上马，直向山下冲来。

黄天霸立刻飞马过去，一刀就向窦二墩迎面砍去。

"来得好，哈哈。"窦二墩一阵大笑，提起虎头钩，迎了过来。

黄天霸知道窦二墩的诡计，打算用虎头钩把他的刀搭住，就急忙把刀往怀里一收，窦二墩的这一个诡计就落了空。

窦二墩一看没有把黄天霸的刀钩住，心里非常气恼，立刻又飞起左手里的钩，向黄天霸刺来。

黄天霸看清楚，窦二墩的这一钩来势太猛，他就把马往旁边一拉，那马从窦二墩身边擦过，天霸顺手一刀，向窦二墩的头部砍去。

窦二墩一看,这一刀来得真险,急忙展开双钩,向黄天霸背后猛砍。

黄天霸把马一拍跑了几步,这才避开由背后砍来的双钩。可是,他早已打定主意,决不和窦二墩正面交手,所以,把马一勒,转个身,从窦二墩右手边冲向背后去。

这时,窦二墩正想拦阻,黄天霸却早已一刀,向他右肋下砍去。

"好小子,来得好!"窦二墩一声怒吼,跟着就把右手里的钩往黄天霸的刀上磕去。

黄天霸知道自己的刀决不能让他碰上,如果被他那钩把刀绞住,手里的刀一定会被绞去的,于是,就把刀往身边一收,窦二墩这一钩又落了空。

黄天霸想了想,要这样战下去,老是避让,怎么会有好结果,就拿出他的看家本领,使出一路花刀,直向窦二墩面前,紧紧地杀过去。

可是,这路花刀在窦二墩眼里看来,实在算不得什么。黄天霸尽管拿出了全身本领,只看见锋光刀影,在他身边盘旋飞舞,窦二墩却不慌不忙,舞动双钩,上下遮拦阻隔,迎接黄天霸的花刀,并没有显出丝毫手忙脚乱的样子。

花刀舞完了,连窦二墩一根寒毛都没有伤到。黄天霸的兴致来了,要和窦二墩决一死战。他认为今天非打垮窦二墩不可,于是,便大喊一声:"咱老爷不愿意在马上厮杀,你敢下马步战吗?"

窦二墩一听黄天霸愿意下马厮杀,非常高兴,因为下了马,他那副双钩使用起来更加灵活,便大声回答:"好小子!来,咱老子马战步战,样样都不在乎!"窦二墩嚷着,先跳下马来。

黄天霸也一跃下马,站定身子,摆开架势,紧跟着,一刀就向窦二墩刺去。

窦二墩摆开双钩,把刀接住,两个人就一来一往,疯狂地厮杀起来。

战到三十多个回合,黄天霸稍一大意,一刀才砍出去,就被窦二墩的双钩给接住了,天霸急忙用力把刀收回,他想把窦二墩的钩拉断。哪知窦二墩力大如牛,那钩又是纯钢打造的,怎么拉得断。黄天霸正在着急时,窦二墩右手的钢钩跟着又刺了过来。

黄天霸一看,这一下可真的到了生死关头,他急中生智,就把手一松,紧跟上去一步。窦二墩没有防备,咕咚一声,一个跟头,栽倒下去!

黄天霸一看窦二墩果真上了当,仰面朝天倒了下去,就马上伸手去掏镖,准备一镖结果这强盗的性命。

窦二墩虽然一跤跌倒,可是,神智并没有昏乱,而且也知道

防备暗器。他一发觉黄天霸在掏镖,立刻跳起身来,撒手把手里的钩,向天霸掷去。

这一下,黄天霸倒没有料到,小腿就挨上了一钩,幸而他的腿缩得快,只被钩走了半只靴筒,并没有伤到皮肉。

黄天霸现在赤手空拳,当然不能再战下去,于是,便跳上马,没命地逃出了连环套。

回到了客店里,黄天霸把比武的经过向大家详细说了一遍,而且承认窦二墩的那一对钢钩的确厉害,实在不是他的敌手。

"他这一副双钩,只许他杀近你的身边来,却不许别人迫近他的身边去,要破窦二墩的双钩,难就难在这里。"朱光祖指出他那双钩的厉害之处。

"这样说来,我们破不了他的双钩,就没有希望取回御马,这可麻烦了。"黄天霸已经尝到那双钩的滋味,不敢像先前那样的轻敌了。

"所以,我看只有先去盗取他的双钩,再去跟他厮杀,才有收回御马的希望。"季全主张先盗取双钩。

"季大哥这话说得很对,我们不盗取他的双钩,就打不过窦二墩,打不过他,就取不回御马来。幸好我身边带着鸡鸣断魂香,我就去走一趟试试看。"朱光祖自告奋勇,要进连环套盗窦二墩的双钩。

朱光祖到了连环套,摸到关下,耸了耸肩,跳过墙头,进入第一道防线,在黑暗处藏了起来。

在那里躲了一阵,一个打更的喽兵,打着更锣,慢吞吞地走过去。

朱光祖啪的一下跳出来,用刀背就往那更夫背后挥了过去,那更夫立刻倒了下去。

"老爷饶命!"更夫吓得哀求饶命。

"你要性命很容易,告诉我到大寨去是怎样走法? 老老实实告诉我!"朱光祖把手里的刀,在更夫眼前晃了几下。

"老爷要到大寨去,只要认定西南方向,遇到转弯时,就一路往西南走,进了第二座关,就要倒回头来,向北走。进了第三座关,再向西南走。进了第四座关,就向东北走。走到一棵大松树边,先向东南,后向西北,大约再走一里路,就可到大寨了。"

朱光祖听了,觉得这更夫的话,倒还可靠。便又这样问那更夫说:"你今夜要不要到大寨去?"

"到三更的时候,就要进大寨去换班。"

"你叫什么名字?"朱光祖这样问时,在灯光下发现那更夫腰里挂着一块腰牌。

"我叫王八。"

那更夫刚说出了姓名,朱光祖就一刀结果了他的性命,然后解下他的腰牌，扒下他的衣服，自己穿起来，把腰牌挂好在腰里，再把那尸身藏到树林子里去，然后，藏好单刀，提着更锣，一面敲着，一面照着王八所说的方向走去。

朱光祖果真很顺利地通过了这三个关口，进入了大寨。

朱光祖摸索到了大寨的第三进屋子时，从屋顶上看下去，只见上一个房间里，还露出有昏淡的灯光。他就轻轻地跳下地来，从纸窗的小孔里望去，看见房间里放着一张床，床上挂着蚊帐，看不清那床上到底有没有人睡着。

朱光祖就用刀尖拨开了窗户，跳进屋子里去，拉开蚊帐一看，棉被折叠得很整齐，床上是空的。他就跳出房间，飞上屋顶，在靠西一边的屋顶上，侧耳细听这屋里的动静。

果然，一阵阵鼾声从这屋子传上屋顶来。他想，窦二墩可能就睡在这间屋子里，便跳下地去，在那房间的窗外站定，窥探屋里的动静。他才站了一下，就听到一阵说话声，很清楚地从屋里传出来："黄天霸，你赢不了老子的双钩，就休想要回御马去！你别做梦了，黄天霸！"

他一听，这果真是窦二墩的说话声音，马上拨开窗户，跳进屋里去。他才在屋里站定，又从床上传出了窦二墩的说话声音："不过，黄天霸这小子，实在很下流，他可能派人来盗我的双钩，好在我的那一对双钩，已藏好在鼓楼上……"

原来是窦二墩担忧过度，正在那里说梦话。朱光祖一听说那对双钩藏在鼓楼上，就丢下了窦二墩，出去寻找鼓楼了。

才走了几步，他就这样想：如果把窦二墩杀死了，不是就用不着去盗他那对双钩了吗？他想到这里，马上又转回来，赶到窦二墩房间里，一刀就往床上砍去。哪知道，这时窦二墩刚刚醒来，朱光祖一刀砍下去，他就往床里一滚，从一扇暗门逃了出去。

朱光祖拉开蚊帐一看，床上哪里有什么人影，经过详细查看，才知道已被窦二墩躲过这一刀。他又一想，假如再在山上耽搁下去，实在太危险，就马上逃出大寨，赶回客店去。

窦二墩一发觉有人到他房间里来行刺，本来想立刻出来捉刺客。可是，他再想想，这样月黑夜暗，哪里抓得到，就索性不声不响，在那间密室里，睡他的好觉。

第二天，窦二墩刚起来，头目郝天龙就向他报告，更夫王八在昨天夜里被人杀死了。窦二墩一听，很生气地说："你们只管睡好觉，连我的脑袋也差一点儿搬了家，幸而小便把我憋醒了，才逃过了这场危险。"

"昨天夜里既然有刺客来过，从今晚起，一到天黑，我们就会特别小心。"

"你这话，真叫做贼走了才关门！昨夜他空跑了一趟，今夜哪里还会来！"

窦二墩这样一说，郝天龙到了夜里，就没有加紧防守。黄天霸料定在这几天夜里，窦二墩不会特别戒备，所以，就和朱光祖两个，在当天晚上，从鼓楼上神不知、鬼不觉地盗走了窦二墩的双钩！

当天晚上看守鼓楼的叫吴用人，他知道这双钩是窦寨主的生命，把它给丢了，自己的命哪里还保得住。

吴用人想到这里，就不敢跑去报告。他迟疑了一会儿，想出一个主意来："听说黄天霸就住在山下客店里，我不如逃下山去，索性把藏着御马的那个秘密地方，也去告诉了黄天霸，这样或许不难讨到一个功劳，保住这条性命！"

吴用人这样一想，就趁着天还没有大亮，抄小路下了山去。

天亮了，换班的时候到了。另外一个看守鼓楼的喽兵，按时到鼓楼来接班。

可是，那喽兵找了好一阵，到处找不到吴用人，最后，当他找到鼓楼上时，可吓呆了！那鼓不知被什么人给弄破了，那一对双钩也已不知去向！

这时候，这喽兵明白了：双钩丢了，也把吴用人吓跑了。可是，这事情跟他是没有关系的，他就拔腿飞奔到郝天龙那里去报告。

这消息又把郝天龙吓呆了。

"双钩丢了！这还得了！窦寨主不要跟我拼命吗？噢，想起来了，不要紧，我本来就主张加紧戒备，以防人家来盗双钩的。可是，寨主不听我的话……"他想到这里，就安心去报告窦二墩。

"黄天霸这小子！难道我没有双钩，就斗不过你了吗！"窦二墩听了郝天龙的报告，还是勉强镇静下来。可是，他才说了几句大话，就大叫了一声，昏倒在地上了。

当然，窦二墩他自己也知道没有双钩就不是黄天霸的对手。所以，他仔细一想，对于他，这到底是一个致命的打击，心里不免一急，当场就昏了过去。

郝天龙知道，寨主的双钩是这连环套的灵魂。现在，丧失了灵魂，还谈什么呢。他在绝望中想了又想，勉强想出了一个对付黄天霸的主意来。

"寨主，别这样着急。"窦二墩清醒过来时，郝天龙扶住他说，"我看，索性再跟黄天霸赌个东道吧。"

"还有什么东道好赌？我的双钩都丢了。"窦二墩只想他的双钩，不相信还有什么东道好赌。

"寨主，等那姓黄的明天再来的时候，我们就跟他说，他盗走了双钩，不能不算他的本领；如果他能在三天内，再把御马盗走，咱们就化敌为友，永远做朋友；要是盗不走，就把双钩送还，而且不能再来要御马。"郝天龙说出了他这个好主意来。

窦二墩早已没有了主意,听到郝天龙的这番话,觉得这倒是一个方法,当场就答应了。决定等明天黄天霸再来时,这样和他谈判。

黄天霸和朱光祖两个,盗到了窦二墩的双钩后,大家都认为这是一个奇迹,马上拿出酒来痛饮,替朱黄两人的成功祝贺。

大家正喝得高兴时,店小二进来说,有个姓吴的人,来找黄老爷说话。

那个姓吴的跟着店小二,走进了房间里来。

黄天霸抬头一看,根本不认识这个人,便问道:"你姓什么?有什么事情来找我?"

"我叫吴用人,是从连环套来的。我本来在那里看管窦二墩的双钩,昨晚,被黄老爷拿走了双钩,我害怕窦二墩砍我的脑袋,所以急忙逃了出来。"吴用人跪在地上回答。

"那你为什么要找到我这里来?"黄天霸还是不明白吴用人的来意。

"我知道黄老爷是一个赤胆忠心的好人,窦二墩不管怎么厉害,总是一个土匪,最后绝逃不过死路的。所以,我想帮助黄老爷,把这个害国害民的土匪头子,早点打垮。"吴用人说出了他的来意。

"那你打算怎样帮助我?"黄天霸很感动地问。

"我要把藏着御马的地方,告诉黄老爷。"吴用人简单而有力地回答。

"真的吗？你能够老实说出来，我取回御马，一定给你记上一个大功。"黄天霸兴奋地说。

"那御马本来养在马厩里，自从老爷那次上山，向窦二墩讨御马以后，窦二墩就害怕起来，当天就把它藏到一所石室里去。"

"你可知道那石室在哪里?"黄天霸一听说御马被藏到石室里去了，就抢着问。

"就因为我知道那石室的秘密，才特地来向黄老爷报告的。"吴用人很得意地回答。

跟着，吴用人就从石室的位置和通到那石室去的路程说起，还把开石门的方法，以及进入石室以后应该注意的机关，统统说了出来。他说完后，还向在座的人磕了一个头："我所说的，都是老实话，如有用得到我的地方，一定替黄老爷出力。"

黄天霸安慰了吴用人一番后，就叫他在客店里住下。第二天一清早，他就率领众英雄，上连环套找窦二墩要御马去了。

十二、黄天霸连环套活捉窦二墩

　　黄天霸从吴用人嘴里,知道了御马被藏在石室里,就带领着四个伙伴,在第二天早晨赶往连环套去。

　　他们五个人一到山上,就向守山的喽兵大声喝道:"你们赶快去叫窦二墩把御马送出来,要说半个不字,老爷们就立刻杀上山!"

　　那些小喽啰们一听,急忙进去报告。窦二墩因为失去了一对虎头钩,老是心神不定,正在聚义厅上和郝天龙等几个头目商量一个万全的方法,好对付黄天霸等人。

　　这当儿,小喽啰给他们带来了"黄天霸又来要御马了"的这个惊人的消息。

　　"赶紧给我备马!"窦二墩一听,就暴跳如雷地叫喽兵备马,要去和黄天霸拼命。

"寨主,你的双钩已经丢了,这样去跟他们拼命,不是要吃亏吗! 倒不如叫人去请他们上山来,跟他好好谈谈,叫他们在三天内来盗御马。你想,我们那座石室,决不是轻易进得去的。如果真的马被他们盗走了,我们就只好暂时认输。我们可以趁着这段时间好好布置,到处埋伏人马,过几天再来收拾黄天霸也不迟!"

郝天龙的这番话,总算把窦二墩的火气暂时平息下来,他就派个喽兵,去请黄天霸等到聚义厅来。

黄天霸听那喽兵说要他们上聚义厅去,起初是不肯答应,还是朱光祖和季全两个,劝他不妨先去谈一下,听听窦二墩到底怎样说法,再作打算。黄天霸也只好答应下来,五个人就跟着那喽兵,一起走了进去。

"窦寨主,你现在该知道咱们的厉害了吧! 劝你还是把御马早些交还,那样做,咱们当然会给你留点情面。你现在要我们进来,可是打算交还御马吗?"黄天霸一开口,就开门见山地向窦二墩讨御马。

"你打算要御马,在三天内你自己来盗回去。你真能够盗回御马的话,到那时候,我拜你做师父都可以;要是盗不回去,那只能怪你自己没有出息了!"

窦二墩用半软半硬的口气,说出了郝天龙教给他的这几句话。

"好！我们就这样决定，不过，我倒要问你，到时候你会不会反悔？"因为吴用人已经把石室的秘密全都告诉了黄天霸，所以他就很爽快地答应了。

"君子一言，快马一鞭。我姓窦的说一句，算一句，怕要反悔的，是姓黄的你自己咧！"窦二墩表示得很肯定。

朱光祖还有点不放心，就暗地里抱怨黄天霸，不该这样随便答应他。黄天霸却大声地回答说："怕什么！这儿只不过是一座连环套，就算是龙潭虎穴，我也不放在心上！我们回去吧。"

郝天龙听了，打趣地说："这样说，就请你早些把御马盗回去，过了三天，我们就要杀了吃马肉了！"

黄天霸一看是郝天龙在说话，就指着他说："你也配打趣我吗？要不是我们宽宏大量，说不定早已把你杀了下酒了！"

郝天龙曾经做过黄天霸的俘虏，听了他这番话，不禁脸红起来。

黄天霸说完，就站起身来，和四个同伴不声不响地走出聚义厅，下山回客店去。

季全一路没有说话，可是，他一直在怀疑，窦二墩要黄天霸在三天内去盗马，是不是其中有什么诡计。一回到旅馆里，他就开口问："天霸，在我看来，窦二墩这小子，决不会这样老实，他要我们去盗御马,说不定他要耍什么鬼花样,让我们去上当。"

朱光祖点点头说:"计大哥想得很周到,这点很值得我们注意。"

"你们的意思,是怕窦二墩布置下什么危险,来暗算我们?"黄天霸也被季全的话提醒了。

"是啊。我的意思,今天晚上就先派个人,到山上调查一下,等调查明白以后,我们再进连环套去盗马。"季全补充了一点具体的意见。

黄天霸听了,觉得为了安全,倒是值得这样做。这时,他想起了那个从连环套逃出来的吴用人,就叫人到隔壁的房间里把吴用人叫了来。

吴用人一来,季全就把明天要进连环套盗马的话,简单地说了一遍,最后,他问吴用人能不能上山走一趟,看一看山上是不是有什么特别的布置,调查明白以后,当晚就赶回来报告。

"我可以去,不过,今晚可赶不回来,因为我得从后山混进连环套去。"吴用人很高兴地答应了,但是,当场约好要到第二天晚上才能赶回来。

"迟一天倒没有多大关系,不过,你必须调查明白,千万不能马虎。"黄天霸答应了吴用人的要求,同时,又再三叮嘱,必须仔细调查。

当天夜里,吴用人就离开了客店,绕路从后山混进连环套去。好在他熟悉连环套的路径,很顺利地就进入连环套。

到了第二天,天还没有亮,吴用人就赶了回来。他马上跑到黄天霸房里,满面春风地这样报告:"黄老爷,我到山上去,找到了我的好朋友小头目高三,我就问他,窦大王这两天精神可安定?高三就说,'这几天为了黄天霸要来盗马的事情,正忙着埋放地雷火炮呢,所有要路道口,都埋好了火药,只留下石室和后山两处,没有埋放。'我听到这里,就伪装肚子痛,到他床上去睡觉。趁他走开的时候,我就溜了出来。"

天一亮,大家都起来了,黄天霸就关起房门,把吴用人上山调查的结果,跟季全等四个人说了。

"好危险!幸好有吴用人来投诚!不然的话,我们这一群人,谁也逃不过这场难关,一转眼间,就会粉身碎骨,连尸体也找不出来哩!"季全说着,笑得很得意。

后来,大家就想要从后山进连环套,但是,想起了连环套的后山有一个大水塘。这水塘既阔又深,要渡过去实在很不容易。所以,黄天霸一提到这个水塘,大家就像从梦里清醒过来似的呆住了。

"有我何路通在这里,还怕什么大水塘!我可以在水里躲藏七天七夜,还怕七天七夜到不了连环套?"水、旱两路好汉何路通一边说，一边拍胸口。他这样说，才打破了房间里的沉默。

不过，黄天霸认为只有何路通一个人不怕水，还是没有用，只有他一个人能渡过水塘去，要让他一个人，来回走七次地把大家背过去，那多麻烦，而且，万一上山打了败仗，大家又怎样脱身呢？觉得这不免太冒险了。

他终于又想起了吴用人来，就到隔壁房里去找到吴用人，对他说："你可知道，连环套后山那个水塘，到底有多深、多宽？"

"河面有五六丈宽，水最深的地方，足有五六尺深，最浅的地方，也有四五尺深。"吴用人仔细想了一想，这样回答。

"你能够从后山进连环套，一定也会游水喽？"黄天霸接着又问。

"我不但会游水，还可以背着一个人，游过池塘去。"吴用人很得意地说。

"这样就好办了！"季全也插嘴了，"我们一共五个人进连环套，就让吴用人和何路通两个，分两次把我们背过池塘去。从后山进连环套，有两个人能游水，就没有问题了。"

"好！"黄天霸站了起来，"就这样办吧。我们今天下午就动身，现在，大家先去休息，好好地养养神。我们能不能取回御马，就全靠这一次了。"

大家散了，各人回到自己的房里去休息。

当天下午，连吴用人一起一共六人，走出了客店，悄悄地赶到连环套后山。他们到达那池塘边的时候，已经是深夜了，就按着预定的计划，由何路通和吴用人两个，把大家背过池塘去。

上了岸，吴用人在前面带路，赶向那藏着御马的石室去。

走到半路，大家商量了一阵，决定让黄天霸和朱光祖两个人进入石室去，其余的人留在外面接应。

黄天霸和朱光祖两个人，到达石室的时候，正是三更时分，这时候，除了从远处传来几阵更鼓更锣声以外，附近一带，到处寂静，听不到半点声音。黄天霸就照着吴用人所告诉的方法去拉石门上的两个铁环。

他们把那两个铁环，先向外面一拉，再向里面一推，"吱呀"一声，那扇门就开了。

可是，这扇石门一打开，里面又闪出一扇石板门来。黄天霸用力把铁环向中间紧紧一按，就从上面垂下一个双连环铁钩，把那扇石板门牢牢钩住。

这时，黄天霸就放心地带着朱光祖，走进石室去。他们按照吴用人事先所教的方法，小心地走了八十步才转一个弯。转过弯以后，看到石凳子，就折向左方，弯弯曲曲走了一阵，最后，就到达了一扇六角门的前面。

黄天霸便依着吴用人所说的方法，弄开了六角门，往里面一直走进去。

两人看了看，觉得这个石室大得惊人。他们转弯儿抹角儿，找了好些地方，始终找不到那匹御马。

这当儿，突然，从一座假山背后传过一声很尖很长的马叫声来。

两个人就一路往那假山背后走去。

可是，走近那假山一看，四周并没有空地，只见假山的一边有一道围墙，什么也看不见。黄天霸看看朱光祖，朱光祖看看黄天霸，两个人都呆住了。

"我看，还是爬上这假山去，向周围看个清楚比较好。"

朱光祖说着，就爬了上去，黄天霸没有别的主意好想，也就跟着爬上那座假山去。

两个人站在假山顶上，向围墙外面一看，想不到那围墙外面又是一个大院子，中间有一条很长的走廊，朱光祖推想那御马可能就被关在走廊尽头的房子里。

朱光祖主张跳过那围墙去，黄天霸也同意了，两个人就一起翻墙过去，挨近走廊那边的房子，推开隔扇窗，跳进去一看，果然有一匹马拴在那里。

黄天霸一看，就确定这就是那匹御马，他向朱光祖点点头，打了一个这就是那匹御马的暗号。

　　朱光祖当然懂得这个暗号,可是,尽管已经找到了御马,眼前却找不到一条通路,还是带走不了。他留神看时,在靠南边的围墙上,发现了一个大圆圈。

　　他用手指一指那圆圈,黄天霸就走向那圆圈的近边去。这时,他想起了吴用人的话:假山背后的一扇月洞门,就是通向窦二墩房间去的暗门。

　　"噢,我想起来了。吴用人说过,只要把月洞门里面的一块玲珑石推开,就可以进去。这个假山,可能就是那块玲珑石。"

　　黄天霸说着,就到假山上去找暗记,终于找到了一个拳头大的孔穴。他把手塞进孔穴里一推,那个假山,果然就慢慢地移开了,而且立刻现出了一道门来。

　　两个人就欢天喜地地从这道门进去,一下子就找到了那匹御马。朱光祖刚把马缰绳解开,正要牵着走,对面一所屋子的窗户"吱呀"一声开了。黄天霸抬头一看,就从那窗户里探出了一个人头来。

　　"你们是来盗马的吧?"那个人大叫了起来。

　　"你可是窦二墩? 不错,我们是来盗马的!"黄天霸也大声回答。

　　黄天霸喊了一声,就和朱光祖两个等着那个人走过来。可是,等了一阵子,总是没有人过来。

朱光祖等得不耐烦，正想叫那人出来厮杀，忽然眼前出现一股灯光，就看见窦二墩手里提着两把钢刀，带着一个人，怒气冲冲地走了过来。

"好小子，你真敢来盗马啊？"窦二墩望着黄天霸，大声猛吼。

"老匹夫，你的死期到了，还在那里吼什么？"黄天霸也还嘴骂他。

这一下，真使窦二墩火冒十丈，他提着双刀，立刻猛扑过来。

黄天霸说声"好！"也就飞舞单刀，迎了上去。

窦二墩早把黄天霸恨透了，狠命地一刀直向黄天霸砍过来。黄天霸急忙把刀架开。窦二墩却接着又是一刀，往黄天霸肩膀上砍来。却又被黄天霸巧妙地躲了过去。

窦二墩接连几刀，始终砍不着黄天霸，他就使出一路连环泼风刀，往黄天霸疯狂的砍过去。黄天霸却使出一路花刀，拼命地抵敌。

窦二墩到底年纪大了，同时，他向来惯用双钩，今天突然改用双刀，实在不顺手。所以，他虚晃了一刀，就想逃走。

"窦老头，你想往哪里走！"朱光祖从背后赶来，一刀就向窦二墩的背上砍去。

这冷里来的一刀，可真把窦二墩吓坏了！他急忙转过身子去迎战。可是才转过身去，黄天霸的单刀又从背后砍来。

"今天可糟了!"窦二墩知道敌不过这两个年青力壮的人,便虚晃了一刀,跳到圈外去了。

　　黄天霸一见窦二墩想逃走,正要追赶,只听见朱光祖一声狂吼:"窦二墩,今天朱光祖非要你的老命不可!"

　　窦二墩听了,大吃一惊,转过身来迎战。哪知道黄天霸的刀也向他砍了过去。他才架开这一刀,朱光祖的两把刀,又向他身边砍去。

　　还算窦二墩眼明手快,又把朱光祖的刀躲过。他一面招架,一面不停地后退。

　　黄天霸哪里肯放松,只管拼命追上去。窦二墩实在被追得急了,便说声:"黄天霸,看家伙!"黄天霸还以为这家伙要放暗器,脚下就放慢了几步,窦二墩就趁着这个机会,双脚一蹬,把腰一弯,跃上屋顶去。

　　黄天霸和朱光祖两个人赶到了屋檐边,正待纵身往上跃去,突然从屋顶上,接连飞下了好几块瓦片来,好在黄天霸躲得快,没有被打中。

　　这时候,朱光祖已经上了屋顶去,窦二墩只注意着黄天霸,没想到朱光祖早已绕到他背后,一腿飞过去,正踢中窦二墩的腰窝,"扑通"一声,窦二墩被踢倒了!

　　黄天霸这时也已经上了屋顶,他看到窦二墩已被踢倒,就抢上几步,一刀往窦二墩的右手砍去,只听见"哎呀"一声,窦二墩的右臂被砍成两段了!

黄天霸还怕窦二墩拼死逃命,第二刀又落了下去。朱光祖也跑上去,在窦二墩的腿上砍了一刀。这个在连环套称王的窦二墩,就被砍得半死半活,一动也不能动了。

窦二墩从屋顶上被推下地面,并被黄天霸用绳子捆了起来。

窦二墩虽然被生擒活捉了,可是,山上的头目和喽兵还在那里厮杀。黄天霸和朱光祖两个就从月洞门走出来,到外面一看,大家正杀得天昏地黑,关小西敌住了郝天龙,季全正在和郝天虎厮杀,何路通也在跟郝天豹厮杀。

"各位老大哥,大家拼命呀,把这些家伙全抓住! 御马已经到手了,窦二墩也被我们活捉了!"

黄天霸这样一嚷,郝家弟兄听了,个个心惊胆战,手上的劲儿马上消失得一干二净。于是,郝家三弟兄,也一个个被生擒了。

那些喽兵,一看窦大王已经被捆住,郝家兄弟也被打得半死不活,大家就都跪在地上,哀求黄天霸,饶恕他们的性命。黄天霸看他们实在可怜,就答应了。

这样,那个自找麻烦,无缘无故到京城去盗御马的窦二墩,就被送到京城里去,接受法律的制裁,最后在午门外被砍掉了脑袋。连环套这个强盗窝,也被放了一把火烧得精光。当地的老百姓都欢天喜地,因为他们从此不必再受连环套土匪的欺侮了。

十三、报父仇草凉驿窦飞虎行刺

黄天霸在连环套活捉了窦二墩,刚回到淮安,施公又奉到皇帝的圣旨,进京去见驾。

黄天霸率领着众英雄,也跟着施公到京城去。

走了十多天,施公的这一批人马就到了草凉驿。当然,这是沿着驿路的一个小站口,难得有大官在这里歇脚。施公为了要沿路查访贪官污吏,劣绅恶霸,所以预先排定了日程,要在这里过夜。

这样的小地方来了一个钦差大臣,当然要轰动一时了。那些老百姓们,都在三三两两地谈论着,这个清官施大人一到这里,说不定又有些不守本分的官吏,要碰上晦气了。

两个小伙子也和那些正在议论施公的老百姓站在一起,侧着耳朵,很留神地倾听着他们闲聊。

听了一阵子,其中一个年纪比较大一些的小伙子,就向那些正在议论施公的老百姓探问说:"老乡,你们说的那个施大人,可就是督漕钦差施世伦吗?"

"不是他,还有谁?他从淮安来,要到北京去见皇上,今天路过这里,要在这里过夜,你没有看见那些欢迎施大人的彩棚吗?"一个上了年纪,胡子已经花白的老先生,很亲热地回答。

"今晚,就住在驿馆里吧?"那小伙子随便又这样问了一声。

"当然啦,驿馆早已收拾得很干净,只等着他老人家来休息。"另外一个中年人,为了表示他熟悉地方上的情形,抢着回答。

"走吧,这有什么好问的。"另外一个小伙子,拉着那个在跟人家谈论施公的小伙子,头也不回地走开了。

可是,他们两个并不到城里去看热闹,却一直走向郊外去。在路边他们看到一个小树林,就一起走了进去。

"喂,虎鸾哥,今天是要你帮我忙的时候了,怎么样?"那个比较年轻一点的小伙子,在草地上坐下以后,就开口这样说。

"你是说,要我帮你去刺杀施不全,给窦老伯报仇吗?"

"当然啦,我已经忍耐了不少日子了。只因为不熟悉淮安的情形,所以只好咬紧牙根等待着机会。好了,这施不全大概是命该绝了,今天他自己送上门来,我还能放过这个难得的好机会

吗?"被马虎鸾那样一问,就引起窦飞虎的满嘴牢骚来。

"施不全这个家伙,靠着黄天霸那一批没出息的混蛋做他的帮凶,专门跟我们绿林中人为难。说句老实话,即使没有窦老伯那场仇恨,为了替江湖上的朋友报仇,我也早想摘掉施不全那个脑袋了。今天,为了窦老伯,还有什么说的,今晚一起去动手就是了。"

这番激昂慷慨的话,在窦飞虎听来,实在非常中听。他们两个又商量了一阵,就走出树林,回到了草凉驿客店里,叫来酒菜,饱餐一顿,提早上床,睡了一个好觉。到了半夜里,两个人就起来,换上夜行衣靠,悄悄出了房门,从天井里跃上客店的屋顶,神不知、鬼不觉地走出客店,到驿馆去行刺。

到驿馆后的围墙下,窦飞虎就使出壁虎功夫,很敏捷地爬上墙去。跟着,马虎鸾也一跃跳上了墙头。

窦飞虎低下头去一看,靠着后院墙的一边,是一所竹院,在竹院前面,排列着一幢五开间的正房。在这正房的左边,是一排三开间的客厅。窦飞虎看了一阵,就悄悄地说:"我看,施不全那家伙,大概是住在那幢五开间的正房里,咱们就到那儿去吧。"

"你听,那不是打更的声音吗?等那更夫走过来,我们把他捉住,就可以问出施不全的住所了。"马虎鸾听到了打更声,就想出这个主意来。

一个更夫果真被他们捉住了。他们就从更夫的嘴里,问明白了施公就住在那幢五开间房子的靠东第二个房间里。

"那施不全睡了没有?"马虎鸾问那更夫问得很详细。

"我刚才走过那儿的时候,没有看到施大人,大概是睡了。不过,有个十八九岁的小伙子坐在那里,现在,可不知他睡了没有。"脖子上架着一把刀的更夫,只好有一句说一句,把所看到的实际情形,老老实实地说了出来。

他们俩满意了。更夫总算保住老命,手脚捆绑着,嘴里塞上一个棉团,就被丢进了竹院里去。

他们两个人又飞上屋顶,摸索到了施公住的那间房顶上,先听了一下,跟着就用了个猴子坠枝的架势,两条腿挂在屋檐上,把身子倒挂下去,用刀尖轻轻地在纸窗上戳了一个小洞。窦飞虎就很仔细地向房间里偷看了一阵子。

窦飞虎看得很清楚,房间里点着一盏半明不灭的灯,施公躺在一张床上,看样子是睡得正熟。在桌子旁边,坐着一个小伙子,手里拿着一对软索铜锤,在那里打瞌睡。

马虎鸾也看到了这光景,觉得这一下,可以达到报仇雪恨的愿望了。他握紧手里的一把两刃钢刀,双脚一蹬,一个箭步,跳进室内,举刀就向床上砍了去。

哪知道他的刀还没有下去,就有一样东西,啪的一声,往他的刀上打来。他仔细一看,原来是坐在那里打瞌睡的孩子,举起手里那个软索铜锤,向他的刀上打了过来。

本来准备去刺施公的马虎鸾,这时,却不能不跟那个小伙子厮杀起来。

这使用软索铜锤的小伙子,是今夜轮到在施公寝室里值夜的贺人杰。实际上,他并没有睡着,马虎鸾的一举一动,他都看得很清楚。他为了要活捉住这个刺客,所以,等到这时候才动手。

不过,马虎鸾的这一身功夫,倒是贺人杰不曾想到的。战了几个回合,贺人杰才知道,这人确有一套不平常的本领,就把手里的锤头,趁着马虎鸾转身过来时,往他的太阳穴打去。

贺人杰是用足了力气打出这一铜锤的。可是,马虎鸾不但武艺纯熟,而且力大无比,所以,尽管挨了贺人杰的铜锤,那把刀还是紧紧地握在手里。

"这家伙本领真不小!"贺人杰不由得暗暗惊服。这时,马虎鸾恰好转过手来,眼明手快的贺人杰,立即举起手里的铜锤,狠命地又往他的太阳穴打去。

马虎鸾把身子一偏,就躲过了这一锤。贺人杰不禁大失所望,便大声骂道:"我家大人跟你有什么冤仇,你要在黑夜里来行刺? 快留下姓名,免得只留下一个无名的尸体!"

"小娃娃!"马虎鸾根本不把贺人杰放在眼里,"你要站稳些,免得听见你爷爷的大名吓坏了! 我就是外号盖三省的马虎鸾!连环套寨主窦二墩被你们杀害,今天,我要来找施不全算账,好替窦老伯报仇!"

"原来是个无名小辈!"贺人杰也看不起马虎鸾,"不去好好过日子,却要替一个土匪头子报仇,老实告诉你,我就是施大人手下的千总贺人杰。今天不捉住你,我贺人杰算不得好汉!"

贺人杰话才说完,黄天霸和李昆两个也跳进了圈子来,一起和马虎鸾厮杀。

马虎鸾一看对方来了生力军,感到太危险了,便把手里的那把两刃刀,用了一个狂风扫落叶的架势,向着黄天霸等三个人扫了过去。

他们三个人,一看马虎鸾这一刀,来势的确不小,就都倒退了一步。马虎鸾看到脱身的机会来了,双腿一蹬,就蹿到了窗外去。

马虎鸾跳到了窗外,还是瞧不见他的伙伴窦飞虎,他相信一定也有人在跟窦飞虎厮杀,可是不知道他现在在哪里,于是,他决定先顾住自己的性命再说。便故意摆出一个攻击的姿态,舞动手里的两刃刀,直向黄天霸胸口刺去。

黄天霸说声:"好!"急忙挥刀招架。可是,马虎鸾把他的那把两刃刀,半路又收了回去,黄天霸这一刀就落了空。马虎鸾却趁着这个机会,一刀往李昆肩上刺去。

李昆来不及躲避,肩上挨了他一刀,鲜血涌出,痛得急忙退了下去。贺人杰抢快舞动手里的铜锤,拦住了马虎鸾,黄天霸也一刀刺了过去。马虎鸾把刀在黄天霸面前虚晃了一下,一个箭步就跳上了屋顶。

贺人杰和黄天霸刚跟着跳上屋顶,马虎鸾的三棱箭就飞了过来,总算他们躲得快,两个人都没有受伤。

马虎鸾一看自己的暗器没有打中敌人,伸手又去摸出一支来。可是,当他正想把第二支三棱箭放出去的时候,却见一道金光直向他面门冲来,他急忙把头一偏,屋瓦上立刻发出了一声"叮当"的声音。他听了这声音,知道这一定是黄天霸放出来的金镖,落到屋顶上去的声音。

黄天霸一镖没有打中他,第二镖又往马虎鸾打去。马虎鸾看到金镖正向他面门飞来,就伸出左手,一把把它接住!同时,把右手一扬,一支三棱箭,就吱的一声飞了出去。

黄天霸早已看清楚,马虎鸾已经接住了他的金镖。现在,为了要显显他的本领,决不肯输在马虎鸾手里,一看到那三棱箭迫近到他面前来时,他就伸出手去,一把接住。

黄天霸和马虎鸾两个在那里比赛暗器,贺人杰在旁边看,却不耐烦起来,就舞动那铜锤,直向马虎鸾胸口打去。

马虎鸾因为找不到窦飞虎,早就想逃走,却被黄天霸他们三个纠缠住,脱不了身。现在看看天快要亮了,就下了赶紧逃走的主意,于是,就一面招架贺人杰的铜锤,一面往后退。他退到了墙脚边,就来了一个反串跟头,翻出墙去。

这时,窦飞虎早已脱身,跳出墙外,一溜烟地逃走了。

他一路担心着马虎鸾,今夜会把命丢在施不全的行辕里,心里不免有点难过。他从客店的后墙跳进去,回到房间里,一看没有马虎鸾,更是坐立不安。他正想再到施公行辕去,接应马虎鸾,忽然,房门"吱呀"一声被推开了,进来的人正是马虎鸾!

"老哥,你真急死我了,还好到底回来了!"窦飞虎高兴得跳了起来。

"老弟,你怎么走得那样快?"马虎鸾的口气好像在埋怨他。

他们两个觉得要在这客店里住下去,到底不能安心,就提着包裹,翻出墙头,连夜逃走了。

第二天,施公下令各县衙门捉拿刺客,又一面派人在草凉驿各家客店内搜捕。这时候,窦飞虎和马虎鸾两个,早已把双钩修好,一路喝喝玩玩,打算休息几天,再追去行刺施公。

这天,他们两个到了山东和直隶交界地区的一个叫做毛家营的市镇上,找到一家客店,一走进门去,就看到靠着墙壁的旁边挤着一堆人,大家都抬着头在看墙上贴着的一张告示。他们站在众人背后,也看了一下,两个人正看得一知半解时,却听见有人在那里说:"这是捉拿两个刺客的告示:一个叫做窦飞虎,一个是马虎鸾!"

他们两个人听了,正在心惊肉跳,另外又有一个人,又念出了告示中的两句话来:"有人能够捉到这两个刺客,赏银五百两!"

马虎鸾就向窦飞虎打了一个暗号,窦飞虎点了点头。马虎鸾想退出去,可是,手里提着包裹,明明是到这家客店来住的,看了告示就退出去,不要引起人家疑心吗?他心里尽管在着急,却想不出好的主意来。

窦飞虎也在着急,恨不得马上离开这家客店,因为他疑心有几个看告示的人,已经在注意他们。事实上,并没有人留心到他们。

马虎鸾到底比窦飞虎大两岁,看看眼前的形势,实在非离开这里不行。他咬紧牙根思索了一回,就想出了一个脱身的妙计来:"咱们到这店里来,已经有好长时间了,谁也不来招呼我们!难道这镇上,就只有这一家客店吗?咱们走吧。"

马虎鸾说着,转身就走,窦飞虎当然也急忙跟着往外面就走。那客店老板,根本就没有注意到这两个客人,这时听他们一吵,就抬起头来一看,原来这两个小伙子的面貌,倒和告示上所说的完全一样。

"客人,别这样生气,因为小店人手少,客人多,招待得不周到,还请多多原谅! 既然来了,请在这里住下吧!"

那老板存心要帮忙县衙门捉住这两个刺客,也好拿这笔赏银,所以,他就抢前两步,跑到店门口拦住他俩,说尽了好话,要他们留下来。

马虎鸾一看这老板实在太客气了,觉得有些不好意思,就向窦飞虎打了个暗号,意思是今天就在这里住下再说。

这样,两个人就不顾眼前的危险,硬着头皮,进去看好了一个房间住了下来。

到了吃晚饭的时候,他们叫店小二打上两壶好酒,配上几样酒菜,先喝酒,再吃饭。

客店的老板,听店小二说那两个小伙子要喝酒,不禁暗暗叫好,就特地叫人到街上,买了一坛子好酒来。他想让这两个形迹可疑的人快点儿喝醉,好趁机下手。

马虎鸾和窦飞虎两个都是酒鬼,起初倒还谨慎,两个人事先就说好,喝完这两壶酒,决不再添,吃完饭马上睡觉。万一有什么意外,不怕应付不了。可是,今晚这酒实在太好了,他们终于推翻了只喝两壶的计划,叫店小二又送上了两壶来。

　　到了第三次添酒的时候,那店主人看看时机已到,就在酒壶里,放进了一些迷魂药。于是,等到酒壶翻身的时候,这两个人也倒下了。

　　店主人一看这两个人已经醉倒了,就叫店小二把他们的包裹打开一看,里面果然是一把刀和一副双钩,另外还有几百两银子。

　　"我的猜想一点也没有错。这东西果真就是那两个刺客所用的东西,先把他们捆起来,再到县里去报告。"

　　店小二把这些东西收拾好后,便拿出绳子,把窦飞虎和马虎鸾两个,结结实实地捆绑起来。

　　那客店老板,连夜派了一个伙计,骑着马到施公那边去报告,要施公赶紧派人来捉拿这两个刺客。

　　"哈哈! 这送上门来的五百两银子的赏银,想不到就这样容易,在明天就可以到手!"伙计骑上马一走,那客店老板笑得合不上嘴。

十四、 走绝路枯树湾马虎鸾被擒

窦飞虎和马虎鸾两个因为贪酒,中了客店老板的计,被绑得像死猪一样丢在床上,等候着县衙门派人来押走。

天亮了,施公那边的人还没有到,窦飞虎的酒已经醒过来了。

他打了个呵欠,想揉揉眼睛,可是,抬不起手来! 再仔细一看,身上捆着一圈圈的绳子,连身子也动弹不了。

他再看看另外一张床上,马虎鸾也像他自己一样,被捆得结结实实的倒在那里。他往回一想,想起了昨晚在这里喝酒的情形。

"这客店老板是一个奸细,这王八蛋一定在酒里混进了迷魂药,才把我们两个灌得这样醉,就这样把我们捆绑了起来,好送到施不全那里去领赏……"

这时,他觉得全身到处都痛得很难受。可是一想到眼前的危险,也忘了身上的疼痛,就拿出他的运气功夫来,想挣断捆在身上的绳子,逃过这个难关。

可是,他到底刚从酒醉中醒来,全身疲软,运不出足够的气力来。所以,他尽管用尽了全身的力量,还是挣不断捆在身上的绳子。

"咱们吃上这店里的王八羔子的亏了,怎么办呢?"马虎鸾急得叫了起来。

"是呀,我用过气功,想挣断绳子,可是始终没有足够的力气呀! 这一下死定了!"窦飞虎简直就要哭出来。

"急什么,老子走尽大江大海,不曾吃过这样的亏。这些王八蛋,难道真想用绳子捆住老子吗?"马虎鸾骂到这里,就停了下来。只看见他闭紧嘴唇,满脸涨得通红,脸上的筋,一条条地浮了起来,跟着一声大吼,捆在他身上的绳子,就一段段地断了下来!

"好了,马大哥! 快来救命吧!"窦飞虎一看,真是绝处逢生,就高兴得大声求救。

马虎鸾把窦飞虎身上捆着的绳子割掉。

割断了窦飞虎身上的绳子,两个人正在商量怎样去找客店老板,要回武器,好赶快逃命,忽然从外面传进一阵骚动的声音来。

马虎鸾正要出去看看到底是怎么一回事,突然听到啪的一声,跟着就从外面飞进一支金镖来。

马虎鸾急忙往旁边一闪,才算没有被那金镖打中。这当儿,他听见啪啪的声音,接着从屋顶上跳下了两个人来。

他们两个人仔细一看,从房上跳了下来的人,就是前晚见过面的黄天霸和李昆。

黄天霸双脚一落地,就舞着单刀,直向马虎鸾扑过去。马虎鸾只好用镰刀和黄天霸厮杀起来。

战了七八个回合,马虎鸾觉得在房间里厮杀到底不方便,就打算跳到屋外去,好杀个痛快。黄天霸早已看出他的意思,偏偏纠缠住马虎鸾,不让他离开房间一步,两人尽在屋内厮杀。

"黄天霸,你真有本领的话,我们到屋外去,痛痛快快地战上一百个回合。"马虎鸾一心要到屋外去。

"难道你爷爷还怕你不成!"黄天霸一声怒吼,双脚一踩,就跑到屋外去。

马虎鸾一看黄天霸跳到屋外去,马上也跟着跳出房间,两个人就在院子里,展开了一场龙争虎斗。

在院子里厮杀了一阵,马虎鸾的镰刀就被黄天霸的单刀削去了半截! 可是,看马虎鸾那副神色,根本一点儿也不在乎,还是舞着那把只剩下半截的镰刀，来招架黄天霸的那把单刀！

战到半路，马虎鸾索性丢掉了那把被砍断了的镰刀，赤手空拳和黄天霸的单刀死拼。

马虎鸾蹦蹦跳跳，和黄天霸争斗了一阵，他突然蹿到黄天霸背后，抓住天霸的胳膊，往上一提，就把天霸手里的单刀抢了过去。

黄天霸一看武器脱了手，一掌就往马虎鸾的手腕上刹去，把马虎鸾手里的单刀又抢了过来。

马虎鸾一看抢到手的单刀一下子又脱了手，也顾不了窦飞虎的生死，一心只想自己逃出去就算了。

马虎鸾转身一跑，黄天霸就预备放镖，刚好贺人杰从背后赶到，抢先追了上去，天霸就不便放镖，只好一起追上去。

黄天霸追了一段，就失去马虎鸾和贺人杰两个人的踪影。他想贺人杰不会吃到马虎鸾的亏，也就丢下马虎鸾，又回客店去。

他回到客店里时，李昆和关小西两个已经把窦飞虎捉住了。

窦飞虎不知道神弹子李昆的厉害，在屋顶上交手的时候，没有防备到李昆的暗器。杀到半路时，李昆一看窦飞虎的武艺高强，力大如牛，自己决不是他的对手，便一弹子往窦飞虎的右眼睛打去。

窦飞虎正杀得起劲,不曾留意到李昆的弹子,所以一弹飞来,不偏不倚正打在他的右眼珠上。他眼前一黑,血流满面,从屋顶上直滚到地面上来。

关小西是上不了屋顶的,正在屋下望风,突然听见"咕咚"一声,掉下一个人来,就跑过去一看,原来正是窦飞虎!便举起手里的倭刀,往窦飞虎腿上连砍了几下。

窦飞虎尽管厉害,在屋顶上已经挨了一颗弹子,跟着又挨了这几刀,再也不能动弹了!关小西就招呼李昆下来,掏出绳子,把窦飞虎结结实实地捆了起来。

等了好长时间,还是不见贺人杰回来。黄天霸很不放心,就派季全、何路通、李七侯和金大力四个,分头出去寻找贺人杰。

马虎鸾一路逃走,被贺人杰追得停不下脚步来。他很想和这小孩子对敌一下,可是他手无寸铁,要是这样一路被追上来,最后,难免被这小孩子赶上。这时,他肚子里又饿,却又不能不拼命地跑。

跑了整整一天,始终摆脱不掉贺人杰的追踪。天快要黑下来了,马虎鸾心头才轻松了一点。他知道天一黑,就容易躲避这讨厌的小孩子了。

他就拼死命往前面一个树林跑去。最后,总算天从人愿,当黄昏的布幕正要笼罩大地的时候,马虎鸾终于跑到了他的目的地,钻进了树林子里了。

照江湖上的老规矩来说,敌人一经躲到树林里去,决不能追进去的,因为那里很容易挨到敌人的暗器,有万分的危险。不过今天是例外,贺人杰知道,马虎鸾身上的三棱箭,早被客店里的伙计一起给收起来了,他决不可能放出什么暗器来。所以,他一看见马虎鸾钻进树林里,就大着胆子,追了进去。

不过,树林里的树木那么多,到处都很容易躲藏。贺人杰在树林里摸索到了二更时分,还是没有找到马虎鸾的踪迹。

可是,马虎鸾因为肚子饥饿难忍,就在这时候,悄悄地溜出树林去。

马虎鸾从树林子的西北角上,溜到外面,看到不远的地方,有一座村庄,从那村庄里,露出有点点的灯光。

"好,先去找点东西吃饱肚子再说。"马虎鸾打定了主意,就向那个村庄摸索前进。

他肚子实在太饿了,进了村子,就找了一座房子最大的人家去敲门。

出来开门的一个中年人问道:"请问你找谁?"

"我不是来找人的,因为肚子太饿了,来讨点东西吃的。"马虎鸾老实地回答。

"那就进来吧!"那中年人毫不犹豫地答应了。

到了里面，那主人看到马虎鸾身上染满了血迹和泥污，就问他是不是在树林子里，遇到了什么野兽。

"不是野兽，是遇到了一伙强盗，好在我还有几套武艺，尽管丢掉了财物，却保全了性命!"马虎鸾被那主人一问，就编出一个黑夜遇盗的故事。想不到他这个捏造的故事，却颇受那主人的同情:"请问您贵姓?"

"我姓熊，名字叫如虎。请问庄主贵姓?"马虎鸾说了一个姓名后，又这样问。

"我姓花，名熊。这座树林子就叫花家庄。太巧了，您姓熊，我们倒真是有缘呢。哈哈。"花熊一听这个客人姓熊，似乎格外高兴。

花熊是一个正派的江湖人物，外面朋友不少，殷家堡的殷龙，就是他的姐丈。他向来仗义疏财，人家有困难时，只要找上了他，总是很热心地帮助人家。他的钱并不是在外面胡乱搞来的，而全是自己田产的收入。

马虎鸾碰上了这样一个好人，饥饿问题当然就得到满意的解决。花熊叫家人做了几样热腾腾的菜，又拿出上等的高粱酒来请他。

宾主两个，一边吃喝，一边闲谈，谈得倒很投机。花熊还叫马虎鸾表演了一套武艺，他要看一看这客人到底有多大本领。

当然,马虎鸯不会拿出全套本领来的,免得露了马脚,他只是随便表演了几套拳脚。

"老弟,容我不客气的说一句,你这一点武艺,要说防身,是够用的。不过,真要出去闯江湖,跑码头,我看还差一两步呢。"花熊看过马虎鸯的表演,这样点评。

"谢谢庄主的好意,我以后还得好好下功夫。不过,平时在家闲住的时候多,很少出门,所以,也就不感到怎样需要练习武艺了。"马虎鸯只好胡扯一阵,来敷衍庄主。

马虎鸯不但酒醉饭饱了,而且,还在软绵绵的被子里度过了舒适的一夜,解除了全身的疲劳。次晨一早起来,他就要走,却推辞不过花熊留客的好意,就住了下来,打算顶多再住一夜就走。

第二天早晨,季全终于在树林子里,找到了贺人杰。

他听贺人杰说,是在进了这树林以后的黑夜里,失掉了马虎鸯的踪影的。

"那家伙,在那样黑夜里,整天没有吃到东西,决不会走远的,我们就出去,在这树林子旁边,打听打听吧。"

季全是老江湖了,他根据形势作了这个判断后,就带了饿着肚子的贺人杰,一起走出树林。他一面去给贺人杰找东西吃,一面去打听马虎鸯的行踪。可是,马虎鸯的行踪,却一直找不出头绪来。

不过,现在好的是两个人在一起,倒也不感到寂寞。他们沿着山路,从这一个村子到另一个村子,一路打听下去。到了下午,他们所走的方向,慢慢地偏向西北去,就在无意中,摸索到了花家庄。

才走到庄口,碰巧遇到一个中年女子,正从这村子里出来。季全便先向这女子作了一个揖,然后说:"你们这村子里,今天可曾有陌生人来过?"他一路都是这样打听。

"陌生人?"那女子直瞪着季全,好像是在说,即使有陌生人来过,跟你们又有什么相干。

"是的,我们有个朋友,昨晚在树林子里,迷失了路,怕他被老虎给吃掉,所以,我们到处寻找他。"

那女子一听这人正在寻找一个朋友,就改变了刚才那不太关心的态度说:"我主人家里,昨天晚上,有个朋友来过,那时我已经睡觉了,主人叫我起来做饭给那客人吃。不过,听说那是我家主人的朋友。"

"你家主人住在哪一幢房子?"季全听那女子一说,似乎有了点头绪,便打听她的主人家的住处。

"就是进村子去的第三家,是这村子里最大的一幢房子,你不妨进去问问。"

那女子说完,转身就走了。

季全就和贺人杰两个走进村子去。

花熊的那个院落,非常耀眼。季全往村子里一看,这幢房子,很明显的是这村子里最大的一幢,而且正是第三家,就走了过去。

他一走到门口,一个仆人正在那里打扫,他便很客气地问:"请问这里,可是花庄主家吗?"

"是的。"那仆人点点头,"请你在这里等一下。"

那仆人一进去,不大一会儿,花熊就跟着他一起出来。

"请问贵客尊姓?找我有什么事?"

"我是督漕施大人手下的差官。昨天大人那儿来了两个刺客,抓住一个,逃掉了一个。听说庄主家里昨夜来了一个陌生人,所以特地来看看。"季全说明来意。

花熊听了一愣,可是,一会儿就镇静了下来,说:"请问那个逃掉的刺客,叫什么名字?"

"他叫马虎鸾。"季全毫不迟疑地回答。

"那可不对。"花熊摇摇头说,"我这里来的那位客人,不叫马虎鸾,他的名字叫熊如虎。"

"那么,"季全迟疑了一下说,"能不能请你那位客人出来见见面?"

"那可以，不过我那位朋友正在书房里睡午觉。请二位到客厅里坐，我去请他出来好了。"

季全和贺人杰两人就跟着花熊，走进客厅坐了下来。花熊一面吩咐仆人端茶，一面到书房里去，请马虎鸾出来和他们见面。

马虎鸾突然听到仆人跟花熊说，外面来了两个生人，要见庄主，他就起了疑心，从书房里出来，躲在僻静的角落里偷听。季全和庄主两个所说的那些话，他都听到了。

最后，听季全说要他出去见见面，就知道这是很危险的。刚才他在书房里，早已留意到壁上挂着的一把宝剑。这时，他就把宝剑取了下来，回身正要溜出书房逃走，想不到花熊竟走了进来，说："熊老弟，外面来了两个施大人手下的差官，他们要和你见见面，能不能请你出去见一下？"

"好，见见面，多认识个朋友也好。"马虎鸾面不改色，把宝剑藏好在身上，跟在花熊背后，走了出去。

可是，刚从一个庭心穿过去时，马虎鸾双脚一跺，呼的一声，就蹿上了房檐。花熊听到了声音，回过头来，看见他早已爬上屋顶了。

"啊呀！上了他的当了，原来这人就是那个刺客！"花熊大声一嚷，季全和贺人杰两个知道事情不好了，马上追到屋外去。

季全和贺人杰两个一跑出大门,也一跃飞上了屋顶,拼命追赶。

　　花熊也跟着上了屋顶,三个人一起追上去。马虎鸾看到背后有三个人追来,他想还是落地容易脱身,于是,就"扑通"一声又飞下地面,往村口逃去。

　　可是,因为马虎鸾心慌意乱,在村口被一块石头给绊倒了。贺人杰急忙抢上几步,想把他生擒活捉住。哪知道马虎鸾跌得快,爬起来也快,紧跟着就站了起来。

　　贺人杰看看捉不到马虎鸾,就举起手里的软索铜锤,往马虎鸾打去。马虎鸾举起偷来的宝剑,和贺人杰交起手来。

　　杀了一阵,马虎鸾转身就逃。季全等三个拼死命追赶,虽然看得见,却老是追不上。追了一阵,只看见马虎鸾拐了一个弯儿。花熊一看,笑了出来说:"哈哈,这死鬼跑进死路里去了。"又转头对季全他们说,"差官,你也是初次到这里来,当然不知道,这条路只通殷家堡的后门,一路都有人防守。只要是一个陌生人走上这条路去,都要被抓住的,况且还要送交地方官审问清楚,才能放走。"

　　季全听花熊提到了殷家堡,心想,是不是就是他所知道的那个殷家堡,于是便问:"你所说的殷家堡,庄主是不是殷龙?"

　　"就是这个殷家堡,殷龙就是我的姐丈。"花熊很平淡地说出了他和殷家堡的关系。

"这可真太巧了！这个贺人杰，就是殷龙老庄主的女婿，这样说来，你们倒是亲戚咧。"季全高兴得直跳起来，一面介绍贺人杰跟花熊见面。

大家明白了彼此的关系后，花熊马上就带了季全和贺人杰两个人，赶到殷家庄去，请殷龙协助，捉拿这个漏网的刺客。

他们到了殷家庄，把这事情跟殷龙一说明白，殷龙就通知防守后路的庄丁，立刻搜捕这个自投罗网的刺客。

当天下午，马虎鸾在一个叫做枯树湾的山脚边跌进了陷阱。庄丁把他从陷阱里钩上来，用牛筋绑好，送到殷家庄去。

季全和贺人杰两个人总算达成了任务，带着马虎鸾回到草凉驿，和窦飞虎一起收监法办。这样，窦飞虎行刺施公的这件大案子就很顺利地解决了。

十五、 捉刺客众好汉夜战大名府

　　把窦飞虎和马虎鸾两个刺客在草凉驿正法以后,除了季全、李昆和贺人杰三个留在殷家堡以外,施公率领黄天霸等一部分人马,起程赶路。

　　赶了几天路,这天,预定在大名府宿夜。当他们在大名府城外十多里路的关王庙后门经过时,也算凑巧,正从那庙的后门里,走出两个年轻的女子来。

　　他们还以为是普通的香客呢。可是,随后又有一个老和尚走出来,和这两个女子嬉皮笑脸地胡缠了一阵,才放她们走。

　　施公看在眼里,记在心里,一到大名府的客店里,推说一路太累了,要在这里多休息几天再走。一面叮嘱大家,对外只说是过路的客商,不可泄露身份。

　　大家一听,以为可以在这城里痛快地玩上几天,都很高兴。

可是没有想到施公肚子里正打着算盘，要把关王庙里那些和尚的生活弄个明白，说不定会叫大家在这里辛苦一场咧。

吃过晚饭，趁着店小二进来送开水的机会，施公就和他闲聊起来："伙计，你可是本地人？姓什么？"

"我家就在这城里，我姓陆，人家都叫我陆老三。客人贵姓，从哪里来？"店小二态度很亲热地问。

"我姓任，从北京来，一路做些买卖。这城外靠西南那边，有一座大庙，那是什么庙？"施公把话拉到本题上来。

陆老三低头想了一想说："哦，那是关王庙。不过，那里的当家和尚，不像关公那么正直，而且很势利哩！"

施公听了他的话，猜想这庙里的和尚可能有大毛病，便顺着陆老三的口气，问道："和尚是出家人，怎么谈得上势利呢？"

"我不说，您不会相信。那个老和尚，不欢迎穷人去烧香，专门跟那些有钱有势的乡绅往来。他幸而靠了那些乡绅的帮忙，今年春天，才免去了一场官司。"陆老三的话越说越远，施公越听越有兴趣，就又问："一个出家人，有什么官司好打？"

"那是外乡来的公文，说老和尚窝藏妇女，奸盗邪淫，要捉去法办。幸而那些绅士联名给他担保，官司才算没有打上身。"

听到这里，施公就不再闲扯下去，决定明天亲自到庙里去看一看实际情形，再作打算。

店小二出去以后，施公就悄悄地把黄天霸和关小西两个叫到房里来，告诉他们明天要到城外关王庙去查一查那当家和尚，到底是怎样的一个人。同时，也把经过关王庙后门时所看到的那个情景，和店小二的那番话，向他们说了一遍。

　　第二天，吃过早饭，施公装扮成一个读书人的模样，独自上关王庙去。

　　到了那儿，一个小和尚很亲热地出来招呼，并问施公贵姓，从什么地方来。施公就随便回答说姓任，是从城里来的。紧跟着他又问小和尚，当家和尚今天在不在庙里。

　　"我们师父在方丈室里，跟两位城里来的乡绅老爷，正在做诗呢。"

　　"好不好给我去通报一声，让我会会你们的当家师父？"施公问。

　　"你可认识他？"小和尚问。

　　"嗯，我们会过面。"施公含含糊糊地回答，他说着，就慢慢地踱出殿门，向方丈室那边走去。

　　小和尚并没有阻止他，可也没有给他通报。施公一路散着步，尽往里面走。当他走到一座三开间屋子面前时，就有一个年轻和尚掀开门帘，走了出来问他："到这里来找谁？"

　　"我久慕这庙里当家方丈的大名，特地来拜访。"那年轻和尚听施公这样说时,就在施公身上打量了一阵,然后不声不响地走进方丈室去。

不大一会儿,那年轻和尚就陪着一个老和尚一起出来,请施公进去。到了方丈室时,只见里面坐着两个绅士,大家互通了姓名,施公自称姓任,也问明了那当家和尚法号叫无量,那两个绅士,一个是吴翰林,一个是黄翰林。

施公坐下来以后,看见大家正在做诗,他也参加了进去,跟大家一起吟诗。就这样一直玩到傍晚,才和那两个翰林一起回城。

可是,施公和吴翰林、黄翰林一起刚从庙门出来,迎面来了一个和尚。那和尚叫智能,他一看到施公,就把施公的全身上下,仔细打量了一下。他回到关王庙时,一跨进方丈室,就问当家和尚:"今天可曾有个姓施的施主,来过我们庙里吗?"

"吴翰林和黄翰林两位施主,正在我这里做诗,后来又来了一位姓任的施主,也会做诗,我们就在一起,玩了好半天,此外就没有什么姓施的人来过。"

智能一听无量提到了今天有个姓任的客人来过,就问:"那个姓任的客人,是不是吴翰林他们的朋友?"

"不是的,那姓任的是一个人来的。"无量和尚回答。

"糟了!那个姓任的,一定是施不全!"智能吃惊地叫了

出来。

无量和尚一听到施不全的名字，脸孔立刻变了色。因为江湖上多少打家劫舍、为非作歹的人都死在这个施不全手里，他是知道的。今天施不全到他庙里来，还会有好事情吗！可是，他还希望那个姓任的客人，不是施不全："你怎么知道今天施不全来过庙里？"

"是我亲眼看到的！"智能说得更加肯定了，"我回来的时候，在庙前碰上吴黄二位翰林刚要回去，在他们旁边，还有一个样子怪难看的家伙。我一看到那副怪样子，就认出那家伙就是施不全！"

无量和尚听到这里，他所抱的那个姓任的最好不是施不全的希望，完全破灭了。

"照你说来，那人一定是施不全了！"无量的两颗眼珠子，直盯着智能说，"既然就是这个赃官，我们不把他捉来剖胸挖心，怎能够消除后患？"

"就是啊，不过要下手得趁早，迟了就来不及了。"智能早就恨透了施公，今天看到报仇的机会来了，就主张得趁早下手。

"我有主意了。"无量双手抓紧着桌子的边缘，咬牙切齿地说，"你赶快追出去，一路跟踪在施不全的背后，看清楚他住在哪家客店里，就马上回来。我叫智明和智亮两个人在夜里去把他刺死！唯有这样，才能够消除我们的祸根。"

"好，就这样办，我走了。"

智能说着，连头也不回地走出了方丈室，慌忙出了庙门，赶到了十里外的地方，就远远望见吴黄两个翰林，正跟施公一起，有说有笑，慢条斯理地走向城里去。

智能知道跟得太近的话，那两位翰林一回过头来，一定会跟他打招呼，假如一打招呼，恐怕会引起很多麻烦。所以他就一路老远地跟在后面，不让施公等离开他的视线，慢慢地前进。

施公进了城门，就和两位翰林分手，他独自走回客店去。

智能心想，城里的街上不像乡下，进出的人那样多，一不留神，就会失去施不全的踪影。他这样一想，便抢上前几步，紧随在施公背后，再也不肯放松一步了。

走完了一条街，刚要转弯，由对面来了一个样子很威武的人，向施公望了望，施公也抬头看了看他，可是，大家并没有打招呼，就擦着身走了过去。智能当然不会知道，这个样子很威武的壮汉，就是暗中在保护施公的李七侯。

李七侯从施公身边走过去时，看到施公背后跟着一个和尚，寸步不离地一路紧跟着，立刻就引起了他的疑心。他这样一疑心，就特地放慢脚步，并接连回头看了几次，只看见那和尚仍然一直紧跟在施公背后。他就回过身来，老远监视着那和尚，跟着施公一路回到客栈去。

施公进了客店的大门，李七侯就站住了，看那和尚到底有什么举动。

智能亲眼看见施公走进了那家客栈，虽然已经达成了任务，可是他并没有马上走开，却在客店的左右，东张西望地待了好一阵子，才转身走开。

李七侯看智能一走，就急匆匆走进吉升客栈，一直跑到黄天霸房间里，想和他商量应该怎样对付这个形迹可疑的和尚。

可是，正赶上黄天霸出去了。他等了好长时间，黄天霸才回来。

李七侯一见黄天霸回来，就把他所看到的那个可疑的和尚，怎样跟着施公，怎样在客栈左右徘徊，怎样东张西望的情形，详细地说了一遍。

"糟了，大人到关王庙去私访，一定被庙里的和尚看出了破绽，才一路跟了来。今天夜里，我们可要防备刺客了。"

黄天霸听了李七侯的那番话，当时就断定晚上会有人来行刺施公。

李七侯和黄天霸两个正在商量晚上该怎样捉拿刺客，关王庙的无量和尚，也在方丈室里商量夜里要怎样去行刺。

智能查明白了施公所住的客栈，同时也察看明白客店周围的地形,就很兴奋地赶回庙里来,欢天喜地地把详细情形说给无量听。

他们两个正在商谈时,恰好智明和智亮两个和尚走进方丈室来。无量就要他们跟着智能,一起到城里去行刺,并都要他们听智能的安排,好达成刺杀施公的任务。

吃过晚饭,智明和智亮两人就跟着智能,一起进城去。

进了城后,三个人先找了家饭店,在那里喝完了酒,休息到二更的时候,看看街上来往的人已经少了,便走出饭店,到吉升客栈去行刺。

智能把他们俩带到吉升客栈门前影壁的后面,在黑暗里指示左右两边的进出路口。智明和智亮脱下外面的长衣,一起交给了智能。

智能接过他们脱下的衣服,就要走开,去找一个隐僻的地方躲藏起来。智亮看出了他的心思,一把把他拉住,小声说:"老弟,你可不能走开呀,你要在这里把风,看到有人从里面走出来,只要看清楚那确是施不全手下的人,就把他砍死,千万不要放走一个!"

"知道了,你们去吧。"

智能才答应完,智明和智亮两个人就绕出影壁,到了吉升客栈后面,两个人都双腿一蹬,就一起跃上了屋顶。

他们两个在屋顶上，寻找施公所住的房间，可是，下面每一个房间里都有灯光，实在弄不清哪一个是施公住的房间。

两个人正在屋顶上到处摸索，忽然从后门口晃出了一个人影来，智亮向智明打了个招呼后，就悄悄地下了屋顶。

当他跳下地时，那人影已经进厕所去了。他就抢上几步，也蹿进厕所去。

原来，这个跑进厕所的，是这客栈里的店小二，他刚褪下裤子，正要大便时，突然跳进一个人来，吓得他灵魂几乎出了窍！

智亮不声不响，一把就把店小二拽出厕所去，到了一个僻静的角落里，才把他往地下一推，拔出钢刀放在他的脖子上说："你喊出声来，我就一刀结果了你的性命！有个施不全，他住在你们这店里，你把他住的是哪一个房间说出来，我就放你走！"

"店里没有姓施的，只有一个姓任的，带着好几个人，像是个有钱有势的人，他就住在上房正中上首的那个房间里。"

店小二一说完，智亮就在店小二身上割下一块衣襟，塞住他的嘴巴，然后又从身边掏出绳子给绑了起来。

智亮重新跳上屋顶去，很容易地就找到了施公住的那个房间。他看见房里放着一张方桌，桌子上点着一盏半明不亮的油灯，施公正靠在桌上打瞌睡。再看看隔子窗也没有关好。

智亮就轻轻地跳下了屋顶，智明也跟了下去。

智亮挨到窗口边，拨开隔子窗，一跃就跨过窗口，扑到施公面前，一刀就向施公的胸口刺去。

　　智明在窗外把风，当时眼看施公身子一歪，倒下地去。他想，智亮一刀下去，已结果了那赃官的性命，自己不妨也跟进去，好分这一份功劳。

　　可是，他正想移动脚步时，只看见智亮的身子一晃，就倒了下去！他知道不好，就要蹿进房去，搭救他的伙伴。

　　他才走到窗口边，就有一件东西，吱的一声迎面飞了过来，他急忙把身子一偏，转身就走。想不到又有一样东西，呼的一声插上了他的肩膀。

　　智明知道已经中了暗器，还想转身逃命，却从房间里跳出一个人来，大声喝道："贼秃往哪里逃！你可认得黄天霸？"

　　话还没有说完，黄天霸一刀就砍了过去。智明急忙招架。才斗了两个回合，就有四五个壮汉拿着武器，从外面包围了过来。好在他有一点真本领，一刀刺伤了王殿臣的大腿，趁着大家纷乱的时候，就一跃飞上屋顶去了。

　　黄天霸哪里肯放过这个刺客，立刻也追上屋顶。可是，在上面到处都找遍了，还没有找到。这也不能怪黄天霸，因为智明上了屋顶，马上翻过屋脊，跳下地去，翻过墙逃走了。

　　他看见智能还在那里巡风，急忙打了个暗号，智能知道事情不好,就跟着智明一起逃走了。可是,他们没敢回到庙里去,跑到智能姘妇的家里躲了起来。

黄天霸怎么也找不到刺客,就下了屋顶,回到施公房间里一看,那个中了暗器的刺客,还是昏迷不醒地横在地下。就叫人把这昏迷的和尚绑好,明天好送到当地的官厅去法办。

这几个和尚,这样秘密而且迅速地来行刺,总以为一定会成功的。哪知道智能的那种愚蠢的跟踪方法,一碰上李七侯,就被他给看破了。因此,他们的行刺,却变成了去送死!

这天吃晚饭后,黄天霸就告诉大家,晚上可能有歹徒来暗杀施公,并当场给大家分派好任务。所以,智亮一进房间,就挨了黄天霸一镖!还算智明和智能的运气好,躲避过了这场风险。

施公看到这被抓住的刺客,果真是关王庙里的和尚。当天夜里,他就派人去请当地的知县,还有吴翰林和黄翰林,当夜到大名府见面。

智亮中了镖,还是昏迷不醒,施公就下令把他捆送到大名府去,他自己带着众英雄,随后也到了大名府,要连夜审问这个刺客。

大名府知府章有为正在家里喝酒取乐,突然,一个听差满头大汗地跑了来,说是钦差施大人捉到了一个刺客,已经亲自到府里来了,要开堂审问,请知府立刻到府衙去。

章知府一听到这个惊天动地的消息，急忙丢下酒杯，换上衣服，连轿子都没敢坐，跌跌撞撞地赶到府衙里去，看见大堂上已灯光辉煌，上面坐着的是施公，下面是一个用绳子捆绑着的和尚。

　　"请问大人，这是怎么一回事？"章知府向施公磕过头，慌慌张张地问。

　　"你先坐下，慢慢自然会知道。"

　　"是，大人！"章知府当然不敢就座，回答了一声"是"，就退到施公椅子旁边，脸无人色地站在那里。

　　过了一阵子，知县王智珪和吴黄两位翰林也先后赶到了，他们一起在施公案桌面前躬身站着。

　　智亮终于苏醒了过来。施公就叫人解去捆绑在他身上的绳索，拖到案桌前面，跪好在地上。

　　"施不全，今天你师父中了你们的诡计，被你们捉住了，就算你师父活该倒霉。现在要杀就杀，还啰嗦什么！"智亮瞪着眼珠子，大声嚷了起来。

　　施公一看这个和尚实在非常倔强，看情形只好软骗，便好声好气地说："你们这些做刺客的人，都是些敢作敢当的好汉，我向来就很看重你们。而且，你来行刺，一定有人指使，只要说出那指使的人，你的罪就减轻一半。同时，我也没有被你刺死，更可以减轻你的罪刑。"

智亮听到这里,果然上了施公的圈套,他先向施公叩了一个头,然后说道:"我向来只知道,你是一个专门和绿林中人作对的大坏蛋,现在才知道你是个好人,过去真是冤枉了你老人家!"

施公听了非常高兴,因为这种软功夫,果真收到了效果。他便更进一步地想骗取智亮的口供:"你是出家人,照理应该在庙里看经念佛,现在却来干这行刺杀人的勾当,我相信一定是有人指使的。"

智亮正要招供,忽然想起了这一定是施不全骗取口供的诡计,于是,立刻又改换了口气说:"施不全,你师父几乎中了你的诡计! 你想诱骗我的口供吗? 我很明白,当刺客被当场捉住,迟早总是一死,随你的便好了!"

"好大胆的秃贼! 你要自讨苦吃,就只好让你的皮肉受苦了!"施公说到这里,右手提起笔杆,左手往桌子上一拍,说道,"来,给我把这秃贼重打四十大板,看他招不招!"

施公一声令下,那些差役正要过去动手,黄天霸突然站出来,向施公求情,差役就停了下来。可是,跪在地下的智亮,还是不住地乱嚷,看样子他是决心要接受这苦刑的。

十六、 美人计殷赛花大破关王庙

施公想诱骗智亮的口供，被智亮识破了，当场改变主意，不肯招认。施公就叫差役动刑。黄天霸还希望把智亮的口供骗出来，就请求施公不要动刑，一面又这样劝智亮说："我们大人，最喜欢江湖上的英雄好汉，你只要拿出英雄本色，把案情老实说出，对你一定有好处的。我看，还是趁早说了吧。"

"好处？你师父已经不想要这条命了，随你们的便吧，没有什么好招的！"智亮知道黄天霸的话一样也是骗局，他就决定不招认。

"还是重重地打他四十大板！"施公又大声喝打。

施公这样一喝打，那些差役马上把智亮按倒在地上，一五一十，重重地打了四十大板，打得智亮全身是血！

"现在，你尝过这味道了，到底招不招？"施公叫差役把智亮推到面前,又问道。

"连杀头也不怕,还在乎这几十下板子吗!"智亮尽管痛得连腰也伸不直,嘴巴还是照旧那样强硬。

"把夹棍抬上来!"施公瞅了智亮一眼,意思是问他到底招不招。

差役把那吓人的大刑具抬了过来,放好在施公桌子前面。大家一嗅到那夹棍上的血腥臭,就有点儿寒心。

"你看到这夹棍了吧,到底招不招?"施公又给智亮一个最后的机会。

"你这施不全,怎么这样啰嗦呢? 要夹就夹,你师父难道还怕这夹棍!"

施公一听,马上就往桌子一拍,大声吼道:"把这秃贼夹起来!"

那些差役,就把智亮按倒在地上,把他那两条腿拉进刑具里去,跟着就把绳子一拽。只听见智亮那大腿的骨头,在格哩格拉的作响,智亮那两条腿,就要被夹断了。

智亮尽管已经痛得不能忍受,还是尽量咬紧牙关,不肯招供。那些差役又是一声猛吼,大家用足了劲,把夹棍的绳子又连拽了三下。智亮一声惨叫,就昏了过去,满头满脸冒着黄豆大的汗珠子!

差役取过冷水来,在智亮脸上一喷,他立刻又苏醒过来。

施公看见他醒了过来,便又大声地问道:"你这秃贼,到底招不招!"

智亮尝过这夹棍的味道,的确不好受,现在,再也没有勇气冒险了。他便招出关王庙当家和尚无量,收了十八个精通武艺的徒弟,称做十八罗汉,专门干那些奸淫掳掠的坏事。在方丈室里面的花园里假山石下面,造了一座密室,专门窝藏抢骗来的良家妇女。在密室的四周,都有陷阱,有人要想去破坏他的秘密,一定会断送性命的。好在他和官府士绅都有勾结,所以向来平安无事。

"那你为什么要来行刺,我跟无量素不相识,是不是别人派你来行刺的?"

"这还得怪你今天更名改姓,化了装到庙里去密查。无量和尚知道自己平时做了不少坏事,你这次一到庙里,一定会找他的麻烦,所以就先下手为强,叫我来行刺。"

"章知府,吴翰林,黄翰林,还有王知县,你们都亲耳听到了吧,那个无量干那横行不法的勾当,已经不是一朝一夕了,坏就坏在你们这些官吏士绅们,都喜欢人家来拍马屁,这无量就用他的拍马屁功夫,把你们的头脑都弄昏了! 你们不是也太糊涂了吗?"

大家听了施公这话，都羞得抬不起头来。

当然，这还不是处分这些糊涂士绅、昏庸官吏的时候，而是该想个方法来铲除关王庙的这群无法无天的和尚。施公就跟黄天霸商量，打算要知县王知珪，立刻调集五百名兵士，跟着黄天霸和众英雄，连夜去包围关王庙。

可是，黄天霸认为，这个刺客已经被抓住，关王庙里的和尚一定有了准备，所以不适宜今夜就去围攻。他认为在表面上，施公还是依照原来的日程，后天就离开这里，实际上却还是秘密留下来，并一面到殷家堡去调回李昆、季全和贺人杰，同时，还得请殷家全家的人来协助，才有铲除这一伙恶僧的把握。

"你这主意很好。天霸，你就着手去准备吧。"施公同意了。

第二天，黄天霸就叫那些随行的差役，预备好车马，再休息一天，施公就要赶路进京。

那些随行的差役，就去张罗车马，作起程的准备，所以大家都知道，再过一天，施钦差就要走了。

智明和智能两个人，从吉升客栈逃出来，在智明的姘妇家里躲了一夜。天一亮，两个人就赶回关王庙，向当家和尚无量报告智亮被捕的消息。

无量和他手下的那些所谓罗汉，一听到这个意外的消息，大家立刻吓得脸无人色。还算无量有主意，他定了定神，就派飞毛腿智慧,先到城里去打听一下消息,再作打算。

智慧是飞毛腿,走路特别快,刚一到中午,就从城里带了消息回来,向大家报告:"大家放心吧,智亮虽然是被捉住了,可是,他什么也没有供出来。施不全没有办法,只好把这个案子交给了知府知县,叫他们好好审问,他自己明天就要走了。"

"这瘟官真的走了,那知府和知县都是我的好朋友,只要去打个招呼,这件事情包管可以松下来。最后,要是实在走不通的话,我们就去劫狱,把智亮从牢里救出来,不就化大事为无事了吗?"无量听了飞毛腿回来那样一说,他认为智亮尽管被捕,结果,还是不会有什么事情的。

"可是,施不全这个瘟官不死,总是后患无穷哩! 我看,明天早晨,派两个弟兄到紧要的路口去等候,施不全一到,就先把他干掉。"飞毛腿不但走路快,脑筋也非常灵活,一下子就想出了这个斩草除根的毒计来。

"能够做到这种地步,那是再好也没有了,你能跑,而且又跑得那样快,我想这个任务,还是交给你比较妥当。"无量就叫智慧明天到荒郊野外去等候刺杀施公,成功后就可放心了。

智慧在第二天一清早,就拿了武器,离开了关王庙,跑到施公必经的途中,找了个适宜的地方埋伏着,等施公的人马来到好动手。

　　黄天霸亲自到监狱里，挑选出一个脸形和身体完全跟施公相像的死囚。另外施公还派一个人，伪装为黄天霸。到了第二天早晨，吃过早饭，就由这个假黄天霸保护着那个伪施公，带领着一大批人马，从大名府浩浩荡荡地出发了。

　　这批人马，走了一天，一路倒也很顺利。看看太阳快要下山了，在前面隐隐看得见的一个城市，而且距离已经不太远。大家正沿着一片芦苇塘，往那个城市前进时，突然，从芦苇塘里跳出一个手里拿着一把单刀的壮汉来。

　　伪装黄天霸的人看到情形不好，正想拉出刀来抵抗，那个壮汉，手脚真快，一个箭步蹿到伪施公的马前，一刀就把伪施公的脑袋砍了下来。伪黄天霸急忙跃马上前，找那壮汉厮杀，想不到那个家伙，两条腿跑得真快，一下子就跑进芦苇塘里去了。那芦苇塘里的芦苇长得比人还高，即使跟着追进去，也不容易找到。

　　假扮黄天霸的这个人，是大名府里的一个捕快班头，他知道自己的任务，所以一看到那个杀人的匪徒逃走了，也不去追捕。不过，他还是率领着那批人马，继续前进。

　　到了前面那个城市里，他找了一个比较冷清一点的饭馆，请大家吃饱了肚子，趁着黑夜，赶回了大名府，把伪装施公的那个人，在路上被杀的经过情形，详详细细地向黄天霸报告了。

　　智慧杀死了假施公后，立刻回去向无量和尚报告。无量欢天喜地地说:"这瘟官一死,我们尽可安心了。过几天,想法子把智亮带回来,这一场暴风雨就算收场了,我们仍可在这庙里,逍遥自在,快快活活过我们的日子。"

过了三天,从殷家堡陆续来了不少人,他们都是化了装来的。除了贺人杰、季全、李昆以外,还有殷家四兄弟、老英雄殷龙和他的女儿殷赛花。

大家到了大名府,先休息了三天,一面派人到关王庙去假装烧香,察看庙里的动静。

去烧香的人回来报告,说庙里那些和尚没有半点不安的样子,可见他们都已经安下心来了。黄天霸听了,知道已经到了该动手的时候了。

他就把关王庙的情况报告了施公,一面说明他打算用个美人计,请殷龙带着他的女儿殷赛花在黄昏的时候,到庙里去投宿。一面由他率领众英雄和当地的军士在外面接应,好在里应外合下,把这群害人的和尚一网打尽。

施公听了,认为这个计划非常周到。黄天霸就召集了众英雄和殷龙父女,经过一番仔细商量,大家都赞成这个计划,并且决定在第二天夜里,采取行动。

第二天夜里,大约到了二更时分,殷龙就打扮成一个乡下老头的样子,带着化装成乡下姑娘的殷赛花,走进了关王庙的山门，一直向大殿走去。

在大殿上照料香火的两个小和尚，正在那里聊天，殷龙就走到他俩跟前，畏畏缩缩地向他们招呼说："小师父，请你们行个方便，让我们父女两个在你们庙里借宿一夜，明天我一定送些香火钱，酬谢你们。"

那小和尚看到这个乡下老头子带着一个长得很好看的女儿，要在庙里住夜，便嬉皮笑脸地回答："怎么不去住客栈，要到庙里来借宿？你该知道，寺庙是不好收留妇女住夜的。"

"小师父，我也知道该住客店的。可是，我们贪赶了路程，这时城门已经关了，要到哪里去找客店？所以请你们行个方便吧。"殷龙说话时那副可怜的样子，几乎使殷赛花笑了出来。

"既然这样，"那两个小和尚的四只眼睛都盯在殷赛花的身上，说，"你们就在这里等一会儿，让我去问问我们当家准不准，再来告诉你。"

无量正坐在方丈室里养神，听见那两个小和尚报告说，有一男一女要在庙里借宿一夜，起初他并没有收留的意思，可是，再仔细一想，说不定那个女的长得很漂亮，果然是这样的话，那倒是一个送上门来的好货色。不过，他也不便问那个小和尚那女子到底长得怎样，最后，他就这样回答："庙里面怎好收容女人过夜，让我出去跟他们说个清楚。"

说着，无量就跟着那两个小和尚，走向大殿来。

　　无量到了大殿里，在灯光下看到殷赛花的那副容貌，真有说不出的高兴。所以殷龙和他说了几句好话，他就答应下来，把他们父女两个带进庙里去。

　　殷龙和殷赛花父女两个，就跟着无量拐弯抹角，一路往里面走去。殷龙处处注意，记住进出的路口。到了一座三开间屋子面前时，无量说声："就住在这里吧。"就带着殷龙父女走进那屋里去。

　　"这真是太打扰大师父了，明天一定要重重地酬谢您。"殷龙很诚恳地道谢。

　　可是，无量哪里还有心思听殷龙这些废话，他的视线片刻不离地盯牢在殷赛花的身上。他觉得这个乡下女子，长得实在逗人喜爱，他的密室里尽管藏着七八个女子，但没有一个比得上这个乡下姑娘的。

　　不过，这个老头儿实在刺眼，无量想，应该想个方法，先对付这个老头儿才行。后来，他终于想出一个满意的方法来："请问老先生，可曾吃过晚饭？"

　　"晚饭倒还没有吃，不过，饿一夜倒无所谓。"殷龙回答得很微妙。无量听了，暗想，今夜的机会竟是这样好，便很客气地回答说："一顿晚饭有什么关系，我就去叫他们赶快准备。不过，还得请问你老人家,要不要喝点酒?"无量决定要靠酒来实现他的计划。

"大师父,我平生没有别的嗜好,就是喜欢喝一杯,不过,也喝不了太多。"殷龙的语气并不反对喝酒,只是表示酒量不大。

这个回答,在无量听来,比什么音乐都好听,他正想去给客人预备酒,殷赛花却抢着开口了:"大师父,最好不要给我爹喝酒,他的酒量并不大,一喝就想睡。他老人家一睡着了,天大的事也不管了!"

无量听殷赛花这样一说,更觉得非给这老头儿酒喝不行。因为他就是希望这老头儿早点睡着,才不会妨碍到他的计划。所以,等殷赛花说完,他便笑着回答:"他老人家走路走累了,正该早点睡觉,我还是请你们喝一杯好。"

无量说着,也不等他们父女回答,转身就走向里面去了。

无量走进厨房里,就指挥烧饭的和尚准备酒菜。殷龙趁着这个机会,走到隔壁房间里看了看。

那房间里放着一张床,床上蚊帐、被褥,样样俱全,而且都很讲究。跟着,他又跨进里边一间屋子里去,那屋子里放着书桌,和两个很大的书橱。他走近一看,那书橱是锁着的,看不出有什么异样的地方。可是,他再仔细一看,就看出那橱门是假的,上面装着机关,只要把那机关一按,橱门立时就会开启,人就可以从隔壁走到这边来。同时,看到那把锁也是机关,只要把锁一按,橱门就会打开,这边的人就可以从橱门里走到隔壁去。

殷龙看完了,回到外面来时,小和尚已送进来菜和酒饭了。好在无量正忙着准备他的工作,还没有进来。殷龙只喝了两三杯酒,就把一大壶酒,偷偷地倒到外面的阴沟里去。

喝完酒,吃饱饭,父女两个,就走进房里去睡觉。殷龙一倒下去,立刻呼呼地打出雷鸣般的鼾声来,好像睡死了一样。

无量就被这一阵阵的鼾声惊动了。

殷赛花灭了灯,衣服也不脱,横躺在被窝里,静等着那秃贼的行动。果然,没有多久,隔壁的书橱门呼的一声就开了,跟着就有轻微的脚步声从隔壁的房间,一步步迫近到她床前来。

无量最初还算斯文,并没有动手,只是请殷赛花到他的密室里去。殷赛花当然不会答应。无量纠缠了一阵,看看殷赛花实在不肯去,终于动手了,他用力把她从被窝里拖了出来,拉着就走。

殷赛花被拉到书橱边时,一看那橱门,已经开了。无量先钻进了书橱,然后一把就把殷赛花拉进书橱去,再从书橱里跨出去,那橱门就啪的一声关上了。

殷龙一直听着,一听见橱门已经关上,知道女儿已被拉过去了,他就摸出武器,挺起身来,从窗口跳到外面,飞上屋顶去。

他刚飞上屋顶，迎面就掠过了一个黑影，仔细一看，原来是他的女婿贺人杰，他便叫贺人杰在屋顶上等待着招呼，自己又跳到地下去，回到屋子里，按了按书橱门上的锁，橱门一开，他就穿过橱门，进到隔壁的房间去。他先把控制着橱门的绳子割断，跟着就悄悄地摸进密室里去。

他推了推密室的门，发现已经关得很紧了，他就绕到密室窗外，往里面一看，只见里面灯光辉煌，无量在那里逼着殷赛花喝酒。这时贺人杰也早已跳下了屋顶，跟在殷龙背后。无量因为殷赛花不肯喝酒，一发脾气，就自己端起杯子来，一饮而尽，突然，一支弩箭，嗖的一声，就向他的后脑飞来。他把头一偏，躲过了这一支冷箭。

殷赛花一看到这支弩箭，知道她的丈夫贺人杰已经到庙里来了，就抛下外衣，从腰里拔出两把刀来，大声骂道："秃贼！你认得姑奶奶殷赛花吗？今天奉了施大人的命令，特来抓你！"

说着，殷赛花就一刀迎面砍去。无量看了，哈哈大笑说："你竟敢用美人计来逗我，今夜，你该死在咱师父手里了！"

无量说完，就抓起椅子来，迎住殷赛花的双刀。跟着，他蹿到床边，从壁上拽下一把宝剑，就跟殷赛花交起手来。

殷龙一看到他的女儿已经和和尚动起手来，立刻破窗入内，舞动大环刀，飞砍进去。

　　贺人杰也跟着跳进了屋内，举起软索铜锤就往无量打去。这样，父女夫妻三个，就把无量团团围住。

　　四个人你来我往，杀了几个回合，贺人杰虚打一锤，向后倒退了几步，一直退到窗口，故意让出了一条路来。

　　无量一看有了一条逃命的路，就虚砍一剑，转身向窗外就逃。殷赛花怕他逃走，赶紧追了上去。哪知道无量才逃到窗边，就仰面朝天，咕咚一声，倒了下去。

　　"哈哈！秃贼，今天你该倒在姑奶奶手里！"殷赛花说着，就往无量身上一刀砍去，砍下了一只右臂。

　　贺人杰笑着跳进窗口来，拿出绳子，把无量捆了起来。跟着一铜锤打下去，无量的左臂也被打断了，他就把无量扔在那里，对殷赛花说："你到里面去查看一下，如果看到有被关在那里的妇女，统统给放出来。"

　　殷赛花立刻沿着地道走进里边一间密室去，把一群被软骗硬抢了来的妇女，一起都给救了出来。最后，她自己也从地道里退了出来。

　　她才走出地道，在墙上发现两个黑影，仔细看时，跑在前面的是一个和尚，紧紧地在后面追上来的是黄天霸。原来黄天霸和众人赶到庙里来时，先由李昆燃起迷魂香，向禅堂里熏去，睡在禅堂里的那些和尚，就全被熏倒了。

李昆熏倒了禅堂里的和尚,黄天霸就率领众伙伴,冲进禅堂去,把那些被熏倒的和尚捆了起来。这时候,从外面跳进了三个和尚,手里都拿着钢刀,没头没脑地向他们砍过来。

这三个和尚,就是智慧、智能和智武,他们三人各有一个房间,经常不睡在禅堂里。刚巧智慧起来小解,看见黑压压的一群人冲向禅堂里去,他就知道出了事情,即刻把智武和智能叫醒,一起杀到禅堂里来,好协助他们的兄弟。

可是走进禅堂一看,大家都僵卧在那里,黄天霸等一伙人正要动手捆人,智慧就直取黄天霸,智武敌住李昆,智能找上了何路通,拼命地厮杀起来。

结果,智武中了李昆的一颗神弹子,痛得急忙回身逃命。刚巧季全过来,迎面一刀砍去,哪知他尽管躲过了季全的刀,却没躲过李昆的弹子,正打在他的右手腕上,手里的兵器就被打落在地。

殷刚正从对面杀过来,一刀就向智武的肩头砍去,智武躲得快,这一刀总算没有挨上,他想跳上屋顶去,李昆接连打了两弹,就把他的眼睛给打瞎了,再也上不了屋顶,智武就这样被擒住了。

何路通正在跟智能两个厮杀,这和尚却突然一跤栽倒了!何路通正在奇怪,看见贺人杰从旁边闪了出来,他这才明白,原来智能是挨了贺人杰的软索铜锤的。

黄天霸正和智慧厮杀,杀了一阵,智慧发觉智能和智武都已被他们给生擒活捉住,他就提起飞毛腿,跳上墙去。黄天霸尽管神勇,却赶不上他那两条飞毛腿。

智慧逃到半路,撞上了殷赛花,她一看清楚前面那黑影是一个和尚,就喊声:"秃贼休想逃走!"立刻飞出袖箭打了过去。飞毛腿智慧中了箭,就从墙上翻倒下去。

这样,关王庙里这群为非作歹的和尚,从当家和尚无量以至他的徒弟徒孙,都被一网打尽了。只有十八罗汉中的一个智明,因为在城里打听消息,才侥幸逃了一条命。这些被捉住的不法和尚,都被捆送到大名府去。这关王庙一带地方,从此也就太平了。

十七、 琅琊驿朱世雄野林劫施公

　　关王庙的和尚,除了智明侥幸逃脱了法网以外,所有那些作恶多端的和尚都被施公杀了。殷龙和他的子女在大名府玩了几天,就告别了施公和众英雄,回到殷家堡去了。施公率领了全班人马,继续赶了几天路,就到达京城里。

　　他见过老皇帝后,奉旨在京里休息几天,仍回淮安。想不到当他和众英雄在京里过了几天比较轻松的日子之后,皇宫里又发生一件重大的案子——老皇帝的一只琥珀杯在一个夜里被人给偷走了!

　　皇宫里发生了这件惊天动地的大案子,老皇帝想只有施公是唯一能够寻回这杯子的人。他就把施公叫进宫去,当面交代,要施公率领黄天霸等武将,赶紧回到江南去,顺便沿路小心寻访,一定要把那只琥珀杯找回来。

施公把老皇帝的这番话跟大家一说，每个人的心头，又加上了一个重压。可是，皇帝的话是绝对要奉行的。第二天，施公就肩负着这个沉重的任务，从京城里出发，和大家到江南去。

这时正是春回大地的二月天气，说冷不冷，倒很适宜于赶路。到了三月中旬，他们就到了山东沂州府地界。施公一直都想看看这附近的琅琊山的风景，就叫大家在沂州府的琅琊驿休息一两天再走。

第二天，黄天霸跟施公说好，趁这休息的机会，大家要出去查查琥珀杯的下落，只留下贺人杰和金大力两个保护施公。

吃过早饭，大家都出去了，施公看看天气很好，而对琥珀杯这件事老是放不下心，他老人家实在不能再在驿站里闷下去了，便换上便服，也不去关照贺人杰和金大力，只和老仆施安说了一声，就独自一人到沂州街上闲逛去了。

由于他是出来闲逛的，一直散步到距离城里二三里路的郊外去。

他走得太远了，腿感到有些酸痛，刚打算返回城里去，无意间抬头一看，前面是一座碧绿的树林。

施公看了，不觉忘了疲劳，就信步走进树林，他本来打算在树林里走走，再返回去。可是，春天的树林里，到处是鸟语花香、引人入胜的景物，终于被眼前的风光迷住了，就只管一步步往树林里踱了进去。

最后，在树林里，发现了一道小河，河上架着一座小木桥。施公看那小桥流水，真是别有天地，就从桥上走了过去。突然几声狗叫，他才注意到展开在眼前的是一座村庄。村子的周围，到处都是桃树。施公抬头望去，只看见桃花盛开，简直像是一座现实的桃花源。

想起了桃花源，他就情不自禁地，一步步踏进了村子。村子里的房舍，虽然都是农家，倒还整齐。

施公终于走到了一座大院宅前面，从那院宅的墙边望进去，还看得见一座茅亭。他正望着那座茅亭出神时，跑出两只大黄狗，围绕着他狂吠起来。

狗叫了一阵，就从这座宅院里走出一位老人来。这老人一出来，先把那两条黄狗赶回去，然后往施公身上打量了一番，微笑着说："老先生要不要进来喝杯茶，休息休息？"

施公一听这位老人说话，倒很像是读书人，就很客气地回答说不便进去打扰。可是，那老人还是很诚恳地请他进去坐坐。施公实在也很需要休息，就跟着他走了进去。

"请教老先生贵姓？"施公一坐下来，那主人就很客气地这样问，一面叫家人去泡茶出来请客。

"鄙姓施。"施公随便回答。

"恐怕就是总漕施大人吧。昨天我听县里有人来说起,施大人路过这里,还要在这里耽搁几天呢。"

施公已经说出自己的姓来了,这时也只好承认。那老人听别人说,施公是跷脚斜眼,样子很难看,所以一听他说姓施,就大胆地那样问。知道他果真是施公后,他也就说明自己姓吕,名字叫云章,是一个进士,因为不喜欢做官,就在乡间过着自在的日子。

吕云章一面陪施公谈天,一面叫家人准备酒菜。施公就在吕家吃了一顿丰盛的酒饭。他吃完了酒饭,看看太阳已经快要下山了,就向吕云章道了谢,从吕家走了出来。吕云章一直送他到庄口才回去。

施公穿过小桥,走进树林,仍走原路回去。可是,他走了还没有多远,从后面追上一个人来,不声不响,提起木棍,照准他的腿上就是一棍!施公"哎呀"一声,立刻就昏迷不醒,倒在地下。

这人看到施公已经昏迷过去,就掏出绳子,把施公捆起来,跟着又脱下身上的外衣,把施公从头到脚包了起来,然后扛着就走。

这真叫做不是冤家不聚首。智明因为到街上打听消息去了,所以关王庙被破的那天晚上,他才侥幸保留下了这一条性命,逃到朝舞山,投靠外号叫盖世大王的曹勇,继续过着奸淫掳

掠的日子。

这曹勇有两个结拜兄弟,一个叫朱世雄,一个叫尹朝贵,这三个异姓弟兄,都有一身了不起的本领,就在这朝舞山上做山大王。

智明一到山上,立刻要求曹勇去替关王庙的和尚报仇。曹勇听到破了关王庙的是施公,就知道黄天霸这一群人不是好惹的,于是告诉智明说,要想替关王庙众弟兄报仇,一定要请他的朋友飞云子来帮忙,否则就没有把握。

"那就去把飞云子请来,不就成了吗?"智明听曹勇那样说,很性急地这样催促。

"现在,他不会有空。"曹勇摇摇头回答,"我和镇山太岁王朗早就有这个打算,要想一个妙计来害死施公,好替江湖上的朋友报仇出气。算你来得巧,我本来明天就要到琅琊山去商量这件大事,所以,你不必这样着急,静候着好消息就是了。"

智明虽然不知道曹勇和王朗两个人在想什么妙计,不过,不管什么妙计,只要能够替自己报仇便行,所以,他也不再问下去,安心地在朝舞山上住了下来。

第二天,曹勇到了琅琊山。他一见到王朗和飞云子的面,就问:"我们的齐星楼造好了没有?"

"早已造好了。"王朗很得意地回答。

"那就得请老兄立即动身上京,把宝贝取来,赶早害死施不全,不是可以早些了却我们的心愿吗?"曹勇说话时,直望着飞云子。

飞云子第二天就离开琅琊山,到了北京,很顺利地盗走了皇家的琥珀杯。

可是,王朗对于飞云子多少存着一点疑心,就派他的结义兄弟朱世雄暗地里跟了去,一面可以在京城里监视飞云子到底去不去盗取宝贝的真实情形,免得上了飞云子的当。同时,也叫朱世雄打听施公到了京城以后,皇上又派他到什么地方去担任什么新的官职。

朱世雄在京城里才住了几天,就听到了皇宫失窃,被人盗走琥珀杯的传闻,他知道飞云子已经达成了任务。跟着,就去探听施公的新任务,终于被他打听到了施公仍回江南任原职的消息,而且还探听到了施公离京的日期。他准备等施公一动身,就要一路紧跟着。

他原本想顺便立一个大功,在江湖上显显自己的威风,所以,一路打着暗杀施公的主意。可是,不论走到哪里,经常有人保护着施公,他到底不敢随便动手。

不过,他的暗杀施公的念头一直没有消除,就一路跟到了琅琊驿来。

这天，终于被他碰上了这个好机会。他看见施公单身出去，就悄悄地从城里一路跟了来。在树林里他一再想下手，几次都被山里的樵夫给破坏了下手的机会。最后，看见施公过了小桥，进了村子去，他就只好躲藏在树林里，等候着施公回来。

他耐着性子，直等到太阳已从西山落下去的时候，才看见施公带着几分酒意，摇摇晃晃地穿进树林里来。他便一木棍打昏了施公，掏出绳子捆绑好以后，再脱下衣服，把施公包起来，扛回琅琊山去。

琅琊山大王曹勇，看到朱世雄竟把施不全扛了回来，真是喜出望外。特别是智明，听朱世雄说在他背上的就是施不全，立刻就跑上去，把朱世雄肩上扛着的那包拽了下来。砰的一声，施公就给摔在地下。

"老弟，你别把他摔死啊！"曹勇想拦阻已经来不及了，"如果这样让他死去，不是太便宜他了吗！"

"是啊，我们应该给他些零碎的苦头吃，然后再活活地挖他的心剖他的腹，来祭我们已死的江湖朋友，才算够本呢。"尹朝贵说着，把耳朵靠近到包着施公的包裹上去听了听。

"没有死吧？"朱世雄一面喝茶，一面问。

"哦，没有。"尹朝贵摇了摇头。

跟着，曹勇就叫了个叫做王雄的头目来，把施公提到马棚里去吊起来,等到快要饿死的时候,再提到聚义厅上来,剖胸挖心,祭奠死在他手里的江湖朋友。

曹勇真想不到,这个叫做王雄的头目,曾经在江都做过小偷,刚巧施公在做江都知县的时候,他被抓送到了县里去。施公一看王雄这个人,虽然是个小偷,本性倒很耿直,说话也很老实,就免了他的罪,送给他一笔钱,要他弃邪归正,去做小本生意过日子。

一天,王雄从琅琊山下经过时,被喽兵给捉上山去,他的本钱也被抢光了!总算他还有一身本领,曹勇就把他收留下来,叫他做了一个头目。

今天也算凑巧,王雄碰上了他的恩人,听了曹勇大王的吩咐,他提着那个包裹,一路奔向马棚去。

王雄到了马棚,急忙把这包裹解开来一看,施公还在半昏迷状态中,身上捆着绳子。他回头向四面一看,马棚里倒是空空的,大概那些马夫们都到外面遛马去了。

"大人,大人!"他冒着危险,这样轻轻地叫了两声,可是施公并没有反应。他就把施公身上的绳子解掉,跟着又悄悄地呼唤了几声,施公的眼皮,才掀动了几下。过了一会儿,施公才说出话来:"你是……谁?"

"大人不必多问,您是我的恩人,我一定要尽我的力量来救大人脱险。"王雄说着，找一壶马夫们喝的茶来，给施公喝了一些。

"你叫什……么名字？怎样会来救我呢？"

王雄急忙摇摇手，叫施公不必多问，然后，急忙跑到厨房里，找了两个包子，一壶热茶，带回来给施公吃，对施公说："大人，你还得委屈一下，让我把你吊起来。有了机会，就放你下来休息。大人，你得忍受眼前的痛苦，我才有办法来救你。"

"好，好，当然……"施公有气无力地回答。

王雄把施公吊好在梁上后，就出去向曹勇大王报告，他已经把施不全吊起来了。

"你得好好看着，别让他死掉，可也不能给他茶水和东西吃，等他吃尽了苦头，实在支持不住，快要饿死的时候，再来报告我。"曹勇说完，不放心，又仔细叮嘱了一番。

王雄回到马棚里，尽管一心要救施公，可是，一时总想不出好主意来，只好眼看着施公受罪。

到了半夜里，那些马夫一个个都睡熟了，王雄又到厨房里，找了些食物和茶水，把施公从梁上放下来，给他一点茶水喝，一些食物吃，又让他躺下养了一会神，才又给吊起来。

到了第二天下午，因为智明一再催促，要曹勇把施不全拉出来挖心剖腹，曹勇就叫喽兵把王雄叫来问道："施不全是不是快死了?"

"奇怪,施不全的精神还很好呢。"王雄假装惊奇,这样回答。

智明在旁边听了,心里好不舒服,马上这样接口说:"吊了他这一天一夜,罪也够他受的了,我看,不一定要到他快死的时候才动手,马上拉出来,给他在胸口一刀,挖出心肝来算了!"

曹勇沉思了一阵,开口说道:"不错,早点解决了这瘟官也好。不过,这样一件惊天动地的大事,不让江湖上的朋友亲眼看到,也不够威风。明天早晨,就派个头目到琅琊山去,请王朗大哥和他那边的几位好汉一起到山上来,我们一面喝酒,一面看施不全受罪,才够痛快咧。"

"王头目,你回去把施不全交给朱童看管,明天一清早,你就动身到琅琊山去,给我请王大王和几位英雄,都到山上来。请他们来的原因不必再细说,刚才我讲的话,你也听到了。"

王雄因为一时想不出救施公的好主意来,正在发愁。他刚想回到马棚里去,曹勇竟然交给他这样一个任务,他高兴到了极点,便马上回答说:"是,我明天一清早就去,请大王放心。"

"王头目,你得加紧赶路,不能多耽搁时间,不管怎样,请王大王后天一定要赶到这里来。"智明等得实在不耐烦,心里非常着急,王雄正要走开时,他又叫住,这样叮嘱了一番。

王雄回到马棚里,看看吊在梁上的施公,精神还是很好,当然也放心了一点。不过，一想到自己明天一早就要离开这里，最早明天半夜里才能赶回来，这一段时间，怎样才能让施公平安度过，倒不能不好好地想一想了。

王雄独自沉思了半天，终于想出了一个主意来，今天夜里，还是由他自己看管着施公，等到明天早晨临走的时候，才把施公交给朱童看管。

当天晚上，到了半夜里，看看大家都已睡着了，他又悄悄地把施公放下来，先给他喝了些热茶，再给他几个牛肉包子吃，最后，又给施公吃了半根吉林人参，一面问明了黄天霸一些人的住处，最后叫施公不要着急，他一定去通知黄天霸，来救他出险。王雄这样安排好以后，仍旧把施公吊回到梁上去。

第二天一大清早，他就把施公交给朱童，动身到琅琊山去了。

十八、朝舞山王头目报恩救钦差

　　王雄离开了朝舞山，并没直往琅琊山去，却先往沂州去找黄天霸。因为施公已经告诉他，黄天霸就住在那边的驿站里。

　　自施公一个人出了门，就一直不见回来，不由得不使黄天霸和众好汉着急起来。当天夜里，只留贺人杰和金大力两个人看家，大家分批出去寻找。

　　黄天霸带着王殿臣，穿过了一个树林，正要走进一个村子去时，就有一阵狗叫声传来，跟着，从村子里跑出了几个拿着灯笼火把的人，他们走了过来，很客气地这样问黄天霸："二位是从哪里来的，我们的庄主要我们来问一声。"

　　"我们从琅琊驿来，是来寻找一个人的。你们的庄上可曾来过一个五十岁左右的老先生吗？"

　　黄天霸这样一问，就有一个老绅士模样的人提着灯笼，从众人后面挤了出来，这样回答："你们是不是寻找施公的？他今天上午到我庄上来，我请他吃了一顿便饭，在太阳下山前就回去了。这个时候你们还在寻找他，难道他还没有回去吗？"

黄天霸一听，虽然没找到施公，觉得多少有了一点头绪，就彼此通了姓名，才知道这位老先生叫吕云章，今天曾经留施公吃便饭。黄天霸为了好进一步探听施公的踪迹，就跟着吕云章一起到他庄上去。

他跟吕云章谈了一阵，才知道离这儿不远，有一座琅琊山，山上有一帮强盗，占了那座山头，专门干那打家劫舍的勾当。据吕云章的判断，施公可能在归途中碰上了那批强盗，被认为是一个有钱的绅士，绑上山去了。

黄天霸找到了一点头绪，就和王殿臣两个，在天快要亮的时候，一起回到琅琊驿，把打听来的一点线索告诉了大家。

另外出去寻找的李七侯、季全、何路通等各路人马，也都早已回来。大家听黄天霸说施公可能是被琅琊山的强盗绑了去，就决定等天亮，吃过早饭，一起到琅琊山去。

到琅琊山去，沂州镇是必须经过的一个市镇。这时，已快近中午，大家觉得肚子有点饥饿，就找了家饭馆进去吃中饭。

他们走进饭馆，拣了个空桌子，一起坐了下来。

饭馆里正中央的一张桌子上，正坐着一个黑脸大汉，看去约有四十岁上下的年纪,满脸杀气! 坐在这人旁边的一个年轻小伙子,一看到黄天霸他们进来,脸上立刻现出了一副惊慌的样子。

黄天霸看到这种情形,就连着看了那小伙子几眼。季全是出名的神眼,目光特别敏锐,他早已注意到这两个不平常的人物,就向黄天霸丢了一个眼色。

"爹,咱们吃完点心就走吧,听说朱二爷中了彩,这是件意外的事情,我们也去看看吧。"那小伙子跟大汉说的话,黄天霸全听到了。

黄天霸也是绿林出身,对于黑社会中的人的一言一语、一举一动,特别敏感。他早已听出那孩子说话的口气,就叫何路通到酒馆门前去看守着,别让这两个人离开了他们的掌握,等他们一出酒馆的门,就一路跟上去。

那黑脸大汉匆忙地吃完了东西,付过钱往外就走。黄天霸立刻紧跟了出去。到了门口,他悄悄地关照何路通:"这家伙有点刺眼,我先跟上去。你赶快进去吃点东西,等一会儿就和大家一起赶过来接应。"

黄天霸就跟着那黑脸大汉,一路往北走去。

大约走了有二里路光景,那大汉回过头来,向黄天霸望了望,一面就埋怨那小伙子说:"谁叫你多嘴呢? 看样子今天是流年不利，还是回去吧，不去看算了，反正也瞒不了我们。"

说着，那黑脸大汉和那小伙子，就折向东北边一条岔路上去。

黄天霸听清楚了这几句话，又见他们离开大路，折向一条小路去，更觉得可疑。他认为这两个人很可能是琅琊山的匪徒派下山来的暗探，于是，更决心跟踪下去。

大约走了四五里路，就是一座树林，黄天霸便钻进树林里去，一面还把视线盯在那大汉的身上，从树林间一路跟了过去。

那黑脸大汉走了一会儿，回头一看，跟在后面的人已经不知去向了，便放心地又埋怨起那小伙子来："你这小狗头，今天差一点叫你给误了大事！在茶坊酒店那种公共场所里，怎么好乱说乱道。那家伙听出了你的口气，就死盯过来。好在他已经离开了，现在，我才算放下了这颗心。"

"爹也太多心了，哪有这样巧的事情，那家伙只是碰巧跟我们走同一条路而已。现在，我们还是到山上去，看看朱二爷捉住的那老东西，到底有多大胆量，竟敢和江湖朋友作对。"

那小伙子说到这里，就被那大汉拦阻道："小杂种，再要胡说八道，看我不打烂你的臭嘴巴才怪哩！"

"爹的意思是今天决定不去了？"那小伙子怀着失望的神情问。

"谁还去！赶快回家去吧。"黑脸汉斩钉截铁地回答。

黄天霸把每一句话都听得清清楚楚。这时听那大汉一说"谁还去！"连他也失望了。因为，听他们的话语中，有什么"朱二爷！"，又有什么"那老东西有多大胆量，竟敢和江湖朋友作对！"，这不就说明了那个姓朱的，把施公捉了去吗。

本来，他只要一路跟下去，就可以找到施公的。现在一听那黑脸大汉说，今天决定不去了，他不免感到很失望，便把身子一耸，来一个燕子飞帘势，直扑到那黑脸大汉的面前，一声大叫："吃我一拳吧！"

那大汉突然挨了一拳，大吃一惊，把身子倒退了几步。跟着骂道："哪里来的偷鸡摸狗的东西！"跟着一拳就往黄天霸的胸口打来。

黄天霸轻轻地把身子一转，让到左旁去，马上举起左手，用了一个披刀削掌势，狠命地往那大汉脉搏地方打去。

看在旁边的那个小伙子，这时候也迈开大步冲上前来，用了个海底捞月的功夫，把全身的力气都给运到右胳臂上来，伸开手掌，向黄天霸身上打去。

黄天霸立刻把右腿往里一缩，脚尖向下，一脚用力踢了出去。那孩子的五个手指头，就一个个地掉了下来！

那小伙子受了伤，拔腿就逃。黄天霸正要追赶，那大汉已拔出腰刀，迎面劈了过来。黄天霸也拔出钢刀，向大汉砍去。

两个人杀得难解难分，谁也不肯认输。黄天霸一心一意想捉住这个大汉，好问个明白，那大汉也像动了肝火，非把这个无缘无故跑来惹是非的家伙，一刀砍成两段不可。

他们正在恶斗时，突然一颗弹子，向那大汉飞去。他还算躲避得快，只打中了他的耳垂，一时鲜血直流。那大汉知道对方来了帮手，转身就往树林子里逃去。那小伙子也跟着一起逃走。这儿他们到底是熟路，一下子就逃得无影无踪。

那颗飞来的弹子，当然就是李昆的神弹子。黄天霸正杀得起劲的时候，季全、何路通、李昆等一群人也赶到了。

李昆看见那大汉正杀得生龙活虎似的，不是黄天霸一个人所能捉得住的，便打出了这一颗弹子去，却吓跑了那大汉。

大家商量了一阵，断定那家饭馆里的店小二一定认识这个大汉，便一起折回沂州去。到了那家酒馆一问，店小二果真认得他，就告诉他们，那黑脸大汉名叫吴球，那个小伙子是他的干儿子吴洪。

他们又从店小二嘴里知道这吴球的外号叫一溜烟，靠打柴过日子，王朗几次要他去结拜为兄弟，他总是不肯去，不过，王朗有事要他去帮忙的时候，他倒很肯帮忙。所以，他自己虽然从不肯动人家一草一木，也没有欺侮过任何人，可是，间接却做了很多坏事。

"他家住在哪里呢?"季全听到最后,就问店小二。

"住在离镇十里外的一个高岗上,那地方叫做猫儿墩。"

店小二说出了吴球的住址后,大家就赶到猫儿墩去,因为要查明施公下落的一线希望,就在这吴球的身上了。

他们找到了猫儿墩,一看这地方也是到处是树林。大家从树林子里往前走去,突然从背后射过来一支冷箭。

黄天霸回头一看,从树杈里望见半个脸孔,很像吴球的儿子吴洪。黄天霸就想冲过去,那小伙子却先跑过来说:"我兄弟的手指头,都给你这杂种打掉了,今天我要跟你死拼到底!"

那小伙子边嚷着,边用棍子向黄天霸打了来。黄天霸也拔出朴刀,用力劈去。两人战了十来个回合,那小伙子看看不是对手,就转身往树林子里逃去。

黄天霸一心要捉住这个小伙子,便摸出金镖打了过去,那小伙子马上应声倒地。

"黄天霸,你连伤我两个孩子,今天你休想活命!"从树林里,传出来这一阵怒吼声。

黄天霸定神一看,吴球像疾风般地直冲了过来。黄天霸急忙挥刀招架,两个人就杀作一团。

关小西为了要及早捉住吴球,好知道施公的下落,便把手里的倭刀一摆，杀进圈子里去。

吴球一看对方来了一个帮手，就放声大骂："黄天霸，你算得什么好汉，有本事就不要叫帮凶的过来！"

黄天霸正要开口回答，突然有人从树背后探出头来，气喘吁吁地嚷道："黄天霸，您可是在寻找施大人吗？别这样打架了，我知道施大人的下落。"

黄天霸和季全等人一听这人说他知道施公的下落，就丢下了吴球，赶上前去把那说话的人团团围住，问道："你是谁？你怎么会知道大人的下落？"

"我是朝舞山上的头目，同时，也是负责看守施大人的人。因为我在江都，受过大人的好处，所以一心要救大人出险。"

原来，这个自称知道施公下落的人，就是奉令到琅琊山去请王朗到朝舞山参观施公被剖胸挖心的王雄。他为了要趁这机会，抄近路到沂州去寻找黄天霸，没想到无意中在这里遇上了。他走到这里，正要从树林穿过时，突然听到了一阵阵的厮杀声。再仔细一看，那两个正在厮杀的人，一个是他认识的吴球，他也知道这吴球是他的大王曹勇的朋友，偶尔也到山上去玩。他到底心虚，所以就躲藏在树后。

他躲着看他们厮杀了一阵，突然听到吴球嚷出黄天霸这个名字来，他才知道，原来跟吴球厮杀的人，正是他要给送信的黄

天霸。他便跳了出来,大声地叫嚷起来。

吴球一看到有人来通知黄天霸施不全的下落,因为这件事跟他没有关系,也就不愿意听下去,提起家伙,不声不响地走开了。

王雄等吴球一走开,就说明了自己的身份和施公的下落。并告诉大家,今晚必须赶到朝舞山去营救,不然,就来不及了。

"你得告诉我们,这朝舞山该怎样进去,我们到了那边,该怎样跟你联络。"黄天霸恨不得马上就杀上山去,便这样问。

"朝舞山的前面,有一条大路,可是,这条路防守得非常严密,不论白天晚上,都休想混进去。所以,你们必须从后山进去。不过,后山有条大河,晚上没有浮桥,你们到了那边,可以到山上去砍几棵大树,扎成木排,然后渡过去。到了对岸,你们先找个隐蔽的地方躲藏起来,等到夜半以后,我一定赶回来,把你们接应进去。"

黄天霸和何路通、关小西等几个商量了一下,都认为要上山去营救施公,只靠这几个人是不够的,于是,就决定先回沂州去,把金大力和贺人杰等叫了来,然后大伙儿一起上山去营救施公出险。

才走到半路,迎面来了两个人,走近一看,原来就是金大力和贺人杰。黄天霸就把施公已经有了着落的喜讯告诉了他们,要他们一起上朝舞山去营救施公。

他们两个一听，都非常兴奋，恨不得一步就到了朝舞山。可是，这样饿着肚子，怎能够去和敌人厮杀。好在这里离沂州镇已经不远，大伙儿就一起回到馆驿，叫施安拿出酒菜来，饱餐了一顿，然后动身去朝舞山营救施公。

大家按着王雄所指点的路程，飞奔前去，到达朝舞山下时，还不到半夜。看看横在眼前的那条大河，河面足有十多里宽，不用木排是没有办法渡过的。

本来何路通和李侯，都是水陆两路的英雄，都可以带着一个人过河。可是，这样宽的河面，要靠他们两个，来回把这群人带过河去，实在是一件不可能的事。黄天霸依照着王雄教给他的方法，在河边砍下几株大树，扎成木排，渡过河去。到了对岸，大家看看还不到半夜。

他们就找了个隐蔽的地方躲藏好，只等王雄出来接应。

王雄为了要在半夜前赶回朝舞山，接应黄天霸去营救施公，所以，他和黄天霸他们分别以后，就连跑带奔，一路赶到琅琊山去。他在半路上偷到了一匹人家放牧在山上的马，太阳刚下山就到了琅琊山。

琅琊山寨主王朗，一听王雄的报告，知道施公已经被曹勇逮住，只等他一去，就要剖胸挖心结果施公的性命，要他明天亲自去参加这场喜事。他听完了王雄的话,便向坐在他旁边的飞云子笑说着:"曹大哥总算有他一手,到底把施不全给逮住了。这正和我们取到这只琥珀杯,一样是件大喜事。当然,曹大哥有这样大的喜事,我是一定要去庆贺的,我想,你也应该去一趟吧?"

"我不去!"飞云子回答得十分肯定,"我不但不去,而且,马上就要离开这里,我们当初讲好,给你设计一座齐星楼,再去找一样宝贝来,放在楼上以后,就没有我的事了。现在,楼也造好了,宝贝也有了,我应该走了!"

飞云子说着,把拿在手里玩弄着的一只杏黄色的琥珀杯,交给了王朗。

"不错,我们当初是这样说好的,现在我当然不能反悔,不过,到朝舞山去看一下施不全被剥皮挖心的热闹,再走也不迟啊。"

尽管王朗说得很恳切,飞云子并没有作声。王朗是知道这个朋友的怪脾气的,也就不敢再啰嗦。他决定让王雄先回去,他等明天一清早就动身。可是,当他正想叫王雄回去时,一个喽啰跑来报告,说飞云子已经走了。

王朗真没有想到,飞云子竟是说走就走。那个伺候飞云子的喽兵,跑来向王朗这样一报告,气得王朗双脚直跺,两只眼睛直冒火:"他瞧不起朝舞山的曹大哥,不但不去看杀施不全,却连住也不肯住下去了,这不是要气死我吗! 好,王头目,我正需要出去散散心,不必等到明天了,现在就到朝舞山去,也可以赶早结果施不全的性命!"

王雄正要走,听王朗那样一说,心头就一个劲扑扑地跳。他知道跟王朗一起走,半夜里绝对赶不回山上去的。要这样的话,就没有方法去接应黄天霸那一批人了。

可是,他又不能把这秘密说出口来,只是在那里干着急。现在,他只希望王朗说走就走,因为这样多少能够争取一点时间。

王朗果真立刻叫喽兵备马,然后又问王雄是不是骑马来的,王雄当然不能说不是骑马来的。王朗知道王头目也有马,就取过一根马鞭子,站起身来,正要往外走,想不到临时又跑出一个头目来,拦住王朗,这样报告:"寨主,已是吃晚饭的时候了,您不吃饱,怎好赶路呢?"

"你不说,我连饭也忘记吃了。不过,我实在也吃不下去,给我预备点儿酒吧!"王朗说到这里,又想到了王雄,"你给这位王头目,也准备一些酒饭,带他到里边去吃!"

王雄听了,急得没有了主意,就迷迷糊糊地跟着那个头目,往里面走去,他的心头好像被针刺着的难过。

王朗心里正在烦躁的时候,一看到酒,一切都全不顾了,等到他喝完酒,天已将近半夜了。

王朗倒没有失信,喝到半夜,就带着王雄,一起赶往朝舞山去。

这时,可真把王雄急死了!他不断地担心着黄天霸那一批人,昨晚到底躲藏在哪里?是不是被山上的人发现了,跟施公一起做了俘虏?

曹勇看到王朗竟在这大清早就赶来看杀施不全,足见王朗看得起他。为了要表示对王朗的敬意,曹勇就叫两个头目,到马棚里去把施公拽来,马上动手,挖出施公的心来给王朗做早饭!

两个头目奉命带了一群喽啰,到了马棚里,从梁上把施公解下来,连拉带拽地给弄到聚义厅来,一个刀斧手,身上围着一条染着污血的围布,手里拿着一把明亮耀眼的尖刀,站在那里等着施公一押到,就要动手。

施公被押到了聚义厅前,立刻被捆绑在一根柱子上。他好像已经知道眼前的命运,只是闭着眼睛,不声不响地静待着那最后命运的来临。但是,他心里也在暗暗地想,那个王雄,怎会无缘无故地骗他一场?他想来想去,实在想不通,只好闭着眼睛等死。

十九、 烧匪巢众英雄大破朝舞山

黄天霸带了贺人杰等一群伙伴,到了朝舞山,找了一个隐蔽的地方躲藏起来,等候王雄出来接应,好去营救施公出险。

五更打过了,天也亮了。这时,大家空等了大半夜,都以为上了那王雄的当,尤其是贺人杰,再也忍耐不住了,一定要冲进山寨去,跟山上的土匪厮杀。最后,还是被季全和黄天霸几个人劝止住了。

可是,天亮以后,大家看看,在山上进出的喽兵很多,觉得不能老在这树荫里躲下去。大家正在商量到底是另找一个地方躲藏起来,还是冒险杀进去时,刚好从山脚上,隐隐传过来一阵说话的声音。

“老李,大清早你这样忙干什么?”一个喽兵问。

“忙什么?你还不知道吗?大厅上,正忙得团团转呢!那个施不全,已经绑好在大厅的柱子上,马上就要开胸挖心了! 我要搬个炉子去,等施不全的心一割下来,好煮给大王下酒啊。"

这一番惊心动魂的话,一传到黄天霸等的耳朵里,谁还按捺得住! 黄天霸第一个叫了起来:"走,非杀光这些土匪不可!"

大家一听,就拔出家伙都跳了出来,往一幢耸立在西南角的山顶上的高大屋子冲去。

他们一路沿着静僻的小路,赶到了山顶上,挨近到那座高大的屋子后面时,就一个个翻身上了屋顶。

黄天霸一跳上屋顶,就把身子躺在瓦垄里,从屋檐往下面看去,正好看到了绑在柱子上的施公。两个喽兵,手里拿着明亮的钢刀,站好在施公的两边。一个大肚子的刽子手,拿着一把尖刀,耀武扬威地站在施公面前。

施公老是闭着眼睛,不去理睬那些土匪。虽然曹勇不断地笑骂他,王朗也在取笑他,那个要替关王庙里的同伴报仇的智明,更是笑得连嘴都合不拢来。

黄天霸眼看着施公绑在大厅前被大家取笑侮辱,再也按捺不住他满肚子的愤怒,马上就掏出金钱镖来,接连三镖往下面打去。

那两个耀武扬威的喽兵,和那个大肚子的刽子手,一个个都倒了下去。曹勇和王朗两个看见这种情形,感觉非常奇怪,这三个正要动手的喽兵,怎么会无缘无故地倒了下去呢?

突然,从屋顶上飞下了五六个人来。这时候,那个只好跟大家一起挤在走廊下的王雄,因为脱不了身,没有方法去接应黄天霸等,眼看着施公就要遭难,急得不断地淌着冷汗,全身的衣服都湿透了。

他看见黄天霸这一批人一跳下地来,真有说不出的高兴。可是,曹勇一看到这几个人一落地,就知道是施不全手下的人寻到了,也顾不得拿武器,立刻跳起身来,往黄天霸身边就冲了过去。

"黄天霸来了!"黄天霸这样喊了一声,意思是要施公知道大家已来营救他了,不必再担心。

那些头目一听,才知道这人就是黄天霸,大家拿起武器,跳出去和黄天霸厮杀。

王朗本来是为了要吃施公的心肝而来的,现在,看到快要到嘴的心肝就要落空了,也立刻抢了一件武器,大踏步冲了出来。

贺人杰正在寻找厮杀的对手,王朗正好杀向他面前来,两个人立刻就展开了一场恶战。

黄天霸不知道跟他交手的就是土匪头子曹勇,却只管拼命厮杀。他一刀砍下去,曹勇就靠了身体的灵便,摆出了一个燕子穿帘势,两腿往下一蹬,跳到黄天霸的背后去。刚好地上有喽兵扔下的一把单刀,他就抓起那把单刀,直奔施公身边去,想一刀先结果了施公的性命,然后再来找黄天霸算账。

这时,何路通正要去解开捆绑着施公的绳索,背他逃走,一看这个土匪扑向施公身边来,一刀就往他身上砍去。

尹朝贵和朱世雄两个头目,一看到曹勇敌不过黄天霸,就一个拿着飞抓,一个拿着单拐,一起冲过来把黄天霸纠缠住。

何路通本来想先把施公救走,没想到被一个土匪杀得脱不了身,施公还是被捆在柱子上。黄天霸看在眼里,万分着急,可是,他自己正和土匪杀得分不开身。他只好一面厮杀,一面不断地望着绑在柱上的施公,希望有人能够赶紧先把施公营救出险。

黄天霸正在着急时,贺人杰从横里杀了过来。他一看到贺人杰,就高声大叫:"人杰,赶快去救大人!"

贺人杰一听,立刻赶上去几步,杀退了几个想拦阻他的喽兵,割断了施公身上的绳索后,背起来就走。

曹勇一看到施公被一个小伙子给救走了,便丢下黄天霸,拼命追了上去。

贺人杰背着施公,跳上了屋顶,头也不回地拼命奔跑。他跑到第二座关寨时,曹勇已经追到他背后了。曹勇看到贺人杰正要冲出关去,就大声这样嚷道:"前面的孩子们,赶紧放箭,别让这混蛋逃走了。"

关上的喽兵,回头往屋顶上一看,果真有一个小伙子,背上背着一个人跑了过来。大家听到他们的大王那样一喊,便马上拉弓搭箭,雨点般的箭就向贺人杰飞来。

贺人杰对于背后追来的敌人,根本就没有放在心上,所以只管大胆地往前直冲。但是一看到这雨点般的乱箭,为了要保护施公,只好倒退回去。

黄天霸身边的敌人,这时越来越多,连智明也加入了厮杀。他看见贺人杰背着施公出去了,很想赶紧脱身,好去接应贺人杰,于是便架开朱世雄的飞抓,撒腿就跑。

他上了屋顶,跑了一阵,就碰到贺人杰正被乱箭逼得倒退回来,背后还有朝舞山的大王曹勇,拼命追赶过来。

黄天霸看了非常着急,就悄悄地掏出金钱镖,呼的一声,一镖对准曹勇飞去。曹勇正在死追,一心只想夺回施公。突然,他觉得迎面来了一阵冷风,他知道不好,就把身子往后一仰,哪知道已经来不及,只听他"哎呀"一声惨叫,一支金钱镖,正好插在他的肩上!

黄天霸抢上一步,想结果这中箭的土匪头子的性命,跟在曹勇背后的智明一看,就急得大叫起来:"尹大哥,快来救命!"

尹朝贵正从黄天霸背后追过来,听智明那样一喊,立刻抢上几步,挥动手里的连环枪,向黄天霸猛刺过来。跟着,智明和朱世雄等几个人也一齐拥上来助阵,贺人杰想趁这机会溜出去,好救施公出险,但是怎么也脱不了身,只好加入去厮杀。

贺人杰和黄天霸两个正被包围得前后不能相顾的时候,何路通也赶到了。朱世雄一看到何路通来了,就迎上前去,立刻被何路通的双拐打得眼角流血,倒了下去。

智明为了要救朱世雄,急忙上来接应,也被何路通舞动双拐,杀得喘不过气来。贺人杰看见了,胆子立时壮了起来。尹朝贵看见贺人杰年纪轻,就专去找他厮杀,被他用足力气,一锤打得后退了十来步。

贺人杰一看没有人再来纠缠了,就不顾一切地往前猛冲,从喽兵的包围里杀开了一条血路,往外面杀出去。

他还是盲目地往后山逃跑,因为后山尽管是水路,不过,何路通是水旱两路英雄,只要到了河边,等何路通赶到,总有方法把施公救到对岸去。

他背着施公,跑到岸边,想放下施公喘一口气,却从芦苇塘里摇出了一只小船来。等那小船靠近岸边时,才知道摇船的船夫并不是喽兵,而是那个一心要救施公的王雄。

王雄一看到贺人杰救出施公来,就猜想他会从后山逃走,于是,趁着大家正杀得天昏地暗的时候,他就跑到河里,划了一只小船,躲藏在芦苇塘里,等贺人杰把施公一救到河边来时,他就把船摇出,接施公上船,再和贺人杰两个护送施公渡到对岸去。

施公是脱险了,但黄天霸等一群好汉,还在那里混战。当黄天霸一镖打垮了曹勇,又从斜里杀出一个人来抵住他。

黄天霸战了几个回合,对于这个敌人的本领,心里非常佩服,他只看见一支枪在那人的身体周围飞舞,简直看不到人。

何路通杀败了智明,就赶到黄天霸这边来接应,一看那枪手实在神通广大,便摸出一颗弹子,直往那人打去。想不到,那人一面照常厮杀,一面却把脑袋往旁边一歪,躲过了这颗弹子。

王雄摇着船把施公送到对岸时,关小西、金大力等几个人,正赶来接应。贺人杰就把施公交给了他们,自己又跳上船,渡回这边的河岸来,杀进山里,去接应黄天霸。

贺人杰一到,黄天霸和何路通两人精神立刻振作起来,三个人一起使出全身本领,跟那个神枪手拼命。那人一看对方的人越来越多,就卖个破绽,跳出圈子,逃上山去。

黄天霸跟这神枪手杀了半天,很佩服这人的本领,但是并不知道这人就是曹勇请来要一起享受施公的心肝的琅琊山寨主王朗。

王朗跟黄天霸厮杀了一阵,才知道这黄天霸果真名不虚传,确有一身了不起的本领,他本来打算跟黄天霸决一决胜败,岂知半路里却杀出了几个帮手,只好丢下了黄天霸,回琅琊山去了。

黄天霸虽然打了一场胜仗,但也知道琅琊山上的这一股土匪,实力确是不小,一下子想铲除这个匪巢,不是件容易事。于是,他就决定先送施公回淮安休息,过一段时期再来找山上的匪徒算账。

施公在淮安休养了几天,身体就完全复原了。他又想到朝舞山那个匪巢,就把黄天霸和那个在朝舞山救了他的性命的王雄,叫到书房里来,询问朝舞山上的情形和匪兵的实力,好做一些派兵去清剿的准备工作。

王雄先向施公报告山上的情形,跟着又出了一个主意,他认为不但朝舞山的地理形势好,同时,山上实力也很雄厚,要铲除这股土匪,只有把吴球拉过来,叫他到山上去做内应,才有把握。

黄天霸一听,想起了跟他在山上打过一次架的吴球。他认为吴球是朝舞山上的党羽,要想把他拉拢过来,再叫他到山上去做内应,不见得那么容易。

不过,施公现在是绝对信任王雄的。他听王雄那样一说,便问道:“吴球是朝舞山土匪的同党,难道你有把握叫他投诚,来替我们做事吗?”

“大人。”王雄看了看施公说,“吴球跟曹勇,只是很普通的朋友,曹勇几次请他上山,他宁愿在山上打柴,一直没有答应。他之所以不喜欢大人,也是受了曹勇的欺骗,说大人是专和绿林好汉作对的坏人。只要能设法让他知道大人是个好人，他一定肯帮忙的。"

"那么，你能不能去说服他，使他相信我是一个好人呢？如果有把握的话，我们就一起去。"施公进一步问。

"要是大人也去的话，我想可以试一试。"王雄也不敢说一定有把握，不过是希望施公一起去。

王雄陪着施公到了山上，他叫施公在树林子里等着，独自去找到了吴球，把黄天霸等一伙好汉，杀败了朝舞山的曹勇、朱世雄等一群人后，救出了施公，又把施公是一个好官，以及他现在在施公身边做事，施公待他是怎样的好法，由头至尾细说一遍。吴球听了，就叹了口气说："听你这样一说，施公是一个好人，待人又这样好，可惜我跟黄天霸打过架，不然，我也可以走上正路，到他老人家那边去当个差役。"

王雄听吴球这样一说，便拉着吴球的手说："你所说的这些话，到底是不是真心话？"

"在你面前，我还会说假话！"吴球说话时，两只眼睛直瞪着王雄，"我相信曹勇那样横行不法，不会有好结果的。一个人，总该走正路才是。"

"别着急，吴大哥，我出去一下，有话等我回来再谈。"

王雄这样说着，就跑进树林去找施公了。

施公一看到王雄回到树林里来,就笑嘻嘻地向他点点头。王雄也笑嘻嘻地做了做手势,要施公跟他走。施公一看到王雄这副表情,知道事情多少已有希望,就跟着他一起走出树林去。

要不了多久,王雄带着施公,跨进了吴家的大门。吴球正从里面迎出来,王雄就开口向他说:"吴大哥,这位就是施大人!"

"什么!"吴球被这突如其来的一句话给吓得跳了起来说,"怎么好劳驾施大人到寒舍来!"吴球说着,就跪了下来。

施公立刻伸出手去,把吴球拉了起来:"吴英雄,何必这样客气。起来,我们随便谈谈。"

施公等吴球站了起来,就说明他的来意,因为朝舞山的土匪专门干那种杀人抢劫的勾当,希望你能够利用和曹勇的私人交情,到山上去做内应,协助官军,好早些肃清这股土匪,替地方除害。

吴球是一个生性耿直的人,刚才听王雄一说,知道了施公是一个好官以后,他就决定要跟施公去当差役,好走上一条正大光明的道路。现在,听施公这样一说,他就很爽直地答应了。

王雄当时就跟吴球约好,要他当天就进山去,到第三天夜里,官兵进攻朝舞山的时候,就在山上到处放火,来扰乱土匪的后方。

这样布置好了,施公就带着王雄,马上回到淮安,调集三百名官兵,亲自率领着黄天霸等一批英雄和三百名士兵,在第三天上午,从淮安出发。他们到达朝舞山时,正好是山上的匪徒们在被窝里做好梦的时候。

曹勇在睡梦中,听到营门口一片喊杀声,急忙从被窝里爬起来。就在这个时候,外面跑进一个头目来:"报告大王! 施不全的官兵,杀上山来了!"

曹勇急忙跳下床,抢过一件武器,疯狂般地冲向大门口去。

他才跑到半路,就碰上了贺人杰,两个人就在黑暗里厮杀起来。不大一会儿,智明也赶来助战。

三个人才厮杀了一阵,黄天霸也赶到了。他一看到智明,认识那是关王庙的那个秃贼,来给曹勇助战,就杀进圈子里去,一刀结果了智明的性命。

曹勇看到智明丧了命,心里就慌了起来,不过,他还是勉强支撑着跟他们厮杀。这时,尹朝贵等几个头目,看见寨主被黄天霸和贺人杰杀得只有招架,根本不能还手,就蜂拥上去助战。

这些头目,本领都很有限,才厮杀了一阵,就都在黄天霸手里丢掉了性命。

曹勇尽管一再想逃走,实在脱不了身。这时,他偶然向后山营舍里一望,不禁吓出一身冷汗来。原来后山的营寨,已成了一片火海!

当然，他不知道是谁在营寨上点火的，更不会怀疑到是他的老朋友吴球上山来放火烧他营寨的。

曹勇一想，眼前是黄天霸和贺人杰两个冤家，背后是一片大火，再杀下去，到底有几条命好拼！他急得简直像热锅上的蚂蚁，但又脱不了身，恰好头目朱世雄赶了来，才算把他的一条命，从黄天霸和贺人杰的刀口上抢了回来。

曹勇和朱世雄两个逃出了朝舞山，就奔向琅琊山去。

黄天霸当然不肯放过这个穷途末路的土匪，就率领着众英雄一路追赶。

曹勇和朱世雄两个，一逃进了琅琊山，就向这山上的大王王朗哭诉：

"施不全那个瘟官，派了黄天霸、贺人杰等一批混蛋，不但把我山上的人杀光了，而且把房舍也烧光了，现在他追上山来了，请老兄替我报仇！"

"黄天霸算得了什么！你们好好休息一下，等我去收拾那些杂种！"王朗说着，就抢过那支他爱用的银杆枪，带了一群喽啰，杀下山去。

黄天霸和贺人杰两个一路死追着曹勇不放，他们看曹勇闯进山上的大寨去了，就一路追了过去。

他们追了一段路，看到一座高耸在半天里的楼亭。他们正想走近那楼亭去,突然耳根边传来一阵粗暴的喝叫声:"黄天霸,你敢追上楼来,我就和你拼个死活!可是,我知道你天大的胆子也不敢追上楼来!"

黄天霸早从王雄嘴里知道这座楼,是一个叫做飞云子的人设计造起来的,名叫齐星楼。王雄曾亲耳听王朗说过,在这楼上,藏有一件从京城里盗来的宝贝。黄天霸早就疑心那琥珀夜光杯可能就藏在这座楼上。现在,他听王朗那样一声喝喊,抬头看时,王朗已经爬上楼去了。

身经百战的黄天霸,哪里还会怕这样一座楼,就和贺人杰两个一直冲向楼边去。

王朗一看他们靠近楼边,就跑上二楼,拉开角门,放出一件利器来。

那件利器飞到一棵树边,那树就"轰隆"一声倒了下来,幸而他们两个跑得快,没有被压在身上。

他们逃过了这一下,转身就跑,哪知跑到了一座花园里时,迎面又飞来一支火箭。贺人杰提起锤正要把它打掉,想不到第二支箭又飞了过来!接着第三支、第四支,数不尽的火箭,连续地飞了过来。

贺人杰跑在前面,总算躲过了这接二连三的像飞蝗般的火箭。可是,黄天霸刚躲过这些火箭,往斜里一跑过去,却又冷不防地跳出了一个蓬头怪物来！那怪物手里捧着一副铁钩铁索，一看到黄天霸，就把铁钩往他身边直抛了过来。

黄天霸回头一看，那铁钩已经钩住了他的后衣襟！他急忙割去了那片衣襟，才算没有出事。

他和贺人杰两个只好逃下山，回到朝舞山去。

黄天霸到了朝舞山，照着施公的话，把山上烧剩下来的房子一起放火烧光，并点名遣散全山的喽兵。最后，就带着那些生擒来的俘虏，回到淮安去。

朝舞山上的土匪虽然是肃清了，可是，施公听黄天霸一说到琅琊山上的那座阴阳怪气的齐星楼，他的心头更加沉重了。因此，他下定决心，琅琊山上的那股土匪，迟早非肃清不可！

二十、破琅琊黄天霸威震沂州府

施公肃清朝舞山，回到了淮安，却一直又被琅琊山那座齐星楼所困扰着。

他听黄天霸说，那座齐星楼是由一个叫做飞云子的人设计建造起来的。于是，他就想到要攻破这座齐星楼，非把那飞云子找到不可。

他想到这里，就请褚彪和朱光祖到他书房里来商量。因为这两个人是绿林的前辈，江湖上到处有熟人。褚彪听了，就连眼睛都不眨地望着朱光祖。施公就把希望全部寄托到朱光祖身上。

"我知道，在北道上确有飞云子这个了不起的人物。光祖，我记得万君召和飞云子很有交情，你就把君召请来谈谈好不好？"

朱光祖听了，并没有作声，他低着头沉思了一阵，笑着回答："你是知道君召的脾气的，他现在已经不问世事了，我一个人去，实在没有把握能请得动他，要是有你老一起去的话，那就不妨去试一试。"

施公听他们说到这里，觉得眼前突然露出了几丝希望，他就劝褚彪，和朱光祖一起去。

褚彪当然不好意思拒绝，第二天，就和朱光祖一起到海州去请万君召。

万君召在褚彪老英雄的再三请求下，只好接受了这份艰难的任务，答应去试一试，于是，就跟褚彪和朱光祖一起到淮安去。

施公和万君召刚一见面，就把琅琊山齐星楼上藏有从京城里盗出去的琥珀夜光杯的情形说了一遍，最后又告诉他只有飞云子才破得了齐星楼，并要万君召去请飞云子来帮忙攻破此楼，把琥珀杯取回来，还给皇上。

万君召因为不知道飞云子最近到底住在哪里，所以第一步就先到狮子山，找飞云子的老朋友普润和尚去询问。

他日夜不停地赶路，在路上辛苦了十来天。他的辛苦总算没有白费，终于在狮子山上找到了飞云子的老朋友普润。可是，一打听飞云子的消息，才知道飞云子最近还在这山上住了几天，前两天才走。万君召听了，就问："你可知道，他现在住在哪里？"

"你要找他,不妨到潼关去碰碰运气,我也陪你去一趟。"

普润就陪着万君召一起到了潼关。他们到处打听,才在潼关西门外的一座山上找到了飞云子。

飞云子一见万君召和普润来找他,马上就猜出这两个人的来意,不等他们两个人开口,他先说明自己已经隐居山林,不问世事,请两位老友千万不要提到出山的事。

万君召和飞云子,在年轻时候就是绿林中的要好朋友,所以飞云子尽管把门关得紧紧的,万君召还是把施公交给他的任务老实说了出来,要飞云子协助大家,攻破齐星楼,取回琥珀杯。

"不是我不买老朋友的面子。齐星楼是我设计造起来的,可是,那张设计图现在不在我手里。没有这张图,我也一样没有办法进到里面去,这是实在话。"飞云子还是完全拒绝了。

"那张建造图,现在可能是在琅琊山王朗的手里?"万君召问。

"当然喽!"飞云子笑笑回答,意思是要万君召赶快回去,别再在这里找他的麻烦。

"你可以说:齐星楼现在应该要修理了。这样,把那张图骗了来,总做得到吧。"

万君召出了这个主意,要飞云子到琅琊山去,把齐星楼的建造图骗出来,起初,飞云子毫不犹豫地拒绝了。最后,经过万君召再三再四的请求，飞云子才勉强答应了。不过，他还是拖了一个尾巴："我会尽我的力量去做，成不成可没有把握。"

万君召一看飞云子已经答应了，就更进一步，要他先约定好日子，再去向王朗要那张建造图，好叫黄天霸在约定的那天，带领人马，攻进琅琊山去。

"好，我们就决定下月初三，趁着黑夜的时候，要黄天霸在夜里杀上山去。不管怎样，我要在初三以前，赶到琅琊山去。"飞云子说到这里，想了想又说，"不过，你们去告诉黄天霸，要他们全体出动，不然还是危险的。"

飞云子说完，就和万君召分手，赶到琅琊山去。万君召也赶回淮安，把经过情形报告施公，并要黄天霸带领人马，在初三那天赶到琅琊山。

飞云子一到琅琊山，寨主王朗真有说不出的高兴，因为自从飞云子不声不响地下山以后，他就一直盼望着飞云子能够再回到山上来，帮他防守齐星楼。

王朗和飞云子有说有笑地谈了一阵，马上摆出酒来给他接风。飞云子也故意向王朗表示亲热，一杯又一杯尽量地喝。王朗自称是酒仙，当然是酒逢知己千杯少，两个人开怀畅饮，喝了一个尽兴。

飞云子一看，酒已经喝到了分儿，是可以谈建造图的时候了,便开口说:"我本来还不打算上山来,可是一想到那座齐星楼,我就非马上来不可。因为那座楼,从造好到现在,已经有好几个月了,遭到过好几场大风大雨,要不趁早修理一下,很可能会发生意外……"

"你说齐星楼该修理了吗? 我看,在这短时期内,还不会有什么危险吧。"王朗并没有醉意,一听飞云子提起要修理齐星楼,立刻就表示反对,因为他当时想到,要修理齐星楼,就得把齐星楼的图样交出来。事实上,自从飞云子那次发脾气下山去后,王朗对飞云子的信任,就打了一个折扣。

"你要放心的话,暂时不修理,也没关系。"飞云子已经看出王朗有点儿疑心,只好这样看潮转舵,含糊过去,等有机会时再说,但是,心头却加上了一个重压。

飞云子尽管没有把齐星楼的图样骗到手,可是,约好的初三这个日子,很快就到了。

施公亲自带领着黄天霸等英雄,和殷家堡全家的男女,甚至殷老英雄,就在初三这天下午,到达离琅琊山不远的沂州城里来。为了免得事先走漏风声,大家都化了装,扮成了过路客商模样,在客店住下来。

在城里探听消息的喽啰,还是探听到了施公和众英雄到了城里来的消息,立刻飞马上山,报告给王朗知道。

王朗一听，立刻下令叫全山的匪兵加紧防守，一面派人去请飞云子，来商量退敌的方法。

飞云子知道王朗已经不相信他了，不过到了这样紧急的时候，既然派人来请他，也不好意思不去。

"云大哥，那个不知死活的黄天霸又到了沂州城了，你看该怎样对付才好？"王朗早已吓得没有了主意，一见了飞云子的面，就这样问。

"他们还不是来送死！我相信他们今天夜里不会来的，我们明天一清早，就杀进城去，把他们赶走，不就没有事了吗？"

飞云子当然记得今天这个重要的日子，知道黄天霸今夜必定要攻上山来，却故意这样回答，好让王朗不作准备，给黄天霸众英雄们一个收拾王朗的机会。

王朗听了飞云子的话，不由得胆子也壮了不少："好！明天我要亲自杀进城去，说不定连施不全也一起捉上山来！不过，齐星楼的事情，只好拜托云大哥了。"

"当然，齐星楼归我负责防守好了。"

飞云子说完，就别了王朗，回到自己的房间里去。

本来紧张起来的琅琊山上，因为飞云子的一句话，立刻就变得风平浪静，只等待明天去厮杀了。那些喽兵们，尽管奉到加紧防守的命令，可是始终也没有看见大王和头目来巡山，所以还是跟平常一样,只是不敢躲到树荫里去睡懒觉罢了。王朗自己却已提早上床睡觉,预备明天一清早,好进城去找黄天霸厮杀。

到了二更时候,黄天霸正等待着飞云子那边的消息,却有两个乡下人打扮的人,悄悄地走进他房间里来:"我们从琅琊山来,是飞云子派我们逃下山来给大家带路的。"说着,拿出一张便条,递给了黄天霸。

黄天霸打开字条一看,果真是飞云子的笔迹,上面写着,他已派赵四、赵五两个头目下山来带路,还告诉黄天霸山上并没有防备,尽管在半夜里攻上山去。

黄天霸把飞云子的这张字条亲自送给施公看过后,就叫大家马上准备出动,趁着夜黑人静,山上没有准备的时候,攻上山去。

很快地,大家就都已穿好服装,带好武器,由赵四、赵五带路,一齐奔向琅琊山去。到了山寨外,带来的官兵就把琅琊山四面包围起来。

众英雄按着赵四和赵五的指点,越过寨门,一个个冲进山寨里去。

黄天霸抬头向四面一望,到处都没有动静,他正在向赵四探问飞云子的住处,突然,在前方出现了一个黑布包头、全身黑衣黑裤的人影。赵四一面指了指那个黑影,一面悄悄地回答:"他就是呀！大概他就要到齐星楼那边去。"

黄天霸就和贺人杰两个，率领着众英雄，一路跟着黑影奔去。

张桂兰与殷赛花两员女将落在队伍的最后面。山上一个叫孙勇的头目，从睡梦里听到了一阵急促的脚步声打从他房间外面经过，他立即从被窝里跳了出来。

孙勇已经接到黄天霸到了沂州的消息，所以一听到这阵脚步声，就提高了警觉，立刻跳起身来，推开房门往外一看，原来是两个女子正打从他窗前经过，他急忙拿了一件武器，追了去。

张桂兰走在后面，一听到背后响起了一阵急迫的脚步声，回头看时，孙勇已赶到了她的背后了。她就回过身去，撩起手里的单刀，猛砍过去。

殷赛花也挥动手里的宝剑，加入战斗。三个人正杀得难解难分，黄天霸等已在赵四和赵五的分头引路下，分成两路攻向齐星楼去。

这样到处爆发出来的厮杀声，终于把正在床上做好梦的王朗惊醒了。他侧着耳朵一听，到处都是喊杀声，也有从齐星楼那边传过来的。他急忙跑去拉开一扇墙上的暗门，伸手去摸那宝贝——齐星楼的图样，好拿着那份图样，去保护齐星楼。他之所以要保护齐星楼，主要目的是要保住放在楼上的那只琥珀杯。

可是，他在壁橱里，摸索了好一会，结果，失望地空手缩了回来："谁给偷走了？谁会知道呢？没有了那个图，叫我怎么守得住齐星楼呢！"

他疯狂地东跳西跃，在屋子里乱转乱跑，到处伸手乱翻。这时，从齐星楼那边传来的厮杀声，已经一阵紧似一阵，可见形势已经紧张到了极点，可是，他还是不能死心塌地地放弃那个万一的希望，又奔回那扇暗门前，伸手到里面拼命地摸索："没有，还是没有！"他自言自语着，"到底是谁给偷了去呢……"

事实上，这个暗柜的秘密，的确是只有他一个人知道，可是，泄露这个秘密的还是他自己。就在飞云子向他要这份建筑图的那天深夜里，他没有想到飞云子就躲在他窗外，打算等他熟睡后，进他房间里去搜寻那张图样。因为，飞云子相信这张密图，一定藏在他的房间里。

他在床上躺了一阵，突然想起白天飞云子问他借阅建筑图的事，于是，他便来个大翻身，跳下床来，点上了灯，打开了那扇暗柜的门，把那张图取了出来，翻来覆去地看了好一阵子，才安心而又满足地把那张图样放回到暗柜里去，然后关上柜门，放心地上床去睡觉了。

他当然不会想到，躲在窗外的飞云子已经看清楚他藏图样的地方，当他安心熟睡下去的时候，那张图样就到了飞云子的手里。

现在,王朗尽管找不着那张图,齐星楼那边的喊杀声,仍然愈来愈显得惊人,他一想,好在飞云子在山上,他不一定需要那张图样,于是就跳出房间,奔向齐星楼去,爬到了楼上的最高一层,站在上面低头往下面一看:黄天霸等人正从四面八方杀近楼边来。山脚边是一大群的官军,正在一步步缩小包围,攻上山来。

"大家一起从东门杀上楼去!"

王朗一听到这洪亮的喊杀声,起初还听不出这到底是谁的声音,但仔细一听,就听出是飞云子的声音!再往下一看,飞云子正站在那里,指挥着黄天霸等人从东门攻上楼来。

"幸而没有把建筑图给他!这家伙造反了!"王朗正这样想时,邓龙和郭天保两个头目就在东门口出现了。王朗又想:只要这两个掌管齐星楼金锣的人,把金锣一敲响,我这里就可以放火箭,立刻就可烧死黄天霸等这一群短命鬼!

果然,这时"嗒嗒嗒!"地响起一阵金锣声,王朗马上拨动机关,施放火箭。

这时,张桂兰和殷赛花两员女将正把孙勇杀得大败,一路追到了齐星楼边来。她们刚追到楼下,就看见从齐星楼里冒出了一阵火焰来,跟着,火焰后面就飞出许多火箭来。她们吓得正想跟着黄天霸等伙伴一起转身逃走,哪知道忽然起了一阵狂风,把那股火焰吹向楼上去了。

围在栏杆周围的喽兵,就被这股意外的火焰烧得焦头烂额,立刻起了一片惨叫声。殷赛花等两员女将,这时又清醒了过来,再去找孙勇厮杀。

黄天霸一看火焰卷向楼上去,就率领众英雄攻向齐星楼去。邓龙和郭天保两个头目一看到火箭卷回楼边来,正在发愣,黄天霸这边的一伙人已杀到楼边来了,他们急忙舞动手里的家伙,拼命抵抗。

邓龙敌住黄天霸,才厮杀了几个回合,就显得招架不住,黄天霸一刀砍过去,刀尖就挨近到他的胸口。郭天保看见了,急忙丢下贺人杰,一飞叉打了出来,这才救了邓龙的性命。

贺人杰也杀向邓龙身边去。郭天保的飞叉才挡住了黄天霸的单刀,贺人杰的铜锤又到了。邓龙正想挥刀架住铜锤,却被普润一戒刀敲碎了肩胛骨,连动也不能动了。

郭天保一看邓龙受了重伤,马上跑进楼里去开动机关,想不到那机关已经失灵了,抬头一看,二层楼上也已经出现敌人了,他就不顾死活地冲上楼去,看见他的伙伴郑得仁和一撮毛两个人正在楼上和敌人死战。

这郑得仁和一撮毛两个头目,在琅琊山上算得是能征善战

中国古典小说

的家伙，今天，他们碰上了万君召和褚彪两个老将，虽然占的是下风，还算能勉强支持。

郑得仁舞动枪杆，用足力量刺去，万君召一刀把那枪杆隔开，跟着一刀砍来。郑得仁接连挨了几个下风，再看看一撮毛也敌不过褚彪，就急忙把金龙爪的机关拨动了一下。果然，立刻轰隆一声响，一条金龙，张牙舞爪，向着万君召和褚彪二人身边扑了过去！

万君召和褚彪两个，一看到这条张牙舞爪的金龙，不禁也吓得面无人色，正想挥刀劈去，突然响起一阵巨响！跟着，龙爪全折断了，金龙的身体也横倒了下去。

郑得仁一看自己的机关已经被人破坏了，正想跟着郭天保和一撮毛一起逃走，却被万君召一刀给结果了性命。

万君召就转身蹿进靠北面那一边的门去，只见褚彪和一撮毛两个正在那里厮杀，万君召大吼一声："逆贼还敢这样横蛮抵抗！你们的金龙在哪里！"

一撮毛听了，回过头来看时，也被褚彪一刀给结果了性命。

李七侯和朱光祖两个人，正在恶狗门前和何福坤、小阎王两个头目厮杀。这两个人哪里是他们的对手，何福坤先丢了性命，小阎王拼命逃走，正撞上女将郝素玉，他一看是一个女子，就大胆地和她交起手来。

蹲在最高一层楼上的王朗，眼看着这齐星楼上的火焰山、火箭、金龙等各种机关，都被破坏得干干净净，完全失去了作用，眼前的敌人又一步步地迫近他的身边来，就知道这一定是飞云子所干出来的勾当，于是，便对着楼下大声地骂起来："飞云子，飞云子，你不应该投降了施不全，把我害到这步田地！你的目的是想夺走那只琥珀夜光杯，到施不全那边去报功。好，老子今天就把琥珀杯打破，看你还有什么功劳好报！"

王朗就举起手里的钢鞭，往正梁上的一只铁盒子上打去，那只铁盒子，果然应声落下地来。王朗以为铁盒子里的夜光杯，这一下一定摔得粉碎。哪知道，打开铁盒子一看，里面却是空空如也，什么也没有！

"飞云子，想不到，你竟然狠毒到这种地步，先盗走了齐星楼的地图，跟着又来偷走了夜光杯！叫你造了这齐星楼，反而要来害我的性命！施不全，施不全！我总有一天，去找你报这深仇大恨的！"

王朗知道大势已去，咬牙切齿地痛骂了一阵。跟着就蹿到窗前，决心逃走。哪知道，他背后早有人站着，那人便大声喝道："王朗，你还想逃命吗！我知道我过去做错了事，不应该去盗取琥珀杯，来陷害施大人，所以向你要回齐星楼图样，想把夜光杯还给施大人算了。你却偏不肯那样做，我可不能跟着你去一起讨死！所以，我只好盗走那图样，照着那图样的门路，取走了琥珀夜光杯。你该知道，施大人是一个清官，是一个好人，过去我因为不知道，现在知道了，还能随便陷害好人吗！"

王朗一听，更是火冒十丈，举起手里的鞭子，就往飞云子打去。可是，飞云子不愿意亲手捉住这个老朋友，就转身躲过了鞭子，下楼去了。

王朗看见飞云子跑下楼去，就追了下去，他的意思是要趁这机会逃命。哪知道他才跨出楼门，正碰上李七侯，就展开了一场恶战。

王朗一面拼命厮杀，一面不断向外退去，到了最后，就虚晃一鞭，拔腿一溜烟似的逃了去。

他刚逃到围墙脚下，正要跳出墙去，想不到黄天霸从横里杀了过来。黄天霸一看正是匪首王朗，急忙拔出镖来，往王朗的右腿打去。

王朗跳出墙去时，从冷里飞来一镖，就"扑通"一声倒了下去。黄天霸抢上几步，一刀向他的左腿砍去。王朗的两条腿就都受了伤，哪里还有能力抵抗，于是，便被黄天霸给捆了起来。

琅琊山上的齐星楼被攻破了，匪首王朗也被生擒了，皇家失窃的琥珀夜光杯也找到了。

施公便下令遣散琅琊山的匪众，山上的房屋放火烧光以后，就带着王朗和另外一群生擒的匪徒,奏着胜利的凯歌,回到淮安去了。

当然,黄天霸、贺人杰等一批出力有功的人员,施公都呈报皇上,得到了封赏。飞云子到沂州城里,和施公见过面后,说明自己不愿做官,也不愿接受任何赏赐以后,就告别了众人,云游四海去了。

从这场大战,攻破了琅琊山的王朗后,黄天霸在江湖上的声名就更加响亮了,自此以后,再也没有人敢来找施公的麻烦了。

"中国古典小说·青少版"丛书由台湾东方出版社股份有限公司授权

上海九久读书人文化实业有限公司联合人民文学出版社共同策划